LA CHICA DE
SUMMER HILL

Amor y Aventura

LA CHICA DE SUMMER HILL

Jude Deveraux

Traducción de Gema Moral Bartolomé

VERGARA
GRUPO ZETA **Z**

Barcelona • Bogotá • Buenos Aires • Caracas • Madrid • México D.F. • Miami • Montevideo • Santiago de Chile

Título original: *The Girl from Summer Hill*
Traducción: Gema Moral Bartolomé
1.ª edición: septiembre de 2016

© 2016 by Deveraux, Inc.
© Ediciones B, S. A., 2016
   para el sello Vergara
   Consell de Cent 425-427 - 08009 Barcelona (España)
   www.edicionesb.com

Printed in Spain
ISBN: 978-84-16076-07-9
DL B 13275-2016

Impreso por Unigraf S.L.
Avda. Cámara de la Industria n.º 38
Pol. Ind. Arroyomolinos n.º 1
28938 - Móstoles, Madrid

ACTO PRIMERO, ESCENA PRIMERA
Aparece el señor Darcy

Había un hombre desnudo en el porche trasero de Casey. Seguro que Casey habría llamado a la policía o, por lo menos, habría chillado, de no haber sido él tan increíblemente guapo.

En lugar de eso, sin tan siquiera pestañear, agarró a tientas la tetera eléctrica y vertió agua hirviendo sobre las sueltas hojas de té que había en el colador plateado. Buena parte del agua cayó fuera del tazón, sobre la encimera de granito, y luego se escurrió hasta el suelo de baldosas, pero ella no se dio cuenta.

Era tan temprano que aún no se había hecho de día, y Casey no se había molestado en encender la luz de la cocina. Pero luego él había encendido la luz del porche y, en medio de la neblina matinal, mirándolo a través de la puerta con tela metálica, era casi como si estuviera en un escenario.

Él había dejado caer la camiseta y el pantalón del chándal en el sendero de piedra; luego, totalmente desnudo y de cara a Casey, había subido los tres peldaños con toda su gloriosa masculinidad a la vista. Fue directo hacia ella, como si tuviera intención de entrar en la casa.

Casey acababa de despertarse y, cuando lo vio, pensó que seguía dormida y que estaba teniendo el mejor sueño de su vida. No solo el cuerpo era atractivo, también la cara. Cabellos, ojos, barba incipiente, labios realmente voluptuosos. La piel de todo su cuerpo tenía un tono dorado oscuro, y era esbelto, pero atlético. Los cabellos los llevaba largos, hasta el cuello, y, bajo la luz del porche, eran tan negros que parecían tener un brillo casi azul.

Una vez en el porche, no abrió la puerta de tela metálica para entrar. Lo que hizo fue girarse y ofrecer a Casey una magnífica visión de perfil.

¡Dios! Pectorales. Abdominales. La curva de su trasero, muslos como los de un patinador olímpico.

Casey logró parpadear unas cuantas veces. Seguro que aún estaba dormida. Seguro que él no era real.

Él pareció hacerle algo a la pared, y segundos después empezó a llover. Eso tenía sentido. La deidad que controlaba los cielos debía parecerse a aquel hombre.

Pero no, era una ducha exterior que parecía sujeta a la pequeña casa de invitados. Casey no había reparado en ella; era invierno durante los pocos meses que llevaba en la ciudad. Pero el día anterior había sido tan cálido que había abierto todas las puertas y ventanas para refrescar la casa mientras cocinaba. Cuando por fin se había ido a la cama, hacía tanto calor que se había limitado a echar el pestillo a la puerta de tela metálica y a dejar abierta la puerta para que corriera la brisa.

Casey agarró la taza de té y le dio un sorbo mientras observaba cómo él se enjabonaba.

Tenía un taburete alto al lado. Casey lo encontró a tientas y se sentó en él sin apartar los ojos del hombre. Mientras él se pasaba las manos por todo el cuerpo, Casey estaba cada vez más segura de que soñaba. Y estaba igualmente segura de que se despertaría si le quitaba los ojos de encima.

Le vio enjabonarse las piernas y la entrepierna, luego continuar hacia arriba. Tenía tantos problemas para alcanzar toda la extensión de su espalda que a Casey le entraron ganas de quitarse el pijama y unirse a él.

«¿Puedo ayudarte?», le preguntaría. Él no diría una sola palabra. Se limitaría a tenderle el jabón y ella se pondría manos a la obra.

Desde luego, a ella tampoco le iría nada mal lavarse un poco, así que él le frotaría la espalda. O la delantera. O lo que le diera la gana.

Quizá fuera porque ella estaba sentada en una zona oscura

y él estaba a plena luz por lo que todo parecía como una película. Casey bebía té y observaba la escena con una sonrisa soñadora en los labios.

Había estado trabajando en la cocina hasta la medianoche y ahora era muy temprano. Kit le había dicho que quería tener la comida en el teatro a las ocho, y ella había interpretado que la quería preparada y lista para servirse. Por la noche había llamado a su hermano Josh para preguntarle si, por favor, por favor, podía proporcionarle algunas mesas. «Hazlas con caballetes o con tocones de árbol, lo que sea que pueda encontrar un hombre fuerte y viril como tú», era el mensaje de voz que le había dejado en el contestador. «Es solo para tener un sitio donde poner toda la comida. Kit me dijo que seguramente la mitad del pueblo se presentaría a las pruebas. ¡Por favor, por favor! Te guardaré unos cuantos de esos buñuelos rellenos de crema que tanto te gustan.» Esto último lo dijo con la voz más zalamera que pudo. Teniendo en cuenta que había permanecido en pie más de catorce horas, se preguntó si no habría sonado más patética que persuasiva.

Pero la visión del hermoso hombre desnudo le compensaba por el día anterior. Ahora se iba a aclarar. Alargó la mano hacia la alcachofa de ducha de la pared para agarrarla, y empezó a rociarse con agua aquel cuerpo suyo tan espectacular.

Casey se llevó el tazón de té a los labios, completamente hipnotizada. No podía hacer más que mirar. Los largos cabellos de él estaban mojados, pegados al cráneo. De perfil sobresalían sus fuertes rasgos, que tenían algo de familiar.

Cerró el agua y luego miró en derredor buscando algo.

«Necesita una toalla», pensó ella, y se le pasó por la cabeza abrir la puerta y darle una.

Cuando él se dirigió hacia la puerta como si tuviera intención de entrar, a ella le pareció que se le paraba el corazón. Ahora estaba más despierta y era consciente de que había estado espiando a un hombre que se daba una ducha. No era muy educado que digamos. ¡Desde luego a ella no le habría gustado que se lo hicieran!

Cuando él colocó una mano sobre el pomo, a Casey se le

aceleró el corazón. No se atrevió a moverse por miedo a que la viera.

Él dejó caer la mano y bajó los escalones del porche, recogió los pantalones del chándal y se los puso, y ella dejó escapar un suspiro de alivio. No se enteraría nunca. ¡Bien!

Pero cuando él iba a recoger también la camisa, sonó el móvil de Casey. Se había olvidado de que lo había dejado cargándose sobre la encimera. Siguió sonando mientras alargaba el brazo y luego le daba torpemente al botón de manos libres, justo cuando saltaba el contestador.

«Oye, hermanita, he usado un sable para talar un par de robles y tallar unas mesas. Pero también he pedido prestado otro par a la iglesia. Si quieres que te recoja y os lleve a ti y a tus teteras en mi camioneta, dímelo. Si no me dices nada, nos veremos a las ocho.» Colgó.

Casey no se había movido ni había apartado los ojos del hombre. Al sonar el móvil, él había dejado caer la camiseta y se había vuelto para mirar hacia la puerta.

Ella estaba casi segura de que la había visto. Llevaba puesto el pijama blanco, el del dibujo de un plato corriendo y la cuchara y la vaca saltando por encima de la luna, que le había regalado su madre. Demasiado infantil para ella, y se le ceñía demasiado a la curvilínea figura, pero, ay, era tan reconfortante.

Fuera empezaba a clarear y Casey sabía que seguramente era visible dentro de la cocina en penumbra. Pero tal vez no. Tal vez podría escabullirse escaleras arriba y fingir que no había visto a nadie.

Tan deprisa como pudo, dejó el tazón y se bajó del taburete.

Pero no fue lo bastante rápida. Él subió los escalones y alcanzó la puerta en segundos. Cuando intentó abrirla, el pestillo se lo impidió.

Pensando que disponía de una prórroga, Casey dio un paso hacia la sala de estar, pero un ruido hizo que se diera la vuelta.

El hombre, desnudo de la cintura para arriba, traspasó la tela metálica con el puño y levantó el pestillo.

Vale, ahora sí que estaba asustada. El hombre era fornido y

parecía furioso. Casey miró en dirección al móvil, pero estaba en medio de los dos. Su encantadora casita estaba situada en medio de cuatro hectáreas de jardín y bosque. Si chillaba, no la oiría nadie.

—¿Qué? ¿Lo ha captado todo bien? —preguntó él, y dio un paso más hacia Casey.

Su voz era grave... y amenazadora. Quizá si Casey echaba a correr podría llegar a la puerta principal y salir de allí. Pero entonces ¿qué? Solo había una casa cerca, la mansión, y estaba vacía.

Así que puso los brazos en jarras, respiró hondo y se encaró con él. Unos minutos antes, le seducían la envergadura, los músculos y la virilidad de aquel hombre; ahora resultaban amenazadores. No creía que pudiera escapar de él, pero quizá si no se amedrentaba lograría que se fuera.

—Vivo aquí —dijo—. Ha forzado la entrada de mi casa.

Él se detuvo a tan solo un metro de ella.

—¡Y una mierda! ¿Para quién trabaja? ¿Dónde está?

Casey reculó un paso. ¡Menuda voz tenía! Grave y sonora. Y hacía unas preguntas absolutamente desconcertantes.

—Trabajo por mi cuenta. Tengo un servicio de comidas y me encargo del catering para fiestas privadas.

Él dio otro paso hacia delante.

—¿Y eso qué es, un negocio suplementario? ¿Dónde lo tiene escondido?

El miedo de Casey empezaba a convertirse en confusión.

—¿El qué? ¿Qué es lo que quiere?

Él se apoderó del móvil de Casey y el cable del cargador se soltó.

—¡Por favor, dígame que no ha usado esto! Creo que merezco algo mejor que un móvil. —Volvió a dejar el móvil sobre la encimera, luego se dio la vuelta y miró a Casey de arriba abajo.

Casey sabía que su aspecto dejaba mucho que desear. ¿Qué mujer querría que un tío bueno la viera con un pijama que era perfecto para una niña de cinco años? Y el pelo lo tenía tan enmarañado como un nido de pájaros y seguramente lleno de harina y mermelada de frambuesa. Se había desplomado en la cama la noche anterior sin molestarse en darse una ducha primero.

Tal vez fuera por orgullo, pero la sensación de miedo desapareció por completo. Echó los hombros hacia atrás.

—No sé quién es usted, ¡pero quiero que salga de mi casa ahora mismo! —Agarró su móvil—. Creo que al sheriff le gustaría enterarse de que un hombre se ha presentado medio desnudo en mi porche y que ha roto la tela metálica de mi puerta para meterse en mi casa y amenazarme. A menos que quiera acabar esposado, le sugiero que se marche inmediatamente.

Él se quedó allí plantado, mirándola fijamente sin decir nada, pero con expresión sorprendida. Abrió la boca para hablar, pero volvió a cerrarla. Dio media vuelta y abandonó la casa, dando un portazo al salir.

Durante un rato Casey permaneció quieta, clavándose las uñas en las palmas de las manos, observando su partida. Él no se detuvo para recoger la camiseta, sino que siguió andando, giró a la derecha y desapareció de la vista.

De repente, Casey se sintió exhausta. Logró llegar a la sala de estar y se dejó caer en el sofá. Le zumbaban los oídos. Recostó la cabeza e intentó tranquilizarse mediante ejercicios de respiración.

¡Aquel hombre estaba tan furioso!

Cuando Kit le había dado su pequeña casa de invitados para vivir en ella, a Casey le había parecido perfecta. En otro tiempo había sido la cocina de una vieja plantación de Virginia, y la enorme chimenea que se utilizaba entonces para cocinar ocupaba la sala de estar. Años atrás alguien había ampliado la vivienda, añadiéndole una excelente cocina a un lado y un dormitorio y un cuarto de baño en el piso superior. Incluso había un huerto fuera, al lado de la casa.

Kit le había preguntado si no le importaba vivir tan aislada, y Casey le había respondido que no, que le encantaba. La mansión, que habían reformado y redecorado antes de que llegara ella, estaba vacía y cerrada a cal y canto. Durante seis años, antes de irse a vivir a Summer Hill, Casey había trabajado como chef principal de uno de los restaurantes más populares de Washington D.C. Después del ruido y el caos controlado de aquel lugar, la quietud de la vieja plantación era el paraíso.

Pero esta mañana se había vuelto alarmante.

Casey empezaba a recobrar el sosiego. Necesitaba pensar en qué debía hacer. Meditándolo bien, le pareció que debería llamar al sheriff y denunciar lo ocurrido, incluyendo su embarazoso voyeurismo.

Aún tenía el móvil en la mano y se dio cuenta de que tenía un mensaje de voz de Kit. Cuando tocó la pantalla, le temblaba la mano.

«Casey, querida —dijo la voz fuerte de Kit—, sé que es tarde y espero que te hayas acostado ya. Solo quería decirte que el dueño de Tattwell ha regresado. Sé que crees que yo soy el dueño de la casa, y me disculpo por el subterfugio, pero mi primo me hizo jurar que le guardaría el secreto. De todas formas me ha parecido que debía avisarte por si ves a un par de hombres desconocidos por ahí. El dueño es Tatton Landers y ha ido con su mejor amigo, Jack Worth. Son dos jóvenes muy agradables, así que espero que les des la bienvenida. Tengo que dejarte. Nos vemos en la audición.»

Casey escuchó el mensaje dos veces para intentar asimilar toda la información que contenía. «¿Jack Worth?», pensó. Ese era el nombre de un actor que le gustaba mucho. Su último novio era un fanático de sus películas y tenía todos los DVD. Nunca se habían perdido el estreno de una nueva película de Jack Worth.

Pero no era el hombre del porche.

Casey respiró hondo. ¡Todo aquello era ridículo! Jack Worth era un nombre muy corriente. Era imposible que Kit se refiriera al actor.

Siguiendo un impulso, introdujo el otro nombre, Tatton Landers, en el buscador de su móvil, y pronto apareció la información. Allí estaba. Había miles de fotos en internet del hombre al que había observado mientras se duchaba en su porche. En la mayoría de ellas aparecía con traje de época: un caballero con armadura, con apretados calzones de estilo Imperio, con un jubón de cuero como el que llevaría Robin Hood.

—Por supuesto —dijo en voz alta—. Tate Landers.

No había visto ninguna de sus películas, pero una amiga suya le había hablado de él, porque le gustaban las películas románticas e iba a verlas todas. A Casey nunca le habían interesado, así que solo había escuchado a medias lo que le contaba su amiga, y luego se había burlado de ella.

—Tienes un doctorado en psicología y se te cae la baba por un actor que dice: «Oh, Charity Goodheart, tus ojos son como esmeraldas. Tienes que ser mía.»

—No lo entiendes, ¿verdad? —le había dicho su amiga—. Vivimos en un mundo de metrosexuales. Tate no es así. Él echa a las mujeres sobre la silla de su caballo y les dice que cierren la boca.

Casey se horrorizó.

—¿Qué le dirías a una de tus pacientes si te dijera que su novio le hace algo así?

—Le daría el número de teléfono de un centro para mujeres maltratadas y me aseguraría de que fuera allí. Pero eso es la realidad; Tate es fantasía.

Casey meneó la cabeza mirando a su amiga.

—Ese tipo es un actor. En la vida real seguramente lleva camisas de color rosa y se depila las cejas.

—¡Tate no! He leído que...

Casey había levantado las manos al cielo. Su amiga había intentado convencerla para que fuera a ver películas románticas, pero ella se había negado. Tenía demasiado trabajo y muy poco tiempo libre, que no pensaba malgastar en una de esas sagas ñoñas.

Y al parecer ahora vivía en una casa cuyo dueño era una gran estrella de cine... que la detestaba.

«Y con razón», pensó Casey. Una cosa era mirar a un tipo medio desnudo cortando el césped, pero cuando la gente espiaba a figuras públicas, a menudo acababan ante un tribunal. Y luego iban a prisión.

¿Qué había dicho él? «¿Dónde está?» Y «¡por favor, dígame que no ha usado *esto*! Creo que merezco algo mejor que un móvil».

«Pensaba que le estaba fotografiando», pensó Casey en voz alta. Él creía que le había sacado fotos con un móvil y su ego se había sentido ofendido. A pesar de la gravedad de la situación, Casey no pudo reprimir una sonrisa. No era de extrañar que se hubiera esfumado ante la mención del sheriff. A la prensa sensacionalista le encantaría una foto del héroe romántico esposado.

—Tengo que arreglarlo —dijo en un susurro, poniéndose en pie. Necesitaba disculparse y explicarse, y luego volver a disculparse.

Miró el reloj que había sobre la repisa de la chimenea. Aún era temprano, así que podía tomarse una hora para hacer lo que mejor se le daba. Iba a cocinar algún plato delicioso y llevárselo a él. Utilizaría su voz más meliflua para conseguir que la perdonara. Y le aseguraría que acababa de entrar en la cocina al oír sonar el móvil, así que solo lo había visto sin la camiseta.

«Eso es», pensó. Unas cuantas mentiras, un poco de su pollo glaseado con miel y un buen cóctel mimosa, y quizás él no la echaría a patadas de su cómoda casita. Ni la enviaría a la cárcel.

Tenía un plan.

Elizabeth no seduce a Darcy

Una hora más tarde, Casey llegaba con comida a la mansión, como la llamaban todos en el pueblo. Había utilizado algunas de las cosas que ya tenía preparadas para el grupo de Kit, y luego había añadido algunas cosas más. En un recipiente hermético llevaba pollo glaseado con miel asado a fuego lento y puré de boniato con huevos fritos encima. También había untado con mantequilla pan casero recién hecho y lo había pasado por la plancha.

No le resultó fácil ensayar lo que iba a decir. Disculparse profusamente, explicar que no sabía que había una ducha en el porche y... ¡No! Se suponía que no sabía que él se había dado una ducha. Su historia era que estaba en la cama, había oído sonar el móvil y había bajado corriendo las escaleras.

Había un viejo sendero pavimentado de ladrillos que discurría desde la casa de invitados hasta la parte trasera de la mansión. La mayor parte del terreno estaba demasiado cubierto de maleza para atravesarlo, pero Casey había explorado la zona cubierta de nieve de alrededor de la mansión durante el invierno. Al final había acabado por gustarle la superficie irregular del sendero, e incluso había memorizado los lugares en los que sobresalían los ladrillos, para no tropezar con ellos.

Pero ahora mismo no le hacían ninguna gracia. El recipiente era pesado y ella estaba tan nerviosa que temía dejarlo caer. Si se le caía, estaba segura de que le pedirían que desalojara la casa de invitados. Y entonces ¿dónde iba a vivir? Los que tenían casa jun-

16

to al lago empezaban a prepararla ya para el verano, lo que significaba que también estaba llegando el personal de servicio de restaurantes y tiendas. Los apartamentos de un dormitorio se llenarían de universitarios, por lo menos seis en cada uno, que trabajarían por turnos.

Casey se estremeció involuntariamente al pensarlo. No, le gustaba el sitio donde vivía y quería quedarse en él.

Nunca había estado dentro de la mansión, pero durante el invierno había intentado mirar por las ventanas. La mayoría tenían las persianas bajadas o las cortinas corridas, pero sabía dónde estaba la cocina y que al lado había una salita acristalada para el desayuno.

Vio la luz encendida en la salita. Al igual que ella, el señor Landers tenía todas las ventanas abiertas y solo estaban cerradas las puertas de tela metálica. Al acercarse, Casey lo vio sentado a una mesa blanca, con la cabeza gacha, y se detuvo. Landers vestía tejanos y camisa a cuadros y parecía... bueno, bastante triste.

Casey se apartó de la vista. «Por favor, dime que no he sido yo quien lo ha dejado así», pensó. El pobre tipo seguramente había ido al pequeño y aletargado pueblo de Summer Hill buscando algo de paz, y le había recibido lo que él creía que era una periodista que le hacía fotos al natural.

Casey echó un vistazo al pesado recipiente que llevaba. Tal vez, posiblemente, la comida serviría para animarlo y para hacer que la perdonara. Y después podría presentarle a algunas personas para que no se sintiera tan solo.

Poniendo una sonrisa en la cara, se volvió hacia la puerta. ¿Le daría la bienvenida o llamaría al sheriff?

Cambió el recipiente de posición para tener una mano libre con la que llamar a la puerta, pero se detuvo de repente. En la salita entraba en aquel instante el actor Jack Worth llevando únicamente unos pantalones de chándal de talle muy bajo.

Casey se aplastó contra la pared y, por segunda vez esa mañana, se le desbocó el corazón. Había visto a Jack Worth en la gran pantalla, elevado a proporciones épicas mientras recorría las calles velozmente en moto, saltaba de un edificio a otro, descendía montañas en rapel, al tiempo que salvaba a la chica. Sus películas eran acción pura y dura.

Todo lo que pudiera imaginarse, Jack Worth lo había hecho para la pantalla, y por lo general vistiendo el mínimo de ropa posible. ¡Y Casey era una de sus mayores fans! Siempre había soñado con conocerlo.

«Tengo que controlarme —pensó Casey—. Cálmate. Nada de hablar sin ton ni son ni de mirarlo embobada, haciendo el ridículo.»

Pero no consiguió tranquilizarse. Dos hombres guapísimos desnudos, o casi, en un solo día. Su ángel guardián qué era, ¿un encanto o un demonio sádico?

Respiró hondo, enderezó la espalda y se volvió de nuevo hacia la puerta.

Pero entonces Jack habló. Su voz le resultó tan familiar a Casey como la suya propia. No se parecía en nada a la del seductor James Bond. La voz de Jack era áspera y cavernosa, ruda. Evocaba el peligro.

Casey volvió a pegarse contra la pared. ¡Realmente hablaba así! No eran ajustes de sonido, era su voz real.

—¿Por qué estás tan gruñón? —Casey oyó la voz de Jack desvaneciéndose cuando él se dirigió a la cocina.

—Kit ha metido a una chica en mi casa de invitados.

Casey se quedó petrificada, conteniendo la respiración. Estaba a punto de conocer el destino que la aguardaba.

—Eso está bien —dijo Jack, regresando a la salita—. Necesitas a alguien que cuide de este sitio cuando tú no estás. La nevera está vacía.

—Eso es lo que ocurre cuando no te traes al cocinero de casa.

—¿Alguna posibilidad de que nos sirvan a domicilio?

—¿En la Virginia rural antes de que se haya hecho de día? —respondió Tate—. Ni lo sueñes. Hay café, tómate uno.

Jack se sirvió una taza de la cafetera que había sobre la mesa y bebió.

—Está bueno. ¿Quién lo ha hecho? —Miró a Tate—. ¿Qué tenemos para hoy?

—Yo he hecho el café. Kit quiere que... —Cuando Tate alzó la vista, sus ojos tenían una expresión sombría—. Va a producir obras de teatro, incluso ha comprado un edificio y ha construido un escenario. —Tate hizo una pausa—. Su primera producción será *Orgullo y prejuicio* y quiere que la lea con las mujeres que van a hacer la prueba para el papel de Elizabeth.

Jack se echó a reír.

—Teniendo en cuenta que eres el único Darcy que ha logrado derribar a Colin Firth de su pedestal, estoy seguro de que atraerás a un montón de aspirantes a Lizzys, Janes y todas las demás.

—Supongo. Kit dice que quiere levantar el ánimo de la comunidad y atraer de vuelta al pueblo a la gente que tiene casa en el lago. Al parecer han empezado a ir en coche a Richmond para hacer las compras, y las ventas locales se resienten. Los beneficios de la función se destinarán a obras benéficas, así que no he podido negarme.

Fuera, Casey se dio cuenta de repente de que estaba espiando de nuevo. ¿Pero qué le pasaba hoy? Hizo ademán de marcharse, pero entonces oyó decir a Jack:

—¿Crees que habrá comida en la audición?

—Sí, y creo que la va a cocinar la chica esa que está en mi casa de invitados.

A Casey le resultó entonces tan imposible alejarse como echar a volar.

Jack soltó un bufido.

—¿Qué demonios te ha ocurrido para que te hayas convertido en uno de tus personajes? Pareces a punto de ensartar a alguien con tu espada.

—Me estaba espiando.

A Casey se le subió el corazón a la boca.

—Oh, oh. Eso está mal —dijo Jack—. ¿Estaba oculta entre los arbustos? ¿Le has quitado la cámara?

—Nada de arbustos —contestó Tate—. Y no estaba escondida. No creo que haya hecho fotos. Pero sí creo que me ha estado observando mientras me duchaba.

Jack tomó aire, horrorizado.

—¿Se ha metido a hurtadillas en la casa? Tenemos que llamar a la policía. No puede...

—¡No! —exclamó Tate—. Ella estaba en la casa de invitados y yo he usado la ducha del porche. Pero no lo habría hecho si Kit me hubiera contado que había alguien viviendo allí.

Jack se tomó su tiempo antes de hablar.

—¿Está viviendo en una casa por la que seguramente paga un alquiler, tú estabas desnudo en su porche, y te ha visto? ¿Pues dime qué mal ha hecho?

El corazón de Casey se sosegó. ¡Tenía un defensor! «Te quiero, Jack Worth», pensó.

—Ha sido su forma de observarme lo que me ha cabreado, eso es todo —replicó Tate—. ¿Por qué no te vistes y vienes conmigo a esas audiciones?

—¿Para una obra local? No, gracias. Creo que me volveré a Los Ángeles mañana. Este es todo el ambiente rural que puedo soportar. Las neveras vacías no me llaman.

—Te estás volviendo blando. Pero creo que me volveré contigo mañana, después de esa maldita audición, claro.

—Bueno, ¿y cómo era la chica? ¿Y qué edad tiene?

Casey contuvo el aliento. ¿Qué diría de ella? ¿«Tenía mermelada en el pelo, pero estaba bien»? Sería agradable oír algo así.

—Veintitantos, supongo —respondió Tate—. Llevaba un pijama de niña, así que quién sabe cómo es. Estaba demasiado enfadado para fijarme.

—Una mujer con pijama. Me gusta —afirmó Jack—. ¿Y cocina?

—O eso, o se le da estupendamente dejar la cocina hecha un asco. Había cacharros y cuencos por todas partes. Y pan. Por el olor que hacía, lo había horneado ella.

Jack soltó un gemido.

—Creo que me estoy enamorando de ella. Con pijama y hornea pan. ¿Dónde está la casa de invitados y qué aspecto tiene ella? ¿Bonita de cara?

—Está bien, supongo. Bonitos ojos, pero no me ha seducido.

Una vez más Casey se sintió desanimada. Eso le pasaba por fisgar. Vale, tal vez podría perder unos pocos kilos, pero a otros hombres les gustaban sus curvas. Pero no a aquel altivo y famoso actor. Como muy bien había señalado Jack, Tate no tenía derecho a enfadarse con ella por estar en su propia casa, ¡pero eso a la supuesta celebridad le daba igual!

Casey se apartó de la pared. Pensó en dejar el recipiente en el escalón, pero no lo hizo. Con lo altanero que era Tate Landers, seguramente tiraría toda la comida. No sería lo bastante buena para alguien tan grandioso y de tanta categoría.

Jack estaba de pie junto a la mesa, mirando a su amigo con el ceño fruncido, cuando un movimiento en el exterior atrajo su atención. Fue hasta la puerta y miró.

Una mujer joven con un recipiente grande entre las manos se alejaba deprisa. Y por sus andares, no iba contenta.

Llevaba tejanos y una camiseta. A Jack le gustó su figura. Su trasero trazaba una redondeada curva, y cuando se volvió ligeramente, Jack reparó en que también tenía una buena delantera. Se alegró de ver a una mujer sana y normal. La mayoría de las jóvenes actrices con las que trabajaba estaban esqueléticas. Claro que la cámara añadía kilos, así que se veían presionadas para mantenerse muy delgadas.

La chica llevaba los cabellos recogidos en una cola de caballo que se agitaba de un lado a otro. El sol de la mañana se reflejaba en ellos. Jack no le veía la cara, pero si era la mitad de estupenda que el resto del cuerpo, le valdría. Pensándolo bien, tendría que hacer una visita a la casa de invitados.

Se volvió para mirar a Tate, que observaba su taza de café con el ceño fruncido. ¿Qué diablos le pasaba? En público, Tate era una persona muy reservada. Cuando tenía que asistir a algún acto, solía ir acompañado de su hermana.

Pero cuando estaba con sus amigos, casi siempre estaba relajado y reía. Jack sabía que Tate había planeado quedarse al menos un mes en Summer Hill. A Tate le gustaba la compañía de su primo Kit, que tenía edad suficiente para ser su padre, claro que quizá por eso le caía tan bien. Y a Jack le había contado que recientemente había contactado con otros parientes que también se habían mudado al pequeño pueblo de Virginia. Todo era perfecto.

Entonces ¿por qué estaba allí sentado con aire abatido? ¿Por qué no había salido a dar una vuelta por el lugar? ¿Y por qué temía ir a una audición local? A Tate se le daba muy bien tratar con las hordas de féminas chillonas que lo seguían a todas partes.

Jack vio a la joven desaparecer entre los árboles.

—¿De qué color tiene el pelo? —preguntó, evitando a propósito mencionar de *quién* era el pelo.

—Rojizo. Creo que era su color natural.

—¿Ah, sí? —comentó Jack—. ¿Algo más que tuviera natural?

El ceño de Tate se disipó y sonrió levemente.

—Por el modo en que se han movido cuando me ha echado de la casa, diría que sus pechos son muy naturales.

Jack arqueó una ceja.

—¿Cómo dices que era su pijama?

La sonrisa de Tate se hizo más amplia.

—Muy fino y a medio desabrochar. Y arrugado de estar en la cama. No llevaba nada debajo.

Jack tuvo que hacer esfuerzos para no sonreír.

—¿Estás seguro de que quieres irte de aquí mañana?

Tate sonrió de oreja a oreja, algo que solo sus amigos solían ver.

—Ve a vestirte. Tengo que leer un guion y Kit no quiere que vaya hasta después de comer.

—Creo que yo iré luego. Nos vemos allí. —Jack subió la escalera en dirección a su dormitorio riendo entre dientes—. Conque no te ha seducido, ¿eh?

Bingley defiende a Darcy

—Hola —dijo Jack desde el otro lado de la puerta de Casey.

Casey estaba metiendo comida en bolsas y pequeñas neveras, preparándose para llevarlo todo al viejo almacén donde se estaba levantando el escenario. Por desgracia, aplicaba tanta fuerza que casi rompe un plato de plástico.

—Hola —repitió Jack más fuerte, dando unos golpes en el marco de la puerta con los nudillos.

Casey dio un respingo.

—Lo siento, yo... Oh. Eres tú. —Abrió los ojos como platos.

—¿Puedo entrar?

—Por supuesto, pero esto está hecho un asco.

—Cuando un lugar huele tan bien como este, para mí es perfecto.

—Tengo que... —empezó a decir ella, pero se interrumpió. Jack Worth, su estrella de cine predilecta, estaba en su cocina. Lo primero que pensó fue lo extraño que resultaba verlo al natural. Era guapo, pero también humano, normal. Y ese momento reconoció en él a una persona hambrienta, justo lo que a ella se le daba mejor solucionar—. ¿Te gustaría comer algo?

—Por favor —pidió él.

Minutos más tarde, Jack estaba sentado en el extremo más alejado de la isla de la cocina, delante de un festín. Casey había abierto todos los recipientes y le había servido un poco de cada. Calentó el puré de boniato y frio huevos frescos para ponerlos encima.

—Esto es fantástico. —Jack estaba comiendo un bollo con nueces y jarabe de arce mientras paseaba la mirada por las hileras de tarros de mermeladas caseras tapados con telas a cuadros blancos y rojos. En una pared lateral había sartenes colgadas de todos los tamaños, suficientes para alimentar a una multitud. Entre las grandes puertas que daban al exterior había tres estanterías altas y estrechas llenas de libros de cocina, carpetas y cajas de tarjetas. Junto a la gran cocina de acero inoxidable había estantes llenos de botellas de aceite de diferentes colores, la mayoría con hierbas y pimientos en el interior—. Lo digo en serio, hasta el último centímetro de este sitio es fantástico.

Casey sonrió, complacida por el cumplido. Si le hubieran dicho que iba a conocer a Jack Worth, habría dicho que se convertiría al instante en una fan enloquecida. Pero, mientras lo observaba comiendo, se dio cuenta de que se sentía igual que con su hermano.

—Disculpa, pero tengo que guardar todo esto.

—Adelante —dijo Jack—. ¿Cómo vas a transportarlo?

—Tengo que llamar a mi hermano para que venga con su camioneta.

—Tate tiene una camioneta grande en el garaje. Puedo ir a por ella y llevarte.

Ella lo miró pestañeando. ¿Ir en coche con Jack Worth? Por su cabeza pasaron todas sus escenas peligrosas con coches volando por los aires.

—Prometo mantener las cuatro ruedas en el suelo.

—Entonces prefiero ir con otra persona —le aseguró ella solemnemente.

Jack se echó a reír.

—Vale, la próxima vez iremos en el Jeep y buscaremos carreteras difíciles.

—Hecho. —Casey metió un guiso de calabaza en la nevera—. Pero será mejor que no le digas a... él, al dueño, a quién vas a llevar en la camioneta, porque a lo mejor no te deja usarla.

—El primer encuentro ha ido mal, ¿eh? —Jack mordió un bollo de manzana cubierto de caramelo salado.

—Depende de si te gusta la ira desatada.

Jack alzó el bollo.

—Esto es... ¡mmm! El caso es que eso no parece propio de Tate. No es el hombre furioso y amenazante de las pantallas. Yo no tengo más que conducir a toda pastilla para hacer feliz a la chica. Pero ¿qué hace Tate para impresionarla? ¿Derretirla con la mirada?

—¿Qué significa eso? —preguntó Casey—. Espera, no me lo digas. Mi amiga solía decirme que Tate Landers solo tenía que mirar a una mujer para que ella empezara a quitarse la ropa. Yo no he sentido eso. Me ha mirado como si fuera algo que se hubiera encontrado en el zapato.

—Eso no parece propio de Tate.

Casey agitó una mano.

—¿Por qué estamos hablando de él? Me encantó esa escena de tu última película en la que arrancas a la chica de la moto de nieve. Me la pongo una y otra vez en el DVD. ¿Qué vas a rodar a continuación?

—En septiembre empiezo una nueva película sobre un adolescente mimado de familia rica al que secuestran. Yo lo salvo y de paso lo convierto en un hombre. Por cierto, ¿para qué papel vas a hacer la prueba?

—Para ninguno. No soy actriz. Solo cocino.

—Este desayuno no es de alguien que *solo* cocina. Escucha, con tu talento podría conseguirte un trabajo en Los Ángeles en...

—Gracias, pero no. Todavía no. —Casey no pensaba decir nada más, pero no pudo evitar alardear un poco—. ¿Has oído hablar de Christie's en D.C.? —Casey ya sabía que sí, porque le habían contado que estaba allí, solo que entonces estaba demasiado ocupada cocinando para ir a echarle un vistazo.

—Por supuesto. He comido allí. Era un restaurante magnífico que se echó a perder. ¿Tienes tú algo que ver con haberlo devuelto a la vida?

Ella no contestó, se limitó a encogerse de hombros con modestia. Su jefe la había contratado nada más salir de la escuela de cocina y había depositado sobre sus jóvenes hombros toda la carga de restituir la fama a aquel viejo restaurante de pasado esplendor. «Puedes hacerlo. Yo tengo fe en ti», era la respuesta de su jefe para cualquier problema catastrófico que les presentaba. Y siempre lo decía justo antes de marcharse corriendo.

—Estoy impresionado. —Jack sonrió igual que sonreía a las chicas ante las cámaras.

Casey le devolvió la sonrisa, pero pensó que no era lo mismo que verlo en la pantalla del cine. Parecía tan solo un hombre hambriento, guapo, pero no en exceso. Tal vez la vida real le quitaba algo de magia a una celebridad.

Se inclinó para meter utensilios en una caja.

—Ahora mismo necesito un descanso. Necesito pensar hacia dónde voy y lo que quiero hacer. Pero no hablemos más de mí. Prueba esto. —Le tendió lo que parecían buñuelos, pero en realidad eran bombolini italianos. Estaban rellenos de crema pastelera con un toque de licor de naranja.

—Delicioso —dijo Jack—. Pensándolo mejor, olvídate de trabajar en ningún restaurante. Vente a vivir conmigo y dame de comer cada día.

—Vaya, esa sí que es una oferta tentadora —dijo Casey sonriendo—. ¿Y el sexo también está incluido?

—Cielo, tú dame de comer así y tendrás cualquier parte de mi cuerpo que quieras a tu disposición.

Se miraron y se echaron a reír, porque comprendieron, porque se sabían esas cosas desde tiempos inmemoriales, que jamás habría nada parecido entre ellos. Él le había dedicado su mejor sonrisa y ella no había sentido nada. Tampoco él. Estaban destinados a ser amigos y nada más.

ACTO PRIMERO, ESCENA CUARTA

Bingley conoce a Jane

Jack condujo por las calles del pequeño y bonito pueblo de Summer Hill sin apartar los ojos de la carretera en ningún momento, y obedeció todas las señales de tráfico. Casey no sabía si se alegraba o se sentía decepcionada.

—Hice de Bingley en el instituto —dijo Jack, al detenerse en la primera señal de stop—. Eso fue lo que me impulsó a dedicarme a actuar.

Hasta entonces iba sentado de tal forma que parecía adueñarse de todo el asiento. Era la misma postura lánguida y confiada que Casey le había visto adoptar en las películas. Pero de pronto, cambió de actitud. Se enderezó, juntó brazos y piernas y declamó el papel de Bingley: «Cuando estoy en el campo, no deseo abandonarlo jamás; y cuando estoy en la ciudad, me ocurre lo mismo. Ambos tienen sus ventajas y yo soy feliz en ambos por igual.»

—Eso ha sido estupendo —dijo Casey, impresionada—. Nunca he podido comprender cómo los actores pueden hacer de otras personas. ¿Qué pasa si tienes que hacer una escena de amor con alguien a quien detestas?

—¿Has visto *Fugitivo 3*?

—Claro. Tu novia está atrapada en una montaña y tú te lanzas en paracaídas y dejas que tu avión se estrelle. Cuando ese agente federal os encuentra a los dos en la cabaña la mirada que le lanzas no tiene precio. Estaba segura de que ibas a pegarle un tiro.

—Odiaba a esa mujer. No hacía más que quejarse.

—Pero parecía que os adorabais.

—Por eso lo llaman «actuar». Lo más bonito que me dijo fue que conducía como un loco solo para estropearle el peinado.

—Pero si conducir como un loco es precisamente lo que hace tu personaje.

—¿Lo ves? Si trabajaras para mí podrías habérselo dicho para protegerme.

—Si la hubiera oído haciendo comentarios desagradables, le habría puesto yogur azucarado en su batido del desayuno. Las calorías suplementarias la habrían ablandado.

Riendo, Jack se metió en un amplio aparcamiento y detuvo la camioneta frente a un enorme almacén de ladrillo de dos plantas con un centenar de ventanas. Había docenas de furgonetas aparcadas, todas ellas con el nombre de alguna empresa pintada en el lateral: electricidad, carpintería, calefacción y aire acondicionado, fontanería, pavimentos y cristalería. Era temprano, pero se oía ya el ruido de martillos, sierras y hombres gritando órdenes.

Casey se bajó y se dirigió a la parte posterior de la camioneta para empezar a descargarla.

—¡Eh, Josh! —gritó.

Un hombre joven y apuesto, en tejanos y camiseta, se acercó y le dio un beso en la mejilla. Era alto, de más de uno ochenta, y la camiseta resaltaba sus músculos.

—¿Podrías echarme una mano con esto? —preguntó Casey.

—Ni hablar —contestó Josh—. A menos que reciba el soborno que me habías prometido.

Sonriente, Casey abrió el recipiente de bombolini y se lo tendió.

Él tomó un par de bombolini y echó un vistazo a Jack, que estaba de pie a un lado de la camioneta.

—Te pareces a ese tío que...

—Es *ese* tío —dijo Casey—. Josh, te presento a Jack Worth, y Jack, este es Josh, mi hermano.

Los dos hombres se estrecharon la mano.

—En realidad no soy su hermano —explicó Josh—. Ella es hermanastra de mi hermana, que también es hermanastra mía. —Agarró entonces una pesada nevera de la camioneta.

—Interesante relación. —Jack puso una caja sobre otra nevera y levantó ambas.

Josh dejó en la camioneta la nevera que llevaba, puso una gran cazuela encima y volvió a cogerla.

Jack hizo ademán de dejar la nevera que sujetaba él, pero Casey se interpuso entre los dos.

—Venga, continuad los dos. Ya os echaréis un pulso luego.

Los dos hombres echaron a andar juntos hacia el almacén, pero de repente Josh aceleró el paso y Jack fue tras él. Cuando llegaron a la puerta, iban casi corriendo.

—Vaya, ha nacido una amistad —musitó Casey.

—¿Necesita ayuda?

Casey se dio la vuelta y se encontró frente a una mujer madura, muy guapa, de cabellos rubios y ojos azules. Era esbelta y parecía en forma.

—Sería estupendo que me ayudara, pero prefiero dejar que los hombres demuestren su utilidad. —Se volvió hacia las furgonetas, que estaban todas abiertas dejando ver las herramientas y suministros del interior; había unos cuantos hombres cerca—. Tengo comida —dijo Casey en voz alta—, y cuanto antes pueda llevarla dentro y colocarla, antes podréis comerla, chicos.

En unos segundos, media docena de hombres se habían acercado a la camioneta para descargar los recipientes y meterlos en el edificio.

La mujer se echó a reír.

—Soy Olivia. Quizá pueda ayudarle a colocarlo todo.

—Soy Casey, y eso sería fantástico. —Echaron a andar hacia las puertas del almacén, que estaban abiertas—. ¿Se ha desplazado hasta aquí para la audición?

—Oh, no —contestó Olivia—. Nací y crecí en Summer Hill. He venido con mi nuera, Hildy. Va a hacer la prueba para el papel de Jane Bennet.

—Eso está bien —dijo Casey—. Pensaba que todas las mujeres de por aquí querrían hacer de Elizabeth.

—Hildy cree que sus atributos físicos la predisponen para ser Jane.

—¿Qué? —preguntó Casey, sin comprender—. Ah, ya entiendo. Jane es muy guapa. Eso le va bien a su nuera. —Echó una mirada al almacén—. No había vuelto aquí desde que Kit compró este lugar. La mitad de las ventanas estaban rotas y el interior estaba lleno de basura. Parece que lo han limpiado desde entonces.

—Espere a ver el interior.

Traspasaron la amplia entrada en dirección al ruido de hombres y herramientas... y Casey ahogó una exclamación. La reforma del almacén estaba casi terminada. Era un espacio largo y de techo muy alto. En un extremo había un gran escenario, el centro estaba ocupado por hileras de asientos sobre una plataforma, y también había una pequeña zona separada del resto para la venta de entradas. Lo que resultaba especialmente sorprendente era que se había derribado buena parte de una pared para instalar unas puertas de cristal. Casey sabía que, cuando Kit lo había comprado, los alrededores del almacén estaban llenos de piezas de maquinaria abandonadas y de gran cantidad de hierbajos. Todo eso había desaparecido, reemplazado por un jardín. Mientras lo contemplaba, una grúa hizo descender un abedul de seis metros de altura hacia dos hombres que lo guiaban hacia un gran agujero en el suelo.

—Vaya —fue todo lo que Casey pudo decir.

—Gracias —dijo una voz grave que ella conocía muy bien—. Eso quiere decir que te gusta.

Casey le ofreció la mejilla a Kit para que la besara. Era un hombre alto y elegante, de espesos cabellos grises como la melena de un león.

—Es precioso.

—Me han contado que has tenido una pequeña aventura esta mañana —comentó él—. Parece ser que la cuestión es si has visto o no has visto. —No miraba a Casey.

—¿Conoces a Olivia? —preguntó ella—. No te diré qué he visto, pero, para que lo sepas, las hadas madrinas sí que conceden deseos.

Kit se echó a reír. Su risa tenía un profundo y agradable sonido.

Pero a pesar de reírse de la broma de Casey, no había apartado los ojos de Olivia, muy empeñada en observar a los hombres del jardín. Casey los miró a ambos.

—Olivia me va a ayudar a servir, y su nuera va a presentarse para el papel de Jane.

Kit apartó los ojos de Olivia y consultó el portapapeles que sujetaba.

—¿Y tú para qué papel te presentas?

—Para ninguno —respondió Olivia con firmeza—. Solo he venido para ayudar a mi nuera si me necesita.

Las mesas se habían colocado cerca de las grandes puertas cristaleras. Los recipientes y las neveras se habían dejado al lado. Tres hombres aguardaban cerca, esperando para la comida.

—Será mejor que me ponga manos a la obra. —Casey fue hacia las mesas, seguida de Olivia.

Las dos mujeres trabajaron bien juntas, cada una parecía saber lo que quería la otra antes de que lo pidiera. A los pocos minutos, las grandes mesas se habían cubierto con papel blanco y se había dispuesto encima el desayuno. Kit había encargado docenas de pastas de la panadería local, de forma que la comida preparada por Casey pudiera reservarse para la hora de comer.

Mientras trabajaban, el enorme almacén empezó a llenarse de gente con copias del guion que había escrito Kit con ayuda de Casey y de su hermanastra Stacy. Kit se había quejado de la dificultad de convertir *Orgullo y prejuicio* en un guion.

—Omitió diálogos importantes y ahora yo tengo que inventármelos. —Se refería a la perfecta Jane Austen, así que Casey había soltado un gemido.

—Fíjate en esto —dijo él—. La escena principal del libro está

31

parafraseada. No dice lo que dijo Darcy al proponer matrimonio a Elizabeth, solo que la insultó. ¿Cómo? ¿Qué dijo exactamente? ¿Es que esa mujer no tenía editor?

Ellas se habían reído de las quejas de Kit, pero él se vengó haciéndoles leer los diálogos en voz alta cada vez que los reescribía. Llegaron a un punto en que se sabían de memoria las frases de todos los personajes.

Sonriendo al recordarlo, Casey empezó a llenar tazones de la enorme jarra de café, mientras Olivia abría las cajas de donuts. Al poco rato, las mesas estaban rodeadas de trabajadores que tomaban café y pastas, y no parecían querer irse.

—A este paso alguien tendrá que ir a buscar más a la panadería —observó Casey—. Creo que estoy celosa. ¿Qué les ponen que gustan tanto?

—No son los donuts, son las Lydias. Y las chicas están aquí por Wickham —explicó Olivia—. Mire.

Se había colocado una mesa junto a la puerta exterior, en la que se apuntaban los nombres y se entregaban distintivos. Todos los personajes de *Orgullo y prejuicio* estaban representados, pero las Lydias eran las más numerosas. Muchas mujeres llevaban el distintivo que rezaba LYDIA sujeto a la camiseta.

—¿Qué está pasando en el mundo? Pensaba que habría mucha más competencia para los papeles principales.

Olivia señaló el escenario con la cabeza. Allí, en el centro, hablando con Kit, se hallaba un hombre realmente guapo. De pelo muy moreno, anchos hombros, todo ello embutido en el rojo uniforme de los oficiales de Meryton.

—¡Otro! —exclamó Casey en voz baja.

—¿Otro qué? —preguntó Olivia.

—Otro hombre guapo. Hoy es mi día. Empiezo a sentirme como un imán que atrae trozos de un acero muy atractivo.

—¡Eh, Casey! —gritó Josh desde lo alto de un andamio—. ¿Vas a presentarte para el papel de Lydia?

—No, pero creo que *tú* deberías presentarte al de Wickham.

Media docena de jovencitas exhalaron un suspiro colectivo, alzando la vista hacia él, sonriendo y agitando las pestañas.

—Esta me la pagas. —Sonriendo, Josh reanudó la tarea de enyesar la pared, dando la espalda a las chicas.

Ocho de las Lydias se acercaron corriendo a Casey.

—¿Creés que Josh actuará...?

—¿Hará la prueba para...?

—¿Se pondrá uniforme...?

—No tengo ni idea. Lo dudo. Ni hablar —respondió Casey—. ¿Quién quiere una pasta de ochocientas calorías?

Todas las chicas se alejaron excepto una. También ella llevaba el nombre de LYDIA sujeto a la camiseta, pero no se parecía a las demás, que llevaban encima maquillaje suficiente para poner un negocio. Esta era guapa y rubia, alta y delgada, y mantenía la vista baja, como si fuera demasiado tímida para mirar a Casey. Aceptó un donut y un vaso de zumo de naranja y se fue a un lateral para sentarse y leer su copia de *Orgullo y prejuicio*.

—Qué joven tan guapa —dijo Olivia de un modo que despertó la curiosidad de Casey. Estaba a punto de hacerle una pregunta con la que quizá conseguiría descubrir algo sobre ella, pero Jack se acercó entonces a la mesa.

—¿Dónde has estado? —preguntó Casey—. ¿Escondiéndote de las cazadoras de autógrafos?

—¿Bromeas? —dijo él riendo—. Todas las chicas guapas van detrás del uniforme. —Miró en dirección al escenario, donde el hombre del uniforme rojo contemplaba a las chicas sentadas en la primera fila. Toda una hilera de Lydias.

—Pobrecito —se burló Casey—, pero te contaré un secreto. —Se inclinó hacia él—. Acabo de ver al reverendo Nolan llegando en su camioneta.

—¿Y eso qué quiere decir?

Casey se colocó detrás de él, puso las manos sobre sus hombros y le obligó a girar hacia la puerta principal.

—No apartes los ojos de esa puerta y verás lo que quiero decir —dijo. Luego volvió al otro lado de la mesa.

—Supongo que eso quiere decir que Gizzy Nolan viene a la audición —comentó Olivia—. ¿Elizabeth o Jane?

—Lo siento —dijo Casey—. Hará la prueba para Jane.

—Pobre Hildy —señaló Olivia.

Jack observaba la puerta, pero no ocurría nada. Estaba a punto de darse la vuelta, cuando entró una chica increíblemente guapa. Una vez dentro, se detuvo y miró en derredor. A su espalda quedaba la brillante luz del exterior y una suave brisa agitaba sus largos y espesos cabellos. Su figura era extraordinaria, alta y esbelta y, a la vez, con unos magníficos senos, cintura de avispa, caderas voluptuosas y larguísimas piernas. Pero su cuerpo no era nada comparado con su hermoso rostro. Era como las princesas de los cuentos: cabellos rubios, ojos como zafiros y labios carnosos y rosados.

A pesar de estar acostumbrado a actuar con mujeres jóvenes y espectacularmente bellas, Jack se quedó mirándola embobado.

—¡Maldita sea! —exclamó Casey en voz alta—. Hoy Gizzy no se ha maquillado. Cuando se maquilla está sensacional.

Jack se dio la vuelta y miró a Casey con incredulidad, luego soltó una pequeña carcajada.

—¿Humor local?

—Sí —dijo Casey, sonriente—. Si estás interesado en conocerla, te sugiero que te acerques rápidamente o se te adelantarán.

Tres jóvenes obreros habían dejado el martillo a un lado para acercarse a ella. Jack cubrió la distancia en cuatro zancadas. Olivia frunció el ceño.

—Ese chico es una estrella de cine —dijo—. Se irá pronto. Al padre de Gizzy no le va a gustar.

—Tengo un motivo oculto. En el instituto, Jack hizo del señor Bingley, y no tiene que rodar otra película hasta el próximo otoño. Si pudiéramos persuadirle para que se quedara y actuara en nuestra pequeña obra, seguro que venderíamos todas las entradas. Y teniendo en cuenta que es todo para obras benéficas...

Olivia sonrió.

—¿Entonces le tientas poniendo a Gizzy como cebo?

34

—Oh, sí. Siempre hay que hacer sacrificios por el bien común.

Olivia rio de buena gana.

—No sé por qué, pero creo que a Gizzy no le va a importar. Pero parece que Jack y usted se llevan muy bien, ¿por qué no le tienta usted misma?

—Por mucho que me guste Jack en el cine, verlo en persona no es lo mismo. Por cierto, me estaba preguntando quién es el chico del escenario. No es de por aquí. Si yo supiera actuar, a lo mejor haría la prueba para Lydia. ¿Cree que podría pasar por una quinceañera?

—Creo que debería hacer la prueba para Elizabeth. ¿Quién hará de Darcy?

Casey bajó la voz.

—Josh no lo sabe, pero Kit planea obligarle a aceptar el papel.

—¿Josh no tiene idea de la que le espera?

—No, pero si algo he aprendido desde que estoy en Summer Hill, es que el señor Christopher *Kit* Montgomery siempre consigue lo que quiere. El dueño de este almacén dijo que jamás de los jamases vendería este sitio. —Casey agitó la mano—. Ya ve lo que ha ocurrido aquí. Pero en cualquier caso, si yo hiciera de Elizabeth, tendría que fingir que me enamoro de mi hermano. ¡Agg!

—Ya veo el problema —dijo Olivia, sonriendo—. Demasiado mayor para hacer de Lydia, Lizzy está descartada, y Jane...

—Lo hará Gizzy. —Casey señaló en dirección a la puerta. Jack y Gizzy estaban hablando y formaban una pareja preciosa. Gizzy era alta, pero Jack lo era aún más, y el atractivo sumamente femenino de ella se equilibraba con la apuesta virilidad de él.

—Veo que ya me has hecho el trabajo —dijo Kit a espaldas de las dos.

Inmediatamente Casey comprendió a qué se refería.

—Seguro que sabes que Jack no rueda ninguna película hasta septiembre y es probable que también sepas que hizo de Bingley en el instituto. ¿Te...? —Hizo una pausa—. ¿Te lo ha dicho el otro?

—¿Te refieres a mi primo Tatton como «el otro»? —exclamó Kit abriendo mucho los ojos.

—Parece de los que se chivaría de sus amigos —indicó Casey, encogiéndose de hombros.

—Pensaba que era el ídolo de todas las mujeres —dijo Kit con asombro.

—Pues de esta mujer, no —afirmó Casey—. ¿Quieres comer algo? He hecho crepes de naranja de los que te gustan.

—Ahora no tengo tiempo, pero guárdame alguno, por favor. —Kit observaba a Casey con aire pensativo, como tratando de averiguar algo.

—¿Entonces vas a convencer a Jack para que acepte participar en la obra?

—Voy a esperar a que acuda a mí suplicándome que le dé el papel. —Kit miró a Olivia y bajó la voz para dirigirse a ella—. Era Elizabeth, pero ahora va a ser la señora Bennet. —Dio media vuelta y se alejó.

—¿De qué iba eso? —Casey reparó en el rostro ruborizado de Olivia.

—Nada —dijo ella—. ¿Cree que debería ir a comprar más pastas? ¿O *cupcakes* para el postre?

—Es demasiado pronto para saber si las vamos a necesitar. —Casey miraba a Olivia fijamente, pero ella no la miraba a la cara—. ¿Quería decir Kit que quiere que usted haga de señora Bennet?

—No tengo la menor idea. —Olivia se afanó en recolocar los recipientes de comida.

Tres hombres se acercaron a la mesa para pedir café y más donuts. Su conversación giraba en torno a «no es justo» y «¿quién se cree que es?» y «debería volverse a Hollywood, que es donde debe estar». Cuando se fueron, Casey y Olivia rompieron a reír.

Jack y Gizzy se habían alejado de la puerta, pero seguían

hablando. Cuando la mirada de él se cruzó con la de Casey, se disculpó y fue hasta la mesa.

—Tienes más de esos... —Dejó la frase sin acabar mientras miraba a Gizzy, luego se dio la vuelta otra vez—. Es lista y divertida y delicada como el cristal. Jamás había conocido a una mujer como ella.

Casey miró a Olivia y luego otra vez a él.

—Mira, Jack, no nos conocemos muy bien, pero tendrás que confiar en mi palabra: Gizzy no está hecha de cristal.

Jack no parecía escucharla.

—Va a hacer la prueba para el papel de Jane, y por supuesto se lo darán a ella. —Vaciló—. Estaba pensando que tal vez yo podría hacer la prueba para Bingley.

—Qué gran idea —dijo Casey—. ¿Se lo has preguntado ya a Kit?

—Sí, pero no le gusta la idea. Dice que me llamará alguien desde Los Ángeles y que me iré dejándolos colgados. Pero estoy libre hasta septiembre y podría alojarme en casa de Tate. —Miró a Casey con expresión suplicante—. ¿Cocinarás para mí? ¿Obrarás tus milagros en la cocina?

—Podría hacerlo —contestó Casey, fingiendo toda la inocencia de que fue capaz—. Si consigues convencer a Kit, claro. ¡Oye! Tengo una idea que a lo mejor te sirve de ayuda. Si tienes publicistas en Los Ángeles, quizá podrías pedirles que le den publicidad a la obra. Dile a Kit que lo harán gratis. Al fin y al cabo, son obras benéficas.

—Una idea brillante —indicó Jack—. Haré unas llamadas y lo arreglaré todo. Deséame suerte.

—Presiento que Kit accederá a darte el papel.

Jack sonrió y volvió junto a Gizzy, que lo estaba esperando.

Olivia meneó la cabeza.

—No sé yo si van a lograr entrar en el cielo, su compañero conspirador y usted.

—Creo que Él es más indulgente cuando se trata de ayudar a la beneficencia. Además, ¿quién sabe? A lo mejor Jack y Gizzy acabarán emparejados.

Casey y Olivia se miraron la una a la otra. Muchos hombres caían rendidos ante la belleza de Gizzy, pero, cuando la conocían, se llevaban un chasco. Gizzy era una diablesa con el cuerpo de un ángel.

—No —convinieron ambas—. Eso no va a ocurrir.

ACTO PRIMERO, ESCENA QUINTA

Lydia muestra su verdadera naturaleza

A las diez menos cuarto empezaron las audiciones. La primera era para el papel de Lydia. Cuando se diera el papel, se librarían de veintitantas chicas muy excitadas que soltaban risitas sin parar, y de unas cuantas mujeres que creían que aún podían pasar por quinceañeras.

Kit, que iba a ser el director de la obra, les dijo a las chicas que, aunque Lydia no tenía muchas frases, tenía que ser creíble que hubiera algo en ella que podía atraer a un hombre de más edad. Cierto, era frívola y atolondrada.

—Pero a los hombres eso nos suele gustar —dijo él de un modo tan sugerente que todo el mundo se echó a reír.

Todas las chicas que llevaban el distintivo de LYDIA se fueron a la zona de camerinos y, mientras les llegaba el turno, las ayudaban a ponerse los vestidos escotados y de talle alto del estilo Imperio. El hombre que hacía de Wickham ya llevaba el traje, así pues también las chicas lo llevarían.

La primera fue una joven del pueblo, una alumna de último curso del instituto, que era la jefa de animadoras y también muy popular. Lo que hacía y lo que decía era el eterno tema de conversación entre las chicas de su instituto. Se rumoreaba que tres chicas se habían retirado de la audición porque estaban seguras de que le darían el papel a ella.

¡Pero era horrible! Olivia y Casey se quedaron al fondo, observando horrorizadas mientras la joven se mostraba tal como ella creía que era ser sexy. Representó a Lydia como una vampiresa madura de una película en blanco y negro. Solo le faltaba el cigarrillo colgando de los labios.

Cuando terminó, Kit le dio las gracias educadamente y ella abandonó el escenario, sonriendo como si estuviera segura de haber conseguido el papel.

Josh estaba junto a las mesas de comida.

—¿Tienes más...?

—Sírvete tú mismo. —Casey miró a Olivia. En silencioso acuerdo, recorrieron apresuradamente el pasillo central para sentarse en la fila que había junto a Kit, instalado en un escritorio provisional.

—¿Has venido a ver el desastre? —preguntó Kit por lo bajo.

—Oh, sí —contestó Casey—. Por ahora es más emocionante que la última película de Jack Worth. ¿Has aceptado su oferta de publicidad gratis?

—Por supuesto. ¡Siguiente! —llamó en voz alta, luego sacó un sobre de entre una pila de papeles, alargó el brazo por delante de Casey y se lo entregó a Olivia.

Ella lo abrió, empezó a sacar una foto, y rápidamente volvió a meterla en el sobre.

—¿Qué es? —quiso saber Casey.

—Nada. —Olivia tenía la vista fija en el escenario.

Kit también miraba el escenario, donde aguardaba una chica.

—Empieza.

La segunda audición fue tan mala como la primera. La chica decía sus frases tartamudeando y se tropezó con la falda del vestido.

—Mi reino por unas palomitas —dijo Casey.

Se necesitaron más de dos horas para acabar con todas las aspirantes a Lydia. La mayoría eran muy malas. Las chicas no parecían saber separar su vida real del personaje que debían representar.

En cuanto al hombre, que se llamaba Devlin Haines, según descubrió Casey, era un actor excelente. Por muchas veces que repitiera sus frases, siempre las decía con sentimiento.

—Ha estudiado en Nueva York —explicó Kit cuando Casey se interesó por él—. Dejó la actuación cuando se casó y tuvo un hijo. Dijo que necesitaba la seguridad de un trabajo estable.

—¿Casado? —El tono de voz de Casey daba a entender que no le gustaba la noticia.

—Creo que ahora está divorciado.

—Interesante. —Casey volvió a fijar la atención en la siguiente aspirante. Esta Lydia, que tenía por lo menos treinta años, dijo:

—¿No deberíamos besarnos? Quizás haría la escena más creíble.

—No en Austen —aclaró Kit—. Pero quizá la próxima vez hagamos *Fanny Hill*.

—¿Qué es eso? —preguntó ella, pero Kit no respondió. Olivia y Casey tuvieron que agachar la cabeza para ocultar el rostro y que no las vieran reír.

A mediodía todo el mundo estaba hambriento y quería descansar, pero Kit dijo que había otra chica a la que deberían ver.

La chica que había ido a la mesa de comida a por una pasta y zumo salió al escenario. Llevaba el traje, pero con una chaqueta de punto grande por encima, y seguía pareciendo tan cohibida que les hizo dudar de que fuera a hablar.

—¿Eres Lorraine Youngston? —preguntó Kit.

—Sí, y es Lori Young —contestó ella con timidez.

—Está pasando el verano con su abuela junto al lago —dijo Kit a Casey y a Olivia, y luego alzó la voz—: Empieza, por favor.

Lori se tomó su tiempo para quitarse la chaqueta y dejarla en una silla. Aún no se había decorado el escenario del todo, pero había diseminadas algunas piezas de estilo Imperio.

Para la prueba, Kit había escrito una escena que no estaba en el libro y que no estaría en la obra; era la primera vez que Lydia y Wickham estaban a solas.

Todos observaron a Lori, que cruzó el escenario para plantarse delante de Devlin. Entonces cambió. En un instante, pasó de encorvarse tímidamente a enderezar la espalda y sacar pecho.

Cuando sonrió a Devlin, él pareció perder momentáneamente la compostura.

Su rápido cambio de personalidad fue similar al que había mostrado antes Jack a Casey. Jack estaba de pie contra la pared. Casey lo miró y articuló con los labios: «Como tú». Jack asintió con la cabeza y levantó el pulgar.

La actuación de Lori los dejó a todos hipnotizados. Sonrió y rio y sedujo. Devlin, que con tanta seguridad había llevado la voz cantante en el resto de audiciones, se equivocó dos veces con sus frases.

Cuando Lori terminó, bruscamente volvió a ponerse la chaqueta que la ocultaba, recobró la expresión de timidez y se quedó mirando a Kit.

Él tardó un momento antes de hablar.

—Gracias, Lydia. ¿Hacemos una pausa para comer?

Lori abandonó el escenario con una leve y modesta sonrisa.

Mientras servían la comida, Casey se dio cuenta de que había olvidado seis tartas sobre la encimera de casa. Estaban ya recurriendo a tiendas del pueblo por falta de comida y postres, así que necesitaban las tartas. Además, había prometido a algunas personas una porción de su tarta de crema con frutas del bosque.

Vio que Gizzy y Jack estaban sentados muy juntos en un rincón, con platos llenos sobre el regazo. Casey preguntó a Jack si le prestaba la camioneta y le aseguró que no, que no era necesario que fuera él a llevarla y traerla de vuelta.

Jack le tendió las llaves y Casey se dirigió a la puerta, avisando a Olivia de que volvería en unos minutos.

El orgullo de Darcy se resiente

Tate recostó la cabeza en el asiento de piel del coche y cerró los ojos. ¿Podía empeorar aún más el día?

Al despertarse por la mañana temprano, tras pasar la noche dando vueltas en la cama, había comprendido que tenía que enfrentarse de una vez por todas con sus demonios. Aunque aún no era de día, sabía que debía salir y explorar la finca. Es lo que su hermana, Nina, llevaba años diciéndole que debía hacer.

Hacía apenas tres meses que había empezado a atosigarle de nuevo con lo mismo.

—Te has gastado un montón de dinero en reformar ese sitio y ni siquiera has ido a verlo una vez. Tienes que ir. Hoy. Ahora.

—Lo sé. —Tate miraba por el cristal que cubría una de las paredes de su casa de Los Ángeles—. Debería ir a hacer una visita.

—¡Exacto! —exclamó su hermana—. Mamá habría querido que pasaras algún tiempo allí. Ella...

—¡Nina! —Tate la cortó en seco—. Todo eso ya lo sé. No tienes que recordármelo.

Ella se calmó.

—Stacy y Kit han hecho un magnífico trabajo restaurando la casa y el jardín. ¡A Emma y a mí nos encanta el sitio! ¡Es tan bonito y tranquilo! Y todo lo que nos contó mamá está ahí. El granero, el estanque, el gallinero. Todo. ¿Recuerdas el trébol de toro?

—Por supuesto —dijo Tate en voz baja—. Lo recuerdo todo.

—Y Stacy ha hecho un gran trabajo renovando la casita de mamá. —Nina bajó la voz—. La vieja ducha sigue ahí. ¿Recuerdas la historia de los niños que volvían del estanque y se duchaban ahí fuera?

—Y de los renacuajos que se les quedaban pegados —dijo Tate—. Lo recuerdo, y te prometo que estaré allí poco después de que lleguéis Emma y tú. Apuesto a que el tiempo es más agradable que en Massachusetts.

—No —dijo Nina con firmeza—. Tienes que pasar un tiempo allí tú solo.

—¿Significa eso que has llenado una habitación de pañuelos de papel para todas mis lágrimas?

Nina no rio.

—No va a ser tan malo. Lo prometo. Una vez estés allí, todo irá bien. Verás el origen de todas las viejas historias. Y verás lo que Stacy y yo elegimos para la casa. Estoy segura de que te encantará.

—¿Hay flores rojas en la butaca de la sala de estar?

—Pues claro —respondió Nina—. Te envié una muestra del tejido, ¿no te acuerdas?

—Sí, claro. A lo mejor Jack puede venirse conmigo.

—¡Qué idea tan fabulosa! Jack siempre está alegre y te hará reír. Y Stacy ha preparado la casa. Me dijo que iría a un supermercado y llenaría la camioneta de suministros. Hay servilletas de papel, jabón para el lavaplatos y todo lo necesario para la lavadora y la secadora. Te acuerdas de cómo se usan, ¿no?

—Lo de ser princesa se lo dejo a Jack.

—¿A que no te atreves a decirle eso a él? —Nina empezaba a sonar más relajada.

—Bueno, ¿y cómo está Emmie, mi preciosa y divina sobrinita? —Tate sabía que la mención de la niña serviría para cambiar de tema.

Hacía meses de esa conversación y ahora estaba aquí, y todo lo malo que había pronosticado se estaba cumpliendo. Estaba en un coche en el garaje de la enorme casa y todo había salido mal. En primer lugar, la mujer del pijama de la mañana, luego descubrir que no había comida en la casa, y Jack decía que se marchaba.

¡Y esa era la parte buena del día! Por la mañana había subido a su dormitorio para leer un guion que su agente le había jurado que era distinto de lo que solía hacer en sus películas. «Nada de héroes hoscos y taciturnos. Es una película de acción», le había asegurado.

Al empezar a leer el guion, Tate sonreía. Pero la «acción» consistía en conducir un carruaje de seis caballos por un camino tortuoso a medianoche, persiguiendo a una joven actriz cuyo único mérito reconocible eran unos enormes pechos artificiales. Tate conocía a la chica y sabía que tenía el coeficiente intelectual de un conejo.

Al terminar de leer el guion, lo arrojó al otro extremo de la habitación. Era hora de comer, le rugía el estómago y estaba dispuesto a llamar a un servicio de helicópteros para que fueran a buscarlo. ¡Pero primero tenía que comer algo!

Cuando llegó al garaje, vio que la camioneta que había comprado no estaba. Aparcado al lado de su plaza había un BMW nuevo, y las llaves estaban colgadas de un gancho junto a la puerta.

Pero el maldito coche no quería arrancar. Se tomó un momento para pensar en que todo en aquel lugar era mentira, luego agarró el móvil y llamó a su hermana.

Georgiana persuade a su hermano

Cuando Nina vio el nombre de Tate en la pantalla del móvil, no quiso responder. Sabía que todo aquello resultaba muy difícil para su hermano mayor, pero también que no le ayudaría si lo trataba como a un niño. Tate no había sabido sobreponerse a la muerte de su madre. Desde que tenía nueve años, había ayudado a mantener a su madre y a su hermana con su trabajo de actor. Y siempre les había prometido que un día ganaría dinero suficiente para recuperar Tattwell, la plantación que había pertenecido a la familia durante generaciones.

Pero eso no había ocurrido mientras vivía su madre. Ella no había llegado a ver nunca el gran éxito de Tate, y solo tras su muerte había podido él comprar la plantación.

Después de comprarla, Nina y Emmie pasaban mucho tiempo allí. Nina supervisaba la restauración y Emmie exploraba la finca. Nina contrató a una diseñadora de interiores de la localidad, Stacy Hartman, para que decorara la casa del modo más parecido posible a como la madre de Nina y Tate se la había descrito. Con la ayuda de Kit, y de sus recuerdos del lugar, muebles, papeles pintados, pintura, luces, todo se había colocado tal como estaba cuando Ruth Tattington era una niña.

El problema de Nina había sido lograr que su hermano visitara la propiedad. Tate rodaba una película tras otra en países distintos, y lo usaba como excusa para no ir nunca a la plantación.

Nina sabía que Tate temía los recuerdos que Tattwell sacaría a la superficie, y también que estaba furioso consigo mismo por no haber podido comprarla antes. Pero también sabía que la única forma de que Tate superara el pasado era visitando la plantación.

Le había costado muchos esfuerzos persuadir a Tate para que fuera a pasar un mes entero a la plantación cuando acabara su última película, en la que volvía a interpretar a otro hombre furioso y taciturno.

Nina se había negado a ir con él porque sabía que si Emmie y ella estaban allí, Tate no saldría nunca ni iría al bonito y pequeño pueblo de Summer Hill, Virginia. Incluso le había dicho a Stacy que no llevara comida a la casa bajo ninguna circunstancia. Tal vez el hambre obligaría a Tate a salir y a conocer a otras personas.

Y bueno, vale, lo que Nina quería sobre todo era que su hermano conociera a Stacy, la decoradora. La joven y atractiva rubia, inteligente y divertida, que tenía una visión positiva sobre la vida. Eso era exactamente lo que su hermano necesitaba.

Nina respiró hondo y se dispuso a contestar la llamada de su hermano, pero entonces el móvil dejó de sonar y ella sonrió. Su hija de seis años, Emma, estaba hoy en casa enferma, y era una paciente tan inquieta como Tate. Nina se había pasado la mayor parte de la noche en vela con ella, y ahora mismo tenía que ir a ver qué necesitaba su hija.

Darcy tiene un mal encuentro con Lizzy

Cuando a Tate le saltó el contestador de su hermana, apretó los dientes.

—Para que lo sepas —dijo a modo de mensaje—, esa chica, Stacy, solo ha dejado café. No hay comida. Iré a por algo, si es que este pueblo tiene restaurante, claro, pero Jack se ha llevado la camioneta y el coche no va. Estoy muerto de hambre y no tengo transporte. Y, por cierto, el nuevo guion que me ha enviado mi agente es peor que los dos últimos. ¿Por qué no puedo hacer de villano en una película de Batman? Jack se va mañana y yo me voy con él. Después de pasar unas cuantas horas ayudando a Kit a encontrar a alguien para el papel de Elizabeth, quiero decir. Luego seré libre para salir de aquí. Llámame cuando puedas —dijo, y cortó la comunicación.

Se bajó del coche y pulsó el botón para abrir la puerta del garaje. Estaba seguro de que su hermana lo evitaba, y sabía por qué. Le había prometido que intentaría disfrutar de la visita y quería cumplir con su palabra, pero no era fácil. ¡No había más que ver lo que le había ocurrido en su primera excursión por la propiedad!

Cuando la puerta del garaje subió, Tate se encontró con la visión de un jardín realmente espectacular. Viejos árboles de gran altura sombreaban un bonito sendero de ladrillos que desaparecía entre altos arbustos con una incipiente floración.

Tal como Tate sabía que ocurriría, le vino a la cabeza la voz de su madre cuando describía los arbustos en flor: «Rosas para

48

Letty y blancos para Ace», decía, acurrucada en la cama entre sus dos hijos. Nina se quedaba dormida a menudo, pero Tate siempre quería oír más historias sobre su madre y el amigo de su infancia, Ace. Y también le gustaban las historias que contaba su madre sobre la época en que la familia Tattington era dueña de hectáreas y hectáreas de tierra y contaban con senadores y gobernadores. «Quiero que me hables de cuando Ace salvó la casa de arder», le decía a su madre.

Y ella le contaba la historia una vez más, él se quedaba dormido y luego ella llevaba a Nina a su cama. «Cuando sea mayor, seré igual que Ace», decía Tate desde que era pequeño.

La idea de ser como Ace había influido considerablemente en su idea de hacerse actor. Le gustaba fingir que era otra persona.

Nina no le había dado el número del cuidador de la finca, pero si lograba encontrar su casa, quizá podría llevarlo al pueblo o a las audiciones. Sacó el móvil y siguió caminando mientras le enviaba un mensaje de texto a su ayudante en Los Ángeles. Le pidió que comprara billetes de avión para Jack y él para el día siguiente. «Y MÁNDANOS UN COCHE AQUÍ, A LA CASA», añadió, luego envió el mensaje.

Regresaría a Los Ángeles y haría todo lo posible para conseguir un papel que fuera distinto a lo que había estado haciendo los últimos años. A lo mejor lograba un papel en la segunda parte de *Avatar*. Estaría bien ser alto y azul. ¿O qué tal una película de terror? O quizá Disney...

Sus pensamientos se interrumpieron cuando alzó la vista y descubrió que estaba a unos metros de la casa de la chica guapa en pijama. Para su sorpresa, toda la parte inferior de la tela metálica de la puerta estaba rota. Había un agujero más pequeño en la mitad superior. Recordaba que ese lo había hecho él, pero ¿tan furioso estaba que también le había dado una patada a la parte de abajo?

Le sonó el móvil. Era Nina. Tate respondió.

—¿Por qué no me había dicho nadie que hay una chica viviendo en la casa de mamá?

—Y buenos días a ti también —dijo Nina—. A lo mejor es Stacy. ¿Rubia, ojos azules y preciosa como una muñeca?

—No, y deja de buscarme novia. Es una chica alta, pelirroja, con un cuerpazo. Y cocina. O eso creo. No tenía la menor idea de que soy el dueño de esto. Ni siquiera creo que me haya visto antes.

—¡Bien! —le espetó Nina—. Aunque si hubiera sabido que querías una fan viviendo ahí, habría puesto un anuncio en *The Hollywood Reporter*.

—No quiero... —Tate exhaló un suspiro—. Vale, bueno, no tenía por qué saber quién era el dueño, pero si alguien me lo hubiera dicho, no habría... desde luego me lo habría pensado dos veces antes de...

—¿Qué has hecho?

—Darme una ducha en el porche.

—¡Oh! —dijo ella—. ¿Como solían hacer Letty y Ace? ¿En traje de baño?

—No he tenido tiempo de vestirme —musitó Tate.

—¿Quieres decir que no has tenido tiempo de ponerte un traje de baño? Y entonces ¿qué has hecho? ¿Ducharte desnudo en su porche?

—La ducha está en la parte de atrás de la casa, pero sí, eso he hecho.

—¿Con desnudo integral? —Nina apenas lograba contener la risa.

—Sí. —También en la voz de su hermano se intuía la risa—. No estoy seguro, pero creo que estaba sentada en un taburete bebiendo una taza de té mientras miraba.

Nina rio.

—Por lo general la gente tiene que pagar para verte hacer eso.

—De todas las películas en que he intervenido, solo ha habido una escena de baño en una de ellas. Era bajo una cascada y se rodó de perfil.

—Pero luego te paseabas con el fin de que se te viera el culo y el pecho desnudo, y después aparecías por ahí envuelto en

50

una toalla que no serviría ni para tapar a una de las muñecas de Emmie.

—Vale. —Tate también rio—. Tengo que ganarme la vida. Mira, necesito transporte y conseguir a alguien que venga a reparar la tela metálica de una puerta.

—¿Qué le pasa?

—Yo estaba... bueno, no me ha hecho muy feliz encontrarme con Miss Pijama en mi casa. Pensaba que me estaba haciendo fotos y, bueno, he atravesado la tela con el puño. Y por lo que parece, puede que también le haya arrancado accidentalmente la parte inferior de una patada.

—Tate —dijo Nina con voz seria—, no tiene gracia. Eres un tiarrón, y cuando te enfadas te cambia la cara. En pantalla es genial, pero en la vida real das miedo.

—Lo sé —admitió él con tono arrepentido—. Eso ya me lo ha dicho Jack. Y me disculparé con ella. Seguramente la veré esta tarde, pero ahora mismo lo que necesito es un coche para ir a por comida. ¿Crees que habrá taxis en este pueblo?

—Lo dudo, pero llamaré a...

—¡Joder! —exclamó Tate.

—¿Qué pasa?

—Hay algo arriba, en la casa. Creo que es un pájaro. Es del tamaño de un perro y creo que intenta escapar. Está golpeando la tela metálica de la ventana con el pico.

—¡Oh, no! —dijo Nina—. Seguramente es un pavo real. Olvidé decirte que Stacy me contó que el cuidador iba a soltarlos hoy. Tienen que aclimatarse a su nuevo entorno, así que hasta ahora estaban en jaulas. ¿Recuerdas cuando mamá nos hablaba de aquel enorme pavo real y cómo Ace y ella solían...?

—¡Nina! —gritó Tate.

—Vale, vale. Oh, no. Emmie me llama. Hoy está en cama enferma. ¿Por qué no vas a atrapar al pavo real y dejas que Emmie lo vea en su iPad? Así se entretendrá mientras yo llamo al cuidador.

Nina no esperó a que su hermano respondiera, colgó y rápidamente dejó un mensaje de voz para el cuidador de Tattwell. Seguramente no lo escucharía hasta la noche, pero a Nina le daba igual. Una de las mejores cosas de tener a un actor por hermano era que le encantaba entretener a la gente. Tate podía hacer que el acontecimiento más tedioso resultara espectacular. Seguro que sacar a un pavo real de una casa pequeña animaría a Tate... y ver cómo lo hacía tendría ocupada a su hija durante un rato.

Corrió hacia la habitación de Emmie y agarró su tableta.

A Nina le llevó solo unos minutos sincronizar teléfono y iPad entre su hermano y su hija, y ponerlo a grabar. A veces su hermano realizaba sus mejores interpretaciones para la familia, y a ella le gustaba verlas. Le dio a Emmie una bolsa de chips de verdura y un zumo, puso la tableta sobre la bandeja y se fue al cuarto de baño. Si conocía a su hermano y a su hija, que eran almas gemelas, disponía de media hora por lo menos para ella sola. Estaría cerca por si la llamaba su hija, pero pensaba ponerse en remojo en la bañera llena de agua bien caliente todo el tiempo que pudiera.

Tate sonrió a su preciosa sobrinita, que parecía muy triste por tener que quedarse en cama, aunque esta tuviera volantes de color rosa y blanco. Desde el nacimiento de Emma, tío y sobrina compartían su pequeño mundo propio. Se comprendían. Tate decía que entretener a Emmie llenaba su necesidad de ser guionista, director, productor y actor, todo en uno. Y realmente se esforzaba por encontrar siempre nuevas formas de hacerla sonreír.

Tate se llevó el dedo a los labios. Hoy iba a fingir que estaba en una película muda. Lo primero que hizo fue poner un poco de música. Para cazar a un ave depredadora, sabía que solo le serviría *Carmen* de Bizet.

Sujetando el móvil con el brazo estirado, echó a andar de puntillas hacia la casa. Cuando llegó a la puerta de tela metálica, le mostró a su sobrina el agujero de la parte inferior y fingió ser un monstruo que se abría paso, con gestos de mimo. Se mordió las uñas con expresión de horror.

Imitando a su tío, Emmie hizo el gesto de abrir una puerta y se encogió de hombros a modo de pregunta.

Tate adoptó una exagerada expresión de bochorno y se señaló a sí mismo.

«¿Por qué?», preguntó Emmie, levantando las manos.

Con ademán avergonzado, Tate hizo el gesto de acariciar unos largos cabellos de chica y luego se señaló a sí mismo. Frunció el ceño que tan famoso era en sus películas, e imitó a una chica aterrorizada que levantaba los brazos.

Emmie meneó la cabeza. Su tío había obrado mal asustando a la chica.

Tate asintió y puso cara de arrepentimiento.

Dentro de la casa, movió el móvil para mostrar la cocina, con las especias y las hierbas colgadas para secarse, las altas botellas de aceites y los anchos tarros de mermelada con sus bonitas cubiertas de tela. Luego recorrió las sartenes que colgaban de ganchos en la pared.

Emmie abrió los ojos con asombro al verlo. Su madre apenas sabía cómo hacer un sándwich de queso gratinado. Señaló hacia arriba y Tate agarró un tarro del estante. La etiqueta rezaba: MERMELADA DE PERA CON TÉ DE MANDARINA. Sonriendo, Emmie asintió vigorosamente. Parecía deliciosa.

Tate puso cara triste y se frotó el estómago para indicar que estaba hambriento. Mientras grababa, se detuvo frente al gran cubo de basura que había en la cocina y vio dos huevos fritos fríos encima de todo. Tardó unos instantes en imaginar un motivo por el que pudieran haber acabado allí. ¿Sería posible que la chica los hubiera preparado para él? Si había ido a llevárselos... A Tate no le hizo gracia pensar que quizás había oído lo que él le había dicho a Jack.

Emmie agitó las manos para preguntarle qué pasaba.

Tate le mostró los huevos, se señaló a sí mismo y luego dibujó dos lágrimas corriéndole por las mejillas.

De nuevo Emmie meneó la cabeza. Había sido *muy* malo.

Sobre una encimera lateral había una larga hilera de cosas tapadas con paños blancos. Cuando Tate retiró uno de los paños, vio una tarta con una corteza hecha de largos trozos de masa dorados a la perfección. Los trozos estaban dispuestos a modo de flor. Por debajo, rebosaban las frutas del bosque sobre una dorada crema pastelera.

Tate no tuvo que fingir el hambre y las ganas de comerse la tarta. Arrancó los demás paños. Había seis tartas, cada una con una corteza distinta. ¡Eran obras de arte! Una estaba cubierta de merengue suficiente para hacer una almohada. Había una tarta con seis frutas distintas formando un dibujo, otra tenía trozos de melocotón cocidos en nata, otra estaba cubierta con montones de pequeñas hojas de masa recortadas, todas doradas a la perfección, y al final había una tarta enrollada rellena de albaricoques y almendras fileteadas. El delicioso olor de las tartas hizo que se mareara.

Tate tenía tanta hambre y las tartas eran tan increíbles que no pudo resistirse. Había una cuchara grande cerca. La agarró y... pero Emmie empezó a agitar los brazos para decirle que no. No podía robarle la comida a la señora.

A Tate no le costó nada representar como un mimo el hambre que tenía y el deseo voraz de probar aquellas tartas.

Pero Emmie no cedió. Con gestos le recordó lo que le había hecho a la tela metálica de la puerta. Tate no se merecía nada de lo que había cocinado la señora de la casa.

Tate se sorbió la nariz con fuerza y se enjugó unas lágrimas invisibles, pero al final irguió los hombros. Iba a ser valiente y fuerte y a resistir la tentación de la comida.

Se oyó entonces un graznido en el piso de arriba y Tate abrió mucho los ojos como si estuviera aterrorizado y pensara en huir.

Emmie negó enérgicamente con la cabeza para hacerle saber que solo era un ave, animándole silenciosamente a continuar.

Sujetando el móvil, Tate subió por la escalera despacio, deteniéndose tres veces para fingir que tenía miedo. Cada vez Emmie tenía que mostrarse firme para obligarlo a seguir subiendo.

Las escaleras conducían al descansillo del dormitorio. Desperdigados por el suelo había objetos que parecían haber tenido un sitio en el tocador. Junto a la ventana había un enorme pavo real iridiscente que arrastraba elegantemente la larga cola tras de sí.

Tate se aplastó contra la puerta abierta, estirando los brazos hacia delante con terror. La música iba in crescendo. Tate se dio la vuelta y volvió a traspasar el umbral de la habitación, demasiado asustado para quedarse en ella.

Fueron los gestos de Emmie, sobre todo cuando se golpeó la palma de la mano con el puño, los que hicieron que se quedara. Ella le ordenó que volviera a entrar en la habitación y cerrara la puerta. Eso provocó más miedo aún en Tate, que temblaba de los pies a la cabeza.

El ave, atrapada ahora en el dormitorio, se encaramó a una silla que había junto a la ventana e intentó romper la tela metálica para salir.

Tate se quedó quieto, encogiéndose de hombros con gesto perplejo. «¿Qué debía hacer?», preguntaba en silencio a su sobrina.

Emmie le indicó por señas que se quitara la camisa.

Tate se mostró escandalizado y se tapó el pecho con los brazos pudorosamente.

Emmie negó con la cabeza entre risitas. Tate tenía que quitarse la camisa y echársela por encima al pavo real.

Tate volvió a fingir temor, aunque se quitó la camisa. Debajo llevaba una camiseta. Igual como si fuera un torero en el ruedo, sujetó a distancia la camisa de cuadros, desafiando al ave a cargar contra él. Echó los hombros hacia atrás y ladeó la cabeza igual que un torero, imitando perfectamente su pose jactanciosa.

Emmie rio y negó con la cabeza varias veces para decir que no, no, no. Tenía que echar la camisa sobre el ave.

A regañadientes, Tate abandonó la afectada pose de torero y temerosamente acercó la camisa al ave. Tras unos cuantos intentos deliberadamente fallidos, dejó caer la camisa sobre la cabeza del pavo real, lo rodeó con un brazo y luego miró a Emmie. ¿Ahora qué?, parecía preguntar.

Ella señaló la ventana de su propio dormitorio. Tate tenía que dejar salir al pavo real.

Tate asintió como si fuera la cosa más inteligente que había oído jamás. Con una mano, subió la hoja de una ventana sin tela metálica, levantó al ave del suelo, e intentó quitarle la camisa de la cabeza. Pero el aterrorizado animal sorprendió a Tate volviendo al interior de un salto. Cuando Tate intentaba obligarle a tomar la dirección correcta, la larga cola le abofeteó en la cara. El ataque de tos que le dio, que era auténtico, hizo que Emmie se cayera hacia atrás de la risa.

Cuando por fin se calmó la caótica situación, Tate estaba sentado en el suelo, el pavo real estaba en el tejado del porche delantero de la casa y la camisa de Tate colgaba del canalón, enganchada de uno de los botones.

Emmie se carcajeaba.

Tate intentó levantarse, fingió tropezar, y cuando llegó a la ventana, allí estaba el pavo real, con el pico a unos quince centímetros de su nariz. El animal soltó su sonoro y horrible chillido justo en la cara de Tate.

Sobresaltado de verdad, Tate cayó hacia atrás. El pavo real corrió hasta el borde del tejado y descendió al suelo aleteando.

Tate se levantó del suelo, un poco aturdido, cerró la ventana y se secó el sudor de la frente con teatralidad. Echó un vistazo al dormitorio y comprobó que estaba hecho un asco. Emmie le indicó por señas que lo limpiara.

Tate articuló un exagerado quejido silencioso. Levantó las manos indicando que era un hombre. Él no limpiaba habitaciones.

Emmie agitó un dedo amenazador. ¡Tenía que hacerlo!

Con un suspiro, Tate estiró la ropa de la cama, usó pañuelos de papel para limpiar los excrementos del ave y devolvió las cosas a su sitio sobre el tocador. El pijama que tan bien recordaba estaba en el suelo.

Se apartó de él como si fuera veneno.

Emmie le hizo señas para que lo recogiera.

Con el rostro serio, Tate negó con la cabeza. Señaló el pijama y luego hizo el gesto de rajarse el cuello. Si tocaba el pijama, su dueño lo asesinaría.

Emmie intentó convencer a su tío para que recogiera el pijama, pero él no aceptó ninguna de sus sugerencias.

Tate bajó de nuevo haciendo gestos en los que se las daba de héroe, pero el estómago le rugía de tal forma que incluso Emmie lo oyó a pesar de la música. Él puso los ojos en blanco para demostrar que estaba mareado por el hambre. En la cocina, miró las tartas que había sobre la encimera con auténtico deseo, luego se volvió hacia su sobrina con ojos suplicantes.

Ella cedió y asintió. Sí, se había ganado una porción de tarta.

Pero Tate no fue a por un plato y un cuchillo para servirse una porción. Lo que hizo fue apoyar el móvil en la encimera, luego se hizo con un gran cucharón. Agarró la tarta con la corteza que parecía una flor y extrajo toda la parte central con el cucharón. Se lo comió con tantas ganas que toda la barbilla se le llenó de oscuro jugo rojo y se le quedaron pegados trocitos de frutos del bosque en la barba incipiente.

Mientras masticaba, mostraba su entusiasmo por el sabor con sonrisas y miradas. Se sentó en un taburete y siguió comiendo, disfrutando cada bocado. El jugo le corría por el mentón; los frutos se le caían en la camiseta. Al rascarse una oreja, se le llenó el pelo del relleno de la tarta. Cuando solo quedaba la base de la tarta, usó ambas manos para partirla y comérsela, sin dejar de usar los ojos para demostrar lo deliciosa que estaba.

Emmie se reía a mandíbula batiente.

—¿Qué demonios está haciendo? —preguntó la voz airada de una mujer. La estropeada puerta de tela metálica se cerró de un golpe a su espalda.

Nina se incorporó en la bañera y Emmie gritó:

—¡No!

Tate se metió el móvil en el bolsillo de la camiseta con la cámara apuntando hacia fuera, al tiempo que se levantaba para encararse con la mujer en cuya casa había entrado sin permiso. Miss Pijama en persona. La mujer que lo detestaba. Y ahora mismo estaba tan furiosa que casi atemorizó a Tate.

Lizzy no se lleva una buena impresión de Darcy

—¡Mire lo que ha hecho! —exclamó Casey—. ¡Se ha comido una tarta! Entera. ¿O simplemente la ha destrozado para divertirse?

Tate se alejó unos pasos.

—Me la he comido —dijo.

—¿Ah, sí? Por su aspecto parece más bien que se ha bañado en ella.

Tate se llevó una mano a los cabellos y se quitó un par de moras.

A veces se sentía idiota llevando el pelo tan largo, pero sus contratos se lo exigían. Nada de pelucas ni extensiones, solo montones de cabello auténtico.

—Supongo que ha hecho todo esto porque cree que puede. Es el dueño de todo esto y además una estrella de cine, así que puede entrar en la casa de cualquiera y robarle la comida. ¿Era eso lo que pensaba?

Al retroceder, Tate tropezó contra un taburete y aprovechó para sentarse en él.

Casey miró con ira la bandeja para tartas de bordes ondulados.

Era de la marca Emile Henri y se la había regalado su madre al cumplir los dieciocho años. La noche anterior la había usado para poner su tarta favorita en ella, pero ahora estaba casi vacía. Solo quedaba un trozo de corteza pegado al fondo.

—Les había prometido a Josh y a Kit un trozo de esa tarta, y ahora ya no está. —Volvió a mirar a Tate, que seguía sentado en silencio, observándola—. Esta mañana me sentía realmente mal por lo ocurrido. Debería haberle dicho que estaba aquí en cuanto lo he visto desnudo. Pero no lo he hecho.

Tate enarcó las cejas.

—Me he quedado sentada mirándole, y luego estaba dispuesta a mentir. Tenía tanto miedo de que me echara de esta casa que planeaba negar que estaba aquí y lo que había visto.

Con la mano señaló el cuerpo entero de Tate.

—Pero esto no lo puedo tolerar —añadió Casey—. Necesito mi intimidad. —Se dirigió a una alacena y abrió la parte superior, pero los dos recipientes grandes de plástico para transportar tartas estaban en lo más alto. Se puso de puntillas, pero no los alcanzaba.

Tate alargó el brazo por encima de su cabeza, sacó los recipientes y los dejó sobre la encimera.

—Gracias —dijo Casey, luego se corrigió a sí misma—. Quiero decir, nada de gracias. No necesito su ayuda. Mire esto. Están hechos para contener seis tartas. ¡Seis! Pero ahora solo tengo cinco.

Tate volvió a sentarse en el taburete.

Casey empezó a meter las tartas en los recipientes y a cerrarlos ruidosamente.

—Vale, me iré. Ya que cree que el hecho de ser propietario y... ¿qué? ¿Una celebridad? ¡No! No es eso. Privilegios. Eso es. Cree que sus privilegios le autorizan a ducharse en mi porche y a pasearse por mi casa y comerse lo que he cocinado para otras personas. Pues yo no puedo vivir así, así que me iré. Lo que no sé es dónde encontraré una casa con una cocina decente donde poder cocinar para Jack.

—¿Jack? —preguntó Tate.

—Sí. —Casey le lanzó una mirada asesina—. Mientras usted se paseaba por la propiedad en cueros, Jack y yo nos hemos hecho amigos. —Lo miró con expresión triunfal.

Tate pareció sorprendido... y muy interesado.

—No sea mal pensado. ¡Amigos! Jack y yo solo somos amigos. No es asunto suyo, pero a Jack le gusta Gisele Nolan. Claro que eso es comprensible considerando lo guapa que es. —Casey agitó una mano—. No es que nada de Summer Hill pueda interesar a una gran estrella de cine como usted, pero bueno, su amigo va a pasar el verano aquí para poder interpretar a Bingley. Y Gizzy será Jane. Jack vivirá en esa enorme casa sin usar, y yo voy a cocinar para él. Habría sido perfecto, ya que vivo cerca, pero ahora usted lo ha estropeado todo. ¿Sabe conducir?

Tate arqueó las cejas con asombro e inclinó la cabeza una sola vez para asentir.

Casey agarró las llaves de la camioneta que estaban sobre la encimera y se las lanzó a él.

—Bien. Recoja las tartas que quedan y métalas en la camioneta, luego lléveme a las audiciones. No sé para qué, pero Kit quiere que usted también vaya.

Cegada aún por la ira, Casey se metió en el asiento del copiloto y cerró la puerta con un fuerte golpe. Cuando Tate se sentó tras el volante, ella dijo:

—Iría en la parte de atrás, pero es ilegal. —Miró por el parabrisas—. ¡Por favor, dígame que eso que cuelga de mi tejado no es su camisa!

Tate se inclinó hacia delante para mirar. Su camisa a cuadros azules seguía enganchada en el canalón, ondeando en la brisa. Tate se bajó, agarró la camisa por una punta, tiró de ella hacia abajo y volvió a meterse en la camioneta.

Casey tenía los dientes apretados.

—¿Ha estado en mi dormitorio? —preguntó.

Tate contemplaba su camisa, que tenía un gran agujero en la pechera.

—¿Sabe coser un botón?

Casey se encolerizó tanto que apretó los puños con fuerza. Estaba a punto de lanzarle las manos al cuello, cuando se detuvo al oír lo que parecía una risa infantil.

—¿Qué ha sido eso?

—Emmie. Mi sobrina de seis años. —Tate echó un brazo sobre el asiento para dar marcha atrás, y luego se dirigió a la gran verja de la entrada a la propiedad—. A Emmie le encanta que me griten. Su madre, mi hermana, lo hace a menudo. —Dedicó a Casey la cinematográfica sonrisa con la que hacía que las mujeres le dijeran que lo amaban. Era la sonrisa que según las revistas del corazón hacía que las mujeres se quitaran la ropa.

Pero a Casey no le hizo nada.

—Es un capullo egocéntrico —dijo, fulminándolo con la mirada—. Apague el móvil.

No dijo una sola palabra más en todo el trayecto hasta las audiciones.

Cuando llegaron al almacén, Casey quiso bajar, pero Tate apretó el botón para bloquear la puerta. Ella no lo miró siquiera, simplemente se cruzó de brazos sobre el pecho con la vista al frente.

—Quiero disculparme —dijo Tate—. No era mi intención invadir su intimidad. He hecho mal enfadándome esta mañana, y tiene razón. Aunque sea el dueño, no debería andar por la propiedad tal como vine al mundo.

Casey no le miró a la cara. La disculpa no le parecía sincera. Era como si la hubiera leído en un guion y la hubiera ensayado... además, lo decía con un deje humorístico. Peor aún era su tono, engreído, seguro de que ella le perdonaría inmediatamente por todo lo que había hecho.

—Me iré mañana —continuó él. Parecía triste—. Vuelvo a Los Ángeles, donde... bueno, me voy a casa. Por favor, quédese donde está. Si Jack se queda...

Ella le lanzó una mirada de indignación.

—¿Cómo que *si* Jack se queda?

Tate esbozó una sonrisa.

—No quiero menospreciar a nadie. Estoy seguro de que la chica por la que se siente atraído es guapa, pero Jack tiene muchas obligaciones y gente que depende de él.

—Ooooooh —dijo Casey—. Gente importante, que sin duda tiene toneladas de dinero. Jack no puede quedarse en Summer Hill y participar en una insignificante obra local y...

—¡No quería decir eso! —protestó Tate—. Simplemente creo que Jack no se quedará. Le llamará su agente y él...

—¿Se irá en el primer avión? ¿Para qué? ¿Para pasar más tiempo con gente como *usted*? Si no abre la puerta y me deja salir de aquí, me pondré a chillar.

Justo entonces Josh salió del edificio y Casey empezó a aporrear la ventanilla.

Él se acercó con el ceño fruncido y, cuando puso la mano en la manija, Tate desbloqueó la puerta.

—¿Todo bien por aquí?

—Ahora sí —contestó Casey, apeándose.

Josh lanzó una mirada amenazadora a Tate como tratando de averiguar qué estaba pasando.

—Hola, soy... —empezó a decir Tate.

—Ya sé quién es —dijo Josh—. ¿Por qué Casey golpeaba el cristal para llamar mi atención? ¿La ha encerrado en la camioneta?

—¡Josh! —exclamó Casey—. La puerta se ha atascado, déjalo. Además, se va del pueblo mañana. Ayúdame con las tartas, ¿quieres?

Josh tardó aún un momento, luego se volvió hacia Casey.

—Kit y yo hemos dejado sitio para tu tarta de frutos del bosque.

Casey emitió una especie de gruñido.

—No hay. ¡No ha quedado ni una migaja! —Respiró hondo—. ¿Qué ha pasado mientras yo no estaba?

Josh sacó los recipientes de las tartas de la parte trasera de la camioneta.

—Nada sorprendente: Kit le ha dado el papel de Bingley a Jack y Gizzy será Jane.

La puerta de la camioneta seguía abierta y Casey sabía que Tate estaba sentado en el interior. Alzó la voz para que él pudiera oírla.

—¿Te ha convencido Kit para que hagas de Darcy?

—Lo ha intentado, pero no estoy seguro de poder hacerlo —contestó Josh.

Ella enlazó su brazo en el de su hermano.

—Serías el hombre más guapo que haya hecho el papel de Darcy, mejor aún que cualquier estrella de cine. —Casey había alzado tanto la voz que casi gritaba. Entró con Josh en el almacén.

El mundo de Darcy se tambalea

Tate se quedó sentado en la camioneta con la cabeza recostada en el asiento. No creía que le hubieran dado jamás una bienvenida tan desagradable. Desde que había empezado a actuar de pequeño, la gente se detenía para señalarlo con emoción cuando lo veían. «¿No eres el niño que sale en...?», oía decir a menudo.

Y desde que tenía dieciséis años, siempre lo recibían un montón de féminas lanzando chillidos.

Cuando estaba en la casa con el pavo real, en el fondo estaba pensando que Miss Pijama le perdonaría por sus rudos modales de la mañana. Pero ella ni siquiera le había dado ocasión de explicarse. ¡Desde luego no se había comportado como él esperaba!

Le pareció oír la voz de su hermana: «¿Qué esperabas que dijera?: "¡Tate Landers se ha comido mi mejor tarta! ¡Soy la persona más afortunada de la tierra!"»

Bueno, en realidad puede que hubiera pensado eso. Claro que, al ver al pavo real en la casa, tal vez debería haber llamado a la protectora de animales. Y debería haber llamado a Kit para que fuera a buscarlo. Debería...

Se pasó una mano por la cara. Dadas las circunstancias, no quería entrar en aquel viejo almacén y enfrentarse con toda aquella gente. ¿Todos los habitantes de Summer Hill serían como Miss Pijama? Cuando entrara él, ¿les habría contado que él se había comido la tarta que todo el mundo quería?

Puso en marcha la camioneta. Tal vez debería irse directamente al aeropuerto y tomar el primer vuelo. En lugar de eso, llevó la camioneta hasta el extremo más alejado del aparcamiento y se quedó sentado con el motor en marcha mientras se cargaba el móvil. Cuando la puerta del copiloto se abrió de repente, no le sorprendió.

—¿Por qué no contestas al móvil? —Jack se subió a la camioneta y cerró la puerta.

—No tiene batería.

Jack observó a su amigo.

—Estás asustado, ¿verdad? Te aterran tanto todas esas mujeres que te da miedo entrar ahí. No me extraña. Están muy alteradas. Estaban todas como locas por el tipo que hará de Wickham. Es bueno, pero la última chica que ha hecho la prueba con él es mejor. Puede que sea una nueva Meryl Streep. —Jack hizo una pausa—. ¿Qué te reconcome en realidad?

Tate esbozó una media sonrisa.

—Comer, esa es la palabra. —Se dio la vuelta hacia Jack, apoyándose en su puerta—. ¿Qué hay de ti y de esa chica que hace de Jane? Por lo que he oído decir, ha sido amor a primera vista.

—Apuesto a que te lo ha contado Casey. —Jack sonreía como un bobalicón.

—¿Casey?

—Miss Pijama. ¿Recuerdas?

—Oh, sí —dijo Tate—. Creo que es posible que me haya horadado un agujero en el cerebro solamente para ocuparlo ella. Pero olvidemos eso. ¿Quién es esa Jane?

—Es hermosa. —La mirada de Jack pareció perderse en el horizonte.

—Por supuesto. La reina de la belleza del pueblo. Ha ganado todos los premios. Mejor traje de baño. ¿Pero hay algo más en ella que te guste... o en lo que te hayas fijado?

—Nada de concursos de belleza. Su padre es el ministro baptista. No hemos parado de hablar en toda la mañana. Hemos hecho juntos la prueba para Bingley y Jane y ha sido perfecto. ¡He sentido de verdad lo que decía!

—Pensaba que ibas a volver a casa conmigo mañana.

Jack resopló.

—No, me quedo. Kit no quería darme el papel porque decía que acabaría marchándome, pero le he jurado que no me iré. No tengo que volver hasta septiembre.

—¿Y qué hay de la forma física? No puedes presentarte en otoño con tripa de tanto comer tartas enteras de frutos del bosque.

—¿Quién hace algo tan estúpido? —comentó Jack—. Ya he hablado con el productor y me va a enviar un preparador físico aquí. No le ha hecho gracia, pero le he dicho que así eran las cosas y punto. ¿Y qué me dices de ti?

—Me voy mañana al mediodía, y me alegro. ¿Tú te lo has pensado bien? Te quedas aquí porque te pone la hija del predicador, pero ¿qué ocurrirá cuando la consigas? Estas chicas de pueblo no suelen conformarse con aventuras de una noche, o de un verano incluso. Quieren atar corto a los hombres con niños y quejas de que no las has llamado en tres días. Son...

—¡Quizá sea eso lo que quiero! —dijo Jack—. A lo mejor estoy harto de volver a una casa vacía. Cansado de chicas que me preguntan si pueden firmar autógrafos porque se han acostado conmigo un par de veces. Quieren al hombre que ven en la pantalla, no a mí.

—¿Qué te ha puesto esa chica en la bebida?

Un asomo de ira ensombreció el rostro de Jack, pero luego se echó a reír.

—Este pueblo es como el pueblo donde crecí yo, salvo que aquí nadie me señala para que participe en los desfiles. El caso es que pienso quedarme aquí todo el verano. Voy a ser una persona normal todo el tiempo que pueda. Supongo que debería preguntarte si puedo quedarme en tu enorme casa vacía. Casey va a cocinar para mí.

—Otra vez Casey —musitó Tate—. Desde luego parece que has hecho buenas migas con todas las mujeres de este pueblo.

Jack miró a su amigo.

—Vale, a ver, ¿cuál es la verdadera razón de que te escondas aquí en la camioneta? Hay media docena de mujeres ahí dentro esperando a hacer la prueba para el papel de Elizabeth.

—¿Les ha dicho Kit que yo les daría la réplica como Darcy?

—Por supuesto que no. Si lo hubiera hecho, ahora tendrías que enfrentarte con todas las mujeres del pueblo. Deberías haber visto la cola para el papel de Lydia, y todo porque el tipo que hace de Wickham está bien.

—¿Y qué tal el que hace de Darcy?

—Se rumorea que lo hará un tipo llamado Josh Hartman. Es el que ha construido los decorados, mide uno noventa y está bien, aunque es un poco soso. Pero a las chicas parece gustarles. Por cierto, Kit me ha dicho que tu traje para las audiciones ha llegado y que está en tu camerino.

—¿Y qué hay de la alegre Miss Pijama? ¿Para qué papel se presenta?

—Para ninguno —respondió Jack con una sonrisa—. Claro que en mi opinión merece aspirar a mejor cocinera del mundo. Antes estaba en Christie's, en D.C.

—Buen sitio —dijo Tate—, pero ella me detesta.

—Las mujeres no te detestan.

—Ella sí. Yo, eh, bueno, me he comido una de las tartas que había hecho para traer aquí.

—¿Una de frutos del bosque? ¿Con corteza en forma de flor? Todo el mundo decía que faltaba. No habrás robado una tarta, ¿no? O sea, ¿en serio?

Tate puso los ojos en blanco.

—¡Tú también, no! Sí, he robado la tarta. Y sí, me la he comido enterita. Con un cucharón. Un cucharón muy grande. Pero después de lo que había hecho por ella, me lo merecía. Ni siquiera me ha preguntado por qué lo he hecho. Simplemente ha supuesto que había hecho algo malo en su dormitorio. Es un milagro que no haya llamado al sheriff.

Tate dejó de hablar y miró por la ventanilla con aire furibundo.

—Casey solo se ha ido unos minutos. ¿Qué demonios le has hecho?

—¿Yo? —exclamó Tate—. Es ella la que... —Se interrumpió al darse cuenta de que Jack se estaba burlando de él. Esa era una de las razones por las que eran amigos. Jack se reía de cualquier cosa, mientras que él siempre veía más allá de la superficie.

—¿Qué vas a hacer? —preguntó Jack—. ¿Quedarte aquí fuera viendo cómo se carga el móvil? Por lo que he visto de ese hombre, Kit, al final saldrá y te llevará dentro a rastras. ¿Sabes a qué se dedicaba antes de retirarse?

—No tengo ni idea. En el tiempo que pasamos juntos, no me contó gran cosa sobre sí mismo. Me dijo que estamos emparentados por parte de la familia de su madre, pero no sé muy bien cómo. Sé que visitaba Tattwell cuando era niño porque ayudaba a Nina. ¿Por qué?

—Simple curiosidad. Por su forma de caminar, creo que ha sido militar. —Agarró el móvil de Tate—. Esto ya está cargado. Te ha llamado tu hermana y Emmie te ha enviado una foto de un pavo real con la cola extendida. ¿De qué va esto?

Tate recuperó su móvil.

—He tenido que pelearme con uno de esos animales en casa de Casey y ha estado a punto de ganar él. Deja en paz mis mensajes. ¿Listo para entrar?

—¿Crees que podrás soportarlo? ¿Quieres que vaya corriendo a buscarte un trozo de tarta para darte energías?

Tate soltó un gruñido y se apeó de la camioneta y juntos se dirigieron a la entrada del almacén.

Jack se detuvo de repente.

—A lo mejor Casey podría hacerte un guiso de pavo real. ¿Esas cosas son comestibles? ¡Oye! ¿Y qué me dices de un pijama con pavos reales?

Tate levantó los puños como un boxeador.

—Quizá debería quedarme y ser tu preparador físico. —Lanzó un doble zurdazo al rostro de Jack.

Jack lo esquivó con facilidad y le lanzó a Tate un derechazo al estómago.

Pero Tate se retorció para esquivarlo y contraatacó con un gancho de izquierda, que también falló. Jack respondió y continuaron en el mismo estilo.

—¡Alto! —ordenó una voz potente.

Ambos hombres dejaron caer los puños y se pusieron firmes.

Kit estaba en la puerta del almacén con el entrecejo fruncido.

—Adentro. Ahora. —Dio media vuelta y entró de nuevo en el edificio.

—Sí, militar —susurró Tate.

—O dictador de un gran país —dijo Jack.

Tate asintió. Era posible.

ACTO PRIMERO, ESCENA UNDÉCIMA

Aparece la señora Bennet

Cuando Casey volvió junto a las mesas de comida, Olivia había acabado de sacar los postres de la pastelería del pueblo y la gente se estaba sirviendo. Desde que Kit había anunciado quién iba a hacer de Lydia, la mayoría de las estudiantes del instituto se habían marchado. Aún quedaban algunos papeles menores por otorgar, pero casi todo el mundo esperaba para hacer la audición para el papel de Elizabeth. Dado que todo el mundo en el pueblo creía que Josh iba a hacer de Darcy, muchas mujeres querían el papel. Algunas de ellas habían intentado salir con él, pero pocas habían tenido éxito. Llevaban la esperanza de futuro pintada en el rostro.

Casey abrió los recipientes de las tartas que Josh había depositado sobre la mesa.

—He oído hablar de una tarta de frutos del bosque que según dicen es divina —comentó Olivia.

—No está. Se la han comido enterita —explicó Casey con voz tensa.

—¿Oh? —se interesó Olivia, animándola a hablar—. ¿Qué ha pasado?

—Supongo que su alteza real tenía hambre, pero sigo sin poder creer que se la haya comido toda. Seguramente ha comido un trozo, no le ha gustado y ha tirado el resto.

—¿Quién?

Casey agitó una mano.

—Da igual, aunque entrará en cualquier... —Se interrumpió

porque una mujer corrió hacia las mesas. Era alta y de complexión fuerte. Tenía un rostro alargado, los cabellos oscuros, y sus ojos centelleaban de ira.

—¡No es justo! —dijo a Olivia—. No me han dado una verdadera oportunidad de hacer de Jane. Si hubiera sabido que tenía que hacerle la pelota a ese actor de serie B para conseguir el papel me habría encargado de ello. O habría hecho la prueba para Lydia. Pero ¡en serio! Darle el papel de Jane a esa blandengue de Gisele Nolan es ridículo. Ella...

—¡Hildy! —le recriminó Olivia—. Esta es Casey, y esta es mi nuera, Hildy.

La nuera miró a Casey de arriba abajo como evaluándola.

—¿Para qué papel se presenta?

Su tono agresivo, combinado con su voz, que era bastante grave, hizo parpadear a Casey.

—Para ninguno. Solo estoy aquí para cocinar.

—¡Bien! —dijo Hildy—. Siga con eso, aunque debo decirle que sus gambas estaban demasiado picantes para mi gusto. Debería llamarme y le daré mi propia receta.

—Lo pensaré. —Casey se alejó hacia el otro extremo de la mesa.

—Hildy, eso no ha sido muy amable —dijo Olivia.

Hildy desvió su penetrante mirada hacia su suegra.

—¿Qué haces en las mesas de comida otra vez? La gente creerá que eres la criada. ¿Y qué es eso que me han dicho de que vas a hacer la audición para el papel de la señora Bennet? ¿Es que quieres presumir de que tú has conseguido un papel y yo no? ¿Es eso lo que quieres?

A Casey no le gustó que aquella mujer descargara su ira sobre Olivia. Lo peor era que Olivia empezaba a desmoronarse. Hacía apenas unos segundos su expresión era de regocijo, y ahora sus hombros parecían caídos.

No era asunto suyo, pero Casey se acercó de nuevo a las dos mujeres.

—¿No va a hacer la prueba para Elizabeth? —preguntó a Hildy alzando la voz.

Hildy lanzó a Casey una mirada desabrida.

—Esto es un asunto familiar. —Miró de nuevo a su suegra—. No creo que debas actuar en la obra si yo no actúo. Estoy segura de que ese director te dará el papel si le enseñas esas viejas fotos que tienes, pero no sería justo para mí. Además, ya no eres joven, ¿no crees? ¡Todo esto sería agotador para ti! Creo...

—Tate Landers da la réplica en la prueba para Elizabeth —la interrumpió Casey.

De nuevo Hildy se volvió hacia ella, pero esta vez sus negros ojos centelleaban de ira.

—Te he dicho que... —Se detuvo al darse cuenta de lo que acababa de decir Casey—. ¿Quién?

—El actor Tate Landers. Es el dueño de Tattwell y es pariente de Kit. Landers va a leer el papel de Darcy con las mujeres que hagan la prueba para el papel de Elizabeth.

Hildy pestañeó unas cuantas veces, luego giró sobre sus talones bruscamente y se fue.

Se produjo un embarazoso silencio entre Casey y Olivia. Ninguna de las dos parecía saber qué decir.

—Le pido disculpas —dijo Olivia—. Cuando está enfadada, Hildy se olvida de sus buenas maneras.

Casey tenía ganas de preguntarle con qué frecuencia tenía Hildy esos arrebatos, y por qué Olivia no le hacía frente a su nuera. Pero acababan de conocerse y era demasiado pronto para preguntas tan personales. Además, Olivia estaba tan avergonzada que Casey pensó que la induciría a irse.

—¿A qué fotos se refería? —preguntó.

—Oh, nada —contestó Olivia—. Solo es una vieja historia. —Parecía aliviada al comprobar que Casey no comentaba nada sobre la actitud de Hildy.

—¿Tiene algo que ver con el sobre que le ha dado Kit y que la llamara señora Bennet?

Olivia sonrió débilmente y Casey se alegró de ver que volvía a enderezar los hombros.

—La verdad es que sí. Trabajé un poco como actriz cuando era joven.

—¡Tiene que dejarme verlas! —dijo Casey. Si bien era cierto que deseaba ver fotos de Olivia como actriz, aún estaba más interesada en hacer algo para que se sintiera mejor. Las palabras de Hildy parecían haberla dejado sin energía vital.

Olivia extrajo su bolso de debajo de una mesa, sacó el sobre que le había dado Kit y se lo tendió a Casey.

Casey sacó del sobre una brillante foto en blanco y negro de una hermosa joven, una Olivia más joven. Estaba medio de perfil y parecía sonreír a alguien a quien amaba. Llevaba los rubios cabellos recogidos atrás y unos rizos enmarcaban su cara. El cuadrado escote de su vestido era muy generoso.

—¿Va vestida de Elizabeth?

—Sí. Hice de ella en veinticuatro representaciones.

—¿Aquí, en Summer Hill?

—No. —Olivia volvió a meter la foto en el sobre—. En Broadway. En Nueva York.

—¡Vaya! —dijo Casey—. Es una auténtica estrella.

Olivia sonrió con modestia.

—En absoluto. Fue mi única incursión en ese mundo, y no duró mucho.

—¿Qué ocurrió?

—La vida. Tuve que regresar a casa, a Summer Hill, luego conocí a mi difunto marido, Alan Trumbull, y... —Se interrumpió y encogió de hombros—. No me fue posible volver a los escenarios.

—¿Cuándo fue eso?

—Hace mucho tiempo. En los alocados años setenta. —Olivia volvió a meter el sobre en su bolso.

—Pero al parecer Kit la vio en Broadway.

—Supongo que sí. No lo sabía.

—Pero él se acuerda, así que debía de ser usted muy buena —dijo Casey—. Creo que debería hacer la prueba de...

—¡Oh, no! —se apresuró a decir Olivia—. Si me dieran el papel y a Hildy no le dieran ninguno mi vida se convertiría en un infierno. —Se tapó la boca con una mano—. Lo siento. No debería haber dicho eso.

Casey puso una mano sobre la de Olivia.

—Mi madre es médico y me inculcó la idea de que el silencio de la persona maltratada es la mitad del maltrato.

Olivia se puso tensa.

—Hildy no me maltrata. Simplemente se altera mucho.

—Lo siento —se disculpó Casey—. Me he pasado de la raya, pero sigo creyendo que debería presentarse a las pruebas. ¿Eh? Si a Hildy le dan un papel, ¿lo probará usted también?

—Es posible —admitió Olivia.

—Piense en el olor a maquillaje teatral y en las candilejas.

Olivia se echó a reír.

—No estamos a finales del siglo XIX, pero suena bien de todas formas. Puedo acabar el trabajo durante el día, así que tendré libres la mayoría de noches.

—¿A qué se dedica?

—En realidad vivo con mi hijastro y con Hildy. Hago cuanto puedo para ayudarlos.

Casey tuvo que morderse la lengua para no señalar que Hildy había hecho un comentario peyorativo sobre Olivia y la posibilidad de que la confundieran con una criada. Sin embargo, Hildy parecía creer que su suegra era exactamente eso.

Casey vio a Kit encaminándose a la puerta.

—Discúlpeme, tengo que preguntarle algo a Kit. —Prácticamente corrió hacia él—. Tienes que darle el papel de lady Catherine de Bourgh a Hildy, la nuera de Olivia. Cree que es tan guapa que deberías haberla elegido como Jane, pero no lo es. También cree que es lo bastante joven para hacer de Lydia, pero tampoco lo es. Así que ahora va a hacer la prueba para Elizabeth, pero no lo logrará. En cambio, es perfecta como la arrogante, irascible y pretenciosa lady Catherine. Si tú, como director, logras sonsacarle a Hildy su verdadera personalidad, tendrás un gran personaje. Y lo mejor de todo, si le das el papel, Olivia hará la prueba para la señora Bennet.

Kit sonrió levemente.

—Organizando el mundo, ¿eh?

—Solo a unas cuantas personas. ¿Estás de acuerdo?

—Sí —dijo Kit—. ¿Tengo que adular el ego de esa tal Hildy?

—Haz lo que debas para quitársela a Olivia de encima.

—¿Qué significa eso? —preguntó Kit con el ceño fruncido.

—Te lo contaré más tarde. Tú dale a Olivia el papel de señora Bennet. Será una gran ayuda en muchos sentidos.

—Siempre ha sido mi intención darle el papel —dijo Kit—. Bien, hablando de ayuda, ¿dónde está Tatton? Pensaba que ibas a recogerlo junto con las tartas.

Casey hizo una mueca, enseñando los dientes.

—Lo he traído, y también *cinco* tartas. Él se ha comido una. Eso dice, pero quién sabe lo que habrá hecho en realidad, teniendo en cuenta que ha estado en mi dormitorio. ¡Y no me mires así! No tengo la menor idea de qué hacía ahí arriba. Es el rey de la propiedad, sí que estoy segura de que ha pensado que tiene derecho a meterse donde le dé la gana, porque es el dueño. Se ducha en mi porche, se come mi comida en mi casa y hace lo que sea que haya hecho en mi dormitorio.

Kit la observaba con interés.

—Creo que la mayoría de mujeres no pondrían ninguna objeción a que el joven Tatton se presentara en su cocina. O en su dormitorio, ya puestos.

—Sea lo que sea en la pantalla, no es así en la vida real. Además, prefiero pensar que las mujeres tienen más sentido común. En respuesta a tu pregunta, he cumplido con mi misión y lo he traído hasta aquí. Pregúntale dónde está a Jack.

—Jack ha salido hace veinte minutos. Es increíble que haya abandonado a la joven Gisele durante tanto tiempo.

Casey se dio la vuelta y vio a la joven en uno de los asientos. Había ya dos hombres sentados a su lado.

—¿Crees de verdad que Jack y Gizzy podrían llegar a algo?

—¿Hasta qué punto crees que Jack se parece a los personajes que interpreta en las películas?

—¿Te refieres al hombre temerario que arriesga su vida cada vez que sale por la puerta?

—Más o menos —dijo Kit.

—No lo sé, pero teniendo en cuenta que le has engatusado

para que pase el verano aquí, yo creo que Gizzy va a asegurarse de que lo descubramos. ¡Oh, mira! Ahí están. —Fuera, a la brillante luz del sol, vieron a Jack y a Tate. Jack parecía feliz, como si se alegrara de estar vivo, pero Tate fruncía el ceño—. Me resulta imposible creer que a las mujeres les guste ese hombre.

—¿Ah, sí? —dijo Kit, luego añadió con voz potente—: Para la prueba de Elizabeth de hoy, el actor Tate Landers representará el papel de Fitzwilliam Darcy.

Por un momento todos en el edificio se quedaron inmóviles. Fue como una película de ciencia ficción en la que un viajero del espacio pudiera detener el tiempo. Una suave brisa hizo revolotear unos papeles, un pájaro trinó en el exterior, pero dentro, la gente no pestañeó siquiera.

Luego, de pronto, fue como si el mundo volviera a girar y alcanzara el nivel de actividad de una docena de hélices de helicóptero que empezaran a moverse al unísono. Se batieron récords mundiales marcando números de teléfono, cuando se sacaron todos los móviles. Fue un milagro que las antenas del estado aguantaran la acometida.

—¡Está aquí! —chilló una voz femenina al móvil. Fue la única frase que logró oírse con claridad. Al instante todos los demás gritaban excitadamente hablando por el móvil. Las voces de hombres y mujeres que llamaban a hermanas, primas, amigas, esposas, a todos sus conocidos, alcanzaron un nivel de decibelios que pocas personas podían oír.

Kit miró a Casey con las cejas arqueadas como diciendo: «¿Qué te decía yo?»

Ella señaló la entrada con un ademán. Tate y Jack se habían enzarzado en un fingido combate de boxeo. «¡Chicos!», articuló ella con los labios sin intentar siquiera hacerse oír en medio de la cacofonía generalizada. Luego dio media vuelta y se encaminó hacia Olivia y las mesas de comida.

Pero antes de llegar a ella, la sala se llenó del ruido de coches, camionetas y furgonetas que se detenían de pronto en medio de un chirrido de neumáticos. La gravilla saltaba por los aires. En unos segundos, entraron corriendo montones de mujeres ataviadas con prendas que iban desde unos tejanos sucios hasta un vestido de noche con la etiqueta del precio colgando del escotado corpiño.

Minutos más tarde, Jack había desaparecido con Gizzy, pero Tate estaba cerca de la pared del fondo con Kit. A su alrededor había varias mujeres tendiendo a Tate sus guiones para que los autografiara, mientras lo miraban con adoración.

Kit miró por encima de las cabezas en dirección a Casey. Con su expresión daba a entender que ciertamente a algunas mujeres sí les gustaba Tate.

Casey se encogió de hombros exagerando el gesto. «Sobre gustos no hay nada escrito», parecía decir.

Darcy ocupa el escenario

—Vamos a dejar ya de servir la comida. —Casey estaba junto a las mesas—. Que la gente se sirva sola.

—¿Se va? —preguntó Olivia.

—No. Usted y yo vamos a ver el espectáculo. —Casey rebuscó dentro de una bolsa de alimentos que había bajo la mesa—. He enviado a Josh a por esto. —Sacó dos grandes bolsas de palomitas—. Pensaba que a lo mejor habría fuegos artificiales cuando Kit anunciara quién iba a ayudarle con la audición para Elizabeth, pero esto ha superado todas mis expectativas. Usted y yo vamos a ver este fiasco cómodamente.

—Pero seguro que con un actor como Tate Landers todo irá como la seda.

—¡Ja! —exclamó Casey—. Por lo que he podido saber, Kit ha conseguido que actuara con el pretexto de que el dinero es para obras de beneficencia. Pero Landers ha dejado muy claro que no quiere hacerlo. Si esas Elizabeths son tan malas como las Lydias de esta mañana, quiero ver su cara de desagrado y arrogancia.

Olivia la miraba sorprendida.

—¿Pero qué le ha hecho ese joven para que le tenga tanta antipatía?

—Veamos. ¿Por dónde empiezo? Me ha echado una bronca por estar sentada en mi propia casa. Le ha dicho a Jack que cree que no soy lo bastante guapa para él. Se ha metido en mi casa y se ha comido una de las tartas que yo había hecho para mis amigos. Y por si eso fuera poco, creo que ha hecho algo en mi dormitorio que le ha llevado a quitarse la camisa y a arrojarla al tejado. ¿No son razones suficientes para que me desagrade?

—¡Desde luego! —exclamó Olivia—. Vamos, acerquémonos a mirar, y si lo hace mal le lanzaremos palomitas.

—Lo que sea menos una tarta. Eso le gustaría.

Las dos recorrieron el pasillo central entre risas y tomaron asiento al lado del escritorio de Kit.

A lo largo de las paredes había una hilera de mujeres que querían hacer la audición para el papel de Elizabeth, y el rostro de cada una de ellas mostraba distintos grados de miedo y esperanza. Había dos hojas impresas de la escena que iban a usar para la prueba, en la que Darcy decía que quería casarse con Elizabeth a pesar de que era totalmente inadecuada para ser su esposa.

—Ninguna de ellas parece capaz de decirle que no —comentó Casey—. Por su modo de mirar hacia el telón, creo que todas esperan que se lo pida de verdad.

—Debo decir que, incluso a mi edad, yo también estaba dispuesta a fugarme con el señor Landers cuando hizo el papel de Heathcliff.

—¿Ha visto sus películas? —preguntó Casey.

—Por supuesto. ¿Usted no?

—No —dijo Casey—. Solo lo he visto a *él*, y ha sido más que suficiente.

—Pero sin camisa es...

Casey soltó un bufido.

—Lo he visto con ropa y sin ella, y sigue sin gustarme.

—¿Pero cómo es posible...?

—Silencio en el escenario —gritó la directora de escena, y se alzó el telón.

Una joven a la que Casey había visto por el pueblo, pero a la que no conocía, estaba sentada en una mesa y escribía con una pluma de ave. Llevaba uno de los vestidos que se habían usado para la audición de las Lydias, y le sentaba bien.

Tate entró en escena por la derecha... y se oyó un suspiro colectivo en el auditorio. Llevaba un traje de estilo Imperio, y le sentaba tan bien que parecía hecho a medida. Los ceñidos pantalones se ajustaban a sus musculosos muslos hasta acabar metidos en unas botas altas. El chaleco cubría su estómago plano y la chaqueta negra resaltaba sus anchos hombros.

Todos los ojos estaban clavados en las dos personas que ocupaban el escenario.

Cuando Tate habló, su voz detuvo todo movimiento.

—«He luchado en vano, pero no he logrado reprimir mis sentimientos. Debe permitirme que le diga cuán ardientemente la admiro y la amo.»

Todos lo miraron boquiabiertos. Tate se expresaba como un hombre que estaba realmente enamorado y que sufría por ello. La angustia, el pesar, el amor, todo estaba ahí.

La joven que hacía de Elizabeth lo miró pasmada... y no dijo nada.

—«Señor, le doy las gracias —apuntó Kit. Ella siguió callada—. Creo que debería expresarle mi gratitud por sus sentimientos —prosiguió, alzando la voz—, aunque no los corresponda.»

—«Ah, sí —susurró ella—. Creo... —empezó—. Es decir, le doy las gracias. —Irguió los hombros—. Siento haberos causado dolor, pero espero que no dure demasiado.»

Se había saltado algunas frases y las otras las había dicho mal, pero lo peor fue que mientras hablaba se había acercado a Tate hasta casi tocarlo.

En todo ese tiempo, Tate no perdió en ningún momento su expresión de angustia y de enamorado. Incluso cuando ella le tocó el pecho con el dedo índice, él siguió metido en su papel.

—¡Corten! —gritó Kit.

Al instante Tate se apartó de la mujer, dio media vuelta y abandonó el escenario.

La joven miró a Kit.

—Lo siento. Puedo hacerlo mejor. Ha sido la sorpresa de estar realmente con él.

—No tenemos tiempo para segundas oportunidades —dijo Kit secamente—. Gracias de nuevo, señorita... —Miró el papel que tenía sobre el escritorio—. Señorita Lewis. Por favor, baje y devuelva el vestido. —El tono de Kit era absolutamente categórico.

Una audición siguió a otra. En su mayor parte, las intérpretes fueron todas como la primera. Estaban tan deslumbradas por hallarse cerca de Tate Landers que no conseguían dominarse. Una de ellas hizo que se riera todo el mundo al no poder siquiera decir sus frases. Se limitó a tenderle papel y bolígrafo a Tate sonriéndole con adoración.

Cuando le llegó el turno a Hildy, Olivia y Casey cruzaron los dedos. Tres minutos más tarde, los descruzaron. Hildy recordó todas sus frases, pero las soltó de un modo tan arrogante que la escena perdió todo sentido. Se suponía que Tate era el aristócrata, pero Hildy actuó como si ella fuera de una clase superior. Parecía que en cualquier momento iba a ordenarle que se hincara de rodillas y le besara el anillo.

Al principio, los que observaban reaccionaron con sorpresa ante su interpretación, pero luego empezaron a soltar risitas mal disimuladas.

A pesar de la arrogancia de Hildy, Tate siguió en su papel, declarando su ardiente amor por ella.

Olivia no comentó nada sobre la actuación de su nuera, solo dijo que Tate era un «auténtico profesional».

—No se engañe —dijo Casey—. Se está divirtiendo con esto. Que sea capaz de mantenerse serio no significa que sea un buen actor.

Cuando Hildy terminó, Kit dijo que quería verla después. Ella abandonó el escenario con la cabeza bien alta, convencida al parecer de que acababan de darle el papel. Pero Casey movió los labios en una muda pregunta: «¿Lady Catherine?» para Kit, y este asintió.

Al cabo de un par de horas, Kit decretó un descanso y todo el mundo se dirigió a las mesas de comida. Él sugirió en voz alta que todas las mujeres que ya habían hecho la prueba deberían irse. Se produjeron muchas llamadas a maridos, canguros, vecinos, etc., para pedir que recogieran a los hijos, hicieran recados, o incluso visitaran a parientes en el hospital. La palabra «emergencia» se oyó a menudo, pero nadie abandonó el edificio.

Kit se acercó a Casey.

—¿Podrías llevarle a Tate algo para beber a su camerino? Y si aún te queda alguno de esos pastelillos, llévaselos también.

—Quizá podría hacerlo Olivia —replicó Casey—. Yo estoy ocupada.

Oliva asintió, preparó un plato, llenó un vaso y se encaminó a la zona de camerinos.

—¿A que es bueno? —dijo Kit a Casey.

—¿Quién?

Él la miró con expresión elocuente.

—Sí, supongo que está bien. —A pesar de lo que le había dicho a Olivia, lo cierto era que Tate la había impresionado. Cada vez que había dado la réplica, lo había hecho con sentimiento. Una y otra vez. Y por mal que lo hiciera la mujer, Tate nunca se salía de su personaje.

Unas cuantas mujeres habían logrado interpretar toda la escena, pero ninguna de ellas había demostrado la emoción que Tate le confería a su papel. Una y otra vez parecía un hombre enamorado, pero que luchaba contra sus demonios interiores.

—¿A quién vas a elegir para hacer de Elizabeth? —preguntó Casey a Kit.

—A ninguna. Son todas horribles.

—Esa tal Parker no estaba mal.

Kit la miró con incredulidad.

—No hacía más que agitar las pestañas mirando a Tate. Parecía a punto de pedirle una cita.

—¿La joven Brickley?

—Una cosita tímida. Creo que la pasión de Tate la ha asustado.

—Quizá la segunda mitad sea mejor —señaló Casey.

—Lo que necesito es a alguien que ve a Tate como a una persona, no como una estrella de cine.

—Buena suerte encontrando a alguna así entre todas estas —dijo Casey—. Están haciendo todas el ridículo con él. La forma que tienen de mirarlo es vomitiva. «Oh, señor Landers —dijo Casey, poniendo voz de falsete—, por favor, míreme igual que mira a las mujeres en las películas. Si lo hace, le dedicaré toda mi vida.» Es repugnante. Es... —Casey se interrumpió, al ver una expresión extraña en el rostro de Kit—. ¿A qué viene esa expresión?

—Estoy de acuerdo contigo. Necesitamos a alguien que no lo vea como una especie de ser mitológico con pantalones ajustados.

Casey sonrió al pensar en esa imagen.

—Menos mal que no va a hacer realmente de Darcy en la obra. ¿Has probado ya a Josh?

—Sí, y debo decirte que jamás había visto a nadie con menos capacidad interpretativa que ese joven.

—Oh, no —dijo Casey—. ¿Y qué vas a hacer?

Lentamente Kit esbozó una sonrisa.

—Creo que Tatton está haciendo un trabajo espléndido, ¿tú no? —No esperó respuesta—. Cinco minutos para subir el telón —ordenó en voz alta—. A su sitio todo el mundo. —Se fue por el pasillo central para sentarse en su escritorio.

—Cuando le he llevado la comida, ha sido muy amable —comentó Olivia detrás de Casey.

Casey se volvió para mirarla.

—Por favor, no me diga que también usted se ha colado por él.

—No —dijo Olivia—, pero es una lástima que tenga que sentarse ahí atrás él solo. Su único amigo aquí es Jack Worth, y se ha ido con Gizzy. Y el pobre hombre está muerto de hambre.

—Pues no sé por qué, porque se ha comido una tarta entera. Y, por lo que yo sé, podría haberme limpiado toda la nevera. Estoy impaciente por volver a casa esta noche y ver qué ha hecho en mi dormitorio.

—Ya, pero de verdad parecía muy solo ahí atrás. No debe de ser nada divertido tener a todas esas mujeres comportándose como bobas a su alrededor.

—Solo serán unas horas. Luego podrá volver a su sofisticado Hollywood, donde hay más gente igual que él.

—Supongo que tienes razón —dijo Olivia.

—Pues claro. ¿Cómo está Hildy?

—En la cima del mundo —indicó Olivia, tras un suspiro—. Eufórica. Ya ha llamado a Kevin, mi hijastro, para decirle que tiene el papel protagonista. Cuando no se lo den...

Casey tomó del brazo a Olivia.

—Kit lo arreglará. Se le da bien solucionar problemas.

—Todos los problemas no, querida —dijo Olivia en un tono de voz que no había usado antes—. Algunas cosas son demasiado, incluso para él. —Bruscamente, se dio la vuelta y recorrió el pasillo central.

Casey la siguió de cerca.

—¿Qué sabe de Kit? Es un gran misterio para todos nosotros. Dijo que...

—El telón se levanta —susurró Olivia—. ¿Lo vemos?

Casey observó a Kit. Era tan alto, tenía una presencia tan autoritaria, que no tenía más que mirar a una persona para que dejara de hacer preguntas. ¿Qué sabía Olivia sobre él además de que la había visto actuar en Broadway?

Kit se volvió hacia ella como si supiera que lo estaba observando, pero sus ojos no dejaron traslucir nada. Sintiéndose como si se estuviera entrometiendo en algo que no era asunto suyo, Casey desvió la mirada hacia el escenario.

La segunda tanda de mujeres fue peor que la primera, si cabe. Durante la pausa, Casey les había oído explicando por qué estaban allí. Cuando se anunció que Tate Landers iba a dar la réplica a las mujeres que optaban al papel de Elizabeth, habían tenido una sensación vertiginosa ante la oportunidad de conocer, de hablar incluso con una famosa estrella de cine. Un actor soltero que ni siquiera tenía novia.

Ninguna de las mujeres se había tomado en serio la idea de participar en la obra. Sus obligaciones domésticas y profesionales no les dejaban tiempo para ensayos, ni desde luego para actuar los fines de semana.

Las mujeres empezaron a admitir que en realidad lo que querían era poder decir que habían estado entre las que lo habían intentado. Las solteras querían sonreír seductoramente a Tate, y las casadas querían decirle lo mucho que les gustaban sus películas. Tal como anunciaban sus confidencias, la segunda tanda de pruebas resultó un fracaso. Algunas de las mujeres ni siquiera parecían esforzarse en actuar.

Kit solo necesitó cuatro pruebas para darse cuenta de lo que pasaba.

Primero envió a la directora de escena a decirle a Tate que esperara en su camerino y luego, como el oficial militar que todo el mundo creía que había sido, ordenó a las mujeres que ya habían hecho la prueba que se fueran. Hubo muchas protestas, pero al final recogieron sus bolsos y se fueron. Al resto, Kit les dijo que formaran una fila cerca de las mesas de comida.

Con las manos enlazadas a la espalda, Kit se paseó ante ellas lanzando chispas por los ojos.

—Quiero dejar las cosas muy claras. Solo deben quedarse las que sean actrices serias. Si están aquí con el único propósito de hacer el ridículo delante del señor Landers, para demostrarle que Summer Hill, Virginia, es el hazmerreír del país entero, para avergonzarse a sí mismas, a sus familias y a este estado, ¡váyanse ahora!

Nadie se atrevió a moverse. Pero, claro, ¿quién iba a admitir tener unas expectativas de vida tan bajas?

—Todas las demás leerán el guion y se aprenderán de memoria sus frases. Ya han visto al señor Landers, así que ahora ya saben lo que debe hacer un verdadero actor. Cuando pisen el escenario, quiero que se conviertan en Elizabeth Bennet. Eso quiere decir que un hombre al que aborrece profundamente le ha dicho que la ama. Pero al mismo tiempo dice que no puede creer que quiera casarse con ella, porque tanto ella como toda su familia están muy por debajo de él en educación, cultura, buenas maneras y dinero. Y Elizabeth tiene que reaccionar con ira a las cosas horribles que está diciendo.

Kit miró a cada una de las doce mujeres que formaban una hilera ante él.

—No quiero más miradas soñadoras de adolescentes boquiabiertas al señor Landers. Quiero que le demuestren lo que puede hacer una mujer de Virginia. ¡Demuéstrenle al actor lo que son capaces de hacer!

Olivia y Casey estaban detrás de Kit y vieron cómo las mujeres se erguían al oír sus palabras.

—Mientras repasan sus frases, esta vez con seriedad, otra actriz va a demostrarles cómo debe interpretarse la escena.

Casey asintió y miró a Olivia.

—Se refiere a usted.

—Soy demasiado vieja —dijo ella, negando con la cabeza—. Quizá se refiera a esa chica que va a hacer de Lydia.

—Es demasiado joven —susurró Casey.

Kit se apartó para que las mujeres vieran a Casey y a Olivia.

—Sí, es usted. —Casey sonreía.

—Procedente de la capital de nuestra nación —dijo Kit, alargando el brazo hacia ella—, les presento a la señorita Acacia Reddick. —Parecía el maestro de pista de un circo.

Casey lo miró parpadeando. Sonriendo, Olivia se hizo a un lado y, cuando las demás empezaron a aplaudir, se unió a ellas.

—Yo no puedo... —dijo Casey, pero Kit la tomó por el brazo y la condujo hacia la puerta que llevaba a los camerinos. Cuando se encontraban en el pasillo que conducía al nivel inferior, Casey se detuvo—. ¿Estás loco? Esto es ridículo. Nunca en mi vida he actuado.

—Pues claro que sí. ¿No has oído eso de que el mundo entero es un teatro? Sé que te sabes las frases, así que no habrá ningún problema.

—No puedo hacerlo. Además, no soporto al actor. No había conocido nunca a un hombre más arrogante, engreído... —Se interrumpió con los ojos muy abiertos—. Lo mismo que opinaba Elizabeth de Darcy.

—Exactamente —dijo Kit—. ¿Y no te encantaría hacérselo saber, poner fin a la fría petulancia que muestra en escena? Todas esas aduladoras babeantes no han logrado que vacile siquiera. Dile lo que piensas realmente de él, en palabras de Austen, si es posible. ¿Crees que sabrá encajarlo?

—Yo... —empezó a decir Casey, pero entonces una lenta sonrisa se dibujó en su cara—. Se llevaría una sorpresa mayúscula si saliera ahí y me viera esperándolo, ¿verdad?

—Seguramente perdería por completo la compostura.

La sonrisa de Casey se ensanchó.

—Valdría la pena salir a escena solo por verlo.

—Puedes demostrar a las demás que no todas se dejan impresionar solo porque un actor está bueno.

—¡Sí! —dijo Casey—. ¿Dónde me cambio?

—Ahí abajo. La primera puerta a la derecha.

—Corsé, ¡ahí voy! —exclamó, y se fue rápidamente hacia su camerino.

Sonriente, Kit dio media vuelta. Siempre había tenido la intención de darle el papel de Darcy al joven Tatton. De lo que no estaba seguro era de quién haría de Elizabeth. Pero ahora estaba casi convencido de que ya la había encontrado.

Wickham se da a conocer

—Hola —dijo una voz masculina desde la puerta.

Casey estaba sentada frente al tocador poniéndose una tercera capa de rímel. Se había puesto el vestido, pero quería estar lo mejor posible para salir a escena. Se dio la vuelta y vio al hombre que iba a interpretar el papel de Wickham con un bonito ramo de flores primaverales. Llevaba pantalones oscuros y camisa blanca arremangada. ¡Estaba realmente atractivo!

—Son para usted —dijo, y se acercó tímidamente para dejar las flores en un extremo del tocador.

Casey se dijo que era muy agradable conocer a un hombre que parecía humilde en lugar de comportarse como si fuera el amo de la tierra. Cuando él ya se iba, Casey lo detuvo.

—¡Espere!

Él se dio la vuelta, sonriendo, pero no volvió a entrar en el pequeño camerino.

—Si son para la actriz que se lleve el papel de Elizabeth, no soy yo —dijo Casey—. Se supone que yo solo... Bueno, no estoy segura, pero creo que mi trabajo es darle caña al señor Landers.

El apuesto rostro del hombre pasó al instante de una tímida felicidad a parecer casi asustado.

—¿Está segura de que quiere hacer eso? Landers es una gran estrella de Hollywood.

—Ya —dijo Casey—, pero a mí increparle va a resultarme fácil.

El rostro de él se relajó un tanto, pero aún parecía preocupado.

—Entiendo que quiera hacerlo. Por cierto, soy Devlin Haines y me han dado el papel de Wickham.

A ella le gustó que no diera por supuesto que tenía que saber quién era.

—Le he visto actuar y es muy bueno.

—Es muy amable.

Casey se levantó para acercarse a estrecharle la mano, que era cálida y grande. Devlin también tenía unos ojos realmente bonitos. «Ojalá se hubiera duchado él en mi porche», pensó Casey, y retiró la mano a regañadientes.

Él retrocedió educadamente.

—No es mi intención meterme donde no me llaman, pero debería tener cuidado con Tate Landers.

—A juzgar por sus comentarios, parece que lo conoce bastante bien.

—Por desgracia sí. Habíamos sido cuñados.

—¿Es usted el padre de Emmie? —preguntó Casey abriendo los ojos con asombro.

—¡Sí! —respondió él rápidamente—. ¿La ha visto? ¿Va a venir pronto? ¿Qué ha dicho? ¿Me ha mencionado? —Devlin tomó aire—. Lo siento, es que hace semanas que no se me permite ver a mi hija. Discúlpeme. —Se volvió hacia un lado unos instantes y Casey pensó que quizá se estaba enjugando una lágrima. Cuando volvió a darse la vuelta, su sonrisa era forzada—. Discúlpeme, pero me vuelvo un poco tonto cuando se trata de mi hija. ¿Cómo es que la conoce?

La profunda emoción de aquel hombre, así como su sensación de pérdida, sus lágrimas, parecieron llenar todo el camerino.

—Solo la he oído riéndose por teléfono. Eso es todo.

—Ah, sí. El sonido más dulce del mundo. Música angelical. Hace tanto tiempo que no lo oigo...

—Casey —dijo la directora de escena desde el pasillo—, la esperan arriba.

—Ya voy —respondió ella, luego volvió a mirar a Devlin—. No quiero entrometerme, pero ¿qué quiere decir que «no le han permitido ver a su hija»?

Él respiró hondo, como intentando armarse de valor.

—Supongo que la respuesta más diplomática es que mi famoso ex cuñado es un hombre muy rico y poderoso. Pudo pagarle los mejores abogados a su hermana, mi mujer. Lo siento. Había venido a desearle suerte. No sé qué ha hecho que desnude así mi alma. Pero hay algo en usted que... Una vez más me disculpo por mis divagaciones. Debe de pensar que soy un idiota.

—No, no. —Casey tenía una expresión solemne al pensar en lo que acababa de serle revelado sobre Landers. Una cosa era entrar en su casa sin permiso, pero usar el sistema legal para quitarle a un hombre su hija era algo muy distinto. Sonrió a Devlin—. Cuando acabe con la prueba, ¿por qué no viene a cenar a mi casa? Si Su Alteza Real no me ha echado porque la casa es suya, claro está. Podemos hablar de... cosas.

—Me encantaría. —La vida pareció volver a los ojos de Devlin—. ¿Sabe?, no hay muchas personas, sobre todo entre las mujeres, que perciban al verdadero Tate bajo la imagen que ofrece él al mundo.

—¡Casey! —gritó la directora de escena—. ¡Necesitamos que salga ahora!

—Diga a Su Majestad Landers que no se quite la camisa. Y lo digo en serio. Voy enseguida. —Extrajo una pequeña flor azul del ramo que le había regalado Devlin y se lo colocó en el pelo, sonriéndole afablemente—. Esto no es Hollywood y él no manda aquí. —Echó a andar por el pasillo, caminando hacia atrás—. A las ocho en mi casa. ¿Sabe dónde está Tattwell?

—He alquilado una casa aquí para pasar el verano con el único propósito de estar cerca de Tattwell. Espero que mi hija venga a visitarme y pueda verla por fin.

—Así será —dijo Casey.

—En cuanto la he visto junto a las mesas de comida riendo, he sabido que era especial. Lo notaba. —Devlin sonreía, aunque de repente se puso serio—. Pero tenga cuidado con él. A Tate no le gusta que le lleven la contraria, así que sea prudente.

Casey se recogió las largas faldas y corrió escaleras arriba.

—No, no creo que sea prudente —dijo en voz baja mientras ocupaba su sitio en el escenario.

ACTO PRIMERO, ESCENA DECIMOCUARTA

Lizzy y Darcy danzan

Casey no miró al público. Claro que la mayoría eran mujeres del pueblo que habían ido a babear por una estrella de cine. Aparte de ellas, había unos cuantos obreros que todavía estaban trabajando en el jardín y algunos electricistas en las vigas, colocando las luces. No sabía si Josh andaba por allí. Y Kit estaba en su escritorio, observando, y Olivia no lejos de él.

Casey se tomó un momento para alisarse la falda y tranquilizarse. Se sabía bien las frases, ya que Stacy y ella habían ayudado a escribirlas. Y durante las últimas horas las había oído muchas veces.

En ese momento no podía pensar más que lo que acababa de contarle Devlin sobre su querida hijita. ¿Por qué Tate Landers había hecho algo así? En realidad ella creía conocer ya la respuesta. Ya había visto su celoso sentido de la propiedad. Era el dueño de Tattwell, por lo tanto creía que eso le daba derecho a entrar en la casa de Casey cuando ella estaba ausente.

En cuanto a su sobrina, era casi como si la llevara en el bolsillo. ¿Acaso creía que su hermana y su sobrina también eran de su propiedad, que él era su dueño? ¿Por eso había usado su dinero y su prestigio para librarse del padre de Emmie?

Casey notaba que se encolerizaba mientras estaba allí de pie. En ese momento, Tate parecía regodearse haciendo esperar a todo el mundo por él.

«Debo recordar que soy Elizabeth Bennet —pensó—. Se

supone que vivo en una época en la que las mujeres no se enfrentan a los hombres ni les cantan las cuarenta.»

A su derecha había gente esperando, una vez más, a que apareciera en escena Su Alteza Real.

—Silencio —gritó la directora de escena.

Y Casey comprendió que Tate estaba a punto de aparecer. ¿Cómo era posible? ¿Sin redoble de tambores? ¿Sin trompetas tocando el *Dios salve al rey*?

Cuando Tate Landers apareció por fin, se produjo una oleada de suspiros femeninos y Casey tuvo que esforzarse para no poner los ojos en blanco. Lo cierto era que tenía el proverbial aspecto de Darcy, alto, moreno y apuesto, pero, como había señalado Devlin, era lo bastante perceptiva como para ver más allá de las apariencias.

Cuando él vio a Casey no reaccionó como ella esperaba. Creía que iba a fruncir el ceño y a emitir una exclamación de fastidio. Pero lo que hizo fue sonreír un poco, como si se alegrara de ver a alguien familiar.

«Apuesto a que me considera de su propiedad», pensó Casey, y su expresión se volvió casi amenazadora.

—Siento el retraso —susurró él cuando estaba a corta distancia—. Problemas de vestuario. Mi...

—¿Podemos acabar con esto? —replicó ella con cierta sequedad.

—Claro. —Tate dio un paso atrás—. ¿Por dónde quiere empezar?

—Por cuando me dice que soy inferior a usted.

Él la miraba como si tratara de averiguar alguna cosa.

—Siento mucho todo lo que ha ocurrido hoy. Quizás esta noche podríamos...

—Ya podéis empezar —dijo Kit en voz alta.

Tate se volvió hacia él. El escenario estaba tan iluminado que en contraste el auditorio estaba casi a oscuras.

—Claro —dijo Tate—. Dame solo un segundo, ¿quieres? Tengo que canalizar a Darcy. —Les dio la espalda, pero Casey lo veía de perfil... y no estaba intentando meterse en el papel—.

Déjeme que la lleve a cenar esta noche y le explique lo que ha ocurrido.

—No, gracias —replicó ella con una sonrisa—. Tengo una cita con un hombre llamado Devlin Haines. —Casey tuvo la enorme satisfacción de ver cómo la miraba él horrorizado. Ni siquiera le dio tiempo para recobrar la compostura—. ¡Señor! —exclamó en voz alta—. ¿Qué es lo que desea decirme?

Al instante él pasó de parecer horrorizado a adoptar la expresión enamorada de Darcy, que se había hecho familiar para todos. Se encaró entonces con Casey.

—«He luchado contra mis sentimientos. —La voz de Tate era anhelante—. Pero aunque su nacimiento, sus circunstancias y su familia sean inferiores, no han conseguido cambiar lo que siente mi corazón. Debe permitirme que le diga cuán ardientemente la admiro y la amo. Le pido que se case conmigo.»

Casey se alegró de haber ensayado la escena cuando Kit la escribía. Miró a Tate con conmiseración.

—«Veo por su expresión que espera una respuesta favorable, y me gustaría dársela. Pero, señor, no puedo aceptar su propuesta. Siento causarle pena, pero seguro que no tendrá gran dificultad en superarlo.»

Tate retrocedió como si le hubiera golpeado.

—«¿Esta es su respuesta? ¿No va a decirme el motivo por el que me rechaza con tan escasa cortesía?»

Casey perdió su expresión de piedad y un destello de ira brilló en sus ojos. Le ayudó el hecho de sentir auténtica furia contra él.

—«¿Y puedo preguntarle yo por qué me ofende y me insulta declarando que me ama contra su voluntad, contra su buen juicio? ¡Incluso en contra de su naturaleza! ¡Si antes usted me gustaba, desde luego no me gusta ahora!»

—«No ha interpretado bien mis palabras. Desearía explicarme. Yo...» —dijo Tate, pero no era lo que ponía en el guion.

Casey no pensaba darle ocasión de disculparse con excusas por lo que había hecho.

—Tengo todas las razones del mundo para que me desagrade. Ha invadido mi intimidad, me ha acusado en falso. Me ha robado lo que es mío. —Ahora sus ojos lanzaban llamaradas de ira—. Ha intentado alejar a un padre de su hija.

—¡Que he hecho qué!

Ahora era Tate Landers quien hablaba, no el señor Darcy, y Casey no pudo evitar la sensación de triunfo por haber traspasado su autocomplacencia.

—¿Niega que usó su riqueza y su poder para obtener asistencia legal para su hermana?

Casey observó por su expresión que por fin lo comprendía y se envaraba.

—¿Se refiere al que fue mi cuñado?

—Sí. Al hombre que será Wickham. ¿Qué tiene que decir a eso? ¿Interfirió o no interfirió usted en lo que era un asunto privado?

En el público, todo el mundo se había quedado paralizado. Los electricistas se sentaron sobre las vigas del techo con las piernas colgando, para mirar lo que ocurría en el escenario. Uno de ellos ajustó un foco para que iluminara mejor a los dos intérpretes. Las mujeres que iban a hacer la prueba después se quedaron quietas con la vista fija. ¿Quién se atrevía a hablar así a una estrella de cine?

El único que no parecía sorprendido era Kit. Sonreía detrás de su escritorio como si fuera eso exactamente lo que esperaba que ocurriera.

—¿Wickham? —dijo Tate por lo bajo, luego echó los hombros hacia atrás—. Sí, lo hice. —Su tono era orgulloso—. Utilicé todo lo que tenía para alejar a mi hermana de un hombre al que no amaba.

—¿Entonces admite que utilizó a su sobrina como peón para controlar a su familia? Parece que asumió la propiedad de los que le rodeaban, igual que en mi caso.

Una vez más el semblante de Tate cambió, pero esta vez pasó de la ira a lo que parecía ser regocijo.

—Usted no ha sido nunca de mi propiedad, aunque la primera vez que apareció ante mí llevaba un pijama que era de cuento de hadas infantil. ¿Tenía intención de seducirme para entablar una relación ilícita?

La indignación de Casey aumentó.

—¿Seducirle? Es usted vano, arrogante... —Le lanzó una mirada asesina. ¡No iba a conseguir hacerle olvidar dónde estaba—. Usted, señor, es el villano en esto. Cuando se mostró por primera vez ante mí estaba tan desnudo como el día en que nació. Conjuró la lluvia y se enjabonó partes del cuerpo que una mujer soltera no debería ver.

Tate estuvo a punto de sonreír.

—Entonces ¿por qué no dio a conocer su presencia? ¿Por qué no huyó del lugar?

—Fue por miedo. ¿Acaso no teme una doncella a su atacante?

—El hecho de que permaneciera quieta en absoluto silencio para ver cómo me enjabonaba me hace dudar de su condición de doncella.

Los labios de Casey se torcieron en una mueca.

—¿Quiere que comparemos pérdidas de virtud física? Tal vez bastaría con una lista de nombres. ¿Habrá suficiente papel en este pequeño pueblo para una lista tan larga como sería la suya?

Tate dio la espalda al público unos instantes. Solo Casey pudo ver que realmente se estaba divirtiendo. Cuando volvió a darse la vuelta, el público vio *esa* expresión, la que usaba en el cine. Sus oscuros ojos parecían exudar lujuria y deseo. Su voz fue un susurro seductor.

—Tal vez sus protestas tengan como objetivo entrar también en esa lista. —Alargó una mano para acariciarle la mejilla.

Pero Casey alzó las manos para impedírselo.

—No le aceptaría aunque...

Tate se había apoderado de sus muñecas. Lenta y seductoramente, le besó las palmas de las manos. La miró con los ojos entornados como si esperara que Casey cayera en sus brazos y se lo perdonara todo.

Casey no sintió nada. La acción de Tate era tan falsa, se notaba tanto que quería impresionarla, que ella no reaccionó. Se limitó a lanzarle una mirada glacial.

—¡Señor! Le exijo que me suelte.

Tate se sorprendió tanto que Casey se dio cuenta de que había dado en la llaga. La estrella de cine había utilizado sus mejores maniobras seductoras de actor y había fracasado.

Dejó caer las manos y se quedó mirándola, sin respuesta al parecer.

Casey no pudo resistirse a asestarle un golpe más.

—Esta noche cenaré con el cuñado del que se deshizo. —Cuando vio que lo había dejado mudo, volvió al guion... y su voz llevaba auténtico veneno—. «Desde el primer momento en que le oí hablar, vi su arrogancia, su soberbia y su egoísta desdén hacia los demás, todo lo cual ha hecho crecer en mí una inquebrantable antipatía hacia usted.»

Ella se acercó tanto a él que sus senos casi le tocaban el pecho, y entonces lo miró a los ojos. Se alegró de ver que había borrado de ellos la expresión de petulancia.

—«¡Señor! Aunque fuera el último hombre sobre la tierra, no me casaría con usted.»

Tate retrocedió.

—«¡Es suficiente! Entiendo sus sentimientos y ahora me avergüenzo de los míos. Discúlpeme por haberle robado tanto tiempo. Le deseo salud y felicidad en la vida.» —Dio media vuelta y abandonó el escenario.

Casey se quedó donde estaba, viéndolo marcharse con paso airado; luego echó a andar hacia el otro extremo para irse también ella.

Fue entonces cuando estallaron los vítores. Sobresaltada, se volvió hacia el público y vio que todo el mundo aplaudía y gritaba. Los electricistas en las vigas, los jardineros desde el exterior, todas las mujeres, todos lanzaban vítores entre aplausos.

—¡Así se hace, Casey! —exclamaban.

—¡Has hablado por todos!

—¡Brillante!

Casey notó que se sonrojaba. Durante el... la... lo que fuera, se había olvidado de que había gente observando. Solo era consciente de las pullas que había intercambiado con aquel hombre tan detestable.

No obstante, le gustaron los aplausos y los vítores. Hizo una leve reverencia y luego salió corriendo del escenario.

Lizzy y Bingley discrepan en percepción y conocimiento

Jack abrió la puerta de la mansión.

—Siento que sea una comida tan sencilla, pero las pruebas han durado hasta tarde. —Casey estaba en el umbral—. Además, tengo un invitado a cenar, así que no he tenido mucho tiempo para preparar nada especial. —Tendió a Jack un cesto grande.

Él lo aceptó y abrió más la puerta. Agradecía que su experiencia como actor le permitiera seguir sonriendo. Tate había regresado a casa con aspecto de querer asesinar a alguien, y estaba entre su ex cuñado y Casey. Jack solo le había podido sacar que Haines iba a hacer de Wickham y que Casey era su defensora. Jack quería enterarse de todo lo que había ocurrido.

Pero cuando pidió a Casey que entrara, ella retrocedió alzando las manos expresivamente.

—No, gracias. Tengo que prepararme para la cena, y además, ha sido un día muy largo.

—¿Te importa si te acompaño?

—Claro que no —respondió ella.

Jack dejó el cesto y juntos caminaron hacia la casa de invitados.

—Me han dicho que has hecho la prueba para el papel de Elizabeth Bennet.

—En realidad no —dijo ella—. Quiero decir, sí, más o menos.

—¿Y qué ha dicho Kit?

Casey se detuvo.

—Lo siento, pero... ¡Hombres! La prueba ha sido un desastre. Me he puesto furiosa y estaba abochornada por lo que había pasado, pero la gente ha aplaudido y... —Agitó una mano—. A Kit le ha encantado. Estaba eufórico. Yo aún estaba en el camerino cuando ha venido y me ha dicho que yo iba a hacer de Elizabeth. Luego se ha ido. ¡Así, tal cual! Me lo ha ordenado como un déspota y ha añadido, como si tal cosa, que seguramente la estrella de cine haría de Darcy. Después se ha largado como si fuera cosa hecha. He salido corriendo detrás de él y le he asegurado que antes cocinaría con cacharros de aluminio y dejaría mis cuchillos sin filo que actuar en una obra con Tate Landers. Le he dicho... Oh. —Miró a Jack—. Lo siento otra vez. Sé que es amigo tuyo, pero me pone furiosa. Claro que, si pasas mucho tiempo con él, seguro que estás acostumbrado a oír a otras mujeres diciendo lo mismo.

—La verdad es que no —contestó Jack—, eres la primera.

Habían llegado a la casa de invitados.

—Sospecho que las mujeres se quedan tan deslumbradas por su atractivo físico que no se fijan en cómo es realmente. Si fuera feo, las mujeres no querrían saber nada de él.

—¿No es siempre así?

—¿Así que me estás diciendo que todas las mujeres son superficiales y que solo les atraen los pectorales y la tableta de un hombre?

Jack arqueó las cejas de un modo que hizo reír a Casey a su pesar.

—Vale. Tienes razón —dijo—. Entra y te preparo algo para beber. ¿Qué te parece un whisky escocés de doce años con hielo?

—Estupendo. —Jack se sentó en el mismo taburete que había ocupado por la mañana, y Casey le sirvió la copa. Mientras él bebía, la observaba moviéndose por la cocina y guardando cosas—. ¿Vas a aceptar el papel? —preguntó.

—No soy actriz. Toda la pasión que he puesto en esas frases procedía de la ira que sentía contra Tate Landers. —Se volvió hacia Jack—. ¿Sabes qué hacía antes en mi dormitorio?

—No tengo la menor idea —respondió él, sin mentir del todo.

Casey dejó caer con estrépito dos cuencos de acero inoxidable en un cajón.

—Creo que se ha desvestido, porque su camisa estaba colgando del tejadillo del porche. Durante todo el día he estado temiendo lo que encontraría ahí arriba cuando llegara a casa.

—¿Y? —preguntó Jack.

—Mi pijama estaba en el suelo y todo lo que había sobre mi tocador se había colocado de otra manera. Es como si hubiera repasado todas mis cosas. —Casey miró a Jack—. Una pluma de pavo real asomaba bajo la cama. De un verde brillante y con un ojo. ¡Me he llevado un buen susto! Mañana Josh va a poner unos buenos pestillos en mis puertas, y tendré que cerrar bien todas las ventanas.

—Nada de eso es propio de Tate —dijo Jack con el ceño fruncido.

—Supongo que nunca vemos a nuestros amigos como realmente son —comentó Casey, y siguió limpiando.

—Casey —dijo Jack con tono vacilante—, creo que debería decirte algo sobre Devlin Haines.

A Casey no le costó mucho imaginar lo que le iba a decir.

—¿Lo conoces personalmente, o solo has oído lo que dice Landers sobre su ex cuñado? —preguntó, mirándole con expresión retadora.

—Solo lo que me han contado —contestó Jack. Se llevó la copa a la boca y no hizo más comentarios.

Casey respiró hondo.

—Basta ya de hablar de mí. Parece que a ti Gizzy te ha gustado mucho.

Jack clavó la vista en su copa.

—Es agradable, muy dulce. Hace que me entren ganas de ponerme una armadura para protegerla.

—Mmm... Jack... —Casey se inclinó hacia él por encima de la isla de la cocina—. A lo mejor ya sabes que Gizzy es mi hermanastra. Compartimos algunas cosas, pero también somos muy distintas.

—¿Qué significa eso?

—Gizzy es hermosa como un día primaveral, eso es cierto. Los hombres van detrás de ella como perros falderos.

Jack no pareció reparar en que Casey no había respondido en realidad a su pregunta.

—Me han dicho que su padre se las hace pasar moradas a los hombres que intentan salir con ella, pero lo entiendo. Necesita que la protejan.

—En realidad, a quien intenta proteger el reverendo Nolan es a los hombres.

—Oh, no —gimió Jack—. Dime que no está loca. En los dos últimos años todas las chicas con las que he salido estaban como cabras. Una estuvo bailando durante tres días sin dormir, y luego se pasó seis días en la cama porque dijo que detestaba la vida, luego se levantó y volvió a empezar. Y si le cuentas esto a la prensa te demandaré.

—No, Gizzy no está loca. Está muy cuerda. No sé cómo explicarlo. Sabes que, en las películas, antes las princesas esperaban a que los hombres las rescataran, ¿no? Pero ahora son ellas las que empuñan la espada y escapan luchando.

—Sí, pero eso está bien. En mi última película la chica me salvaba dos veces.

—Me encantó esa parte. ¿Fuiste tú quien trepó por ese muro y el que iba colgado del helicóptero? ¿Te lanzaste al océano desde aquel acantilado?

—Yo mismo. Me dijeron que el tipo del seguro se desmayó al enterarse de lo de zambullirme, pero lo hice igualmente.

—Entonces te irá bien con Gizzy. Bueno, no es que quiera echarte, pero necesito ducharme y cambiarme. Esta noche tengo una cita.

Jack se puso en pie. Por un momento pareció que iba a decir algo más, pero no lo hizo.

—Eso es fantástico. Es un hombre con suerte.

—Gracias —dijo Casey.

Jack se dirigió a la puerta, pero luego se dio la vuelta y besó a Casey en la mejilla.

—Con esto te has ganado un pichón para cenar mañana.

—¿Cómo se llama ese bistec para compartir entre dos?

—Chateaubriand —dijo ella.

—Toma nota. Te lo pediré cuando lo necesite.

—Será un placer. —Sonriendo, Casey lo vio alejarse, luego cerró la puerta y le echó el pestillo—. Eso si Gizzy no decide atrapar unos saltamontes y freírlos —musitó, volviendo la vista hacia las escaleras. Antes solo había pasado unos minutos en su dormitorio, porque le había asustado tanto lo que había visto que había vuelto corriendo escaleras abajo. Rápidamente había preparado cena para cuatro y había llevado dos raciones a Jack. Detestaba tener que incluir a Tate, pero era su casero. Además, no soportaba la idea de que nadie pasara hambre.

Respiró hondo al pie de las escaleras antes de subir. Tal vez si quemaba unas varitas de salvia se borraría la presencia de Tate en la casa.

Una vez en el dormitorio, volvió a mirar a su alrededor. Antes había vuelto a ponerlo todo apresuradamente tal como estaba. El pequeño joyero rojo que le había regalado su madre iba a la izquierda; los dos premios como Mejor Chef a la derecha. La foto de ella con su madre en los Apalaches, rodeadas por una docena de niños sonrientes, en el centro. Su enorme cepillo para el pelo sobre un paño de hilo junto al peine.

Había comprobado el interior de los cajones, pero no parecía que hubieran movido nada. Al recoger el pijama del suelo y arrojarlo al cesto de la ropa sucia se había preguntado si volvería a ponérselo alguna vez.

Mientras cerraba la puerta del dormitorio y comprobaba que las ventanas también estuvieran bien cerradas, se preguntó de nuevo qué habría hecho Tate en su dormitorio. ¿Acaso una de esas perversiones masculinas de los hombres a los que les gustaba toquetear las pertenencias de una mujer?

Se duchó rápidamente y se preparó para la llegada de Devlin. Se puso un vestido de algodón con una chaquetita corta de color rosa y sandalias claras. Nada atrevido, todo muy recatado. Mientras lanzaba una última mirada al espejo, se dijo que esa noche ni siquiera iba a mencionar a Tate Landers.

Alzó la cabeza. ¿Y si ella hacía de Elizabeth y Devlin de Darcy? Josh podía ser Wickham. «No es mala idea», pensó. Al día siguiente se pondría firme y le diría a Kit que solo haría de Elizabeth si Devlin hacía de Darcy.

Bajó sonriendo para poner velas en la mesa y sus copas de vino más bonitas.

Darcy se defiende

—¡Deberías haber estado allí! —exclamó Tate.

Habían cenado ya y Jack y él estaban en la biblioteca de la vieja mansión. Jack ocupaba el sofá Chesterfield y bebía el café que Casey había preparado y les había llevado en un termo.

Tate se paseaba de un lado a otro como un animal enjaulado.

—Cree que soy un engreído, que no veo más allá de mi propio ego. Pero no sabe nada sobre mí, sobre todo el infierno por el que pasamos todos por culpa de Haines. —Metió las manos en los bolsillos y se sentó en una butaca a cuadros verdes y rojos. Una hora antes, mientras Tate estaba arriba, Casey les había llevado la cena. Al ver el cesto, Tate estaba seguro de que no habría nada en su interior para él, pero se encontró con que había de todo. Mientras comían trucha al whisky, había permanecido en silencio casi todo el tiempo, mirando la excelente comida como si estuviera envenenada.

—Si esto es lo que cocina cuando va con prisas, no quiero ni imaginar lo que hará cuando tenga tiempo —comentó Jack, pero Tate no dijo nada. Cuando llegaron a la biblioteca, Tate estaba a punto de explotar y se lo contó todo a Jack.

A Jack le había sorprendido oír que el ex cuñado de Tate estaba en el pueblo, y más aún que a Haines le habían dado el papel de Wickham en la obra. Solo había visto a Haines una vez, así que, al verlo antes en el escenario, no lo había reconocido.

—Muy apropiado —había murmurado Jack, pero luego se

había quedado mudo de asombro cuando Tate le dijo que Casey tenía una cita con Devlin Haines.

—He intentado advertirla sobre ese hombre, pero no ha querido escucharme —dijo Jack—. Y tenía razón. Yo no lo conozco. Eres tú quien debe contárselo.

—¿Ir a verla con el rabo entre las piernas y suplicarle que me crea? Ni hablar. —Tate se levantó y se puso a pasear otra vez—. ¿Dónde se habrán conocido? Ella ha pasado el día junto a las mesas de comida. Y durante todas las pruebas estaba sentada con esa mujer rubia y se reían de todo. Aunque no hacían ruido. Ha sido muy respetuosa con esas pobres mujeres que me miraban como si yo fuera de otro planeta, pero me he fijado en que se reía exactamente donde yo me habría reído también. Como cuando una de las mujeres se ha olvidado de decir el «no». Se suponía que debía decirme que no se casaría con Darcy, pero en cambio ha...

—Vale, lo capto. Una aficionada que ha dicho mal la frase.

—Sí, pero era divertido, aunque nadie más se ha reído. Solo ella.

—Casey.

—Sí, Miss Pijama.

—Si le llamas eso a la cara, puede que no vivas para contarlo.

—No hay peligro de eso, ya que me voy mañana. El caso es que le he lanzado una mirada y ella y la mujer que se sentaba a su lado casi se caen del asiento, pero en silencio. ¿Quién es ella?

—¿La rubia o Miss Pijama?

—Ya me han ridiculizado bastante por hoy.

—La otra mujer, la rubia, se llama Olivia no sé qué, y va a hacer de señora Bennet.

—¿Han hecho más audiciones después de irme yo? —preguntó Tate.

—No tengo la menor idea. Me lo ha dicho Gizzy. Por cierto, antes de que abras la boca y metas la pata, te informo de que Gizzy es hermanastra de Miss Pijama, quiero decir, de Casey. Así que no te quejes de Casey al hablar con ella. ¿Quieres probar el café?

—No.

—¿Qué vas a hacer con respecto a tu cuñado?

—Ex cuñado —replicó Tate—. Con lo que le pago debería bastar para que se mantuviera alejado de nosotros.

—Eso no es posible, ya que es el padre de Emmie.

—¿Por qué no podía haber sido más promiscua mi hermana? Sería fantástico hacer una prueba de paternidad y que resultara que el verdadero padre de Emmie es algún simpático contable. O un payaso que actúa en fiestas de cumpleaños para niños. O...

—No es posible, así que deja de fantasear. Seguramente estará ahora mismo en la casa de invitados con Casey, diciéndole que eres un ególatra. Y ya sé que lo has mencionado antes, pero ¿qué estabas haciendo exactamente en su dormitorio?

Tate soltó un bufido.

—Esta mañana el cuidador ha soltado a un pavo real macho y a sus hembras en la finca, y el gran macho ha roto la tela metálica de la puerta, ha subido al dormitorio y lo ha revuelto todo. He tenido que echarle la camisa por encima para sacarlo por la ventana, y aun así casi me muerde en la cara. Estoy pensando en hacer una barbacoa de pavo real.

—Cuando he ido hace un rato, no había ningún agujero en la tela metálica. Quizá la haya arreglado el cuidador. Deberías contárselo todo a Casey.

—¿Antes o después de darle una lista de todas las mujeres con las que me he acostado? Me lo ha pedido mientras estábamos en escena. Delante de todo el mundo.

—Ahora sí que lamento haberme perdido las pruebas de esta tarde. ¿Y tú qué le has contestado?

—Yo... eh... le he lanzado mi mejor mirada de... de, ya sabes, y ella ha dicho que no.

—¿Qué significa eso? —preguntó Jack; luego en su cara se dibujó la sorpresa—. ¿Tú, el gran héroe romántico, le has tirado los tejos y ella te ha rechazado?

—Sí —dijo Tate con un suspiro—, eso es lo que ha ocurrido. He usado mi mirada de héroe irresistible. Esa por la que me pagan tanto dinero. Pero ella ha torcido su precioso labio superior y me ha dicho que me fuera a paseo. Más o menos. —Hizo una pausa—. ¿Sabes?, lo más irónico de esto es que cuando he salido a escena me ha alegrado de verdad verla ahí. Al menos era una cara familiar. —Se dejó caer en el sofá con tanta fuerza que el café de Jack se derramó.

—Vale, así que has hecho el ridículo con ella desde la primera vez que os habéis visto, y ella te ha rechazado una y otra vez. Aun así, te gusta. Mucho.

—¡Eso es ridículo! —le espetó Tate, y volvió a ponerse en pie.

—¿Ah, sí? Se ríe de las mismas cosas que tú. Te replica cuando le lanzas pullas. ¿No dejaste a tu última novia increíblemente guapa porque tenía... a ver si recuerdo exactamente lo que dijiste... «el coeficiente intelectual de un pomo de puerta»? ¿No era eso? Y de la anterior te quejabas porque te adoraba.

—Ya, bueno, no hacía más que decir lo fabuloso que era ser la novia de Tate Landers. Le dije que yo era Tate Landers, pero no tenía la menor idea de lo que le hablaba.

—Y ahora estás furioso porque Casey es inteligente y desde luego no te «adora» lo más mínimo. A mí me parece perfecta. La cuestión es qué vas a hacer con respecto a tu ex cuñado.

—Nada. ¿Qué puedo hacer? Ella me odia tanto que no se creería nada de lo que le dijera.

—¿Así que vas a volver a Los Ángeles mañana y a dejar que Casey salga con Haines? ¿Cuánto tiempo tardará en descubrir cómo es él en realidad antes de que se pase el día llorando desconsoladamente como me contaste que hacía Nina? ¿Crees que a Casey la pondrán bajo tratamiento médico como a Nina? ¿Le darán pastillas azules? ¿O eran verdes?

—¡Las dos! —contestó Tate alzando la voz—. Vale, ya lo capto. No tienes que...

—Y luego está Emmie. Si Haines actúa en la obra significa que piensa quedarse aquí todo el verano. Me dijiste que a Nina y a Emmie les encanta esto. ¡Lo sé! Podrías comprarle un poni a tu sobrina. Pero tendrás que hacerlo desde Los Ángeles, porque ahí es donde estarás. Quizá su padre pueda enseñarle a montar, ya que él estará aquí con Casey todos los días. Así es como actúa siempre, ¿no? Las corteja, hace que se enamoren de él y luego las abandona. Después de limpiarles la cuenta bancaria, claro está. Pero tú no te preocupes por nada. Cuando Haines se vaya y Casey llore sin parar, yo estaré aquí para consolarla. ¡Oye! Quizá mientras estás en Los Ángeles podrías enviarme...

—¡Calla ya! —exclamó Tate—. Hazme el favor de cerrar esa bocaza. —Agarró el móvil que tenía sobre una mesita auxiliar y empezó a pulsar botones.

—¿Llamas a alguien que yo conozca?

—Le mando un mensaje a mi ayudante para que cancele el vuelo de mañana. Voy a quedarme aquí y voy a hacer de Darcy en una obra provinciana de tres al cuarto. ¡Maldita sea! ¡Las cosas que tengo que hacer por la familia!

Jack no pudo disimular una sonrisa. No le apetecía nada vivir solo en la enorme y vieja mansión durante todo el verano. Pero ahora la cosa empezaba a animarse. Tate, Nina, Emmie y sus nuevas amigas Gizzy y Casey también estarían allí. ¡Las perspectivas eran estupendas!

Observó a Tate, que miraba la chimenea vacía con el entrecejo fruncido. Jack no se lo había dicho, pero tenía la sospecha de que, si Tate había estado observando a Casey durante las audiciones, Haines se había dado cuenta. Jack no pretendía ofender a la atractiva Casey, pero si Haines le iba detrás, seguramente sería para vengarse de Tate.

Mientras Jack bebía café, pensó que desde luego Tate no se lo había pensado mucho para cancelar el vuelo. Y eso estaba bien, porque si alguien podía persuadir a Casey de que Tate era un buen tío, sería el propio Tate. Jack creía que eso era exactamente lo que su amigo intentaría hacer.

Dejó la taza vacía sobre la mesita y se levantó.

—Ha sido un día muy largo y mañana voy a desayunar con Gizzy. Hasta mañana.

—Un largo día, ¡eso es! —exclamó Tate—. Si hay algo a lo que Haines no se pueda resistir es cualquier cosa que le parezca un lujo, pagado por cualquier otro, claro está. Me ha parecido ver unas botellas de vino por alguna parte...

—Sí, en la despensa contigua a la cocina.

—¡Genial! —dijo Tate—. Antes de irte a dormir, ¿podrías hacerme el favor de llevar dos botellas a la casa de invitados? Incluiré una tarjeta que diga: «Felicidades.»

—¿Vas a enviarle vino a Haines?

Tate esbozó lentamente una sonrisa.

—Casey lleva en pie desde antes del amanecer. Veamos cuánto es capaz de beber y mantenerse despierta.

Jack se echó a reír.

—Es una apuesta arriesgada, pero esperemos que funcione. Tú escribe la tarjeta mientras voy a por las botellas.

La señora Bennet está preparada

—¿Casey? —Olivia miró a la mujer que dormía en el sofá e hizo un esfuerzo para no fruncir el ceño. No era asunto suyo lo que Casey hacía en la intimidad de su casa—. No pretendía molestarte, pero está llegando la gente y... —Echó un rápido vistazo al aspecto desaliñado de Casey.

Casey hizo una mueca de dolor por un calambre en el cuello. Olivia, limpia y peinada, estaba de pie en su sala de estar.

—¿Está bien?

—Sí, claro. —Casey se incorporó sintiéndose envarada, con punzadas de dolor por todo el cuerpo. Tenía esa sensación de abotargamiento que produce dormir con la ropa puesta. Uno de los tirantes del sujetador se le estaba clavando—. ¿Qué hora es?

—Poco después de las nueve —dijo Olivia—. Siento haber entrado así, pero he llamado varias veces a la puerta. Luego he visto un pie, pero no se movía, y me he preocupado. ¿Le importa si le pregunto por qué ha dormido en el sofá? Si tiene resaca, puedo ir a por aspirinas. O me voy si es que hay alguien más arriba.

—Nada de resaca. Solo me tomé media copa de vino, pero después del día que tuvimos ayer fue suficiente para tumbarme. Me quedé dormida sobre la mesa y me desperté alrededor de la medianoche. Quería subir a acostarme en la cama, pero no logré subir la escalera, así que me tumbé aquí. ¿A qué hora empiezan los ensayos? Tengo que ponerme a cocinar.

—Por eso he venido. La directora de escena me llamó para decirme que hoy no habrá ensayos, pero que hay mucho trabajo y que la necesitan. Al parecer, en internet han dicho que Tate Landers va a hacer el papel de Darcy y ya hay gente acampando en el aparcamiento. No podemos trabajar allí.

Casey se frotó los ojos y las manos se le ensuciaron de negros chorretones. Detestaba dormirse sin haberse desmaquillado.

—Alguien debería decirles que no es cierto.

—Creo que sí lo es. Se rumorea que Tate se va a quedar aquí con su amigo Jack y, como su hermana va a venir de visita, ha pensado que, ya puesto, podía participar en la obra.

Casey se levantó y se desperezó.

—¿Y quién va a hacer de Elizabeth?

—Según mis últimas noticias, usted. Si es así, estoy segura de que su excelente interpretación de ayer contribuyó en buena parte a que Tate quiera quedarse. Es un desafío para él como actor.

—Pues me gustaría desafiarle con una ballesta —musitó Casey; luego miró a Olivia—. Necesito darme una buena ducha y... ¡Oh, no! Me había olvidado del desayuno de Jack.

—Me lo he encontrado al venir hacia aquí y me ha dicho que había quedado con Gizzy.

—¿Solos?

—Me ha dado la sensación de que iban a encontrarse con alguien más. No creo que hayan estado los dos solos todavía. —Olivia lanzó una mirada hacia la cocina a través de la puerta abierta—. Siento curiosidad por saber por qué ha dormido en el sofá. Hay dos servicios en la mesa. ¿No la ayudó su acompañante cuando se quedó dormida?

—Supongo que no resultó muy halagador para él cuando apoyé la cabeza en la mesa y me quedé dormida. Pobre.

Olivia no sonrió.

—Pensaba que Tate tendría mejores modales. Debería haberla ayudado...

—No cené con Landers. Fue con Devlin Haines. Ya sabe, el que interpreta a Wickham.

—Ah, lo siento, no sabía que había quedado con él. ¿Es nuevo en el pueblo?

—Solo estará aquí temporalmente. Es el ex cuñado de Landers. ¡Debería oírle contar su horrible historia! O mejor aún, no la oiga. El caso es que Devlin ha venido a Summer Hill con la esperanza de ver a su hija. La madre es la hermana de Landers. Apuesto a que ese hombre se va a quedar aquí todo el verano solo para impedir que Devlin vea a su propia hija.

—Esa es una acusación muy grave —dijo Olivia—. ¿Por qué no sube a darse una ducha? ¿O un buen baño? Es lo que hice yo anoche. Tiene el pelo hecho un asco. Elizabeth no se lo merece.

—¡Si Landers hace de Darcy, desde luego yo *no* pienso hacer de Elizabeth! Después de lo que me contó Devlin ayer, no quiero volver a ver a Tate Landers nunca más. De hecho, puede que me vaya incluso de su propiedad.

—Buena idea —dijo Olivia—. Tengo entendido que en el Pizza Hut necesitan un nuevo chef. O quizá pueda dedicarse a servir el catering en las bodas durante el verano, en cuanto pase unas cuantas semanas tratando de encontrar una cocina que le sirva.

Casey la miraba parpadeando.

—Habla como mi madre.

—Me siento honrada. ¡Ahora, muévase!

—Sí, señora. —Casey subió corriendo por las escaleras con una sonrisa en la cara.

La señora Bennet comprende a Darcy

Olivia tenía el ceño fruncido mientras limpiaba la cocina de Casey. En la mesa todavía había cuencos y fuentes con los restos de lo que parecía haber sido una cena deliciosa. No se habían metido en la nevera, por lo que tendría que tirarlo todo, y no le gustaba aquel desperdicio. Había una copa de vino medio vacía, pero no había botella. ¿Dónde estaba la otra copa? Y las velas se habían consumido totalmente.

Parecía que el tipo que hacía de Wickham se había limitado a marcharse. Exhausta tras un largo día, Casey se había quedado dormida, y él debía de haber agarrado su copa y el resto del vino y la había dejado allí sola. Ni siquiera se había molestado en apagar las velas.

—Hola.

Olivia alzó la vista y vio a Tate al otro lado de la puerta de tela metálica.

—No quiero molestar, pero Jack dejó mi camioneta aquí cuando trajo a Casey a casa. Las llaves no están, así que deben de estar aquí dentro, y necesito la camioneta para ir a comer algo. —Su tono era vacilante, parecía que se disculpaba.

Olivia le abrió la puerta, pero él no entró.

—Solo necesito las llaves.

—No sé dónde están. Casey está arriba, pero tardará un rato. Pase y le prepararé algo para desayunar.

—¿En serio? —Había gratitud en su voz.

Su exagerada mansedumbre molestó a Olivia.

115

—Sí, y si oímos que Casey baja por las escaleras, también le ayudaré a escapar por la ventana. Creo que piensa perseguirle con una ballesta.

Tate soltó un gemido.

—¿Se ha enterado de que me voy a quedar aquí todo el verano? —preguntó, sentándose en un taburete.

—Sí.

—¿Y?

—Dice que no hará de Elizabeth y cree que va a mudarse a otra parte y a buscar trabajo en un Pizza Hut. —Olivia cascaba unos huevos en una sartén mientras el bacon se freía en otra.

Tate agachó la cabeza y dejó escapar un suspiro.

—Me parece que mi ex cuñado le ha estado contando historias. Haga lo que haga, no consigo escapar a sus acusaciones. Pero mi honor no me permite denigrar al padre de mi querida sobrina.

—Mmm —dijo Olivia al tiempo que metía pan en la tostadora—. «Denigrar» es excesivo, y desde luego no use la palabra «honor». Muy anticuada. Y no ladee tanto la cabeza. Es demasiado atractivo para que resulte creíble una desesperación tan profunda.

Cuando Tate rio, su voz cambió por completo. El sufrimiento desapareció.

—¡Oh, no! Una actriz. Pensaba que en este pueblo de Virginia me libraría de actores.

—Pues no, aquí estamos. —Olivia puso delante de él un plato con bacon, huevos y tostadas—. Ahora elija una mermelada y luego cuénteme la verdad de lo que está pasando.

Tate se levantó para acercarse a las hileras de bonitos tarros de mermelada, pero vaciló.

—Si uso uno de estos tarros, ella me acusará de robarle.

Olivia rodeó la isla, se apoderó de un tarro y lo colocó junto al plato.

—Los hombres tímidos nunca se ganan a la chica.

Tate volvió a sentarse y levantó el tarro.

—Nectarina con hierba luisa. Mi preferida. La tomo todas las mañanas. ¿Qué le hace pensar que pretendo ganármela?

—Pfff, por favor. Ayer engañó a todos los demás, pero yo actuaba en Broadway antes de que usted naciera. Interpretaba de memoria. La mitad de las veces ni siquiera miraba a la chica que tenía delante babeando por usted. Lo que hacía era lanzarnos miradas a Casey y a mí. Y como no creo que fuera yo quien lo tuviera en ascuas, debía de ser Casey. Así que, ¿cuál es el problema con su ex cuñado?

—Si se lo cuento, no me delatará, ¿verdad? —preguntó él con tono realmente serio.

—Quedará entre nosotros.

Tate tomó un bocado, asintió y empezó a hablar, bajando la voz.

—Devlin Haines es un cabrón. Supongo que ha venido para intentar sacarme más dinero. Emmie, que es mi sobrina e hija suya, seguramente le contó que su madre y ella iban a pasar el verano aquí. Sin duda Haines decidió venirse aquí y engatusar a mi hermana para sacarme más dinero con artimañas. Ya le funcionó en el pasado, así que, ¿por qué no intentarlo otra vez?

Tate bajó aún más la voz.

—Me preocupa un poco que también me viera, esto, mirando a Casey, y que por eso le vaya detrás.

—¿Para vengarse de usted?

—Eso creo. Pero podría equivocarme. Tal vez le guste de verdad. Sé que cenaron juntos anoche, así que tal vez... —Levantó de pronto la cabeza con expresión de alarma—. ¿Está él arriba? ¿Han pasado la noche juntos?

Olivia sonrió, contenta de ver una emoción real. Nada de actuar, solo una expresión sincera de... ¿qué? ¿Horror? ¿Miedo? No sabía si Tate estaba a punto de irse hecho una furia y dando un portazo, o de correr escaleras arriba y arrojar a su ex cuñado por la ventana.

—No, no está arriba. De hecho, al parecer, Casey se quedó dormida durante la cena y el ex de su hermana la dejó ahí. Con la cabeza en la sopa, por así decirlo. En mis tiempos...

—El hombre la habría llevado en brazos a su habitación. Yo lo habría hecho.

—Es agradable oírlo. Bueno, ¿y qué va a hacer para conseguir que le perdone lo que sea que hiciera en su dormitorio ayer por la mañana?

—Echar a un pavo real —respondió él—, pero ella no se lo creería ni en mil años. Y si le contara la verdad sobre el padre de Emmie, tampoco se lo creería. ¿Cómo se desmiente algo que otra persona está absolutamente segura de que es cierto? Casey se ha formado una idea sobre mí y no sé cómo cambiarla.

—Será difícil. Mi consejo es que deje que pase un tiempo con su ex cuñado, manteniéndose al margen. Se darán unos cuantos buenos revolcones en la cama y con el tiempo, en un año o dos, descubrirá que él es un sinvergüenza. Después estará tan deprimida que al final se fijará en un tipo tan cobarde y poco atractivo como usted. Problema resuelto.

Tate parpadeó unas cuantas veces, luego se echó a reír.

—Tiene que conocer a mi hermana. Se llevarán bien. ¿No me da ningún buen consejo?

—No. —Olivia se inclinó hacia él por encima de la isla de la cocina—. No les conozco a ninguno de los dos, joven, así que aún tengo que decidir a cuál de los dos voy a dar mi voto, pero ahora mismo usted va en cabeza en la votación. No me ha gustado nada que ese tal Wickham se fuera y dejara que Casey tuviera que irse a dormir al sofá. Debería haber...

—Yo les envié el vino —confesó Tate con aire abochornado—. Les envié dos botellas con la esperanza de que él bebiera demasiado, y sabía además que ella había tenido un día muy largo y... —Se encogió de hombros.

Olivia se echó a reír.

—Inteligente aprovechamiento de la debilidad de su enemigo, y con eso se ha ganado otro voto. Oh, oh.

Se oyeron pasos en la escalera e inmediatamente Tate se puso en pie.

—Será mejor que me vaya.

—¿Quién va a cocinar para usted durante el verano? ¿Y no le cuesta aprenderse sus frases?

—La verdad es que no se me da mal cocinar. Soy hijo de madre soltera, así que tuve que aprender. Y tengo memoria fotográfica. Bueno, al menos para mis frases. Puedo...

Ella lo fulminó con la mirada.

—Oh.

Olivia recogió su bolso y se dirigió a la puerta.

—Sea amable y no se ponga en plan héroe herido. No estamos en el cine. ¿Entendido? —Esperó a que Tate asintiera con la cabeza antes de salir precipitadamente por la puerta.

Darcy y Lizzy danzan un poco más

—¿Qué está haciendo aquí? —preguntó Casey en cuanto entró en la cocina y vio a Tate sentado en un taburete junto a su isla, el taburete que para ella estaba ya asignado a Jack.

—Olivia me ha dejado entrar y ahora estoy intentando pensar qué puedo decir para conseguir que cocine usted para mí este verano. ¿Alguna sugerencia?

Casey fue hasta el lavavajillas para vaciarlo, pero ya estaba hecho.

—¿Olivia ha limpiado la cocina?

—Supongo que sí. —Tate la observaba, esperando que tomara una decisión—. No he sido yo, pero lo habría hecho. Aunque si Olivia no hubiera estado aquí, me habría dado demasiado miedo entrar en su casa. Ella me ha agarrado por el cuello de la camisa y me ha metido dentro. Es extraordinariamente fuerte.

Casey no sonrió con la broma. Se dio la vuelta y lo fulminó con la mirada.

—¿Así que es cierto que va a pasar el verano aquí?

—Eso parece. El director de Jack le va a enviar un entrenador para que esté en plena forma cuando empiece su siguiente película. He pensado usarlo yo también. El garaje se va a convertir en gimnasio. Si quiere unirse a nosotros, será bienvenida.

—No, gracias. —Casey tomó aire—. ¿Ha encontrado Kit a alguien para hacer de Elizabeth?

—Creo que pretende que lo haga usted.

—¡No! —exclamó Casey—. Ni hablar. —Se encaminó a la puerta—. Le diré que no voy a actuar en su obra.

—¡Por favor! —rogó Tate en voz alta.

Casey vaciló, todavía de espaldas a él.

—Sé que no le gusto y lo lamento, pero le he prometido a Kit que le ayudaría. Hoy en las audiciones ha sido la única que tenía talento. Si hace el papel alguna de esas chicas que cree que soy una especie de héroe de cuento de hadas como en mis películas, la obra será un fracaso. Vendrán los críticos y la masacrarán. Las ventas caerán y serán las obras benéficas las que se resientan. Aunque sean organizaciones sin rostro, impersonales, siguen siendo...

—No, no lo son. —Casey lo miró—. Las obras benéficas no son impersonales para mí. Un tercio de los ingresos irá a parar a la clínica de mi madre.

—Eso no lo sabía. ¿Qué tipo de clínica es?

—Médica. En los Apalaches.

—Eso es estupendo —afirmó Tate—. Cuantas más entradas vendamos más dinero recibirá su madre, ¿no?

Casey apretó los labios.

—¿Sabe su madre lo buena actriz que es?

Casey se apartó de la puerta.

—No soy buena. Era la escena de una discusión airada y yo estaba furiosa. Con usted.

—Lo sé —dijo él—, y me sabría muy mal, si no hubiera sido una de las interpretaciones más intensas que he visto en mi vida.

Ella lo miró con los ojos entrecerrados.

—¿A qué vienen tantas alabanzas?

Tate estaba a punto de sonreír y bajar las pestañas. Era un truco que usaba desde que había alcanzado su estatura actual y las mujeres habían empezado a fijarse en él. Pero entonces recordó las palabras de Olivia y se detuvo. Alzó la cabeza.

—Porque quiero un buen verano. Hace años que no tengo ni dos semanas de vacaciones. Mi hermana y su hija vendrán y quiero pasar tiempo con ellas. No tenía planeado participar en una obra local, pero Kit... —Tate levantó ambas manos—. Sinceramente, no sé cómo me ha engatusado para hacerlo y ya estoy arrepentido, pero, por otro lado, si no hago algo mientras estoy aquí, me moriré de aburrimiento. Así que, ¿qué me dice?

—¿A qué? —preguntó Casey.

—A cocinar para Jack y para mí, y cuando lleguen Nina y Emmie también para ellas. Y a hacer de Elizabeth. Pero solo si me jura que no me mirará como si fuera una estatua de chocolate a la que quiere devorar.

Al oír esto, Casey tuvo que darse la vuelta para ocultar la leve sonrisa que le venía a los labios.

—¿Quiere que haga de Elizabeth porque usted no me cae bien?

—Pues sí —respondió él—. Además, en mis tres últimas películas la actriz protagonista no me soportaba.

—Es comprensible —musitó Casey.

—¡Eso duele! ¿Puedo decirle a Kit que lo hará?

—Lo haré yo —contestó Casey—. La próxima vez que lo vea...

—Está aquí. Todos están aquí.

—¿Quiénes son todos y dónde es aquí?

—En Tattwell. Todo el elenco está aquí, y se está vallando toda la propiedad. Se han contratado guardias de seguridad para que patrullen por la finca. Ese tal Josh tiene a media docena de obreros arreglando la vieja glorieta. Jack y él han entablado una especie de rivalidad. ¿Sabe usted de qué va eso?

—No tengo ni idea —dijo Casey, que limpiaba el fregadero.

—Temo que tenga algo que ver con la chica que hará de Jane. ¿Cómo se llama? ¿Glenda?

—Gisele, pero todos la llamamos Gizzy.

—Jack está realmente colado por ella.

—No durará —dijo Casey, mientras doblaba un trapo de cocina—. Tengo que preguntarle a Kit cómo planea dar de comer al elenco y si me necesita para cocinar. —Se dirigió a la puerta, pero Tate no se movió. Casey comprendió que estaba esperando a que respondiera a sus preguntas—. De acuerdo, cocinaré para usted. Le proporcionaré tres comidas al día.

Tate siguió sin moverse.

—Y hablaré con Kit sobre mi participación en la obra.

Tate sonrió, pero permaneció sentado en el taburete.

—¿Qué más?

—Es mi sobrina, Emmie. Mi hermana no cocina. Nunca ha sabido cocinar. La última vez que probó a hacer huevos revueltos le prendió fuego a la sartén. Emmie cree que las Pop-Tarts son un buen desayuno.

La expresión de Casey se animó por primera vez desde que había encontrado a Tate Landers en su cocina.

—¿Pop-Tarts? ¿Le da a una niña harinas procesadas y puro azúcar para empezar el día?

—Yo no, mi hermana. Emmie es muy quisquillosa con la comida. ¿Cree que conseguirá hacer que coma algo que no salga de un recipiente de comida para llevar?

—Sí —respondió Casey, abriendo la puerta de tela metálica—. Ahora me gustaría ir a ver qué se está haciendo. Pero supongo que usted no tiene por qué irse ya que es el dueño de la casa.

Tate se bajó del taburete para acercarse a ella.

—¿Y si le juro que jamás volveré a entrar en esta casa a menos que me invite usted? Nadie más, solo usted.

—¿Como si fuera un vampiro?

Tate soltó una carcajada que era medio quejido.

—Si hacen una nueva versión de Drácula, ¿cree que debería hacer la prueba para el papel? Mordería hermosos cuellos justo aquí. —Alargó la mano y tocó ligeramente un lado del cuello de Casey con la yema del dedo... y una corriente eléctrica le recorrió el brazo y le llegó al pecho.

Casey se apartó dando un respingo.

—¿Qué demonios ha sido eso?

—Electricidad estática, supongo. ¿Está bien?

—Sí. Pero, a partir de ahora, mantenga las manos alejadas.

—Claro —dijo él. Luego le sujetó la puerta para que saliera—. Nada de tocar, ni de entrar a escondidas, ni nada de nada. Lo capto. —Tate siguió a Casey por el jardín en dirección a la gran glorieta... con una sonrisa en la boca. Electricidad estática, ¡y un cuerno! Eso había sido puro deseo sexual en su forma más básica.

Lizzy hace confidencias

Casey se había metido el móvil en el bolsillo antes de abandonar la casa y ahora notaba que vibraba. Se hizo a un lado para dejar pasar a la estrella de cine antes de contestar.

—¡Stacy! —exclamó con alegría al oír la voz de su hermanastra—. ¿Cuándo llegas? ¿Quieres que vaya a buscarte al aeropuerto?

—No. Estoy, esto, Casey, por favor, no te enfades conmigo, pero no voy a volver. Al menos durante una temporada.

—Pero se suponía que ibas a ocuparte de los decorados y los trajes. La obra no puede ponerse en escena sin ti.

—Ya sé que es eso lo que tú crees, pero no es cierto. He llamado a mamá y todas las del club de lectura van a renunciar a criticar el último libro premiado que todas detestan, para sacar las máquinas de coser. Ellas se encargarán de hacer todos los trajes femeninos. Y papá conseguirá los trajes de los hombres de no sé qué sitio de Los Ángeles. Mis dibujos para los decorados y los trajes ya están acabados, así que podrán utilizarlos. Y he conseguido que un tapicero haga las cortinas y las fundas a un buen precio.

—Eso es fantástico —dijo Casey—, pero te echaré de menos.

—¿Estás segura? Por lo que he oído decir, Tate Landers y tú sois la comidilla del pueblo. ¿De verdad le echaste una bronca en escena delante de todo el mundo?

—Más o menos. —Casey no quería hablar sobre eso—. ¿Por qué te quedas en Washington?

—Porque me he enamorado de un hombre.

—¿Qué? ¿Quién? ¿Dónde? ¿Cuándo? ¿Cómo?

Stacy se echó a reír.

—¿Recuerdas que te dije que iba a salir a cenar con el hijo de Kit, Rowan? Vino a recogerme con su primo Nate Taggert. Y bueno, Rowan era demasiado serio para mi gusto, pero Nate resultó divertido y encantador, y muy interesante.

—¿Debo entender que es el elegido?

—¡Sí! Solo hace una semana, pero apenas nos hemos separado en todo este tiempo. ¡Es maravilloso! Me ha conseguido un trabajo como decoradora del apartamento de otro de sus parientes. Lo siento, pero no puedo irme de aquí ahora. Dime que lo entiendes, por favor.

—Por supuesto que sí... y te envidio.

—¿Vives a unos metros de Tate Landers y me envidias a *mí*?

—Es un capullo.

—Oh, no. Dime que no es cierto. Sus películas son tan maravillosas. Hace que toda la sala vibre con él. ¿Qué es eso tan horrible que te ha hecho? ¿Se te ha insinuado?

—No, quiero decir, casi me electrocuta, pero es más bien lo que ha hecho a otra persona. Su cuñado está aquí también y...

—¿Cómo que te ha electrocutado? ¿Con qué? ¿Una pistola eléctrica? Casey, eso es muy grave.

—No ha sido eso. Yo le he llamado vampiro y él me ha puesto la mano en el cuello y me ha dolido, eso es todo.

—¿Te ahogaba? Voy a llamar al sheriff. Necesitas protección.

—¡No! —exclamó Casey—. Solo me ha tocado con la punta del dedo, nada más.

—Oh —dijo Stacy—. Tate Landers te ha tocado con la punta de un dedo, ¿y el hormigueo ha sido tan fuerte que te ha dolido?

—No ha sido así. No exactamente. Ha sido... —Casey rio—. ¡Cómo te echo de menos! Tráete a tu novio. Podéis redecorar la terraza cubierta de tu madre. Parece un poco desvencijada.

En el pueblo se hacían bromas sobre la época en que Stacy estudiaba diseño de interiores. Decían que había practicado re-

126

decorando todas las estancias de la casa de sus padres... varias veces.

—Todo irá bien sin mí. Y Casey... —Hizo una pausa—. Sé que puedes ocuparte del atrezo.

—¡Oh, no! No puedo cocinar y hacer de Elizabeth y ocuparme del atrezo.

—¿Acabas de decir lo que creo que has dicho? ¿Vas a hacer de Elizabeth?

—Eso creo. Tate me lo ha pedido y...

—¿Tate de Tate Landers? ¿Ese Tate? ¿Él personalmente te ha pedido que hagas de Elizabeth haciendo él de Darcy?

—Sí, pero no ha sido como tú estás pensando. ¡Ayer se metió en mi casa sin permiso y se comió una tarta entera! No dejó nada. Además, estuvo arriba, en mi dormitorio.

Stacy guardaba silencio.

—¿Sigues ahí?

—Sí. Creo que acabas de vivir todas mis fantasías. Casey, ya veo que ese hombre te ha causado una mala impresión, pero en lo que se refiere a tu comida, deberías tener un poco de compasión con nosotros los pobres mortales. ¿Recuerdas aquellos pastelitos de avellanas y naranja que hiciste y desaparecieron? Dijimos que debía de habérselos comido Josh, pero fui yo. Me los comí todos y luego mentí. Así que, no seas tan dura con ese pobre hombre, ¿vale? Tengo que irme. Nate llegará en cualquier momento y tengo que prepararme.

—¡Espera! ¿Qué ha dicho Kit cuando le has contado todo esto?

—¿Kit? Oh... yo... Tú eres tan diplomática... Creo que deberías... Oh, oh. Creo que ya oigo a Nate. Tengo que irme. Te quiero un montón y estoy muy muy contenta de que seas mi hermana. Llámame luego. Adiós —se despidió, y colgó.

—No se lo ha dicho a Kit. —Casey apretó los dientes—. Mierda. Doble *merde*. ¡Voy a matarla!

—¿Puedo ayudarte en algo? —preguntó Tate, que al parecer había vuelto sobre sus pasos para ver qué le pasaba.

—No. No es asunto... Oh, váyase.

—¿Ha recibido malas noticias? —preguntó Tate, sin moverse.

Casey se paseaba de un lado a otro.

Él alargó los brazos como si fuera a ponerle las manos sobre los hombros, pero los dejó caer.

—Cuénteme qué ha ocurrido.

Casey dejó de pasearse.

—Mi hermana no va a ayudarnos con la obra.

—¿Se refiere a la chica de Jack?

—Esa es Gizzy, y no pertenece a Jack ni a ningún otro hombres. Es Stacy.

—¿Rubia, muy guapa? ¿Diseñadora de interiores?

—¿Cuándo se han conocido?

—Yo no la conozco. Mi hermana sí, y lleva meses intentando conseguir que salga con ella. —Cerca había un banco de madera y Tate lo señaló—. Siéntese y cuénteme qué pasa.

Casey se sentó.

—Llega demasiado tarde. Stacy se ha enamorado de un tipo de Washington y se va a quedar allí. Le ha pasado el trabajo de hacer los trajes a su madre y quiere que yo me ocupe del atrezo. Pero lo peor de todo es que creo que no le ha contado nada de nada a Kit.

—¿Le tiene miedo? —Tate se sentó en el extremo más alejado del banco.

—No es eso. Es un gran tipo, pero esto es demasiado para él y para mí. Cocinar, actuar, atrezo. Ni siquiera he desayunado esta mañana.

Tate metió la mano en un bolsillo y sacó una gruesa barra. En el envoltorio se afirmaba que era todo proteína y que confería a la persona energía ilimitada.

Casey la tomó, rompió el envoltorio y le dio un mordisco.

—Espero que sepa que estas cosas son sobre todo azúcar y que no son nada saludables. Son letales.

—Eso es lo que dice mi publicista sobre mí.

Casey no pudo evitar reírse, y eso hizo que se relajara un poco.

—A Kit no le va a hacer ninguna gracia enterarse, porque le gusta mucho como trabaja Stacy. Trabajaron juntos en Washington y aquí, en la mansión. Incluso le presentó a su hijo.

—Le hará feliz que se quede para estar con su hijo.

Casey miró a Tate.

—Tenían que ir a cenar y él se presentó con su primo. A Stacy le gustó más el primo.

—Ah —dijo Tate—. La trama se complica. Quizá yo pueda...

Le interrumpieron los chillidos de cuatro chicas que salieron de pronto de entre los arbustos.

—¡Está aquí! —dijo una—. Mi madre hizo la prueba para el papel de Elizabeth.

—Y mi hermana también —dijo otra—. ¿Es cierto que fue a su camerino y trató de darle un beso de tornillo, pero ella lo rechazó?

—Mi prima dice que la tiró sobre un sofá e intentó meterle la mano por debajo del vestido.

Dos hombres con uniforme de color marrón claro llegaron corriendo.

—Lo sentimos, señor. Han conseguido esquivarnos. La valla estará levantada mañana.

Los hombres agarraron a las chicas por el brazo y tiraron de ellas.

—¡Un momento! —Tate se levantó y se acercó al grupo—. En casa tengo una caja llena de DVD de mi última película. ¿Queréis uno?

Las chicas empezaron a chillar y a parlotear al mismo tiempo.

Tate miró por encima de ellas a Casey y se disculpó encogiéndose de hombros; luego condujo al grupo de chicas hacia la casa.

Casey se levantó, intentó armarse de valor y enfiló el sendero que llevaba a la glorieta.

El señor Bennet sufre una decepción

Kit lanzaba órdenes a gritos a Josh, que estaba en el tejado de la glorieta con un martillo en la mano.

—¡No quiero goteras! —bramó Kit.

Josh se mostraba tan risueño como siempre.

—Es una pena, porque yo siempre dejo agujeros en los tejados que reparo.

—Listillo —musitó Kit para sí. Se dio la vuelta y vio a Casey—. ¿Por fin has salido de la cama?

—¡Vaya! Estás de mal humor.

—Pues sí —le espetó Kit—. Los ensayos no pueden hacerse en el teatro porque hay una docena de chicas que esperan fuera para echarle la vista encima a Tatton, soltando risitas tontas.

Casey decidió que no era buen momento para contarle lo de Stacy. De hecho, pensaba obligar a su hermana a darle ella misma la noticia.

—Envía a Landers de vuelta a Los Ángeles. Eso lo resolverá todo.

—Si se va tendré que conformarme con tu hermano para el papel de Darcy, y tiene la misma capacidad para interpretar que la herramienta que sujeta.

—¡Lo he oído! —gritó Josh.

—Eso pretendía —dijo Kit. Clavó en Casey una mirada penetrante—. Da la impresión de que tienes algo que decirme.

—No, la verdad es que no. —Casey dio un paso atrás—. Solo

quería decir que todos hacemos lo posible para ayudar. —Los ojos de Kit la taladraban—. Estaré por aquí, así que... —Giró sobre sus talones y echó a andar tan deprisa que casi corría.

—¡Alto!

—Maldita sea —dijo ella en voz baja, luego esbozó una sonrisa forzada y se volvió para mirar a Kit—. ¿Necesitas algo?

—Sí. ¿Cuándo llegará Stacy?

Casey notó que le abandonaban las fuerzas de pura cobardía. Cuando... si sobrevivía, iba a matar a su hermana.

—Ella no... eh... —Dedicó una débil sonrisa a Kit.

—¿No qué? —bramó Kit, haciendo que todos los obreros se volvieran para mirarlos.

—No va a venir —respondió Casey.

—¿Stacy no va a presentarse? —De pronto la airada expresión de Kit se suavizó, sonrió—. Está con Rowan, ¿a que sí?

—Hacía tiempo que quería decirte que es un nombre fantástico. Es como el de un héroe de épocas antiguas. Creo que deberías llamarla ahora mismo y dejar que ella te lo cuente todo. —Casey reculaba lentamente. Sí, definitivamente iba a asesinar a su hermana.

—Cuéntamelo tú —dijo Kit.

Detrás de él había casi una docena de personas. Martillos y sierras se habían detenido. Josh había bajado del tejado. ¿Quién necesitaba ver una obra de teatro cuando tenían un espectáculo tan fantástico de la vida real?

Casey respiró hondo y dejó escapar el aire de golpe.

—Stacy se ha enamorado de un tal Nate Thomas, así que se va a quedar en Washington y no podrá ocuparse del atrezo. Pero la buena noticia es que el grupo de lectura de su madre se va a encargar de los trajes femeninos, y su padre va a ocuparse de los trajes de los hombres, así que, ya ves, todo está arreglado. Ahora tengo que irme a... cocinar algo. —Se dio la vuelta a velocidad de curvatura y echó a andar.

—¡Acacia! —dijo Kit con un tono que obligó a Casey a detenerse.

Se volvió hacia él despacio.

131

—¿Querías decir Nate *Taggert*?

Todo el enfado por el mal día que estaba teniendo abandonó la expresión de Kit. Parecía derrotado. Casey se acercó a él, miró a Josh.

—¿Y vosotros no tenéis nada mejor que hacer?

—Nada tan interesante como esto. ¿Podría alguien traernos agua? Lo de beber de la manguera ha perdido su encanto rústico.

—Claro. —Casey volvió a mirar a Kit, que se había sentado en el borde de la glorieta. Se sentó a su lado—. Lo siento mucho. Encontraremos a alguien que se encargue del atrezo. La madre de Stacy...

—Stacy se ha enamorado del hombre equivocado. Nate no es bueno para ella.

—Oh. —¿Qué podía replicar a eso?—. El amor es ciego, así que quizá... —dijo, dejando la frase inacabada.

Kit se sacó el móvil del bolsillo y con él un folleto doblado que entregó a Casey.

—Stacy iba a ir ahí mañana a comprar las cosas para los decorados.

Era el folleto de una venta en una finca que se encontraba a ciento cincuenta kilómetros.

—Tendrás que ir en su lugar.

—Yo no sé nada sobre atrezo, ni lo que hay que comprar. ¿Qué se necesita?

—Stacy tiene una lista. Dile que te la mande. Puede... —Kit se acercó el móvil para hablar—. Rowan, soy tu padre. Llámame inmediatamente. —Apretó el botón de colgar—. No es que nada de lo que yo le diga vaya a servir para algo. Es tan terco como su madre. —Se volvió hacia Casey—. Por supuesto que puedes comprar el atrezo. Llévate a Tatton contigo. Él sabe lo que se necesita en un decorado.

—No —dijo Casey—, ya encontraré a alguien. Ahora tengo que ir a por agua y comida para los chicos. Volveré a la hora de comer. Si necesitas algo, llámame. —Empezó a alejarse.

—Casey —llamó Kit, y ella lo miró—. Te pido perdón por mi mal genio.

—No pasa nada —dijo ella, sonriéndole.

—Por cierto, ¿has hablado con el cuidador? Me ha preguntado si el pavo real causó muchos destrozos en tu casa y si la puerta estaba bien. Parece ser que el pavo rompió la tela metálica, así que ha puesto una nueva. Y, ah, sí, te felicita por conseguir echar al pavo. Dice que esos bichos pueden ser unos auténticos demonios. —El móvil de Kit sonó y él miró quién era—. El hijo pródigo que llama al fin. —Aceptó la llamada y se alejó de todo el mundo a grandes zancadas.

¿Wickham se disculpa?

A las seis de la tarde, Casey se rindió y dejó de buscar a alguien que la acompañara a la venta de la finca. Stacy había visto los artículos un mes antes y había enviado a Casey una lista de todo lo que pensaba comprar para la producción teatral. En su mensaje le decía también que había hecho todo lo posible por comprárselo al nieto del difunto dueño de la finca antes de la venta oficial, pero él se había negado.

—¿Y se supone que eso ha de hacer que sienta lástima por ti? —masculló Casey, mirando con ira el *email* de su hermana. La había llamado al móvil media docena de veces, pero Stacy había sido lo bastante lista como para no contestar.

Casey había llamado a varias personas para pedirles que la acompañaran. Pero su preferencia por alguien con músculos y una camioneta grande limitaba mucho las posibilidades. Había dos divanes y seis sillas en la lista de Stacy, además de algunas mesitas, cuatro cajas de pequeños objetos, un baúl lleno de ropa vieja, y una caja llena de telas. Pero Kit tenía a todos los que ella conocía trabajando en la obra, y nadie podía permitirse faltar un día.

«Excepto Landers», pensó Casey. No lo veía desde que habían aparecido las chicas chillando y se las había llevado a la casa. Y mejor así, porque sabía que tendría que preguntarle si había sido él quien había expulsado a un pavo real enloquecido de su casa. Porque si había sido él, tal vez, bueno, le debía una disculpa.

Sonó su móvil y respondió al instante. «Por favor, por favor, que sea alguien que pueda venir conmigo mañana», pensó. Y que tenga una camioneta tan grande que pudiera participar en una película de Transformers.

Al ver el nombre de Gizzy en la pantalla dejó caer los hombros.

—Hola, Gizz, ¿qué tal? ¿Te diviertes con Jack?

—Oh, sí —respondió Gizzy—. Es maravilloso. Fabuloso. Es tan inteligente y ha estado en tantos sitios. ¿Podemos ir contigo mañana?

—Claro. —Los hombros de Casey se enderezaron—. ¿Podéis traer una camioneta grande?

—Sí, y Jack puede conducirla. Es un as al volante.

—Lo sé. He visto todas sus películas. Gizzy, ¿me prometes que te portarás bien? Mi corazón aún no se ha recuperado del susto de la última vez que salí por ahí contigo.

—Por supuesto. Dejo que Jack lleve la iniciativa en todo. ¿Sabías que le gustan las motocicletas?

—¿Sabe él que también te gustan a ti?

—Todavía no. Tengo que dejarte. Oh, casi se me olvida. Jack me ha pedido que te diga que Tate va a salir a cenar con nosotros esta noche, así que no es necesario que cocines para él. Y Casey, gracias por dejarnos ir contigo a buscar el atrezo. Es realmente difícil ir a cualquier lado con Jack. La gente se acerca a cada momento para hablar con él sobre sus películas. Tenemos que escondernos, y el pobre Tate está prisionero en su casa. Hoy se ha pasado el día solo. Decía que no quería causar problemas a nadie.

—O quizá no quería estar con nosotros —dijo Casey por lo bajo.

—¿Qué has dicho?

—Nada. —Casey estaba mirando la comida que burbujeaba en el fogón. Habría estado bien que la hubieran avisado antes de que no tenía que preparar la cena—. Nos vemos mañana a las siete de la mañana, ¿de acuerdo?

—Allí estaremos. Y gracias de nuevo.

Casey dejó el móvil y miró la comida. Solomillo con glaseado de vino tinto. Terminaría de prepararlo y luego lo guardaría para el día siguiente, aunque no estaría igual de bueno. Planeaba decirle a Tate lo que pensaba de su falta de consideración al no informarle antes de que...

—Hola —dijo una voz titubeante desde el otro lado de la puerta.

Era Devlin, y Casey sonrió.

—Entra. ¿Por casualidad no te apetecerá cenar algo? Me han dejado colgada con una cena preparada y nadie para compartirla.

—¿Quedarme para comer un plato preparado por ti? ¡Desde luego! Aunque fueran clavos sobre un lecho de piedras, si los hubieras cocinado tú, me los comería.

Ella le abrió la puerta entre risas.

—Me sentía mal por haberme marchado la otra noche, así que te he traído una cosa. —Devlin le tendió un pequeño y bonito paquete envuelto en papel blanco con una cinta plateada—. Espero que te guste. No es nuevo, pero perteneció a mi abuela.

Ella abrió el regalo y sacó un antiguo molde de hojalata para chocolate. Era más o menos del tamaño de su mano, en dos piezas con una bisagra lateral y un bonito gallo en el centro.

—Es precioso —dijo Casey—. De verdad. —Miró a Devlin—. Pero si pertenece a tu familia no puedo aceptarlo.

—No pasa nada —dijo él, dando un paso atrás—. La mujer a la que amo no se interesa por la cocina, así que... —Se encogió de hombros.

—¿Te refieres a Nina, la hermana de Tate?

—¡En efecto! —Devlin la miró con ojos muy abiertos—. No me digas que él te ha hablado de su hermana. Si te ha hablado de su familia es que debe de tener una gran opinión sobre ti.

—En absoluto. —Casey abrió la puerta del horno para sacar una bandeja de barquillos de gorgonzola crujientes con piñones molidos, y los puso a enfriar—. Sírvete tú mismo. Esto no se puede guardar para mañana.

—Te han dejado plantada, ¿eh?

—Pues sí —dijo Casey—. Si quieres beber algo, todo está en ese armario.

—¿Qué te parece si te preparo un gin-tonic?

—Me encantaría —respondió Casey, atendiendo a las cazuelas que tenía en los fogones.

Minutos después, Devlin le tendía una bebida helada y perfectamente preparada.

—Gracias.

—Tengo que disculparme por lo de anoche —dijo él—. Tate pasó por aquí y me avergüenza decir que me acobardé y salí corriendo. No fue muy varonil por mi parte. Lo siento.

—No importa. Lo comprendo. Pero creo que deberías explicarle lo ocurrido a Olivia. Esta mañana me ha encontrado durmiendo en el sofá y no le ha gustado nada.

—¡Ahora sí que lo siento de verdad! Después de toda la terapia que he hecho, y todavía me da miedo lo que pueda hacerme Tate. Yo solo quiero a mi hija y... —No terminó la frase—. Seguro que no quieres oír más de mi vida. ¿Puedo ayudarte con algo? ¿Con el puré de patatas quizá? No cocino como Tate, pero puedo triturar unas patatas... si están blandas, claro.

—No sabía que Tate supiera cocinar —dijo Casey, volviéndose hacia él.

—¿No sabías que Tate Landers sabe hacer de todo? Actúa, cocina, memoriza las frases leyéndolas una vez. ¡Pero si sabe hasta cantar! El resto de nosotros los mortales no tenemos ni la mitad de su talento.

—¿Podrías abrir la botella de vino que hay junto al fregadero, por favor? ¿Tú no sabrás por casualidad qué pasó con mi copa de vino de anoche? Era parte de un juego que me regalaron.

—No, no lo sé. Estaba encima de la mesa cuando me fui. Dormías tan pacíficamente que no osé despertarte y, además, salí corriendo por la puerta principal para huir de la ira de Tate. No creerás que él... No, no, claro que no. No es un ladrón. Ahora me doy cuenta de que debería haberme quedado aquí para protegerte.

Casey removía el vino tinto glaseado con el ceño fruncido.

—Ayer Tate estuvo en mi dormitorio, creo que ahuyentando a un pavo real que se había metido dentro. Kit me ha dicho...

Devlin resopló burlonamente.

—Eso no parece muy de él.

Casey empezó a emplatar la comida.

—¿Por qué no nos sentamos a cenar y dejamos de hablar de Tate Landers?

—Me encantaría. Es solo que, por lo general, cuando la gente se entera de quién es mi ex cuñado no quieren más que hablar de él. —Devlin retiró la silla de la mesa para que ella se sentara.

—Yo no —le aseguró Casey.

—Me alegro mucho de oír eso. —Sonrió con tal cordialidad, que Casey no pudo evitar sonreír a su vez.

Darcy y Lizzy ejecutan una lenta y prolongada danza

Cuando Tate se presentó con Gizzy y Jack, Casey admitió que no debería sorprenderle, pero el caso es que la pilló desprevenida. Allí estaba él, mirándola con ojos un poco tristes.

—Si no quiere que les acompañe, me voy —dijo—. Pero Kit me ha llamado para decirme que quizá necesite a un par de hombres, así que, aquí estoy.

—Tate nos ha conseguido una camioneta más grande —dijo Gizzy para animarla.

Los tres formaron una fila y se quedaron mirando fijamente a Casey de un modo que hizo que se sintiera como si fuera la madre mala.

—¡Cortad ya el rollo! —exclamó—. ¡Los tres! Seguro que es mucho esperar que hayáis desayunado. ¿No? Eso pensaba. Id a por las neveras.

Sonrientes, Gizzy y Jack se encaminaron a la mansión.

—Ya te he dicho que tendría el desayuno listo para nosotros —comentó Gizzy—. La comida rodea a Casey como mosquitos en un pantano.

Tate se quedó quieto, observando a Casey.

—Lo digo en serio. Si no puede soportar pasar el día conmigo, me iré. Jack es perfectamente capaz de hacer todo lo que necesite.

Ella se volvió para encararse con él.

—¿Echó a un pavo real que había en la casa?

—Sí. —Sonreía levemente.

—¿Por qué no me lo dijo?

—Me sentía mal por lo de la tarta, y era agradable que me considerara un villano. Hacer siempre de héroe se vuelve aburrido. No debería admitirlo, pero arrojar mujeres sobre sillas de montar es agotador.

Casey no se rio.

—Supongo que le debo algo de comer. En cuanto a lo de hoy, ¿qué vamos a hacer cuando lo reconozcan un montón de chicas gritonas?

—He traído un bigote falso y una gorra de béisbol. Y creo que si no me quito la ropa ni siquiera mis fans más furibundas serán capaces de reconocerme.

El recuerdo de su primer encuentro hizo que Casey enrojeciera. La sonrisa de Tate demostró que había reparado en su sonrojo... y que le gustaba.

—¿Qué hay de Jack? ¿Él no necesita disfraz?

—Son menos...

—Ah, ya veo. Sus películas tienen un público selecto, mientras que las de usted las ven las masas.

—Menos usted. —Tate la observó unos instantes—. Será mejor que vaya a ayudar a Jack con las neveras. Es un enclenque y no quisiera que se desplomara bajo su peso.

Casey volvió a entrar en su casa. Después de irse Devlin, se había quedado levantada hasta la medianoche para hacer bollos de manzana y arándanos rojos, había metido los ingredientes necesarios en la máquina del pan y luego la había programado. Por la mañana, había hecho huevos duros y crepes y lo había empaquetado todo.

—Cuando quiera, nosotros estamos listos —dijo Tate desde fuera—. ¿A qué hora empieza la venta?

—A las diez, pero abren a las ocho para una presentación preliminar. Mi hermana me ha enviado una larga lista de artículos que tengo que comprar. ¿Podría encargarse de esta caja? Está llena de cuerdas y bandas elásticas para atarlo todo.

Tate no se movió, se quedó donde estaba.

—Si prefiere no llevarlo, ya lo haré yo —dijo Casey con tono envarado.

—Por nada del mundo entraré en su casa sin una invitación concreta. Algo como: «Landers, entre, por favor.»

—Vale —dijo Casey, poniendo los ojos en blanco—. Puede entrar. Por favor, entre y recoja esa caja mientras yo voy a por el botiquín de primeros auxilios.

Él siguió sin moverse.

—¿Están bien guardadas las tartas?

Casey soltó un gemido y abrió la puerta de tela metálica. Cuando él pasó por su lado, le rozó con un brazo, y una descarga de electricidad recorrió el brazo de Casey hasta el hombro.

—¡Ay!

Tate sonrió mientras levantaba la caja de las cuerdas.

—¿Se lo ha hecho mirar por un médico? —preguntó Casey—. Tiene que haber una razón para que le dé estas descargas a la gente.

—Dado que solo me ocurre con usted, no he sentido la necesidad de que me examine un médico. Además, estoy convencido de que es solo sexo a la vieja usanza, así que creo que el médico se reiría de mí. ¿Necesita que lleve algo más?

—No —respondió ella frunciendo el entrecejo—. Pero estoy segura de que la electricidad no tiene nada que ver con... —Se interrumpió porque Tate se había ido.

«Esto es malo», pensó. Primero le recordaba lo idiota que había sido observándolo mientras se duchaba, y luego decía...

Casey se irguió, diciéndose a sí misma que no pensaba darle más vueltas al asunto. Recogió la última caja, salió y cerró la puerta maciza. Una puerta cerrada impediría el paso a los bichos que corrieran por allí, humanos y no humanos.

La camioneta que habían llevado tenía una enorme cabina doble y la parte de atrás cerrada. Era de una importante compañía de alquiler de vehículos. Tate aguardaba junto a las puertas abiertas.

—¿Dé donde sale esto?

—Kit me llamó ayer —explicó Tate—. A ver si puedo citar sus palabras exactas: «Ya que estás malgastando tu vida, no haciendo absolutamente nada, ¿por qué no llamas a alguien y consigues una camioneta grande para ayudar a Casey?» Parecía de mal humor.

Casey le fue entregando cajas para que las metiera en la parte de atrás.

—Está de mal humor. Es por lo que le conté sobre Stacy y el hijo de Kit. Al parecer Kit cree que ella se está enamorando del hombre equivocado.

—Sé lo que es —dijo Tate de una manera que hizo que Casey soltara un bufido—. Parece que usted también.

—En realidad no. Solo he tenido una relación larga, y el novio era perfecto. Era una persona más agradable y buena que yo, en todos los sentidos.

—¿Entonces no se enfurecía con él y le acusaba falsamente de cosas que no había hecho?

—Jamás.

—Pobre tipo —dijo Tate con ojos centelleantes.

—Quería preguntarle qué parentesco hay entre Kit y usted.

—Creo que su abuela materna y mi bisabuela eran hermanas. ¿O era mi tatarabuela? No recuerdo bien.

Cuando Tate cerró la puerta trasera de la camioneta, Casey se quedó boquiabierta con lo que vio. Junto a un árbol cercano, Jack y Gizzy se abrazaban estrechamente y se besaban con gran entusiasmo.

Tate se adelantó un paso para bloquear la visión a Casey.

—¿Cuánto tiempo hace que dura?

—Desde unos cinco minutos después de conocerse. Apenas salen a tomar el aire. Mi casa parece el escenario de una orgía romana. Hay ropa interior colgando de las arañas y crema de cacahuete por todas partes. ¿Qué cree que hacen con toda esa crema? ¿Sándwiches?

—No es gracioso —dijo Casey, mirándole con ojos entornados—. Al padre de Gizzy no le va a gustar nada.

—Creo que ese es en parte el motivo por el que intentan ocultarse. En público apenas si se tocan el dedo meñique, pero cuando están solos en mi casa... —Se encogió de hombros, se dio la vuelta y gritó—: ¡Jack! Ya lo hemos cargado todo. Estamos listos. Yo conduzco. —Miró a Casey—. Usted irá de copiloto conmigo.

Minutos más tarde, los cuatro estaban en la camioneta. Jack y Gizzy iban detrás. Mientras Tate abandonaba el pueblo y se metía en la autopista, Casey repartió la comida. Después de comer, Gizzy se acurrucó contra Jack y los dos se quedaron dormidos inmediatamente, el uno en los brazos del otro.

—Los mira como si fuera la típica institutriz severa. ¿Es que no practican el sexo en Summer Hill?

Casey pensó en defenderse, pero cambió de idea.

—¿Y yo qué sé? Seguro que usted lo sabe mejor que yo. ¿Cómo está Angela Yates?

—¿Ha estado leyendo revistas del corazón?

Casey no le dijo que la noche de la víspera, Devlin había mencionado a la joven actriz. Estaban hablando sobre ellos mismos, comparando educación y relaciones, y él le había contado que había salido con la señorita Yates, que era una joven actriz muy guapa y prometedora. Pero luego ella había conocido a Tate. «Y ahí acabó todo para mí», dijo Devlin. La joven había abandonado con Tate la fiesta navideña en la que estaban, y Devlin no la había vuelto a ver.

Al ver que Casey no respondía a su pregunta, Tate la miró, abandonando la expresión burlona.

—No conozco de nada a esa joven. ¿No sabe que la mayor parte de lo que se lee en esas revistas o en internet es mentira? Si me ven en el mismo restaurante que alguna actriz, al día siguiente dicen que nos hemos encontrado en secreto y que va a dejar a su marido por mí. —Tate cambió de carril—. Tenemos un largo camino por delante, así que, ¿por qué no me habla de usted? Me han dicho que era la chef principal de Christie's, en Washington. ¿Qué le hizo dejarlo?

—¿Cómo sabe que no me despidieron por mala cocinera?

—Esa tarta que robé —dijo él— era tan adictiva como una droga. No excesivamente dulce, una pizca ácida. Con una base de crema, pero también crujiente. El dueño de un restaurante no despediría jamás a alguien que sepa cocinar algo así. Tuvo que dejarlo por algún otro motivo. Yo creo que tuvo algo que ver con el novio perfecto.

Durante unos instantes, Casey se dedicó a mirar el paisaje que pasaba velozmente al otro lado de la ventanilla. Virginia era un estado realmente hermoso. La única persona a la que le había contado la verdad sobre sus motivos para abandonar el restaurante era su madre. Pero ahora, sola en el coche con un hombre al que apenas conocía, pero que le traspasaba el cuerpo con descargas eléctricas, y con una pareja acurrucada en la parte posterior, empezaba a sentir la necesidad de sincerarse.

—¿Quién dejó a quién? —En la voz de Tate no quedaba el menor rastro de humor.

—Él.

—Duele, ¿verdad? —comentó Tate con tono comprensivo.

—No lo sé. —Casey hizo una pausa—. Yo no estaba.

Tate esperó, pero al ver que Casey no seguía explicándose, añadió:

—Me encantan las historias. En gran parte me metí a actor por eso. Mi madre nos contaba a mi hermana y a mí historias fascinantes sobre sus veranos en Tattwell. Yo...

—¿Su familia era la dueña? No lo sabía. ¿Y usted...?

—Ah, no. Nada de hablar de mí. Cuénteme cómo rompió él con usted sin que estuviera ahí. ¿Con un *Post-it*? ¿Un *email*? ¿Por Twitter? ¿Cómo fue?

Su tono restó seriedad al ambiente. Hasta entonces Casey siempre lloraba al recordar lo sucedido. Una noche, tomándose unos vinos, había empezado a contárselo a Stacy, pero el vino con el estómago vacío le había embotado los sentidos hasta el punto de impedirle continuar.

—Nada de eso —respondió.

—¿Mensaje en el contestador? ¿Por Skype? ¿Le pidió a otra persona que se lo dijera?

Casey esbozó una sonrisa.

—No me lo dijo de ninguna manera. —Miró a Tate—. No supe que se había ido hasta diez días después de que se fuera.

Tate la miró con lo que se suponía que era una expresión de

preocupación, pero no logró mantenerla. Soltó una carcajada tan fuerte que Jack y Gizzy se movieron.

—Chisss, va a despertarlos.

—Entonces empezarán a besarse otra vez y yo empezaré a mirarla y ya sabemos cómo acabaría eso. Cuando lo de la tarta, pensé que iba a pegarme con una cuchara. Si le robara un beso, seguramente me golpearía con una llave de crueta. Tiene que distraerme. Pásese al asiento del centro y cuéntemelo todo.

—No creo...

»¿Por qué reduce la velocidad? —Ya sabía la respuesta—. Vale, me muevo, pero no me toque.

—Ni se me ocurriría. Abróchese el cinturón. Ahora, cuente.

—Fue todo culpa mía —empezó ella.

—Deje que lo juzgue por mí mismo.

—Quise abarcar demasiado y eso causó los problemas. Verá, el señor Galecki, el dueño de Christie's, quería a alguien que le devolviera su esplendor pasado.

—Y sabiamente la eligió a usted.

—En realidad yo era la quinta en su lista de candidatos, pero eso no lo supe hasta tres años más tarde. Es un anciano astuto y creo que me caló al instante. Me dijo que me veía demasiado joven para el trabajo.

—¿Y sus palabras despertaron una firme determinación en usted?

—Exacto —dijo ella—. Todo el mundo, incluso mi madre, me decía que no me echara ese restaurante a las espaldas. Yo pensé que ella dudaba de mi capacidad, pero no, simplemente se dio cuenta de lo que pretendía Lecki.

—Imagino que la contrató porque era joven y tenía la típica actitud de «yo puedo con todo». Y claro, le salía muy barata.

—Exactamente fue así. Estaba resuelta a demostrarles a todos que podía hacerlo. En cualquier caso, volviendo a mi novio Ben. Teníamos una relación intermitente desde la universidad. En esa época yo estaba en la escuela de cocina y él se estaba sacando el título de Derecho. Después nos fuimos a vivir juntos, él consiguió un empleo y yo empecé a trabajar en Christie's. Apenas nos veíamos, pero todo iba bien. Los dos éramos jóvenes y ambiciosos y... —Se encogió de hombros—. Funcionaba. Al menos eso creía yo.

Tomó aire antes de continuar.

—Pero el otoño pasado Lecki aceptó tres bodas en diez días. A las novias les decía: «Oh, Casey puede hacerlo.» Luego me encargaba que hiciera todo lo que a ellas se les ocurría pedir. Salsa de Oporto, por supuesto. Todos los pollos deshuesados, por supuesto. ¡Y yo tenía que hacerlo todo!

»Trabajaba turnos de dieciséis horas al día con un equipo completo, pero después de la primera boda, dos de mis cocineros se excusaron diciendo que tenían la gripe. Yo sabía que mentían. Simplemente estaban agotados.

—¿Estaba tanto tiempo ausente que su novio decidió dejarla? ¿Después de cuál de las bodas?

—Eh... —dijo ella—. No sé cuándo se fue, porque no me di cuenta de que no estaba. Yo llegaba a medianoche y me tiraba en la cama. Creía que él dormía a mi lado. Cada mañana a las seis me daba una ducha de tres minutos y le iba hablando. No me contestaba, pero era muy temprano y la mañana no era su mejor momento.

Tate la miró con una mueca en los labios que parecía contener la risa.

—¿Se había mudado?

—Sí. —Por primera vez Casey empezaba a verle la parte divertida al asunto—. Tras la recepción de la tercera boda, me desplomé en una silla y le llamé por teléfono. Me contestó al instante. Le dije que estaba harta de todo el trabajo que Locki me echaba encima y que quería que nos fuéramos a pasar unas largas vacaciones en algún lugar cálido. Pasaríamos dos semanas bebiendo vino a la luz de la luna y disfrutando de un sexo fabuloso.

—A mí eso me suena muy bien.

—Fue entonces cuando me dijo: «Casey, me mudé del apartamento hace más de siete días, y el fin de semana pasado tuve una cita con una pasante del bufete. Me gusta mucho.»

Cada vez que Casey pensaba en aquella noche, en lo mal que

se había sentido, le brotaban las lágrimas, pero ahora, al mirar a Tate y la animada expresión de sus ojos, sonrió.

—No es divertido. ¿Qué clase de insensible mujer no se da cuenta de que el hombre con el que vive se ha mudado? Se había ido. Su armario estaba vacío, pero yo no lo vi. Y le había estado hablando.

Tate no pudo reprimir más la risa.

—Debía de ser un auténtico desastre. Era tan aburrido que ni siquiera se dio cuenta de que no estaba.

—En realidad era abogado financiero y era muy interesante. Siempre me estaba diciendo que presentara el documento 8A6X-12, o algo así.

Casey intentó no hacerlo, pero acabó riendo también.

—Así que quizá su conversación a veces se volvía un poco técnica, pero Ben era un buen tío.

—Eso parece. Espontáneo y divertido, ¿no?

—¿Quiere dejarlo? —Cuando Casey cometió el error de darle un palmetazo en el hombro, una descarga eléctrica le recorrió el cuerpo. Se desabrochó entonces el cinturón de seguridad y volvió al asiento más alejado.

—¡Maldita sea! —dijo Tate—. Quizá debería comprarme un pararrayos. Bueno, ¿y qué pasó después de que su celoso novio saliera huyendo?

—No era celoso.

—A pesar de su juventud, usted sola devolvió su antigua gloria a un viejo restaurante, y consiguió preparar la recepción de tres bodas en diez días, a pesar de la falta de personal. A menos que se trate de una especie de superabogado, estaba celoso. ¿Era un genio iniciando una celérica carrera en el Departamento de Tesorería?

—No —respondió Casey—. Sufrió algunos contratiempos, pero los dos sabíamos que al final lo harían socio del bufete.

—Mientras usted tenía el camino despejado hacia el éxito. Olvídelo. ¿Qué hizo cuando descubrió que se había ido?

Ella vaciló antes de contestar.

—Hice un repaso de mi vida y me di cuenta de que no tenía

vida. Había estado trabajando tanto para demostrar que podía devolver el esplendor al restaurante, que solo me quedaban mi madre y una amiga. Llamé a mi madre. Cuando marqué su número estaba llorando y me encontraba en el momento más bajo de mi vida. Jamás me había sentido tan sola. Pero, como siempre, ella me ayudó a trazar un plan y, cuando colgué el teléfono, volvía a sonreír. Al día siguiente presenté mi renuncia con dos semanas de preaviso en el restaurante. Sabía que el segundo chef podía hacerse cargo de todo y que haría un gran trabajo. Recogí todas mis pertenencias y me fui.

—Y de todos los lugares del mundo, ¿eligió Summer Hill, Virginia?

—Sí y no. Mi madre sugirió que ya era hora de que conociera a mi padre, que vive en Summer Hill.

—Déjeme adivinar. Su madre tuvo una tórrida aventura con Kit Montgomery.

—¡Cielos, no! Kit no es mi padre. Es el doctor Chapman. Soy hija de un donante. Tengo once hermanastros y hermanastras, que sepamos, claro. Podría haber más.

Tate la miró con asombro.

—¿Quién...? ¿Qué...?

—Mire —dijo Casey, sonriendo—, ya hemos llegado.

—Quiero saber más cosas sobre ese tal doctor Chapman —pidió Tate.

—Las sabrá y también lo va a conocer. Va a hacer de señor Bennet. Gire ahí.

Siguieron unos letreros escritos a mano que indicaban la dirección de la venta, conduciéndoles por una carretera de grava llena de baches. Las malas hierbas rascaban los bajos de la camioneta, y Tate tuvo que dar varios volantazos para esquivar los baches más grandes.

Las sacudidas despertaron a Jack y a Gizzy. Inclinándose hacia delante, Jack miró por el parabrisas.

—Tenía la impresión de que este sitio era una mansión. Por la entrada no lo parece.

Casey le tendió el folleto de la venta. En la primera página había una foto de una gran casa, con un estilo que en parte era victoriano y en parte reina Ana, y tenía un aspecto bastante siniestro.

—Preciosa —dijo Jack, luego volvió a recostarse y Gizzy y él empezaron a besarse.

—Dejadlo un rato, ¿queréis? —protestó Tate—. Me carcome la envidia. Ahí está.

Cuando la casa apareció a la vista, todos la miraron. Parecía tan larga como un campo de fútbol, con torretas puntiagudas como sombreros de bruja, y ventanas que no parecían haberse limpiado en años. La casa estaba en tan mal estado que tenía un aire de abandono.

—Hogar, dulce hogar —bromeó Jack, y todos rieron.

La enorme y vieja casa estaba rodeada por lo que parecía haber sido un bonito jardín. Pero ahora solo quedaban en pie unos pocos árboles, además de los restos pétreos de unos arriates de flores. En torno a la casa se extendían campos interminables que habían arado y estaban listos para la siembra. A la izquierda había una zona de aparcamiento, donde vieron ya varias camionetas y todoterrenos.

—Anticuarios —dijo Casey, mientras Tate aparcaba—. Stacy me ha dicho que llegarían pronto y que, para comprar lo que queremos, tendremos que actuar deprisa. —Había imprimido lo que le había enviado Stacy, así que cada objeto iba acompañado de una foto a color. Dividió las hojas en cuatro grupos y los repartió—. Creo que lo mejor será que nos separemos y compremos lo que tiene cada uno en su lista. —Les entregó sobres con dinero en efectivo—. Esto es de Kit y los precios son aproximados, así que hay que procurar no pasarse del presupuesto.

Tate apagó el motor, luego alargó la mano por encima de Casey para alcanzar la guantera, de la que sacó una gorra de béisbol y un pequeño paquete. Ella le observó recogerse el pelo atrás en una cola y calarse la gorra hasta los ojos. Luego se colocó un enorme y poblado mostacho, que no parecía querer pegarse, y gafas de sol.

—Debería haberme afeitado —dijo él.

—¿Y arruinar su imagen? —comentó Casey, haciendo que sonriera—. De acuerdo, ¿todo el mundo sabe lo que hay que hacer?

—Claro. —Jack le entregó sus hojas a Gizzy—. Nosotros vamos juntos. —Abrió la puerta de la camioneta.

—Pero eso no es...

Tate agarró las hojas de Casey y las juntó con las suyas.

—Me parece una buena idea.

Casey empezó a protestar, pero lo cierto era que no tenía ganas de deambular ella sola por aquella vieja y desvencijada casa. Se apeó de la camioneta para unirse a los otros.

—Si a alguien le entra hambre o sed, la comida está en la parte de atrás de la camioneta.

Abandonaron el aparcamiento y, cuando doblaron la esquina, alzaron la vista hacia la casa. De cerca era realmente siniestra. Un canalón colgaba suelto, algunas ventanas estaban resquebrajadas y, en el extremo más alejado, un tejado parecía a punto de desplomarse en cualquier momento.

—¡Bienvenidos! —les saludó un hombrecillo que estaba de pie junto a una mesa. En la mesa había una mujer sentada con una caja de dinero—. Cobramos veinte dólares por persona para verlo todo. Se les devolverán si compran algo, pero tengo que sacar algo de los que solo vienen a mirar.

—¿Esta casa es suya? —preguntó Jack.

—Ahora sí. Era propiedad de la familia de mi tía abuela. Monstruosa, ¿verdad?

—¿Qué va a hacer con ella? —quiso saber Gizzy.

—Vender todo lo que pueda, y luego derribar la casa y plantar coles. En esta zona son unos fanáticos de la col. Se puede ganar mucho dinero con todo lo relacionado con la col. —Miró fijamente a Tate—. Usted se parece a...

—No lo diga —le interrumpió Tate con un fuerte acento sureño—. Venga, entremos.

Jack entregó cuatro billetes de veinte dólares y siguieron adelante.

Frente a la casa había mesas cubiertas de objetos polvorientos. En la hierba, que parecía recién cortada, se habían colocado sillas y mesitas. Se separaron por parejas.

—Las cosas grandes están dentro de la casa —les gritó el hombrecillo—. Todo tiene su etiqueta con el precio, y no venderé nada hasta las diez, pero podrían convencerme para regatear.

—Sueña con guerras de pujas —dijo Tate, y Casey se mostró de acuerdo—. Venga, entremos. Me gustaría ver este sitio antes de que lleguen las hordas de visitantes.

Casey sabía que debería empezar a buscar los objetos que necesitaban, pero se metió los papeles en el bolsillo y lo siguió. Tate no entró por la puerta principal, sino por otra lateral que bajaba al sótano. Se encontraron entonces en un corredor lleno de puertas.

—Parece el escenario de una película —dijo Casey.

—Eso mismo he pensado yo. ¿No se imagina a un tipo con un hacha persiguiendo a la chica por el corredor?

—¿Quiere sus coles?

Tate se echó a reír y entró por una puerta que daba a la cocina. Sobre los grandes fogones colgaba una hilera de cacerolas de cobre y, apoyados en una pared, había una docena de moldes de cobre para pasteles.

—Ooooh —exclamó Casey.

—¿Su idea del paraíso?

—Casi.

Se pasearon por la gran casa, recorriendo sus cuatro plantas, y encontraron la mayoría de los objetos de su lista. En una planta superior había una estancia que parecía ser el dormitorio principal. Un joyero de madera taraceada atrajo la atención de Casey, pero el precio era demasiado elevado. Convino con Tate en que era una pena que fueran a derribar la casa.

Perdieron la noción del tiempo y solo se dieron cuenta de que la venta había empezado cuando empezó a ver gente. Bajaron entonces corriendo la escalera. Jack ya estaba junto a la mesa, entregando un fajo de billetes de cien al hombrecillo.

—¿Lo habéis encontrado todo? —preguntó Tate.

151

—Casi todo. Algunas cosas pequeñas no las hemos visto.

—¡Su voz! —exclamó el hombre—. Sí que es él. —Sus ojillos brillaron—. Había olvidado decirles que a algunos de estos objetos se les ha puesto mal el precio. El sofá que quieren es una antigüedad. Tiene trescientos años. No sé quién le ha puesto un precio de cuatrocientos dólares, pero se ha dejado un cero. Son cuatro mil dólares.

—Mira, tío... —empezó a decir Jack con la misma expresión que tenía en sus películas, como si estuviera a punto de darle un puñetazo a aquel hombre.

Cortaron su frase los chillidos de una mujer.

Jane Bennet se destapa

Todos se giraron en la dirección del sonido. En el extremo más alejado de la casa, una mujer miraba hacia el tejado con expresión de miedo. Tres plantas más arriba, sentado en el borde, había un niño pequeño, sonriendo, con las piernas regordetas colgando en el aire. Parecía a punto de saltar a los brazos de su madre, pero el tejado estaba tan podrido que no parecía capaz de sostenerlo por mucho tiempo.

Tate miró a Jack.

—Ve tú. Yo voy a por la cuerda. Espero que tengas que atraparlo en el aire.

—¿Dónde está Gizzy? —inquirió Casey de repente, y corrió hacia la parte posterior de la camioneta.

Tate abrió las puertas traseras, se metió dentro y sacó la caja de cuerdas y bandas elásticas.

—No tengo la menor idea de dónde está. Llame a emergencias para que vengan los bomberos —dijo, y echó a correr.

—No pueden subir a ese tejado —le gritó Casey, pero él no la oyó.

Casey sacó el móvil del bolsillo. Había poca cobertura, pero logró llamar a emergencias.

Le respondieron de inmediato.

—Es la tercera persona que llama —señaló la telefonista—. Los bomberos están de camino, pero no llegarán hasta dentro de veinte o treinta minutos. ¿No puede nadie hablar con el niño y convencerlo para que se quede quieto?

—Lo intentaremos —respondió Casey, y colgó.

—¿Qué ocurre? —preguntó Gizzy a su espalda—. Estaba buscando a...

Casey agarró a su hermana de la mano y echó a correr.

—Puede que te necesiten. —Había gente agolpándose en torno a la puerta principal, cerrando el paso, así que Casey corrió hacia el lateral—. Iremos por la escalera de atrás. Espero recordar cómo se va.

Había un hombre corpulento al pie de la escalera principal, impidiendo a la gente que subiera. El destello de su insignia les mostró que era un ayudante del sheriff.

Casey se volvió hacia Gizzy con gesto inquisitivo y ella asintió. Mientras el ayudante se distraía con un tipo que llevaba una cámara, las dos mujeres se alejaron furtivamente de la multitud y corrieron por el pasillo.

—Creo que es aquí. —Casey abrió una puerta y se encontraron con una angosta escalera que subía. Había huellas de pisadas en la gruesa capa de polvo.

—Son de las botas de Jack —dijo Gizzy—. Reconozco sus pisadas.

En lo alto de la escalera había una puerta cerrada, pero cuando Casey intentó abrirla, no pudo. Llamó con los nudillos.

—Somos nosotras. Dejadnos entrar.

—Esperadnos en la camioneta —les pidió Tate a través de la puerta—. Jack va a salir al tejado para sujetar al niño.

—¡Pesa demasiado! —gritó Casey—. Se va a desplomar el tejado. Landers, si no nos deja entrar... —No se le ocurrió una buena amenaza.

—Por favor —suplicó Gizzy—, por favor.

Su dulzura hizo que Tate abriera la puerta. Jack se encontraba junto al ventanal, con una cuerda enrollada a la cintura. Un extremo estaba en el suelo y el otro lo tenía Tate entre las manos.

—Ya nos ocupamos nosotros de todo —dijo Tate con el ceño fruncido.

—¡No! —dijo Casey, mirando a Jack—. Pesas demasiado. Irá Gizzy.

—¡Ni hablar! —exclamó Jack. Casey no le hizo caso.

—¿Puedes moverte bien con esos tejanos ceñidos? —preguntó a Gizzy.

—No. —Gizzy se desabrochó los tejanos.

—¿Qué demonios estás haciendo? —le espetó Jack.

Casey se arrodilló para desabrochar las altas sandalias de plataforma de Gizzy. Cuando se incorporó, Gizzy solo llevaba unas bragas de color rosa y una camisa. Sus largas y contorneadas piernas estaban desnudas.

Tate permanecía a un lado sujetando aún el extremo de la cuerda. Pareció comprender lo que pretendían hacer las mujeres porque se acercó cuando Casey le lanzó una mirada. No era momento para discusiones. Mientras ataba la cuerda alrededor de la cintura de Gizzy, le habló con voz serena.

—El tejado está en mal estado y las viejas tejas se están desprendiendo. Tienes que pisar con cuidado. Tienta cada teja con el pie antes de echar el peso encima. ¿Entendido?

Gizzy asintió.

—Jack tendrá la cuerda enrollada alrededor del cuerpo y no te soltará en ningún momento. Si te caes, te sujetará y entre todos te subiremos. —Tate echó una mano hacia atrás y Jack le entregó algo que habían montado entre los dos con una banda elástica y otro trozo de cuerda—. El coordinador de los especialistas de una de las películas de Jack hizo un arnés como este para una escena. Tienes que ponérselo al niño alrededor del cuerpo y luego te lo atas tú también. De esa forma...

—Si se me escapa, no se caerá.

—Exactamente. —Tate asintió con la cabeza—. ¿Estás lista?

—Sí —dijo Gizzy.

El rostro de Jack estaba solemne cuando Gizzy se acercó a él. La besó y luego la ayudó a salir por la ventana.

Tate permanecía junto a Casey.

—¿En qué demonios estaba pensando? —le dijo en voz baja. Su tono sereno y tranquilizador había desaparecido—. Esto es peligroso. No tiene entrenamiento. No puede...

—¡Sí que puede! —dijo Casey—. Gizzy puede caminar por

la cuerda floja, participar en carreras de motos, lo que sea. Ha heredado el carácter de chico malo que nuestro padre lleva dentro.

—A saber qué significa eso —dijo Tate.

Casey se acercó a la ventana. Jack daba indicaciones a Gizzy para ayudarla a avanzar por el tejado. El niño había perdido la sonrisa y ahora estaba claramente asustado. Su madre seguía abajo, hablando con él y diciéndole que no se moviera. En torno a ella había una multitud de mirones que iba creciendo.

—Mira a esa señorita tan guapa —le gritó la madre—. Va a ayudarte a bajar, y luego te voy a comprar tanto helado que podrás nadar en él. ¿Eso te gustaría?

Cuando el niño retorció el cuerpo para mirar a Gizzy, media docena de tejas cayeron al suelo y la multitud exhaló un grito ahogado.

—Mantén la calma y comprueba las tejas antes de apoyar el pie —le indicó Jack.

Gizzy caminaba con cuidado, pero no parecía tener miedo.

Tate estaba detrás de Casey, mirando por encima de su cabeza.

—Es buena. Esperemos que no le entre el pánico al llegar al borde.

—No, a ella no le entra nunca el pánico. Ha ayudado muchas veces a los bomberos de Summer Hill.

Todos observaban a Gizzy mientras ella se dirigía lentamente hacia el niño. Cada vez que caían tejas, la multitud reaccionaba ruidosamente. Gizzy se detenía y esperaba, luego daba otro paso. Sonrió al niño.

—Hola —le dijo—. ¿Quieres que te saque de este tejado?

El niño dijo que sí con la cabeza, pero cuando alargó los brazos hacia ella, cayeron más tejas.

—Se llama Stevie —le informó Jack. Tenía las manos blancas de tanto como apretaba la cuerda. Era muy consciente de que no estaban en una película. No había redes a escasa distancia ni una grúa a la espera.

Stevie se echó a llorar, moviéndose lo suficiente para que todo el mundo ahogara una exclamación de miedo.

—Necesito que te quedes muy quieto —dijo Gizzy al niño—. ¿Podrás hacerlo?

El niño volvió a asentir, pero empezaba a temblar.

Gizzy cambió de táctica.

—¿A que esto es divertido? —Su tono era alegre, lleno de espíritu aventurero—. A mí me gusta mucho caminar por los tejados. Pero seguro que a ti también, porque estás ahí sentado.

El niño la miró sorprendido, y sus temblores disminuyeron.

—Cuando tenía tu edad, me subía a todos los tejados que encontraba. Mi madre se asustaba mucho. —Gizzy se detuvo cuando media docena de tejas cayeron al suelo y se hicieron pedazos. A pesar del ruido, no apartó los ojos del niño ni dejó de sonreírle para tranquilizarlo. Cuando volvió a hacerse el silencio, levantó en alto el arnés que habían hecho los hombres—. Stevie, voy a rodearte con estas cuerdas para que los hombres de la ventana puedan tirar de nosotros y meternos en la casa. ¿Qué te parece?

El niño asintió. En sus ojos brillaban lágrimas, pero parecía más fuerte, más resuelto.

—Solo necesito que te quedes sentado muy, muy quieto. No muevas los brazos ni los pies. ¿Vale?

Él asintió de nuevo y Gizzy le pasó la cuerda lentamente por la cabeza y la bajó hasta la cintura. Le costó más conseguir ponerle la banda elástica entre las piernas y atarla bien. En dos ocasiones tuvo que esperar a que pasara el barullo de nuevas tejas caídas. Cuando el viejo canalón se rompió y se estrelló contra el suelo, los gritos ahogados de la multitud hicieron que el niño echara los brazos al cuello de Gizzy.

Su inesperado peso hizo que Gizzy estuviera a punto de perder pie, pero logró mantener el equilibrio y sentarse.

Abajo, entre la multitud, se encontraban el señor y la señora Johnson de Tucson, Arizona. Eran una de las pocas parejas de jubilados que podían permitirse pasar el verano recorriendo el país en una autocaravana que tragaba gasolina como si nada. A la señora Johnson le gustaban aquel tipo de ventas de casas antiguas y tenía buen ojo para las gangas. Luego enviaba los bonitos objetos que compraba a Arizona, a su hermana, que tenía una tienda de antigüedades. El señor Johnson era un amante de la fotografía, y guardaba todo su equipo en grandes cajones instalados en la autocaravana. En ese momento llevaba su nueva Nikon Df con objetivo de 200-400mm y estaba grabando el rescate. Era su mujer quien había reconocido a Tate Landers, mientras que a él le encantaban las películas de Jack Worth. La Df no grababa vídeo, pero contenía una veloz tarjeta de memoria de 256GB. El señor Johnson puso la cámara en modo de disparo continuo y fue apretando sin parar.

Gizzy era fuerte y logró mantener sujeto al niño regordete al tiempo que se ponía en pie.

Ahora que Stevie estaba con Gizzy, Jack se dirigió a ella con palabras alentadoras.

—Solo unos cuantos pasos más, cariño. Estoy aquí mismo. —Iba tirando de la cuerda, recogiendo el sobrante a medida que ella avanzaba hacia él.

Gizzy casi había llegado a la ventana cuando las tejas cedieron debajo de sus pies. Gizzy y el niño cayeron. Ella siguió rodeándole con los brazos, sin hacer el menor intento por agarrarse. Tenía una fe absoluta en que Jack la sujetaría... y lo hizo.

Tate agarró la cuerda detrás de Jack y le ayudó a soportar el peso de Gizzy y del niño.

Inmediatamente, Casey vio lo que era preciso hacer. Sería imposible tirar de Gizzy hasta la ventana sin que se despellejara las piernas. Las tejas estaban tan flojas que no conseguiría levantarse y mantenerse en pie. Casey corrió hacia la puerta y gritó por la escalera al ayudante del sheriff.

—¡Le necesitamos! —El fornido ayudante llegó en unos segundos y relevó a Tate en el extremo de la cuerda.

Casey miró a Tate. Ambos sabían lo que debía hacer Casey

y los ojos del actor le preguntaron si estaba dispuesta a hacerlo. Ella asintió.

Se quitó las zapatillas deportivas y luego se dirigió a la ventana seguida de Tate.

—No la dejaré caer. Lo sabe, ¿verdad?

—Basta con que no me electrocute. Y ahora mismo mejor que no sea la estrella de cine de incógnito.

En un instante, Tate se despojó de la gorra, se desató la coleta y arrojó el mostacho a un rincón.

—¿Mejor?

—Sí —respondió ella. Se encaramó al alféizar de la ventana y luego bajó las manos y las apoyó en el tejado. Sacaría primero la cabeza. Tate la agarró fuertemente por la cintura y, mientras ella descendía lentamente hasta el tejado, él bajaba las manos por su cuerpo hasta sujetarla por las rodillas.

—Alguien ha estado poniéndose en forma —comentó.

Casey miraba a Gizzy, que colgaba de una cuerda alrededor de la cintura, con un niño pequeño y asustado que pesaba bastante y se aferraba a ella.

—¿Te puedes creer que está coqueteando conmigo? —dijo.

—Sí. Le gustas.

Las hermanas sonrieron, tratando de tranquilizarse la una a la otra. Sí, Gizzy era muy atrevida y no parecía tener miedo de nada, pero Casey vio la preocupación en su mirada. La cuerda que le rodeaba la cintura debía de clavársele en la carne por la presión. Sangraba por una docena de sitios y debía de dolerle. Estaba claro que el niño se agarraba con tanta fuerza que Gizzy apenas podía respirar. Claro que ella lo sujetaba con la misma fuerza.

Cuando Casey alargó las manos hacia ella, las hermanas se agarraron las muñecas fuertemente.

—¿Estás lista?

—Sí —respondió Gizzy.

—¡Ahora! —gritó Casey, y los tres hombres empezaron a tirar, dos de la cuerda y Tate de las piernas de Casey. Dolía. Las rugosas superficies de las tejas y de la vieja ventana le despellejaron los brazos. No quiso ni imaginar lo que estarían sufriendo las piernas desnudas de Gizzy.

Cuando Casey ya casi estaba dentro de la habitación, Tate tiró de ella para que pasara por la ventana. Casey no soltó las muñecas de su hermana en ningún momento ni tampoco dejó de mirarla.

Jack saltó hacia delante para aferrar a Gizzy por los brazos.

La puerta se abrió de pronto y la madre del niño entró corriendo con los brazos extendidos y gritando histéricamente el nombre de su hijo.

Solo cuando Gizzy se encontró de pie en el interior de la habitación, soltó por fin al niño, que se lanzó a los brazos de su madre.

Detrás de ellos, Tate atrajo a Casey hacia sí. Ella temblaba y el corazón le iba a mil. El abrazo de Tate resultó reconfortante... y sin descarga eléctrica.

Tate inclinó la cabeza hasta apoyar la mejilla en su pelo.

—¿No has heredado la pasión de tu padre por la aventura?

—Ni lo más mínimo. Soy una cobarde. —Casey oía a Jack y a Gizzy hablando con el ayudante de sheriff. Decían que Gizzy debía recibir tratamiento médico. Casey sabía que debía separarse de Tate, pero no se movió de entre sus brazos, que parecían hechos expresamente para ella. Hacía mucho tiempo que no la abrazaba ningún hombre. La risa de Tate al oír la historia de su ruptura le había hecho recordar cosas que tenía arrinconadas. Tal vez fuera por lo que acababa de pasar, o por el buen humor de Tate, o quizás el hecho de que la abrazaran después de tanto tiempo, pero se puso a pensar en lo que había ocurrido entre Ben y ella. Unos meses antes de marcharse, Ben le había lanzado unas cuantas pullas bastante desagradables, mofándose de que Casey era la única que podía llevar el restaurante. Casey sabía que estaba dolido porque no había logrado el ascenso que esperaba, y había hecho lo posible para compensarle con cenas fabulosas seguidas de un sexo increíble, además de alimentar su ego durante días con comentarios positivos. Pero nada de lo que hacía conseguía detener sus maliciosas críticas.

Antes de que se diera cuenta, se le llenaron los ojos de lágrimas y apretó a Tate con más fuerza entre sus brazos. Él enterró la mano en sus cabellos y la abrazó sin decir nada, rodeándola simplemente con los brazos.

Las lágrimas solo duraron unos segundos hasta que volvió a ser consciente de dónde estaba. Reinaba el silencio en la habitación. ¿Los otros se habían marchado o les estaban observando?

Cuando Casey miró a Tate, él la besó en la frente... y una descarga eléctrica recorrió su cuerpo.

Casey se apartó de él de un empujón, fulminándolo con la mirada.

—Tenías que arruinar el momento, ¿no?

Tate no parecía sentirlo en absoluto.

—Pues sí. Me excita abrazar a una mujer hermosa que me gusta mucho. Lo siento. Es mi debilidad. ¿Estás bien?

Casey respiró hondo.

—Sí —contestó. Salvo por una profunda turbación—. Será mejor que salgamos. El dueño acabará vendiéndolo todo y nos quedaremos con el escenario vacío para la obra.

—No, Jack se ocupará de él. Esa apariencia de duro que tiene en las películas es real. ¿Estás segura de que estás bien?

—Sí, estoy perfectamente. —Cuando Tate le abrió la puerta para cederle el paso, Casey lo miró a los ojos—. Siento haberme derrumbado.

—Has sido muy valiente —le aseguró él con expresión seria—. Si yo te hubiera soltado, te habrías deslizado por el tejado y habrías caído al suelo de cabeza. Se necesita una gran fe y confianza para hacer lo que has hecho. —Sonrió—. Y mucho músculo por mi parte. ¿Cómo has logrado tú esos cuádriceps?

Casey salió al pasillo.

—Ni que fuera levantadora de pesas olímpica. Simplemente movía cazuelas grandes y pesadas e iba de un lado a otro de la cocina durante dieciséis horas seguidas.

—El preparador personal llegará aquí mañana. A lo mejor

podrías hablarle de tu técnica. Quiero unos músculos como los tuyos.

—Tú... eres... —Casey iba a darle con la mano en el hombro, pero la retiró a tiempo.

—Muy sensata —dijo él—. Esa electricidad que desprendes le hace daño a un pobre enclenque como yo.

—¿Que yo desprendo? Eres tú el que se cree Benjamin Franklin.

—¿Ese es el Ben que estaba tan celoso de ti y que te dejó del modo más cobarde?

Casey se detuvo en lo alto de las escaleras. Durante meses había estado viviendo con un sentimiento de culpa, pensando que se había portado de un modo terrible con un hombre realmente bueno, pero Tate le hacía ver las cosas de un modo distinto. Le sonrió.

—Gracias —dijo en voz baja—. Gracias por no dejarme caer por el tejado y por hacerme sentir mejor por lo de Ben. Ha sido muy amable por tu parte, sobre todo después de que yo... yo...

—¿Me echaras la bronca después de que salvara tu casa de la destrucción total por culpa de un pavo real enloquecido, del tamaño de un osezno?

Ella se echó a reír.

—Más o menos —asintió y bajó por la escalera, seguida de cerca por Tate.

Reír, pensó Casey, eso era lo que más necesitaba después de la horrible experiencia del tejado.

Al llegar al final de la escalera, quiso dirigirse a la cocina, pero Tate se situó delante de ella y le señaló los brazos desnudos. Sangraban. Tate la había distraído tanto que Casey se había olvidado de ellos, pero la visión de la sangre se lo recordó todo y sintió que le flaqueaban las rodillas.

Tate la sujetó poniéndole las manos bajo los codos.

—Vamos a la camioneta y te limpiaré la sangre.

Ella asintió y lo siguió por la puerta lateral hasta el aparcamiento.

Gizzy estaba sentada en la hierba junto a la camioneta. Tenía la frente vendada y una gasa alrededor de la mano izquierda. Se había vuelto a poner los tejanos, pero Casey imaginó que también tendría las piernas vendadas.

—La gente ya sabe que estás aquí, tenemos que irnos —dijo Gizzy a Tate—. Jack ha tenido una charla con el dueño sobre su repentino aumento de los precios. Parece ser que ha funcionado, porque van a cargar todo lo que queríamos en la camioneta. Solo tenemos que esperar a que lo traigan.

—En realidad —precisó Casey—, quiero algunas cosas más de la cocina antes de irnos.

Tate estaba usando toallitas húmedas para limpiarle a Casey los arañazos de los brazos. Casey no se atrevía a mirarlo mientras él se los vendaba. Esa manera tan delicada de cuidar de ella, y lo que había hecho antes, empezaban a afectarla.

—Ya está —dijo Tate—, no estaban tan mal como pensaba. Tengo que hablar un momento con Gizzy.

Casey se quedó en la camioneta mientras él se acercaba a Gizzy y se acuclillaba junto a ella en la hierba. «¡Qué pareja tan atractiva hacen!», pensó Casey. Gizzy era alta y hermosa, igual que Tate. Los cabellos y los ojos oscuros de Tate combinaban a la perfección con la rubia Gizzy.

Casey se horrorizó al darse cuenta de que estaba celosa. Avergonzada de sí misma, se bajó de la camioneta y se dirigió a la casa. Tate la alcanzó por el camino.

—He pensado que podía hacerte de porteador y cargar con las cazuelas de cobre que quieres comprar.

—Te reconocerán.

—Después de lo que has hecho hoy, es más probable que te pidan los autógrafos a ti.

Tate le sonrió y Casey recordó lo que se sentía entre sus brazos... y la buena pareja que hacía con Gizzy. Volvió la cabeza y trató de dominar sus emociones. Se dijo a sí misma que el trauma por el que acababa de pasar haría que cualquier hombre le pareciera bien.

Había dos mujeres en la cocina mirando los viejos utensilios. Tate esperó a que se fueran antes de entrar.

—Bueno, ¿qué piezas quieres? ¿O hacemos una oferta por todo el lote?

—He pensado en buscar moldes para chocolate. Puede que empiece a coleccionarlos.

—¿Cómo son?

Casey se los describió y Tate empezó a examinar los estantes más altos, moviendo los objetos mientras buscaba.

—¿Tienes muchos?

—Solo uno. Me lo regaló Devlin Haines.

Tate le daba la espalda. Al oírla, se quedó quieto. Casey no le veía la cara, pero adivinó que el nombre le había afectado.

—¿Ah, sí?

—Perteneció a su abuela. Le dije que no debía regalarme algo que tenía tanto valor sentimental, pero lo hizo igualmente. ¿Qué pasa entre vosotros dos?, aparte de ser ex cuñados, claro.

Cuando Tate se dio la vuelta, su cara era inexpresiva.

—Es el padre de mi sobrina.

—Eso ya lo sé, pero ¿qué...?

—Creo que será mejor que vaya a la camioneta a ver si Jack necesita que le ayude. —Se fue tan deprisa que casi levantó una nube de polvo.

Casey se quedó allí plantada, parpadeando con la vista clavada en el sitio donde antes estaba Tate. Era evidente que él no quería hablar sobre su relación con Devlin. Tate Landers podía coquetear, pero no parecía dispuesto a compartir sus auténticos sentimientos.

Permaneció un rato en la vieja cocina, tratando de ordenar sus pensamientos y sus emociones. No había ningún molde para chocolate, pero había dos moldes de cobre para pasteles que tenían un buen revestimiento de estaño. Después de pagar por ellos, volvió a la camioneta.

Gizzy fue a su encuentro a mitad de camino y le tendió el joyero taraceado que Casey tanto había admirado antes.

—Tate me ha pedido que compre esto y que te lo dé. No sé por qué no te lo ha dado él mismo.

—¿Era de esto de lo que estabais susurrando?

—Sí. ¿No creerías que Tate me estaba tirando los tejos, no?

—¡Por supuesto que no! —exclamó Casey, aceptando el precioso joyero—. Pero tenías un aspecto tan estupendo sin los tejanos que no me habría sorprendido.

Gizzy se echó a reír, enlazó su brazo en el de Casey y bajó la voz, pero no pudo contener su emoción... ni su sorpresa.

—A Jack no le ha molestado lo que he hecho. Tampoco le he asustado. Oh, Casey, creo que esto podría funcionar de verdad. —Se dio la vuelta y volvió corriendo a la camioneta.

—Ten cuidado, por favor —dijo Casey al vacío. Tenía que hablar con Gizzy y advertirle de que no perdiera la cabeza por un hombre que seguramente la dejaría cuando regresara a su casa de Los Ángeles. Gizzy era una chica de pueblo, la hija de un pastor que iba a la iglesia tres veces por semana, mientras que Jack era una estrella de cine, y todo el mundo sabía lo que eso significaba.

Llegó a la camioneta cuando Jack y Tate cerraban ya las puertas traseras. Jack se alejó acompañado de Gizzy.

—Gracias —dijo Casey a Tate, levantando el joyero—. No sabía que te habías dado cuenta de que me gustaba.

Tate sonreía, pero Casey notó que lo hacía sin auténtica cordialidad.

—De nada. ¿Estás lista ya? —Tate no esperó que respondiera, simplemente se dio la vuelta y echó a andar.

—Lo siento —dijo ella, alzando la voz.

Él se volvió para mirarla.

—¿Por qué?

—Por haber sido mala contigo. Sé que Devlin y tú no sois amigos y no debería haberlo mencionado. Pero quiero ser sincera y decirte que he comido un par de veces con él y que me gusta.

—¿Te gusta cómo? —El ceño de Tate era tan amenazador que Casey reculó un paso.

—Somos amigos —respondió—. Eso es todo. Habla mucho de Emmie.

Esta declaración hizo que Tate soltara un resoplido de mofa.

—¿Y qué demonios sabe él de Emmie? Ella...

—¿Estáis listos para irnos? —gritó Jack—. Gizzy conoce un sitio donde podemos hacer un picnic. Casey, ¿has traído comida suficiente para el almuerzo?

—Podríamos alimentar a todo el pueblo con lo que ha traído. —Tate abrió la puerta para que Casey subiera a la camioneta—. Tendrás que sentarte a mi lado.

A Casey le alegró que ya no pareciera enojado. Cuando miró el interior de la camioneta, se detuvo. La mitad del asiento trasero estaba ocupado por dos grandes cajas.

—¿Qué hay aquí dentro? ¿Un piano?

—Son unas cuantas cosas que quería Gizzy —explicó Jack.

—¡Y tú también! —le espetó ella.

—¿Me estáis diciendo que habéis llenado toda la parte de atrás y que esto no os ha cabido? —preguntó Casey.

—Bueno... —Gizzy miró a Jack—. Kit nos dijo que su primo el doctor Jamie y su mujer van a venir a ayudar a papá. Van a necesitar muebles, y nuestra hermana necesita cosas para su tienda, y yo he visto una cama que le encantará a Josh, y... —Se encogió de hombros.

—Al parecer vas a tener que sentarte pegada a mí —dijo Tate con tono alegre.

—¡Mmm! —exclamó Casey—. Solo necesito encontrar el interruptor para cortar la electricidad.

—¿No encontraste el interruptor la primera vez que me viste? —comentó Tate con una expresión de total inocencia—. Vaya, chica mala, ahora sí que has herido mis sentimientos. ¿No viste ningún interruptor?

Casey enrojeció, pero no pudo evitar reírse.

—No lo recuerdo con claridad. Además, lo que hagas con el jabón no es cosa mía. —Cuando Casey levantó una pierna para meterse en el asiento de atrás, Tate le puso la mano debajo del trasero y empujó.

—Me gustaría enseñarte lo que puedo hacer con jabón —dijo en voz baja, mientras ella subía a la camioneta.

Cuando enfilaron la carretera, Jack y Gizzy empezaron a hablar en voz baja. En la parte de atrás, Casey se sentó cerca de

Tate por pura necesidad. Aunque no llegaban a tocarse, notaba su calor corporal.

Casey volvió la cabeza y miró hacia la ventanilla por encima de las cajas. Ahora que estaban tranquilos, se puso a pensar sobre todo lo que había ocurrido. Recordó al niño sentado en el borde del tejado y a Gizzy colgando de una cuerda. Al venirle las imágenes a la cabeza, Casey pensó en su propia participación en el rescate. Si Tate la hubiera soltado...

—¿Pensando en lo que ha ocurrido?

—Sí. —Casey cambió de tema—. Me alegro de que hayamos encontrado todas las cosas que eligió Stacy —dijo, pero Tate no le permitió eludir el tema.

—Sé que daba miedo estar colgando sobre el tejado de esa manera, con el cuerpo sujeto por alguien a quien apenas conoces. ¿Habías hecho antes algo así?

—Nunca. Seguramente me despertaré a las dos de la madrugada con un ataque de pánico.

Tate la miró con gesto serio.

—Podría quedarme contigo esta noche y... —se encogió de hombros con un gesto sugerente.

—Gracias por tu generosa oferta, pero paso.

—Si cambias de idea, ya sabes dónde vivo.

Casey no pudo contener la risa y Tate sonrió. Ella sabía que bromeaba con ella a propósito para hacerla volver al presente, y había funcionado.

—Gracias —dijo, y añadió bajando la voz—: Si hubiera tenido tiempo para pensar, seguro que me habría asustado y no habría hecho nada. Pero todo ha pasado muy deprisa. Claro que la auténtica heroína ha sido Gizzy.

—No —repuso Tate—. A ella le encantaba. No sentía ningún miedo. El valor es tener miedo a hacer una cosa, pero hacerla igualmente. —Tate se dio cuenta de que Casey volvía a ponerse seria—. Mírame a mí. En las audiciones, todas esas mujeres me miraban como si tuviera que cumplir todos sus sueños. Pero yo aguanté el tipo ahí e interpreté mi papel de todas maneras. Eso sí que es valor.

—Hasta que entré yo en escena. —Casey volvía a sonreír.

—¿Te parece que hoy soy un poco más bajo? Juraría que tu forma de soltarme las frases de Jane Austen me han reducido por lo menos diez centímetros.

—¿Dices de ti? Para mí era algo completamente nuevo. Tú estás acostumbrado.

—¡Ja! Rechazaste mi mejor invitación. Heriste tanto mi orgullo que quizá no logre llevarme a la cama a ninguna otra mujer en la vida. Creo que tú eres la única que puede curarlo. ¿Qué te parece si quedamos hoy a las ocho?

—Eres incorregible. —Casey se reía con ganas y no se dio cuenta de que la camioneta se había detenido.

Jack y Gizzy se habían dado la vuelta y los miraban.

—Siento interrumpir vuestra charla de comedia romántica —dijo Jack—, pero hemos llegado a nuestro destino. El último en salir tendrá que llevar la nevera metálica. —Gizzy y él se bajaron de la camioneta.

Casey miró la puerta del lado de Tate, pero él no la abrió.

—Hablo en serio —dijo Tate—, si tienes alguna secuela por lo de hoy, llámame. Vendré aunque sea en medio de la noche. He tenido mis traumas y sé lo que se debe hacer. Y tendré quietas las manos. ¿De acuerdo?

—Sí. —Casey lo miró a los ojos—. Creo que estoy bien. Si no hubiera tenido un final feliz, ahora estaría destrozada, pero me siento bien por cómo han salido las cosas.

—Si te despiertas chillando por una pesadilla en la que te dejo caer, llámame. Dame tu móvil.

Casey le tendió el móvil, él introdujo su número y, luego abrió la puerta y la ayudó a bajar.

Darcy a lo Dirty Dancing

Casey y Tate estaban sentados en una vieja colcha junto a un caudaloso arroyo. Había grandes rocas relucientes y el sol se reflejaba en el agua. Sobre ellos colgaba un espeso dosel formado por las copas de los árboles. En la colcha había un festín, obra de Casey: ensalada de jícama y cítricos, tapenade de aceitunas, tres tipos de pan y un surtido de quesos.

Con la espalda apoyada en una gran peña, mordisqueaban unas galletas de coco y lima, y observaban a Jack y a Gizzy discutiendo. Estaban demasiado lejos para oír lo que decían, pero los veían con claridad.

—¿Por qué discuten? —preguntó Casey.

—Iba a preguntarte lo mismo. Supongo que será por desilusión. Uno se enamora de una delicada florecilla, y ¿qué hace ella?

—Le gana en una carrera de motos —contestó Casey—. Salta de un avión. Lo que sea. Los hombres no saben aceptarlo.

—Jack sí. Confío en él.

—Te apuesto otra tarta de frutos del bosque a que la dejará.

—Y si por alguna extraña razón ganas tú, ¿qué consigues?

Casey estuvo a punto de decir: «Otra sesión de ducha», pero se contuvo.

—La satisfacción de haber ganado.

—No te vayas por las ramas —dijo él con un gruñido—. Tiene que haber algo que quieras. ¿Ser dueña de tu propio restaurante? ¿Recuperar a tu novio?

—Aún no lo he decidido. No me refiero a lo del novio, sino a mi futuro. ¿Y qué me dices de ti? ¿No hay nada que quieras y que no tengas?

Tate se tumbó en la colcha con las manos detrás de la cabeza, desplegando su metro ochenta y cinco junto a Casey.

—Quiero un papel en una comedia o en una película policíaca o de terror. Cualquier cosa que no sea hacer de héroe taciturno.

—Pero se te da tan bien —comentó Casey—. Hoy mismo, cuando me has mirado lanzando chispas por los ojos, me he sentido como una princesa encerrada en una torre.

—¿Ah, sí? —Cuando Tate miró a Casey, se dio cuenta de que le estaba tomando el pelo—. Esta te la devuelvo. Yo... —Sonó su móvil—. Seguramente será mi agente para decirme que voy a salir en la siguiente película de Lobezno... No. Mejor. Es Emmie. —Aceptó la llamada—. Hola, cariño. ¿Sigues volviendo loca a tu madre?

Tate hizo una pausa y escuchó.

—Ahora mismo estoy tumbado en una colcha, observando cómo discute el tío Jack con una chica muy guapa. Creo que va perdiendo él. Casey está a mi lado. Ella preparó la tarta que me comí... Oh. Vale. —Le tendió el móvil a Casey—. Emmie quiere hablar contigo.

Desconcertada, Casey agarró el teléfono.

—¿Hola? —dijo, y escuchó—. Sí, sé preparar sándwiches tostados de queso. Tuesto el pan, luego pongo el queso en la parte tostada y vuelvo a tostarlo todo junto. Queda muy crujiente... No, no uso nunca nata de bote. —Devolvió el teléfono a Tate.

—¿Ha pasado la prueba? —Sonriendo, Tate miró a Casey e inclinó la cabeza—. Emmie quiere saber dónde compraste el pijama de *Hey Diddle Diddle** y si por favor puedes casarte con su tío, o sea yo, y cocinar para todos.

Casey parpadeó varias veces.

* Canción infantil inglesa muy popular. *(N. de la T.)*

—Me lo regaló mi madre. Le preguntaré dónde. Y no.

Tate volvió a hablar por el móvil.

—Sí a cocinar, pero lo siento, no me acepta a mí como parte del trato. Es la historia de mi vida. ¿Cuándo vais a venir? —Hizo una pausa—. Sí, y estoy seguro de que Casey sabe hacer una tarta con sabor a galletas Oreo. —Miró a Casey y ella asintió—. Oigo a tu madre llamándote... Sí, yo también. Mucho. Pórtate bien, ¿eh?, pero puedes darle la lata para que vengáis cuanto antes. —Rio—. No, no puedes montar en el pavo real. Venga, ahora cuelga. Dale un beso a tu madre de mi parte. —Colgó y miró a Casey—. Me estabas contando tus planes para el futuro.

—No, no te contaba nada. Me has hablado muy poco de ti mismo. ¿Cómo empezaste en el cine?

Tate tardó un rato en contestar.

—La historia oficial es que me descubrió un director cuando tenía nueve años. Eso es cierto, pero también es mentira. —Se dio la vuelta, se levantó y se desperezó como un enorme gato—. Vamos a dar un paseo o acabaremos viendo lo que no queremos ver.

Jack y Gizzy habían dejado de discutir y se besaban.

—Además, mi libido no puede soportar esta tortura. ¿No querrás...? —Movió las cejas arriba y abajo para indicar a Casey lo que estaba sugiriendo.

Quizá fuera por su talento como actor, pero parecía tener la capacidad de proyectar imágenes en la mente de Casey. Haciendo el amor lánguidamente sobre la colcha. Compartiendo una copa de vino. Sus labios besando la piel cálida de él. La boca de Tate acariciándola. Su...

—¡Basta! —exclamó Tate en voz baja—. Tu cara lo dice todo y no puedo soportarlo. Eres demasiado deseable. Hace demasiado calor, el aire huele demasiado bien y yo he bebido demasiado vino.

Casey apartó la mirada.

—Vamos —dijo él—. Antes he visto un sendero por aquí cerca. —Le tendió la mano, pero antes de que Casey pudiera aceptarla, él la retiró—. Mejor no arriesgarnos. Con lo que estamos pensando ahora los dos, si nos tocamos podríamos iniciar un incendio. ¿Cómo se lo explicaríamos luego a los bomberos forestales?

Sus palabras eran tan ridículas que Casey se echó a reír.

—Vale, nada de tocarse. Nada de nada, aparte de lo que hacen los amigos. Tú dirige, que yo te sigo.

Tate se llevó una mano al corazón.

—Para un hombre, esas son las palabras más sexis que una mujer puede decir.

—¿Y qué te parece esto? ¡Déjate de melodramas y camina! Jack y Gizzy parecen a punto de empezar con la mantequilla de cacahuete.

Tate echó a andar por el sendero.

—Para que lo sepas, acusarme de actuar mal me ha cortado totalmente el rollo, pero mencionar la mantequilla de cacahuete es tentador. Me hace pensar en ti con ese pijama y sin ropa interior. ¿En serio te lo regaló tu madre? ¿En qué estaba pensando?

—En que aún soy una niña pequeña a la que le gustan los cuentos de hadas. Pensaba que ibas a contarme cómo te convertiste en actor.

Habían llegado a un pequeño arroyo que tendrían que vadear.

—¿Alguna vez has visto la película *Dirty Dancing*?

—Cientos de veces. ¿Sabes hacer lo del levantamiento? Incluso he visto la película en la que Ryan Gosling...

Tate ahogó una exclamación.

—No me claves una daga en el corazón mencionando a mi rival.

—Eres más atractivo que él —dijo ella con seriedad.

—Me has alegrado el día. Bueno, entonces ¿qué me dices? —Tate señaló un árbol grande que había caído sobre el arroyo.

Casey sabía a lo que se refería: la escena de *Dirty Dancing* en la que Patrick Swayze y Jennifer Grey hacen equilibrios sobre un tronco mientras él le cuenta cómo se convirtió en bailarín.

—No —contestó Casey—. No soy Gizzy. Los troncos no son lo mío. ¿Qué te parece si...?

Tate la tomó de la mano, pero no hubo descarga eléctrica, solo calidez y apoyo.

—¿Cómo lo haces? —preguntó ella—. ¿Cómo expresas y reprimes tus emociones a voluntad?

—No tengo la menor idea. Supongo que es una especie de control que tengo. —Tate se dirigió al tronco, pero al ver que Casey no se movía, se llevó su mano a los labios. Su voz se volvió ronca—. Tu olor recorre mi cuerpo. Me deleita, me excita, me vuelve loco de deseo. Por tocarte, acariciarte... —Su voz era un susurro—. Por besarte, lo daría todo.

Casey lo miraba fijamente, incapaz de hablar o de moverse.

Él dejó caer la mano.

—¿El tronco? ¿Quieres probar?

Casey tuvo que sacudir la cabeza para aclararse las ideas.

—¿Eso se te ha ocurrido a ti?

—No, son frases de una de mis películas. Si no quieres que siga, tendrás que caminar por el tronco conmigo.

—¡Tronco! —dijo ella, y lo apartó de un empujón—. Ayúdame a subir, y vigila lo que haces con las manos.

Tate levantó a Casey de cara a él. Sí que vigiló las manos... para ver cómo recorrían el cuerpo de Casey. Segundos después estaba en lo alto del tronco junto a ella.

Casey intentó disimularlo, pero en realidad le daba miedo la altura, la estrecha superficie redondeada del tronco, y quizá también le asustaba un poco Tate Landers. Si hubiera seguido hablándole y besándole las manos, tal vez habría llegado incluso a caer en sus brazos. Casey solía tomarse en serio los galanteos, pero parecía ser un juego para él. Podía despertar y apagar la seducción, la electricidad que discurría entre ellos, a voluntad.

Tate la tomó de ambas manos y ella empezó a caminar hacia atrás por el tronco. Independientemente de lo que Casey pensara y sintiera por él, confiaba en que no la dejaría caer.

—Necesitábamos dinero —explicó Tate—. Mi padre murió cuando yo tenía cuatro años y Nina era solo un bebé.

—Lo siento.

Él se encogió de hombros.

—Fue hace mucho tiempo. Crecí viendo cómo sufría mi madre para pagar las facturas y criarnos a los dos. Yo quería ayudarla, pero ¿qué podía hacer? Solo era un niño. —Estaban ya en el centro del tronco y Tate le soltó una mano—. Vivíamos en California y un niño del colegio me dijo que su madre iba a llevarlo a una prueba para una película.

—Y tú fuiste y conseguiste el papel, lo que significa que tenías un talento natural.

—Justo lo contrario. Mi madre me llevó a la prueba, que era abierta, así que había más de trescientos niños. A la mayoría los eliminaron antes de que los viera el director.

—¿Solo querían niños guapos?

Tate esbozó una sonrisa.

—El aspecto físico influye mucho en el tipo de papeles que te dan.

—Una respuesta muy diplomática, pero imagino que debías de ser el niño más guapo de todos.

—Desde luego era el más asustado. Pero no por la prueba. Esa mañana mi madre había tenido uno de sus ataques de asma. Fue tan violento que pensé que se moría.

—Oh —dijo Casey—. Lo siento mucho, de verdad.

—Gracias. El caso es que aquel día yo estaba bastante triste. El director hizo subir a un escenario a todos los niños con posibilidades. Quería ver si podíamos seguir instrucciones, así que nos dijo que no debíamos reírnos, viéramos lo que viéramos. Luego hizo que empezara a pasearse gente por delante de nosotros. Se caían de culo, hacían bailes raros, ponían caras, etcétera. Uno a uno, todos los niños fueron eliminados.

—Pero tú no.

—No. Estaba tan preocupado por mi madre que nada en el mundo me habría hecho reír. Al cabo de un rato solo quedábamos tres y el director nos pidió que lloráramos. Uno no pudo, el otro lo fingió, pero yo...

—Tú lloraste de verdad.

—Oh, sí. El director dijo bromeando que, o bien era un gran

actor, o un niño muy desgraciado. Dijo: «Bien, vamos a verlo.» Me pidió que sonriera. No sé si fue el destino o qué, pero justo entonces entró mi madre y me animó levantando el pulgar. Se había recuperado del ataque.

—Y sonreíste.

—Con toda la alegría que sentía en aquel momento. El director dijo: «Contratado. Y creo que tenemos aquí a una estrella en ciernes.» —Tate dejó de hablar y miró a Casey.

—Es una historia maravillosa.

—¿Tú crees? En mi opinión, conseguí el papel con un engaño. No tenía la menor idea de actuar, así que tuve que aprender. Durante años usé las emociones que sentía acerca de mi madre para interpretar todo lo que me pedían los directores. Pero al final aprendí a llorar, reír o lo que fuera, sin tener que destripar mis sentimientos. No fue fácil.

—¿Y ese derretir con la mirada del que he oído hablar?

—Eso es un talento natural. ¿Quieres que te lo enseñe? —preguntó mientras seguía guiando a Casey hacia el final del tronco.

—No, gracias.

—Qué lástima.

—Dime, ¿les entras a todas las mujeres igual que a mí?

—No. —Su expresión se volvió seria—. La verdad es que desde que soy adolescente solo he tenido que quedarme quieto y las chicas venían a mí. Tomar la iniciativa es una experiencia nueva para mí. —Sonrió a Casey de un modo adorable—. Odio tener que decirlo, pero deberíamos volver. Jack quería repasar el diálogo para mañana.

—¡No me hables de la obra! Si no hubiera estado tan furiosa contigo, no me vería obligada a hacer algo para lo que no sirvo.

Tate saltó del tronco al suelo y extendió las manos hacia Casey. La sujetó por la cintura y la ayudó a bajar.

—¡Ja! Esa manera que tienes de lanzarme comentarios mordaces de chica mala demuestra que tienes mucho talento. Y no te engañes con Kit. Creo que su intención era darte el papel a ti desde el principio.

—No lo creo. El invierno pasado Stacy y yo le ayudamos a

escribir los diálogos y hablamos de quiénes podían hacer los papeles. Ni Stacy ni yo estuvimos nunca en su lista de posibilidades.

Volvían hacia la zona del picnic con Casey en cabeza.

—¡Stacy otra vez! —exclamó Tate—. Mi hermana y ella se hicieron amigas.

—Lo sé. Las oía hablar por teléfono. Sabíamos que Nina estaba emparentada con Kit y que supervisaba la decoración de la casa, pero no que la finca había pertenecido a su familia. Y tú la volviste a comprar porque...

—A mi madre le encantaba Tattwell. Cuando era niña pasaba los veranos aquí, con su familia. Tenía un amigo del que era inseparable. Se duchaban en el porche de atrás de la casa en la que se alojaba su familia.

—Supongo que te refieres a donde vivo yo ahora —dijo Casey—. ¿Y tú querías hacer lo mismo?

—Sí. —Habían llegado a la zona del picnic. Gizzy estaba sentada en la colcha con la espalda apoyada en la peña, y Jack estaba tumbado con la cabeza en su regazo. Ella tenía un ejemplar del guion de *Orgullo y prejuicio* de Kit entre las manos.

—Ahí están —dijo Jack, volviéndose hacia ellos—. Parecéis demasiado felices. Se supone que Lizzy y Darcy se detestan.

—No —señaló Tate—. Ella me detesta, pero yo la amo. El papel más real que he interpretado en mi vida. —Se sentó en la colcha y agarró una botella de agua—. ¿Queda limonada?

—No —respondió Jack—, pero he encontrado cerveza en el fondo de una nevera. Casey, no ha estado bien que la escondieras.

—Hay una diferencia entre esconder y reservar. Si te la hubieras bebido con la comida, no la tendrías ahora. ¿Has encontrado las galletas de chile verde? ¿No? Ya las saco yo. —Casey abrió un recipiente de plástico que había escondido debajo de otros vacíos—. ¿Habéis resuelto la discusión?

Gizzy sonrió, pero Jack hizo una mueca.

—He perdido —dijo él—. Del todo, completamente. Bueno, ¿qué escena hacemos primero?

—¿La inicial? —Casey se sentó cerca de Tate.

—No —dijo Tate—, no podemos hacerlas en orden. Jack y yo tendremos que volver a Los Ángeles unos cuantos días, seguramente la semana que viene, así que nos perderemos algunos ensayos. Él tiene que volver a rodar algunas escenas y a mí tienen que tomarme medidas para una armadura.

—¿En serio? —exclamó Gizzy—. ¿Para qué película?

—Aún no tiene título —contestó Tate—. El guion final no se ha terminado y hay una fuerte discusión acerca del título. Interpreto a un caballero de la época isabelina que viaja al futuro, conoce a una guapa dama en apuros y se enamoran. Luego vuelve a su época y ella le sigue, pero él no se acuerda de ella, así que tienen que enamorarse una segunda vez.

—¿Quién es la actriz protagonista? —preguntó Casey.

—Ni idea. Bueno, ¿qué escena deberíamos ensayar primero? Gizzy echó un vistazo al guion.

—En Netherfield, cuando Darcy está escribiendo a su hermana. Yo seré la señorita Bingley, que está loca por Darcy. Casey, tienes que dejar de sonreír a Tate y mirarlo como si no pudieras soportar su presencia.

—Lo intentaré —dijo Casey. Sus labios no sonreían, pero sus ojos sí.

Tate buscó en uno de los guiones y encontró la escena.

—Jack, ¿tienes el número de esa rubia que conocimos en la fiesta de Marty? He pensado en sugerirla como protagonista para mi siguiente película. Necesito hacer algo para poder disfrutar con las escenas de sexo. —Se volvió hacia Casey con una sonrisa en los labios.

Casey comprendía cuál era su intención y quería decirle que sus palabras no tenían ningún efecto sobre ella, pero, ¡maldición, sí que lo tenían!

—Vale, ya lo has conseguido. Ya estoy en modo «Darcy es un capullo».

Jack se quedó sentado mientras los otros tres se levantaban. Casey ya se sabía las frases, ya que había ayudado a redactarlas, y Tate demostró su capacidad para aprendérselas rápidamente.

Gizzy utilizó el guion durante un rato, pero luego Jack se lo quitó.

Gizzy era buena. Miró a Tate agitando las pestañas de un modo tan convincente que Casey se quedó asombrada. El realismo de la interpretación de Gizzy fue un acicate para Casey, y cuando le llegó el turno de decirle a Darcy que jamás había oído hablar de tantas mujeres con talento, su tono destilaba veneno.

Al final, Jack y Gizzy aplaudieron y Casey saludó con una reverencia. Miró a Tate, que parecía observarla con aire especulativo.

Tate volvió entonces a repasar el guion, buscó una escena y se lo entregó a Casey.

—Hagamos esta escena —dijo.

—Pero aquí es donde el señor Collins le pide matrimonio a Lizzy —se extrañó Casey—. ¿Quién hará de él? ¿Jack?

—Me ofendes —protestó Jack—. ¿Yo puedo hacer un papel de perdedor, pero el amigo Landers no?

Tate se acercó a la orilla del arroyo y, para asombro de Casey, se echó agua fría por la cabeza. Se pasó las manos por los largos cabellos para pegarlos al cráneo, y luego se encorvó. Cuando se volvió hacia ellos, el héroe apuesto había desaparecido. En su lugar había un hombre ruin, de hombros cargados y ojos que se movían sin parar. Miró a Casey de arriba abajo de un modo tan lascivo que la hizo retroceder.

Tate le dedicó una repulsiva sonrisa y empezó a contarle que su mecenas, la altiva lady Catherine de Bourgh, decía que debía casarse, así que él había elegido a Lizzy.

—«Pasaré por alto que no tiene dote y no haré exigencia alguna a su padre. Y como última concesión, después de casados no le recordaré que su posición en la sociedad es muy inferior a la mía.»

—¿Mi qué? —El labio superior de Casey se torció en una mueca de desprecio.

—¡Psst! «Se precipita usted, señor» —le apuntó Gizzy.

Casey sabía que estaba actuando en una obra, pero le costaba recordar que la odiosa criatura que tenía delante era un hombre que en la realidad empezaba a gustarle. El modo en que rechazó la propuesta de matrimonio delataba su aversión. Cuando él le dijo que sabía que no hablaba en serio, ella volvió a rechazarlo, esta vez con un tono inconfundible.

La mirada de Tate se volvió glacial y pareció reflejar una intensa hostilidad. Dijo a Casey que carecía de fortuna y no era en absoluto hermosa como su hermana, por lo que sin duda jamás recibiría otra propuesta de matrimonio de ningún hombre.

Sus palabras sobre la belleza de la hermana y la falta de propuestas afectaron a Casey íntimamente. Era como si Tate estuviera utilizando lo que ella le había contado sobre su vida personal para arrojárselo a la cara.

—Pero ¿cómo...?

Estaba demasiado furiosa para pensar en una réplica inteligente.

Tate se irguió, tomó su mano y la besó.

—¿Lo has grabado? —susurró Jack a Gizzy.

—Sí —respondió ella, mirando el vídeo en su móvil.

Darcy siente; Lizzy observa

Casey sonreía mientras amasaba la masa para una tarta con el rodillo. Habían pasado unos días desde la excursión a la venta de la finca, y habían sido maravillosos. Jack, Gizzy, Tate y ella se habían convertido en un feliz cuarteto.

Bueno, quizá no un cuarteto auténtico, ya que existían grandes diferencias entre las dos parejas. Jack y Gizzy eran amantes; Casey y Tate no.

Sin embargo, esta discrepancia no había causado problemas. Cuando la relación física entre Jack y Gizzy se ponía intensa, Tate y Casey se alejaban.

Todos habían tenido unos días muy ajetreados. Casey tenía mucho que cocinar para preparar tres comidas al día, además tenía que servir el catering de una fiesta infantil y una cena para ocho.

Una tarde, estaban todos metidos en la cocina de Casey y glaseaban unos *cupcakes*. Una vez hecho el pastel y el refrigerio, Tate la ayudó a meterlo todo en su camioneta y la llevó a la fiesta infantil. Él se quedó dentro, con la cabeza gacha, mientras Casey lo descargaba todo.

—¿Ese no es...? —susurró la madre del niño. Todos en Summer Hill sabían que Tate estaba en el pueblo y que Casey y él eran los protagonistas de la obra.

—Por supuesto que no —dijo Casey, pero nunca se le había dado bien mentir.

Cuando Casey se metió en la camioneta junto a Tate, comentó:

—Es como salir con un fugitivo de la ley.

—Es el precio que se paga. Bueno, ¿adónde vamos ahora?

—De vuelta al escenario, supongo.

Los dos gimieron. Kit parecía incapaz de superar su mal humor, y los dirigía con el ceño fruncido, quejándose continuamente.

El hecho de que Casey fuera de lejos la que peor actuaba no le había ayudado demasiado. Le resultaba casi imposible reír con Tate y, diez minutos después, tratarlo con desdén en escena. Aunque había leído *Orgullo y prejuicio* un par de veces y había visto todas las versiones cinematográficas, no había pensado en que Lizzy no era consciente del amor creciente que Darcy sentía por ella. La idea de Kit era que Tate tenía que mostrar al público que se estaba enamorando de Lizzy.

Eso significaba que cada vez que Casey apartaba la vista, Tate la miraba con amor. Cuando ella pronunciaba una de las famosas frases de Jane Austen, Tate la miraba con gesto inexpresivo, pero en cuanto ella se daba la vuelta, el público veía cómo se suavizaba su rostro. A veces sonreía con aire soñador. Otras veces, todo su cuerpo se inclinaba hacia ella, como rindiéndose a sus pies.

Se suponía que Casey no se daba cuenta, pero sí. Una vez dio media vuelta y vio la mirada de Tate tan llena de pasión y de deseo, que alargó una mano hacia él.

—¡Alto! —gritó Kit—. Acacia, no debes mirarle. Lizzy no debe ver lo que siente Darcy. Eres...

Se interrumpió porque Olivia se había colocado delante de Casey. No dijo nada, simplemente lo fulminó con la mirada. Pero no fue necesario nada más para que Kit se tranquilizara.

—No mires —musitó él, y volvió la cara hacia otro lado.

Ese mismo día, el cuarteto comió en casa de Casey, que sacó pan casero y todo lo necesario para hacer unos sándwiches.

—Solo puedo decir —comentó Jack— que no me gustaría recibir una de esas miradas asesinas de Olivia. ¿Queda algo más de esto? Tate se lo ha comido todo.

Casey cogió un tarro de confitura de mango y naranja sanguina del estante y se lo tendió.

—¿Qué pasa entre ellos? Se comportan de una manera extraña desde el primer día.

Jack y Tate tiraban del tarro de confitura, intentando apoderarse de él.

—No tengo la menor idea —dijo Gizzy—. ¿Alguien se apunta a ir a nadar esta tarde?

Jack soltó el tarro.

—No si piensas tirarte otra vez a la piscina desde el tejado.

Cuando Casey volvió junto a los fogones, Tate se acercó a ella. Detrás de ellos, Jack y Gizzy discutían.

—¿Estás bien? —preguntó Tate.

—Me resulta difícil actuar. Decir y sentir lo que no siento en realidad va en contra de mi naturaleza.

—La mentira frente a la sinceridad.

—Supongo. Las emociones que tú muestras cuando miras a Lizzy parecen muy reales. ¿Cómo es posible que ella no vea lo que siente? ¿Cómo no va a saber que se está enamorando de ella?

—En el libro, no creo que Darcy le lance miradas a hurtadillas a Lizzy. Todo es idea de Kit, pero me gusta. Así el público sabe lo que pasa por la cabeza de Darcy y le añade algo de sexo a la obra.

—Lo haces muy bien, pero sabiendo lo que haces a mi espalda, me resulta muy difícil mirarte con... ¿Qué es? ¿Frío desdén?

—Pues piensa en mí revolviéndolo todo en tu dormitorio y tu pijama en el suelo.

Esa imagen hizo sonreír a Casey.

—Desde luego esa no es la expresión correcta —dijo Tate. Se irguió, alzó el mentón, y la miró altivamente y con desprecio—. Tal vez, señorita Reddick, debería mantenerse alejada de las tartas.

—¿Me estás llamando gorda?

La expresión de Tate cambió al instante. Miró a Casey de los pies a la cabeza, pero esta vez de un modo que hizo que ella se acercara. Con una sonrisa maliciosa, Tate se alejó.

—¡Jack! Deja algo de confitura. Guarda un poco de azúcar para el escenario.

—¿Insinúas que sobreactúo?

Tate guiñó un ojo a Casey y volvió a la mesa.

Sus bromas sirvieron de estímulo para que Casey hiciera lo posible por mejorar su actuación. Por la tarde, Jack, Gizzy y Tate se fueron a la mansión a entrenarse con el preparador personal que había llegado desde Los Ángeles.

—Ven con nosotros —pidió Tate—. Si no quieres hacer pesas, siéntate a mirarnos.

—¿Así que seré la chica gorda que se sienta en la banda? ¿Es eso lo que quieres decir?

—No estás gorda —replicó Tate, que parecía sorprendido—. Muchas chicas de Los Ángeles se entrenan para tener tu aspecto. No hablaba en serio. Solo te mostraba una técnica de interpretación. Tú...

Casey le sonrió.

—¡Muy buena! He caído de plano. Ve a conocer al preparador. Mide un metro sesenta y no ha sonreído en toda su vida. Kit quiere que haga de señor Collins.

—Tengo que cocinar y Olivia se va a pasar por casa. Y tengo que averiguar cómo hacer una tarta con sabor a Oreo.

Tate caminaba hacia atrás en dirección a la mansión. En su cara lucía una gran sonrisa.

—Nina vendrá cuando yo regrese de Los Ángeles. Emmie quiere que le compre un poni.

—¿Y quién se ocupará de él cuando tú estés en algún rodaje lejano, caminando pesadamente con tu armadura?

—¿Crees que Kit se avendría a limpiar la cuadra?

Casey soltó un gemido.

—Le diría al pobre animal que su expresión no era la adecuada. «¡Poni, quiero que sientas lo que haces! ¡No te quedes ahí mascando heno, exterioriza tus sentimientos!» —dijo, poniendo la voz grave.

Tate miró detrás de Casey y de repente su rostro adquirió una expresión de horror.

A Casey se le heló la sangre en las venas. Era obvio que tenía a Kit a su espalda y que lo había oído todo. Pero cuando se dio la vuelta, era Olivia, que contenía la risa.

Casey giró en redondo para lanzar una mirada airada a Tate, pero este había desaparecido por el sendero y se oía su risa.

—Me vengaré por esto —le gritó Casey.

—Lo estoy deseando —le gritó él también como respuesta.

ACTO SEGUNDO, ESCENA SEGUNDA

Wickham endulza la tarta

Casey y Olivia habían pasado mucho tiempo juntas, pero siempre que Casey intentaba averiguar qué había entre Kit y ella, Olivia cambiaba de tema cortésmente, pero con firmeza.

El día después de la venta en la finca, mientras Olivia la ayudaba a hornear tartas, Casey le había relatado el rescate del niño.

—¿No le preocupaba que Tate la soltara?

—No creo que ni siquiera se me pasara por la cabeza. Tiene buenos músculos, ¿sabe?

—Es un auténtico Coloso de Rodas. ¿Qué le parece si repasamos las frases de mañana? A ver si podemos impedir que el señor Montgomery se queje demasiado.

—¿Sabe qué le pasa a Kit? Este invierno pasé mucho tiempo con él y era una de las personas más sosegadas que he conocido. Stacy yo decíamos que era como uno de esos hombres del *Titanic* que cedieron su sitio en los botes a las mujeres y los niños.

Olivia repasaba su guion.

—¿Qué le parece si ensayamos la escena en la que Wickham dice que Darcy es un hombre sin honor? Creo que ahí podría tener algunos problemas.

Casey la miró, parpadeando. Olivia había ignorado olímpicamente su pregunta.

—Yo seré Wickham. ¿Le costará mucho imaginarlo? ¿Quiere que me pinte un bigote con chocolate?

Olivia sonreía y Casey se abstuvo de preguntarle nada, aunque tenía ganas.

—Claro, vamos con ello.

Ahora que todo el mundo tenía su rutina, el mal humor de Kit parecía apaciguarse. Casey estaba aprendiendo a fingir que Lizzy no sabía lo que hacía Darcy a sus espaldas, pero al día siguiente iban a empezar con la escena en la que Darcy proponía matrimonio a Lizzy. Casey tendría que decirle lo que podía hacer con su proposición. Era la escena que había interpretado en la audición, pero entonces su estado de ánimo era muy distinto.

—Hola.

Casey se dio la vuelta y vio a Devlin Haines al otro lado de la puerta de tela metálica. Hacía días que no hablaba con él, que ni siquiera pensaba en él, de hecho.

—Hola. ¿Quieres tomar un café y un poco de tarta?

—Me encantaría.

Devlin entró y se sentó en el taburete que le indicó Casey.

—¿Qué te parecería un poco de tarta de frambuesa? —Casey sacó un plato del estante.

—Exactamente lo que me apetecía. ¿Te importa si me tomo un vaso de leche en lugar de café? Sé que es un poco infantil, pero echo tanto de menos a mi hija que lo necesito.

—Debes de estar muy emocionado por verla.

—¿Va a venir pronto? —Su mirada era ansiosa, pero cuando vio la expresión sorprendida de Casey, se cohibió—. Lo siento. Debería saberlo, pero para llegar hasta mi hija tengo que pasar por mi ex mujer. Y lo único que consigo sacar de ella son negativas. —Se encogió de hombros—. Otra vez estoy descargando mis problemas en ti. ¿Qué tal te va?

—Estupendamente —respondió Casey—. He aprendido que actuar es realmente difícil. Toma unas almendras. Las compré para una tarta, pero Olivia me dijo que es alérgica. ¿Qué tal tú?

—¡Esto es delicioso! —exclamó Devlin después de dar un mordisco al trozo de tarta—. Pues puede que consiga un trabajo. Al menos tengo la oportunidad de hacer la prueba para una nueva serie policíaca para el canal FX. No seré el protagonista, pero podría ser su mejor amigo. Si me dan el papel, claro.

—¡Felicidades! ¿O debo decir «mucha mierda»?

—Me sirven las dos cosas. —Miró la tarta y luego levantó la vista otra vez—. Se rumorea que mi ex cuñado y tú ahora sois pareja.

—¡Para nada! —Casey no le miró a los ojos—. Tengo que cocinar para Jack y para él, así que, claro... —No terminó la frase.

—¿Sabes algo sobre botes? —preguntó él, cambiando de tema.

—Solo que no deben tener agujeros en el fondo.

—Eso es también todo lo que yo sé. —Devlin sonreía.

Casey pensó que era un hombre muy atractivo. Y sencillo. Parecía franco y alegre, como si sonriera siempre, pasara lo que pasase. Lo imaginaba riendo al ver a su hija montando en poni.

Devlin y Tate estaban íntimamente relacionados, por lo que Casey no podía evitar compararlos. Devlin no parecía tener la capacidad de Tate para pasar de las miradas amenazadoras a las sonrisas en unos segundos.

Él empezó a contarle una divertida historia sobre la casa que había alquilado junto al lago. Había un pequeño bote de madera en el garaje y había tenido que sacarlo para poder meter el coche. Pero el bote le molestaba tanto cuando cortaba el césped que había acabado por llevarlo hasta el agua.

Hizo reír a Casey cuando le dijo que no sabía qué le había pasado para que le entraran ganas de meterse en él... quizá la idea romántica de un bote en un lago de aguas cristalinas. Ni se le había ocurrido que el bote no estaba amarrado a la orilla.

Devlin sabía contar historias y representó sus esfuerzos por volver a la orilla con un solo remo, haciendo aspavientos con los brazos. El otro remo se había quedado sobre el césped y desde el bote había visto cómo se lo llevaba el perro del vecino.

—Mientras yo me ponía en pie y lo maldecía desde el bote —añadió.

—¿Te pusiste en pie en un bote? —preguntó Casey con expresión divertida.

Devlin meneó la cabeza, asombrado de su propia estupidez.

Eso era lo que había hecho, y así era como se había caído y había descubierto que solo había un metro de profundidad. Había vuelto a la orilla caminando esforzadamente y tirando del bote.

Cuando terminó su historia, Casey sacó el resto de tartas del horno. Devlin dijo que el bote había vuelto al garaje y que el coche se quedaba en el sendero de entrada.

—Debería irme —dijo, poniéndose en pie—. Quizá podrías venir a visitarme, venir al lago una noche. Sé preparar una mala *frittata* y se me da bien abrir botellas de vino.

Casey vaciló.

—No importa —la tranquilizó él—. Lo entiendo. Has conocido a Tate.

Lo dijo como si Casey le hubiera olvidado nada más ver a otro hombre más guapo que él.

—No es eso. Es que yo...

—Lo siento —insistió Devlin—. Tate Landers es un gran tipo. ¿Te ha contado cómo empezó a trabajar de actor? ¿Lo del ataque de asma de su madre?

—Pues sí.

—Mmm —dijo Devlin, dirigiéndose a la puerta—. A los programas del corazón les encanta esa historia. Es muy buena. Supongo que después te hablará de Letty y Ace. Mi pequeña y tonta historia del bote no puede competir con las historias de Tate sobre dicha infantil.

Casey frunció el entrecejo, aunque no sabía muy bien por qué. ¿Porque creía que Tate no le había contado esa historia a nadie más? ¿Que se la había contado a ella porque la consideraba alguien especial?

Devlin tenía ya la mano en la puerta.

—Casey, jamás osaría decirte lo que debes pensar de otras personas, pero, por favor, te lo ruego, no le hables a Tate de la prueba que voy a hacer. Él es una estrella de cine, y yo no soy más que un actor de televisión en paro. Solo tiene que hacer una llamada y... —Devlin respiró hondo—. No la haría, pero de todas formas, ¿podrías no decirle nada de la audición? De hecho, quizá sería mejor que no le dijeras siquiera que me has visto. —Miró a Casey con expresión sincera.

—No lo haré —le aseguró ella, y Devlin sonrió aliviado.

—Gracias por la tarta, por reírte de mi historia y, sobre todo, por tu amistad a pesar de lo que te han contado sobre mí.

—No he oído ningún chisme sobre ti en ninguna parte.

El rostro de Devlin se animó.

—¿Ah, no? Eso es estupendo. Quizá las cosas estén cambiando. Será mejor que me vaya. Gracias. Nos veremos en los ensayos. —Hizo una pequeña mueca—. Una cosa que detesto de hacer de Wickham es que tengo que cortejar a una cría. ¿Qué edad tiene esa chica que hace de Lydia?

—En su solicitud para la prueba decía que tiene dieciocho. A mí me parecía que lo hacía genial.

—Si te gusta ver a una niña haciéndose la seductora, sí, fue excelente. A mí me gustan más las mujeres adultas. —Lanzó a Casey una mirada tan llena de deseo que se le erizó el vello de la nuca—. Si alguna vez tienes un rato libre, estoy en la casa del final de Barton Road. Gracias de nuevo por la tarta.

Tras estas palabras, salió y cerró la puerta.

Wickham lo cuenta todo

Devlin sonreía al abandonar la casa de Casey. Había descubierto lo que necesitaba saber y había sembrado la semilla de la duda en su bonita cabeza.

Con la bendición de Landers, los guardias de seguridad habían decretado que la gente que no tenía ensayo ese día no podía quedarse en la propiedad, pero a Devlin le gustaba estar al tanto de lo que se cocía. Como siempre, se había visto obligado a esconderse por culpa de Landers. Había encontrado un sitio entre los arbustos, cerca del escenario, desde donde podía observar sin ser visto. Una de las cosas que quería saber era si su ex cuñado estrella demostraría desprecio hacia las dotes teatrales de unos provincianos. ¿Aceptaría instrucciones de un tipo que no distinguía un guion del manual para usar un abrelatas?

Las esperanzas de Devlin se vieron frustradas cuando vio a Landers comportándose como si actuara en una obra de Broadway. ¿Por qué?, se preguntó. Pero luego vio las miradas que Landers dirigía a Casey.

En las audiciones le había visto ya observándola, pero ahora sus miradas eran más profundas, mucho más serias.

¿Por qué a Landers siempre le ocurría todo lo mejor?, se preguntaba Devlin. Todo lo que tocaba se convertía en oro. Era como si alguna gran fuerza cósmica hubiera decidido que cada familia recibiría su dosis de buena suerte y, en el caso de la suya, toda hubiera ido a parar a Landers.

Pero quizás hoy Devlin había logrado quitarle algo de ese toque mágico. Sabía que Landers solo le había contado la historia de su primera audición a su hermana, y mientras Nina y él estaban casados, Devlin había hecho todo lo posible para sonsacarle información. Le gustaba conocer los secretos de sus enemigos. Y había valido la pena el esfuerzo, solo por ver la cara de Casey. Sus insinuaciones habían logrado que la confianza de ella en Landers disminuyera.

Sonó su móvil y Devlin frunció el ceño al ver quién era: el detective privado al que había contratado.

—¡Ya era hora! ¿Qué ha ocurrido?

La voz del hombre era áspera después de años de consumir tabaco y whisky.

—Calma. Le dije que las conseguiría y lo he hecho. Pero le van a costar veinte mil.

—¿Qué? —gritó Devlin; luego bajó la voz—. ¿Ha pagado veinte de los grandes por esas fotos? ¿A algún turista con un buen objetivo?

—No me eche la culpa a mí. Es internet. El tipo sabía que unas fotos de Tate Landers y Jack Worth salvando la vida a un niño valen una pasta. Conseguí que se olvidara de pedir cincuenta mil, claro que no se puede asegurar quiénes son los hombres en realidad. Están dentro de la casa, entre las sombras.

—¿Se ve a las chicas?

—Ya lo creo. ¡La rubia es muy fotogénica! Pero a mí me gusta más la otra. Tiene curvas donde hay que tenerlas. Si planea usar esas fotos para chantajear a Landers, le va a costar mucho demostrar que es él.

Devlin apretó los dientes.

—No es asunto suyo para qué quiero las fotos. Usted envíemelas. —Cuando colgó, oyó unas pesas que entrechocaban, y salió del sendero que llevaba al garaje de la mansión para adentrarse entre unos altos arbustos. En las semanas que llevaba en aquel pueblo perdido de Summer Hill, se había familiarizado con Tattwell. Al fin y al cabo, aquel sitio debería haber sido para él. Con Landers siempre en Los Ángeles, ¿para qué necesitaba una casa en Virginia? Y Nina no tenía más que pedir algo para que su hermano se lo diera.

Al mirar detenidamente por entre unas ramas, vio a Landers y a Worth con el feo preparador físico y la chica que hacía de Jane. Eran un grupito muy bien avenido, como si se conocieran de toda la vida.

Devlin volvió a enfurecerse por haber sido expulsado de la vida lujosa y regalada de Tate Landers. Había trabajado mucho para formar parte de ella. De hecho, él era quien había adivinado cuál sería el futuro de Landers. ¿Acaso eso no contaba para nada?

Unos años atrás era un joven ambicioso que llegaba a Los Ángeles por primera vez, y que acabó viviendo en un apartamento de un solo dormitorio con seis tipos que iban a una audición tras otra.

Una noche en la que habían salido a comer una pizza a medianoche, los seis atractivos jóvenes atrajeron mucha atención. Devlin reparó en una mujer «mayor», de unos cuarenta años quizá, que los observaba con interés. Los otros no se fijaron en aquella mujer sentada en su pequeño y sencillo coche, comiéndose una pizza grande ella sola. Pero Devlin estaba seguro de haberla visto antes, así que le sonrió... y acabó yéndose a su casa.

Tenía razón, la había visto antes. Era una alta ejecutiva de unos grandes estudios cinematográficos y tenía una mansión en las colinas. Solo usaba el coche barato cuando no quería ser reconocida.

Cuando Devlin se mudó a su casa, sabía que era algo temporal. Y ella le dijo que si intentaba usar su nombre para conseguir un papel, haría que lo echaran. Sus palabras fueron: «Estás aquí por el sexo, nada más. Y cuando me canse de ti, te irás. ¿Entendido?»

Devlin lo entendía perfectamente, así que mantuvo los oídos y los ojos abiertos por si oía o veía cualquier cosa que pudiera utilizar para labrarse un futuro. Una noche la oyó hablar por teléfono sobre quién iba a protagonizar una película romántica de gran presupuesto. Ella decía que se decantaba por un actor infantil, ya adulto, llamado Tate Landers.

Devlin no tenía nada que hacer mientras ella estaba trabajando, así que se dedicó a ver todos los trabajos de Landers. Tuvo que admitir que el chaval era bueno y que, al llegar a la adolescencia, había desarrollado un aire taciturno que la cámara parecía magnificar.

Mientras Devlin miraba sus películas, empezó a pensar en las ventajas de ser el mejor amigo de una superestrella. Solo necesitaba entablar amistad con Landers mientras aún fuera poco conocido. Más tarde llegarían las grandes casas, los viajes juntos, las noches de estreno. «¿Conoces a mi mejor amigo, Devlin?», imaginaba que diría Landers. «Me ha enseñado todo lo que sé. Se lo debo todo a él.»

Buscó a Landers, que en aquella época compartía un pequeño apartamento, igual que Devlin, y se presentaba a centenares de pruebas. No tenía la menor idea de que estaban pensando en darle el papel protagonista de una gran película.

Devlin se esforzó por hacerse amigo de Landers, pero no le funcionó. Él era unos años mayor, así que intentó convertirse en su mentor, pero Landers no reaccionó favorablemente. Tenían una relación cordial, pero no pasó nunca de ser superficial.

Fue un mero accidente que Devlin descubriera el punto flaco de Landers: su hermana menor, Nina. Era una joven callada, tímida con los desconocidos, y se dejaba aconsejar por su hermano en todo. En un instante, Devlin cambió sus planes. Si no lograba hacerse amigo del hermano, iría a por la hermana. Pero su intuición le dijo que a Landers no le gustaría que saliera con su querida hermanita.

Necesitó mucha labia y muchas mentiras (ambas cosas se le daban muy bien) para lograr que Nina accediera a verse con él en secreto, pero lo logró. Su cortejo debería haber figurado en los libros de historia. Flores, bombones, risas, peluches... y sexo. Mucho sexo del bueno. Nada raro. Nada de atarla a la cama, como le gustaba a la mujer con la que vivía, pero bueno de todas formas. Devlin se mostró amable y considerado, respetuoso y cariñoso. Así que, ¿qué más daba que hubiera agujereado los condones? Era todo por una buena causa.

Aun así... algo salió mal, y ella empezó a hablar de romper. Cuando Nina le dijo que estaba embarazada, Devlin afirmó que no podía comprender cómo había ocurrido, ya que él había tenido mucho cuidado. Con unos enormes lagrimones en los ojos, se ofreció a hacer cuanto ella le pidiera. La amaba y quería casarse con ella, pero si ella no le quería, desaparecería de su vida. La decisión estaba en sus manos. Él solo le rogaba que, por favor, por favor, le dejara ver a su hijo de vez en cuando. Al final, Nina no pudo soportar más sus lágrimas y aceptó casarse con él.

Tras la boda, las cosas fueron bien durante un tiempo. A Landers le dieron el papel en la gran película y usó parte de su sueldo para comprar a su hermana embarazada una modesta casa en las afueras de Los Ángeles. Landers casi siempre estaba lejos, rodando alguna película, Nina era una esposa que no hacía demasiadas preguntas, y el bebé era tranquilo.

Todo era estupendo... hasta que Landers empezó a entrometerse. ¿Por qué no podía haber dejado las cosas como estaban? Era cierto que lo pagaba todo, pero podía permitírselo. Devlin no era codicioso. No exigía una mansión en una comunidad cerrada, como merecía la hermana de Tate Landers. Y Devlin iba a audiciones. Quizá no tantas como él afirmaba, pero sí las suficientes para decir que intentaba conseguir trabajo.

Todo empezó a desmoronarse cuando algún bocazas le contó a Landers que Devlin ni siquiera había ido a la audición para un papel que, según él, estaban a punto de darle. Se habían producido fuertes discusiones y Landers había proferido amenazas. Luego Landers había usado sus contactos para conseguir a Devlin una prueba en serio. Gracias a Landers, Devlin logró el papel protagonista en una nueva serie policíaca de una cadena por cable.

¡El trabajo era extenuante! Doce horas al día. Devlin salía en todas las escenas, así que le exigían que estuviera en forma. Cuando no estaba frente a la cámara, estaba en un gimnasio donde un culturista de cuello grueso le gritaba que levantara más peso. Y por si el trabajo no era suficiente, Nina y el bebé se gastaban el dinero con tanta rapidez como él lo ganaba.

Devlin aguantó una temporada entera, sin dejar de imaginarse unas vacaciones de varios meses. Pero solo tuvo dos semanas (que pasó en su mayor parte en la cama con una de las extras), y luego querían que volviera otra vez.

Le costó un tiempo, pero logró salir de la serie. Unas cuantas rabietas, unas cuantas peleas, demasiado alcohol, y amenazaron con matar a su personaje. Tal como Devlin sabía que su cuñado haría, Landers pagó para tapar el asunto, e incluso participó en dos episodios a modo de disculpa. Aun así, la serie fracasó.

Después, Devlin realizó su mejor actuación de hombre arrepentido. Le lloró a todo el mundo e incluso pasó seis semanas en rehabilitación. Pero no bastó para Landers. Este dijo que ni loco pensaba volver a mantener a Devlin mientras él se dedicaba a tocarse las pelotas. En privado, le echó la bronca por sus aventuras con otras mujeres. Devlin se defendió diciendo que Nina quería más al bebé que a él, a lo que Landers replicó. «¡Por supuesto! Emmie es la única cosa buena que has hecho en toda tu vida de gorrón.»

El divorcio había sido malo y a Devlin le había costado lo suyo sacar algo de dinero. Había tenido que llorarle al juez, afirmando que no era justo que lo separaran de su amada hija y que merecía una compensación.

El juez de Los Ángeles masculló: «Detesto a los actores», luego miró a Tate, que ya era una gran estrella, y dijo que a veces la justicia y el orgullo debían dejarse a un lado por el bien de los demás. «Por favor, no arrastren a la niña por este fango.»

Al final, Landers había aceptado egoístamente y a regañadientes pasar dinero a Devlin unos cuantos años más... hasta que pudiera «salir de nuevo adelante» por sí solo.

Landers hablaba ahora de contratar nuevos abogados para dejar de pagarle y, en ese caso, Devlin no sabía qué iba a hacer. Durante su llamada telefónica mensual a Emmie, ella le había dicho que el tío Tate (¡cómo odiaba Devlin ese nombre!) había comprado la plantación de Virginia, y que su madre la había reformado.

—¿Te refieres a ese sitio del que hablaba tu madre siempre, con esos dos niños? —A Devlin le fastidiaba no haberse enterado antes de aquella valiosa información.

—Letty y Ace —le había confirmado Emmie con entusiasmo.

—No creía que ese lugar fuera real. ¿Y él estará allí?

A pesar de lo pequeña que era Emmie, ¿quién era él?

—Mamá quiere que venga el tío Tate, pero dice que si viene será solo un día. Mi tío es famoso y no puede...

—Ya, ya —la interrumpió Devlin—. Tengo que irme —añadió, y colgó.

La noticia le había puesto furioso y tardó un tiempo en superarlo. Él tenía que ajustarse el cinturón en todo, fuera la ropa o el coche, pero Landers se compraba plantaciones. ¿Acaso era justo?

Realizó algunas averiguaciones y descubrió el pueblo de Summer Hill, donde se hallaba la vieja plantación de la que tanto había oído hablar. Cuando leyó la noticia de que se iban a realizar audiciones para una obra de teatro, pensó que quizá, por una vez en la vida, su suerte había cambiado. Iría, actuaría en la obra, y se trabajaría a Nina para que volviera con él. Podían instalarse en aquella preciosa y antigua plantación de aquel pequeño pueblo y él se convertiría en... ¿qué? ¿El alcalde? Imaginó sesiones del ayuntamiento con todo el mundo haciendo cola para pedirle un autógrafo.

Pero su plan a largo plazo no estaba funcionando. Como siempre, todo lo bueno se lo daban a Landers. Se había presentado con Jack Worth, el actor de serie B al que Tate había elegido como amigo en lugar de él, y se había enseñoreado del pueblo. Nadie hablaba de otra cosa.

Y ahora parecía que Landers se interesaba por una chica del pueblo. Sabía cocinar, vale, pero ¿quién demonios era? ¡Una don nadie!

Si a Devlin el destino le hubiera concedido los favores que

tan generosamente entregaba a Landers, se dedicaría a conquistar a alguna joven estrella, no a una cocinera de un pueblo de mala muerte de Virginia.

De camino a la parte posterior de la propiedad, donde había abierto un agujero en la valla, pensó en las fotos que había comprado. Aún no estaba seguro de lo que iba a hacer con ellas, pero ya se le ocurriría algo. Su objetivo era hacerle a Landers lo que le habían hecho a él, y al parecer tendría que involucrar a la pueblerina.

Sonriendo, Devlin volvió a su Toyota, que estaba oculto en un lado de la carretera. Su siguiente coche sería un Jaguar verde oscuro.

Lizzy admite sus sentimientos

—Buenos días.

Casey alzó la cabeza y vio a Tate en la puerta de tela metálica. Era por la mañana temprano y el sol a su espalda recordó a Casey la primera vez que lo había visto: mojado y desnudo.

Su cara debía de reflejar sus pensamientos, porque Tate enarcó las cejas de un modo que la hizo sonrojarse.

—Quizá ahora no sea un buen momento —comentó él, y dio media vuelta.

—No tienes por qué irte. —Casey se acercó a la puerta y la abrió.

Tate pasó por delante de ella con los brazos en alto como si estuviera en un atraco y caminando de lado. Quería demostrarle que no iba a tocarla para que no pasara electricidad entre ellos. Casey sabía que era todo teatro y no hizo caso.

—¿Dónde están los otros?

—En Richmond. Gizzy ha dicho que tenía que ir a buscar no sé qué para su padre, y Jack ha querido acompañarla. Supongo que se quedarán a pasar la noche. Eso significa que yo... —Se encogió de hombros.

—Que estás solo y seguro que hambriento. Siéntate. He hecho burritos para desayunar, así que podemos comérnoslos antes de que empiecen los ensayos.

—En realidad —dijo Tate, irguiéndose—, le he dicho a Kit que necesitaba un descanso y que iba a tomarme el día libre, tanto si le gusta como si no.

Casey soltó un resoplido burlón.

—Ha cancelado los ensayos de hoy, ¿verdad?

—Pues sí. Sus parientes se van a trasladar a su nueva casa y va a pasar el día con ellos. La finca se va a quedar completamente libre de gente, así que he pensado explorarla. ¿No querrías venir conmigo por casualidad?

—¡Me encantaría! —Casey sacó cuatro cubos de acero inoxidable de un armario—. Me han dicho que hay unas zarzamoras en la propiedad, y me gustaría encontrarlas. Envuelve un par de burritos y nos los comeremos mientras caminamos.

—¡Caminar, ja! —exclamó Tate—. Vivo en Los Ángeles. Allí vamos en coche de la cocina a la sala de estar. —Rápidamente envolvió dos burritos en papel de aluminio, agarró unas botellas de agua y abrió la puerta. Fuera había una pequeña camioneta roja

—Perfecta. —Casey dejó los cubos en la parte de atrás.

Tate dejó los burritos y el agua en el asiento, luego regresó a la casa. Instantes después salió con un gran recipiente de plástico para tartas y una cuchara grande.

—Debo alimentar mi adicción.

Casey rio mientras él dejaba la tarta en la parte de atrás, luego se sentaba al volante, encendía el motor y se ponían en marcha.

—Bueno, ¿y quiénes son Letty y Ace? —Por el rostro de Tate pasó fugazmente una expresión que Casey no supo interpretar, pero desapareció enseguida. Parecía que había adivinado quién le había hablado de ellos. ¿Estaba celoso de Devlin?

—Mi madre pasó aquí todos los veranos hasta cumplir los diez años. Se llamaba Ruth en realidad, pero le pedía a todo el mundo que la llamara Letty, abreviatura de princesa Colette, porque le parecía el nombre más bonito que había oído jamás. El niño con el que jugaba todos los veranos se llamaba Ace. Cuando Nina y yo éramos niños, mi madre nos contaba historias sobre lo que hacían.

—¿Algo que ver con pavos reales?

—Oh, sí. Ace forró un trozo de cartón con papel de aluminio y lo usó como escudo. Lo usó para ahuyentar a un pavo real especialmente grande de la caseta del pozo, donde Letty y él tenían su escondite más secreto. Mi madre decía que Ace era un auténtico héroe, valiente e intrépido.

—¿Igual que tú con el pavo real?

—No. Yo no me enfrenté con el animal. Me porté como un auténtico cobarde. Le eché mi camisa por encima, le di un empujón, luego me agaché bajo la ventana... y casi me arranca la cara de un picotazo.

—¿Y Emmie lo vio todo?

—Hasta el último segundo. Se divirtió muchísimo. Claro que ella piensa que su tío Tate es ridículo. Bueno, ¿y qué te llevó a ti a convertirte en una gran chef?

—Aún no he alcanzado ese nivel ni mucho menos. ¡Au! —Tate se había metido en un bache tan profundo que la cabeza de Casey se había golpeado contra el techo.

—Lo siento. Nos hemos adentrado en terreno inexplorado. Pero tú llevas meses viviendo aquí, seguro que conoces la propiedad mejor que yo.

—Había demasiada nieve este invierno para salir mucho y, además, Kit me consiguió unos cuantos trabajos, así que estaba ocupada. Cociné para él hasta que sacó del retiro a su antigua ama de llaves. A ella no le apetecía y cada día afirma que se va a marchar. ¿Qué es eso? —Señalaba un edificio desvencijado que había bajo un gran roble. El tejado parecía bastante nuevo, pero le faltaban los cristales de algunas ventanas.

—Seguramente el viejo gallinero. —Tate detuvo la camioneta. Desenvolvieron los burritos y se pusieron a comer.

—Este lugar guarda muchos recuerdos para ti, ¿verdad?

—Por las historias de mi madre, sí —respondió él—. Después de que muriera mi padre, yo no entendía por qué no estaba allí para jugar conmigo. Mi madre hacía todo lo que podía, pero también lloraba su muerte. Tenía un bebé y un niño revoltoso de cuatro años, y montones de facturas.

—Debió de ser terrible para todos vosotros.

—Lo fue. —Miró a Casey—. Pero fue entonces cuando mi

madre empezó a contarme las historias de Letty y Ace. Se prometieron que serían amigos por siempre jamás.

—¿Ace era su verdadero nombre?

—No lo sé. Siempre he deseado haberlo preguntado. Al principio era demasiado pequeño para planteármelo, y luego estaba demasiado ocupado con mi propia vida para pensar en ello.

—¿Y tu madre...?

—Murió justo antes de que consiguiera mi primer papel importante.

Casey percibió su tono apenado y alargó la mano para ponerla sobre la de Tate.

—Gracias —murmuró él, y al instante una descarga de electricidad los recorrió a ambos.

Casey apartó la mano bruscamente y pensó en hacer un comentario mordaz, pero en lugar de eso se echó a reír y Tate rio también.

—¿Exploramos el gallinero? Te contaré cómo Letty y Ace hicieron una rampa para que los huevos bajaran rodando. Funcionó perfectamente, salvo por el hecho de que se rompieron todos los huevos. Eran... ¡Mierda! ¡Ahí está!

Casey alzó la cabeza y vio un enorme pavo real que pasaba por delante de ellos con sus pomposos andares, arrastrando la larga cola tras de sí. Luego desapareció entre unos rododendros.

Tate arrojó el envoltorio vacío del burrito al suelo y tendió a Casey su botella de agua.

—¡Sujétate! Voy a por ese animal.

Casey se agarró a la puerta de la camioneta. Tate rodeó los altos arbustos, pero al otro lado había una maraña de lo que parecían árboles jóvenes. Vieron al pavo real caminando entre ellos.

—Va a alguna parte —comentó Casey—. No se limita a pasearse; tiene un destino concreto.

—¿Te parece que lo sigamos?

—¡Oh, sí! —Casey apoyó bien los pies en el suelo y se agarró con fuerza. El terreno era muy irregular, con zanjas, agujeros y tocones.

—Nina me dijo que, cuando vino por primera vez, estaba todo igual que esto. Hizo que despejaran y allanaran una hectárea alrededor de la casa.

—Mi hermano Josh hizo el trabajo —dijo Casey—. ¡Guau!

—¿Estás bien?

—Sí, sí. —El pavo real giró a la izquierda—. Quizá nos guíe hasta las moras. Me han dicho que son difíciles de encontrar.

Tate dio un volantazo tan fuerte que Casey estuvo a punto de salir volando por su lado, pero él la agarró del brazo y tiró de ella.

—Cuéntame cómo te convertiste en chef.

—Gracias. Mi madre y yo descubrimos mi carrera por casualidad. Es médica, así que pasaba mucho tiempo fuera de casa.

—Lo siento —dijo Tate.

—¡No! ¡No! No pasa nada. Es un poco intensa, así que... —Casey se encogió de hombros.

—Entiendo. Una médica seria y entregada. Fantástica en un hospital, pero abrumadora en casa. He interpretado ese papel. Bueno, ¿y quién cuidaba de ti?

—Las niñeras. Tuve una niñera jamaicana los primeros siete años de vida, y la quise mucho. Se me rompió el corazón cuando decidió volver a su país. —Hizo una pausa, mientras Tate rodeaba una magnífica magnolia. Casey miró hacia atrás—. Hay una estatua grande bajo ese árbol.

—Seguramente fue ahí donde Letty y Ace entraron en contacto con demonios del espacio exterior. Los derrotaron y salvaron el mundo. ¿Cómo te recobraste de tu corazón roto?

—Evitando repetir el mismo error. Le dije a mi madre que no quería volver a sufrir tanto, así que decidimos contratar a una niñera diferente cada año. Mamá sugirió que buscáramos niñeras que además hicieran alguna cosa concreta, como enseñarme arte, o a nadar. Sobre todo quería que aprendiera técnicas de socorro. Nunca me lo dijo, pero yo sabía que quería que fuera médica como ella. En cualquier caso, eso fue lo que hicimos. Mi madre y yo pensábamos en qué quería aprender, y luego ella contrataba a alguien que pudiera enseñarme.

El pavo real había encontrado algo en el suelo y lo picoteaba, así que Tate detuvo la camioneta.

—Eso debió de ser muy divertido, o una pesadilla.

—¡Exactamente! Una de las artistas me dijo una vez que necesitaba unas cuantas bocanadas de sus cigarrillos especiales de hierba para ser realmente creativa. Al regresar a casa, mi madre encontró a su hija de once años enrollando canutos de marihuana con papel de origami, y a la niñera completamente colocada. Se me daba muy bien, y me parecían muy bonitos; con preciosos colores.

—Seguro que despidió a la niñera —dijo Tate, entre risas.

—De inmediato. Después de eso, mi madre contrató a una señora jubilada que había trabajado en una panadería durante veintitantos años. Aprendí mucho de ella. A continuación vino un italiano que me enseñó a cocinar pasta. Después de esos dos, me di cuenta de que lo que más me gustaba era cocinar, así que el resto de mis cuidadores fueron personas relacionadas con el mundo de la alimentación. Cuando entré en el instituto, empezamos a cambiarlas cada seis meses y me interesé por la cocina de diferentes nacionalidades, francesa, española, húngara. ¡Me encantaba la cocina mexicana! Cuando me fui a la universidad sabía hacer tortas de maíz, sushi y pasteles de boda por igual.

—Y enrollar canutos.

—¿En tortas de maíz? —preguntó Casey con tono perplejo—. No creo que ardieran bien.

Tate volvió a reír y reinició la marcha, ya que el pavo real volvía a moverse.

—¿Eso era...? —Casey no acabó de hacer la pregunta cuando pasaron por delante de un grupo de lápidas.

—El cementerio privado de mis antepasados —explicó Tate—. Mi tío Freddy está enterrado ahí. Vivió aquí muchos años con su cuidador, el señor Gates, y cuando murió le dejó la finca a mi madre. Por cierto, Nina me dijo que yo debía ocuparme de que se adecentara el cementerio familiar.

—¿Qué pensaban Letty y Ace de ese lugar?

203

Cuando Tate se volvió para sonreírle, estuvo a punto de chocar contra el tocón de un árbol. Estaban cerca del extremo posterior de la finca, y daba la impresión de que nadie se había ocupado de aquella zona en un siglo.

—Por supuesto decían que estaba encantado. Una vez se escabulleron hasta allí a medianoche, pero el señor Gates los pilló y los llevó de vuelta a la casa. Siempre me he preguntado qué hacía él por ahí a esas horas. —Tate dio marcha atrás y giró hacia la izquierda, pero se encontró con una maraña de arbustos espinosos.

—No estoy segura, pero creo que eso son grosellas silvestres.

Tate volvió a dar marcha atrás.

—¿No se usan para hacer tartas? —preguntó, mirando a Casey.

—Sí. Tartas y pasteles y mermeladas y... ¡Cuidado!

Tate frenó justo a tiempo para no atropellar a una familia de zarigüeyas. La madre lo miró amenazadoramente y luego siguió caminando seguida de sus dos crías.

—Ahora ya sabemos quiénes son los auténticos dueños de este lugar. —Tate apagó el motor—. Creo que deberíamos seguir a pie. O si lo prefieres, podemos volver a la civilización.

—Recuerda que se me da bien seguir —dijo Casey, y se bajó.

—Y tú sabes que esa idea excita mi lujuria.

—Yo creía que había aceptado seguir al pavo real —señaló Casey con el ceño fruncido.

—Eso es cruel —se quejó Tate. Sacó el recipiente con la tarta de la parte de atrás de la camioneta—. Hablando del diablo, ¿dónde está?

Con los cubos en las manos, Casey se agachó hasta vislumbrar la larga cola adentrándose entre los arbustos.

—Se ha ido por ahí.

Estuvieron media hora más siguiendo al pavo real, a veces abriéndose paso por entre hierbajos de más de metro y medio de altura, antes de encontrar las zarzamoras. Eran altas, con ramas entrelazadas que les daban un aspecto impenetrable. No lejos de allí, habían limpiado el terreno de plantas para erigir la valla de seguridad. Se encontraba al final de la plantación.

El pavo real, que no se había dignado hacer caso de su presencia, picoteaba el suelo perezosamente.

Casey empezó a arrancar moras, mientras Tate echaba un vistazo por los alrededores.

—¿Ves eso? —preguntó, señalando.

Ella tuvo que ponerse de puntillas para alcanzar a ver la punta de un tejado. El pequeño edificio estaba rodeado por una masa de ramas espinosas.

—Quizá debería volver a por una motosierra.

Casey lo miró horrorizada.

—¿Para destrozar unas zarzamoras silvestres? ¿Te has vuelto loco? Las ha de recortar un profesional, no un pueblerino con una motosierra.

—Crecí en California. ¿Cómo es que me consideras un pueblerino?

—Nuestro origen siempre nos delata —respondió ella con seriedad.

—Yo... —Tate se interrumpió porque el pavo real pasaba por entre medio de ellos, con el pico en alto, ignorándolos con arrogancia. Al llegar a los arbustos, agachó la cabeza y se adentró en ellos. Tate se agachó para ver adónde iba—. Aquí hay un túnel. Alguien lo creó con láminas combadas de acero galvanizado. Es viejo, pero... —Se incorporó—. Creo que quizás hayamos encontrado el escondite de mi madre. Voy a entrar, aunque tenga que arrastrarme como una serpiente.

—Aunque haya un túnel, las espinas te van a destrozar. No puedes... —Un trueno interrumpió su frase y notó las primeras gotas de lluvia en la cara.

—Las llaves están en la camioneta, y se va por ahí. No. Espera. Por ahí. No, ahí no. Estoy seguro de que hay que ir por ese otro lado. O puede que...

—¡Entra! —dijo Casey—. Yo te sigo.

—Si acabamos arrastrándonos por el suelo, preferiría ir yo detrás y observarte.

—No. —Casey le indicó que entrara él primero en el túnel—. Y yo preferiría verte desnudo y mojado —masculló entre dientes, tan bajito que él no la oyó.

Tate encabezó la marcha por el túnel, con el recipiente de la tarta por delante.

—Ha crecido bastante la hierba en el sendero —dijo por encima del hombro.

El terreno estaba cubierto de guijarros y ramas secas espinosas y, por encima de ellos, los tallos de zarzamora se habían abierto paso a través de las láminas de metal. Tardaron un buen rato en recorrer el túnel y la lluvia había arreciado.

Antes de que llegaran al centro, los atrapó la lluvia. Caía a través del dosel de ramas entrecruzadas y los huecos abiertos en el viejo túnel. Cuando tan solo quedaban unos metros, estaban empapados.

Tate intentó levantarse, pero las ramas estaban demasiado entrelazadas para separarse del todo. Ayudó a Casey a levantarse a medias, con la espalda contra un muro leñoso, mientras él hacía denodados esfuerzos por abrir una vieja puerta. Logró abrirla unos centímetros y Casey se deslizó hacia el interior, seguida de Tate.

Era un edificio pequeño, más o menos del tamaño de un vestidor, y a un lado se veían los restos de una especie de máquina.

—Una bomba para el pozo —dijo Tate, pasándose las manos por los cabellos para quitarse el agua.

—¿Para qué pozo? —Casey retorcía los faldones de su camisa para secarla. En una pared había una pequeña ventana, pero entre la lluvia y las zarzas, la luz que entraba era escasa.

—No tengo la menor idea. Mi madre me hablaba de este sitio desde el punto de vista de una niña. Dudo mucho que preguntara para qué se usaba la máquina. Si no recuerdo mal, y no lo ha movido nadie...

Casey vio su silueta mientras él pasaba las manos por una pared hasta llegar a la esquina.

—¡Ajá!

Casey le oyó raspar una cerilla y vio una llama. Tate encendió una vela y por fin tuvieron luz. Tate sostenía en alto una antigua palmatoria de peltre con un lado cerrado.

Detrás de Casey había una pila de alfombras y cojines que parecían hurtados de la mansión. Los cojines abarcaban desde un par de terciopelo oscuro, seguramente victorianos, hasta uno con el dibujo de unos grandes labios rojos con un cigarrillo colgando de la comisura.

—Mi madre no mencionó que Ace y ella eran bandidos. ¿Quieres que nos sentemos a esperar que deje de llover?

—Sí, claro. —Al mover los cojines, se levantó polvo, que les hizo toser, pero era mejor que sentarse en el duro suelo de madera.

Casey apoyó un grueso cojín en la pared, puso unos cuantos más en el suelo y se sentó. Tate aún seguía de pie. La luz de la vela quedaba a su espalda y la camiseta mojada se le pegaba a un cuerpo que ella recordaba muy bien.

Cuando lo miró, vio en su cara la emoción más auténtica que le había visto jamás. No actuaba, no intentaba divertirla, no era burlona. Tampoco intentaba protegerse a sí mismo. Se mostraba abierto y vulnerable... a ella.

Resultaba fácil adivinar lo que pensaba. Estaba esperando la respuesta de ella.

Por la cabeza de Casey pasaron fugazmente escenas de los últimos días: la ira de Tate porque ella le había espiado mientras se duchaba; cómo había permanecido sentado en silencio mientras ella le echaba la bronca por comerse una tarta entera; cómo había salido al escenario y, al verla vestida de Elizabeth Bennet, sus ojos se habían iluminado. Más adelante, él había tenido la vida de Casey en sus manos, cuando ella colgaba sobre un tejado. Y, sobre todo, recordó todas las veces que la había hecho reír. Incluso le había hecho sentirse mejor con respecto a Ben. Durante meses, Casey se había sentido culpable. «¿Cómo podía haber sido tan insensible con el hombre al que amaba?», se decía. Pero Tate le había hecho verlo todo desde otra perspectiva.

Cuando lo miró con una sonrisa de aquiescencia, él sonrió también, con tal felicidad, que hizo reír a Casey.

Tate se quitó la camiseta mojada y la arrojó a un lado. La luz de la vela resaltó los músculos de su cuerpo mientras él permanecía un momento mirando a Casey.

Ella esperaba que le saltara encima inmediatamente, pero lo que hizo él fue tumbarse a su lado sobre los cojines, rozándola apenas. Casey se preparó para una descarga eléctrica, pero no se produjo. Más bien, su cuerpo parecía vibrar.

Tate le pasó la punta de los dedos por la mejilla.

—Eres una chica muy guapa —dijo con voz ronca. El corazón de Casey se aceleró.

—Tú vives rodeado de actrices y...

—Tú eres más guapa —aseguró él, con los labios junto a su sien—, y me gustas. Hay una gran diferencia.

Ella quiso responder, pero él empezó a besarle la cara. Cerró los ojos y se rindió al placer de sus labios y de su piel apretándose contra ella. La besó en los párpados, luego se movió lentamente hacia la boca.

Los labios tocaron sus labios, suavemente al principio.

La suavidad se hizo más intensa hasta que ella abrió la boca y notó su lengua. Casey lo rodeó con los brazos, sus manos recorrieron la cálida piel, acariciando los duros músculos.

La vibración que recorría su interior pareció ir en aumento. Tate se apartó para mirarla.

—¿Notas eso?

—Sí —respondió ella.

Los labios de Tate se movieron hacia su barbilla, luego bajaron al cuello. Solo cuando llegó a su garganta, Casey se dio cuenta de que le había desabrochado la camisa, que se deslizó fácilmente hacia atrás. Después le quitó el sujetador. Cuando Tate atrajo sus pechos desnudos hacia él, Casey soltó un gemido ahogado. Su piel estaba fría por la lluvia, pero la de él era tan cálida que parecía tener fiebre.

El rostro de Tate se hundió en su cuello, besándola, tocando con la lengua sus puntos sensibles. Recorrió sus costados con las manos y le acarició los pechos con los pulgares.

—Te he deseado desde que te vi con aquel pijama.

—Me gritaste.

—Era eso o tirarte sobre la mesa de la cocina.

—Es una pena que no pudiera elegir.

Tate rio y ella notó su risa en todo su cuerpo.

—Tú no —susurró él—. Te respetas demasiado a ti misma para eso.

—¿Ah, sí?

Casey echó la cabeza hacia atrás. Los labios de Tate bajaron hacia sus pechos. Al notar la lengua en los pezones, la vibración que recorría el cuerpo de Casey se hizo tan intensa que ya no recordaba ni cómo hablar. Tan solo era consciente del hombre que estaba a su lado en aquel preciso instante.

Sin saber muy bien cómo, se despojaron de toda la ropa. Cuando sus cuerpos desnudos se tocaron, Casey pensó que iba a morir si Tate no la poseía completamente.

Pero él no lo hizo. Siguió besándola, tocándola, hasta que ella se sintió como si su propia alma la abandonara. Toda ella era sensación y deseo.

Casey recorrió el cuerpo de Tate con las manos, acariciando hasta el último músculo.

Las manos de Tate le separaron las piernas. Cuando él se colocó encima, ella estaba más que preparada, y la penetró con suavidad de terciopelo.

Tate se tomó su tiempo, aumentando el ritmo despacio, empujando con una fuerza y una velocidad progresivas. Respiraba junto a su oído. Casey lo oía, lo sentía, lo olía, lo notaba.

Cuando él se corrió, ella estaba también a punto, y el orgasmo inundó su cuerpo entero con oleadas de placer que lo sacudieron de arriba abajo.

Tate la estrechó contra sí sin apartarse, y su peso resultaba agradable. La dureza de su cuerpo terso y musculoso era el contraste perfecto con la suavidad de Casey.

Pasó un rato hasta que Tate se hizo a un lado y la atrajo hacia sí para que la cabeza de Casey descansara sobre su pecho.

—No estaba preparado para esto, así que quizá deberíamos hablar sobre mi falta de protección.

—Píldora —musitó ella. Justo en ese momento no quería que nada estropeara aquel momento mágico.

Él la besó en la frente y Casey se acurrucó contra él, pasándole una pierna por encima de las suyas. La lluvia seguía cayendo, aislándolos. Cuando empezó a hacer frío, Tate echó una pequeña manta por encima de los dos. El polvo que levantó les hizo toser y reír, pero no se despegaron el uno del otro.

—Quiero darte las gracias —dijo Tate con una voz que era apenas un susurro.

—¿Por esto?

—No, pero sí. Gracias por distraer mis pensamientos de mi... mi miedo a ver este lugar. —Tate hizo una pausa antes de continuar—. Nina y yo nos manteníamos informados sobre Tattwell desde niños. Sabíamos que había cambiado de dueño dos veces desde que mi madre había tenido que vender, y en ambos casos los propietarios quisieron dividir la tierra y construir viviendas. El pueblo de Summer Hill luchó contra ellos y ganó. Pero la finca quedó prácticamente abandonada durante unos diez años.

—¿Por qué no querías verla?

—Mi objetivo siempre fue ganar suficiente dinero como actor para comprarla y regalársela a mi madre, pero murió antes de que lo consiguiera. Me sentía culpable y... —Se encogió de hombros—. Le dije a Nina que este lugar estaba vinculado a demasiados recuerdos y que no quería rememorar las viejas historias del pasado. O que no quería que la prensa lo descubriera. O cualquier otra cosa. Me inventé mil excusas. Pero un día Kit Montgomery se presentó en mi caravana durante un rodaje y me dijo que estábamos emparentados. Nina afirmó que la aparición de Kit era cosa del destino, porque podía comprar Tattwell a través de él y así la prensa no se enteraría.

—Quizá fuera el destino realmente.

—No. Fue la secretaria de Kit. Alguien de la familia de Kit se dedica a la genealogía y descubrió que somos familia. Cuando él lo comentó de pasada, su secretaria le dijo que si no le conseguía una foto mía autografiada, se despediría.

—¿Se la diste?

—Por supuesto. Kit y yo pasamos un fin de semana bebiendo y quejándonos de parientes y empleados. Cuando recobré la sobriedad, lo que me costó bastante, ¡cómo bebe ese hombre!, fui a verlo a su despacho de Washington y me hice fotos con todo el mundo. Y...

—¿Y qué?

—Tenía un amigo, un ayudante de dirección, del que había hablado a Kit, y él me dijo que lo llevara conmigo. Kit arregló una cita a ciegas entre mi amigo y la hija viuda de su secretaria. Ahora están casados y esperan su primer hijo.

—Qué historia tan bonita —dijo Casey, mirándolo—. ¿Lo de emparejarlos fue idea tuya o de Kit?

—De Kit. Le gusta dirigir la vida de los demás.

—¿Como la tuya? ¿Y la mía?

—Exactamente. Pero esta vez me gusta. ¿Cómo lo conociste tú?

—Abría el maletero de mi coche. Estaba...

—Espera —la detuvo Tate—. Creo que esta historia requiere una tarta.

Cuando Tate se movió, ella se incorporó para mirarlo. A pesar de estar totalmente desnudo, él no parecía en absoluto cohibido. En cuanto a ella, sujetaba la vieja manta polvorienta bajo los brazos.

Tate fue a por el recipiente con la tarta y la cuchara y volvió para acurrucarse junto a Casey. Abrió el recipiente, sacó un buen pedazo del centro con la cuchara y la sostuvo frente a Casey. Ella le dio un mordisco.

—Sabes que normalmente las tartas se cortan en porciones y se sirven en platos, ¿no?

—Eso pensaba yo también. Pero luego luché contra una bestia enloquecida en el dormitorio de una chica, y después, con un hambre canina, hundí una cuchara en una tarta tan buena que debían de haberla cocinado en el cielo. Luego una chica muy guapa me gritó y yo solo podía pensar en que tenía las mejillas sonrosadas y en la forma en que se movía todo su cuerpo, así que cambié de opinión. Desde entonces, me gustan las tartas y las cucharas. Me traen buenos recuerdos.

Casey parpadeó unas cuantas veces.

—En ese caso, lo entiendo —dijo. Él le ofreció otra cucharada—. Volviendo a Kit. ¿Recuerdas que te dije que metí todas mis cosas en el coche y me vine a Summer Hill? En mi caso, todo se reducía a una maleta llena de ropa y al coche lleno de cacharros y libros de cocina.

—Podrías haber contratado un camión de mudanzas. ¡No! Déjame adivinar. Temías que lo perdieran. Demasiado valioso para confiárselo a desconocidos con grandes camiones.

—Exacto. Pero eran demasiadas cosas para mi pequeño coche, así que, cuando aparqué frente al hostal del pueblo y abrí el maletero, se cayeron al suelo un montón de cosas. La dueña del hostal me ayudó a volver a meterlas en el coche, luego hizo una llamada y, diez minutos más tarde, se presentó Kit.

—¿Y luego qué?

—Miró el interior del maletero y me contrató como cocinera, sin que yo le hubiera preparado ni una simple galleta. Al día siguiente me instaló en la casa de invitados de una antigua plantación, que yo creí que era suya. Durante el invierno, me presentó a la mitad de la gente del pueblo y nos usó a Stacy y a mí como lectoras para una obra de teatro que estaba escribiendo.

—Pensando todo el tiempo en que tú hicieras el papel de Elizabeth.

—Tal vez. No estoy segura. Eso parece haber sido más bien una casualidad. Más bien creo que pensaba juntaros a Stacy y a ti. Claro que, también quería a Stacy para su hijo.

—Al menos estamos de acuerdo en que Kit tramaba algo.

Se habían comido la mitad de la tarta. Tate se lamió un trocito de pacana con chocolate de la comisura, luego la besó. Parecía a punto de hacer algo más, pero de repente levantó la cabeza.

—Un tesoro.

—Estoy de acuerdo —musitó Casey con los ojos entrecerrados.

Tate se irguió.

—Mi madre me hablaba de una caja del tesoro en la que Ace y ella guardaban cosas. Nunca dijo dónde la escondían, pero este era su escondrijo, así que quizás esté aquí, en alguna parte. —Tomó a Casey de la mano y le besó la punta de los dedos—. Ponte en la piel de unos niños. ¿Dónde esconderías la caja del tesoro?

—Creo que ya la has encontrado —murmuró ella.

—No creo —dijo Tate, bajando la voz y volviendo la atención hacia ella—. Será mejor que siga buscando.

Casey se deslizó hacia abajo y él la estrechó entre sus brazos.

Pasó casi una hora hasta que volvieron a dejarse caer sobre los cojines, saciados y sudorosos. La lluvia había cesado y la vela casi se había consumido.

—¿No estábamos buscando algo? —preguntó Tate.

—Créeme. Lo has encontrado.

—¿En serio? —Se volvió hacia ella para mirarla, tomó un mechón de sus cabellos y lo levantó a la luz—. Siempre me ha gustado el pelo rojo.

—Cuando era pequeña lo tenía mucho más rojo y quería teñírmelo.

—Hablando de rojo, ¿qué es eso?

Casey se dio la vuelta para mirar la pared. Con su vigorosa pasión habían soltado un trozo de madera que cubría una pequeña abertura. Tate alargó la mano por encima de Casey y sacó una caja de caramelos metálica. Tenía los laterales de color rojo y en la parte superior había pintada una escena de un pavo real con la cola desplegada en todo su esplendor.

—Quizá contenga una receta para una tarta de pavo real —dijo Tate con entusiasmo, depositando la caja sobre un cojín entre los dos.

Cuando Tate puso una mano sobre la tapa, Casey la cubrió con la suya.

—¿Estás seguro de que quieres ver lo que hay dentro? Seguramente esta caja perteneció a tu madre.

Él la miró a los ojos.

—¿Sabes?, creo que estar aquí, donde mi madre fue tan feliz, y contigo tratándome como a una persona real, me está curando.

—Eso que has dicho ha sido muy agradable. Gracias.

—Claro que a lo mejor son tus tartas las que más me están arreglando.

Casey rio y apartó la mano.

Tate se levantó para ir a por el cabo de vela que quedaba y lo colocó junto a ellos. Ahora entraba más luz desde fuera y veían mejor.

Dentro de la caja había pequeños objetos de los que podían fascinar a los niños. Había una cabeza de tigre plateada que parecía haberse desprendido de un viejo bastón. Tate levantó un extraño objeto reseco.

—Una pata de pollo —dijo Casey, y él la dejó a un lado.

Había tres canicas con el centro de color dorado, dos dólares de plata acuñados en 1910, y una larga bala con casquillo de latón.

—Para carabinas M1 de la Segunda Guerra Mundial —dijo él.

—¿Eso lo aprendiste en una película?

—Sí. Moría por culpa de una de estas balas. Pero en brazos de la mujer a la que amaba, o sea, que bien.

—¿La amabas? A la actriz, quiero decir.

—Durante la primera mitad de la película me esforcé en quererla. En la segunda mitad, la encontré en la caravana del director. Es curioso lo rápidamente que desaparece el amor ante la visión de unas piernas en alto.

—O al oírle decir a tu novio que está saliendo con su pasante y que le gusta. Me pareció que quería decir que en realidad yo nunca le había gustado. —Sacó tres libritos de cerillas de la caja. Eran de negocios del pueblo que ya no existían.

—Siento que pagara contigo sus propias deficiencias.

—Yo debería haber...

Él se inclinó por encima de la caja y la besó.

—No digas eso. Trabajabas mucho. No hiciste nada malo. —Tate sonrió—. Por otro lado, me alegro de que fuera un capullo. De lo contrario, no estarías aquí conmigo ahora.

—¿Para compartir una tarde de sexo auténticamente maravilloso?

—Gracias, pero no era eso lo que quería decir —replicó él—. Me refería a este sitio. Tenía miedo de venir a Tattwell, pero tú has hecho que sea feliz.

Casey lo besó para darle las gracias, luego volvió a mirar la caja.

—¿Qué es esto? —Levantó un trozo de terciopelo negro, tan viejo que casi se había pelado—. Hay algo dentro. —Lentamente abrió el trozo de tela. Dentro había un anillo que parecía una antigüedad. Era de oro blanco, con una gran piedra clara rodeada de brillantes diminutos.

Cuando Casey lo levantó a la luz, el anillo centelleó.

—Esto parece auténtico.

—Eso creo.

—Tenemos que encontrar a su dueña. —Casey comprendió que era una ridiculez al mismo tiempo que lo decía—. ¿Cuánto tiempo habrá estado aquí?

—Treinta o cuarenta años, algo así.

Casey miró la banda del anillo por dentro. No había nada grabado.

—¿Por qué dejó de venir la familia de tu madre?

—Mis abuelos eran maestros, así que tenían libres los veranos y venían a trabajar para el tío Freddy. Pero el invierno que mi madre cumplió los diez años, mi abuelo consiguió trabajo en California como ingeniero en unos astilleros. Era un trabajo para todo el año.

—¿Y no volvieron a visitar al tío Freddy?

—Una o dos veces, no demasiado a menudo.

—Pobre hombre. Debió de echarles mucho de menos.

—Supongo, porque cuando murió se lo dejó todo a mi madre. Ella no me habló nunca de ello, pero una vez la oí al teléfono diciendo que el hermano del tío Freddy y los demás parientes estaban tan furiosos que temía que pudieran contratar a un asesino a sueldo para ir a por ella.

—Entonces ¿por qué no le compraron la finca?

—Supongo que la querían gratis, sin pagar nada. ¿Y cómo es tu familia?

—No tengo —respondió ella—. Mi madre era hija única y sus padres murieron mucho antes de que yo naciera. Tenía cuarenta y tres años cuando dio a luz.

—Y por eso usó un donante. —Tate sonrió—. Debiste de ser una hija muy deseada.

—Sí, creo. A veces envidiaba a los otros niños que tenían padres, pero hay que intentar aprovechar al máximo lo que uno tiene.

—Estoy de acuerdo —dijo él.

Cuando se miraron a los ojos, se comprendieron a la perfección. Habían tenido infancias similares, con madres solteras esforzándose por hacerlo lo mejor posible. Y, por pura necesidad, ambos habían madurado rápidamente. Cuando Tate era solo un niño había buscado la manera de ayudar a mantener a la familia. Y Casey, en lugar de quejarse porque su madre pasaba demasiado tiempo trabajando, había ideado la manera de aprovechar el tiempo de un modo educativo y divertido a la vez.

Ninguno de los dos había vivido esa infancia en la que el mundo entero gira en torno a los hijos. Casey había tenido que adaptarse a la falta de padre y a una madre casi siempre ausente. Tate había tenido que superar la muerte de su padre y el problema adulto de llevar comida a la mesa.

—Deberías quedártelo —dijo Tate. En la caja había un cordón negro con un adorno de plástico. Tate le quitó el adorno, metió el cordón en el anillo y luego lo colgó alrededor del cuello de Casey.

—No puedo aceptarlo —negó ella, pero al mismo tiempo cerró la mano sobre el anillo. Era precioso.

—Piensa en ello como un regalo de Letty y Ace. Ellos lo escondieron, esperando que nosotros lo encontráramos.

—Seguro que la persona a la que se lo robaron no estaría muy contenta.

—Me pregunto por qué mi madre no me habló nunca del anillo. Creo que si hubiera sabido a quién pertenecía lo habría devuelto. ¿Tienes idea de qué hora es?

—¿Mediodía quizá?

Tate soltó un quejido.

—Tengo que irme. El preparador que han enviado es el mismísimo demonio. Si no vuelvo pronto, enviará a los SWAT a por mí.

—Estoy de su parte.

—¿Qué? —Tate frunció tanto el ceño que se le juntaron las cejas, hasta que lo entendió al fin—. ¿Ah, sí? —Flexionó los bíceps—. ¿No te parece que me estoy poniendo demasiado cachas?

Casey sonrió, dejó la caja a un lado y abrió los brazos.

—Creo que estás perfecto.

Volvieron a hacer el amor, esta vez muy despacio. No llevaban nada más que el anillo alrededor del cuello de Casey.

—Desde el primer día he querido darte un anillo —susurró él, pero Casey estaba segura de haberlo oído mal.

Después, se pusieron a regañadientes sus ropas húmedas y recorrieron a gatas el túnel bajo las densas zarzas. En el otro extremo encontraron al pavo real como un furioso guardián. Esta vez, en lugar de ignorarlos, soltó un fuerte chillido de protesta. A Casey le sonó casi como el grito angustiado de un ser humano. Escucharlo a unos centímetros de distancia estuvo a punto de perforarle los tímpanos.

Casey dio un bote hacia atrás al oír aquel sonido ensordecedor y Tate interpuso su cuerpo para protegerla.

Pero no pudo resistir la oportunidad de hacer un poco de teatro. De un salto se colocó detrás de ella, con las manos sobre sus hombros, y agachó la cabeza fingiendo que estaba aterrorizado y la utilizaba como escudo.

—Vamos, Ace —dijo ella con voz profunda—. Sabes que llevo el anillo mágico y nada puede dañarnos. Enderézate y enfréntate a tus miedos.

Él respiró hondo y se irguió, pero siguió a su espalda.

—Mira, solo es un ave y seguramente se siente solo —dijo ella.

—En realidad, es tan malo que nadie soporta tenerlo cerca.

—Con aire indeciso, Tate dio un paso adelante y tomó a Casey de la mano—. Creo que será mejor que encontremos la camioneta y salgamos de aquí.

Pero ella no se movió. Sin soltar la mano de Tate, Casey dio un paso hacia el pavo real y alargó una mano hacia el animal.

—Estoy convencida de que es un buen chico. Solo necesita un poco de amor.

El ave desplegó de repente su magnífica cola... y dio un fuerte picotazo a Casey en la mano.

—¡Ay! ¡Eso ha dolido! —Tenía sangre en la mano—. Creo que...

Tate no le dio tiempo a decir nada más porque el pavo real se lanzó a por Casey con su cola de un metro cincuenta centelleando al sol.

Con la experiencia de haberlo hecho en numerosas películas, Tate se echó a Casey al hombro y echó a correr, con el pavo pisándole los talones.

Casey levantó la cabeza lo suficiente para ver al ave.

—Nos está alcanzando. ¡Corre más deprisa!

—Pareces mi último director. —Tate rodeó dos tocones de árbol, apartó tres ramas de su cara y saltó por encima de un tronco caído.

—Podría ir caminando, ¿sabes? —dijo Casey, pero Tate le acarició el voluptuoso trasero, que le quedaba justo junto a la oreja—. En realidad creo que me he roto el tobillo y quizá no pueda volver a caminar jamás.

Tate soltó una carcajada.

—¿Todavía nos persigue?

—Oh, sí. ¿Crees que esa cola es por ti o por mí? Tú eres con mucho el más atractivo.

Tate la depositó en el asiento de la camioneta y le dio un rápido beso.

—Te quiere a ti. Pareces una chica, sabes y hueles como una chica. —Lo dijo con una expresión tan lasciva que Casey estuvo a punto de soltar una risita.

Tate quiso rodear la camioneta, pero el pavo real le picoteó el tobillo, así que trepó por encima de Casey, con mucho contacto entre manos y cuerpo, para pasar al lado del conductor, puso el motor en marcha, y salió disparado a la máxima velocidad que le permitía el vehículo.

Casey se volvió para mirar.

—Lo has dejado atrás.

Tate aminoró la velocidad, miró a Casey, y ambos prorrumpieron en carcajadas.

La señora Bennet habla del pasado

—Hola —dijo Olivia.

Casey estaba cargando cubos y cuencos para mezclas en la pequeña camioneta. Al regresar de su excursión, le había pedido prestada la camioneta a Tate para ir a buscar dónde crecían los frutos silvestres. Él le había advertido que tuviera cuidado con los animales sueltos, luego se habían despedido con un beso y él se había ido corriendo a la mansión para reunirse con el preparador personal.

—¿Disfrutando del día libre?

La idea de lo mucho que había estado disfrutando del día tiñó de rubor el rostro de Casey.

—Por el momento está siendo uno de los mejores días de mi vida. ¿Y qué tal usted?

—Creo que ha pasado la mañana con el amo de la plantación —dijo Olivia sonriendo.

—En efecto —respondió Casey.

—A juzgar por esos arañazos en los brazos, diría que han estado en la parte posterior de la finca.

Casey la miró sorprendida.

—Olvidaba que creció usted en Summer Hill. ¿Pasó mucho tiempo en Tattwell?

—Durante el verano de 1970 fui el ama de llaves del tío Freddy. No era mi tío, pero todo el mundo lo llamaba así. ¿Qué hace con todos esos recipientes?

—Voy a buscar frutos silvestres. Tate me ha llevado esta mañana por la finca y he visto varios lugares posibles. Aún no es plena temporada, pero creo que encontraré algo para hacer compota. ¿Por casualidad no le apetecería venirse conmigo?

—Me encantaría.

Cuando se metieron en la pequeña camioneta, Casey se fijó en Olivia. No estaba segura, pero le pareció que quizá había estado llorando.

—¿Todo bien en casa?

—Sí, bien —afirmó Olivia—. ¿Ha ido a ver los cerezos? Unos cuantos solían dar fruto todos los años.

—Dígame dónde están.

Olivia le indicó la dirección y Casey condujo.

—Todo esto ha cambiado mucho desde que estuve aquí —comentó Olivia—. Estaba todo muy bien cuidado. El tío Freddy daba trabajo a mucha gente en Summer Hill, y por eso probablemente murió arruinado.

Su tono denotaba una tristeza que hizo fruncir el ceño a Casey. Antes estaba tan feliz que había llamado a su madre para contárselo todo... bueno, quizá todo no. Pero su madre estaba atendiendo a un parto y no podía hablar.

Ahora a Casey no le parecía bien hablar de su felicidad cuando Olivia parecía tan triste. E intuía que su nuera, Hildy, tenía algo que ver. ¿A santo de qué vivía Olivia en la misma casa que aquella joven tan grosera? Quizá lo descubriría empezando por el principio.

—¿Estaba usted muy enamorada de su difunto marido?

Olivia soltó una sonora carcajada.

—No.

—Oh —dijo Casey.

—Gire aquí. No debería haber dicho eso. Llegué a quererle, pero cuando me casé con él no lo amaba en absoluto.

Ante ellas aparecieron media docena de cerezos, algunos de ellos muertos, y los demás necesitaban de una urgente poda. Apenas tenían frutos. Casey paró la camioneta y apagó el motor.

—Recogeré todo lo que pueda mientras usted me cuenta la historia.

Olivia pareció sopesarlo durante un momento.

—De acuerdo —dijo finalmente, y se bajó de la camioneta.

Caminaron por entre la maleza y los árboles de ramas rotas hasta llegar a uno que estaba cargado de cerezas maduras. Brillaba el sol y se reflejaba en todas las superficies mojadas por la lluvia matinal.

—Fue en 1972. Yo me encontraba emocionalmente desecha. Me habían dicho que no podía tener hijos.

Casey soltó una exclamación ahogada.

—No pasa nada —la tranquilizó Olivia—. Fue hace mucho tiempo. —Respiró hondo—. Mi carrera en Broadway había fracasado y yo había vuelto a Summer Hill, a vivir con mis padres. Los quería, pero eran mayores y detestaban toda clase de ruidos. ¿Se ha puesto alguna vez a los Rolling Stones al volumen de un susurro? Pierden mucho.

Casey rio.

—Encontré trabajo como contable en Trumbull Appliances. El propietario era un hombre llamado Alan y estaba destrozado porque su mujer había muerto de parto y lo había dejado solo con un hijo.

—Oh —dijo Casey—. Y ahí estaba usted, deseando tener un bebé.

—Era un deseo que me consumía por dentro —explicó Olivia—. Al pensar en un futuro sin hijos sentía ganas de tumbarme en la carretera y dejar que me atropellara un camión. Bueno, el caso es que allí estaba Alan con su bebé sin madre y un ama de llaves interna, absolutamente incompetente y perezosa, que lo atosigaba todo el día con sus quejas.

—La situación perfecta para que interviniera usted —dijo Casey.

—Así lo pensé yo en aquel momento. Además de los problemas domésticos de Alan, la tienda estaba en decadencia. Había heredado el negocio de su padre, que era un gran vendedor, pero Alan había salido a su madre, una mujer de talante reservado. Cuando yo empecé a trabajar para él, ya solo tenía dos empleados y había poco trabajo.

Olivia empezó a llenar un cuenco de acero inoxidable con cerezas.

—Durante tres meses enteros permanecí al margan observando cómo se desmoronaba todo, pero un día encontré a Alan en su mesa, comiendo un sándwich de mortadela del que iba quitando largos cabellos oscuros del ama de llaves, cuando ella entró con el bebé. Se lo entregó a Alan, porque dijo que le dolía la cabeza, y se fue. El teléfono sonaba, en la mesa tenía una pila alta de papeles y él parecía a punto de echarse a llorar.

Olivia tomó aire.

—Me avergüenza decir que no le pedí permiso, simplemente me hice cargo de todo. Puse al bebé encima de la mesa y le cambié el pañal al mismo tiempo que le decía a Alan lo que debía hacer. Me temo que me mostré muy mandona. «Conteste al teléfono. Dígales que podemos entregárselo el martes. Llame al periódico para que repitan el anuncio de la semana pasada, pero añadiendo que este sábado se hará una rebaja del quince por ciento en todos los artículos.»

—Da la impresión de que ya lo tenía todo pensado. —Casey metió un cubo lleno de cerezas en la camioneta.

—Pues sí. Desde el primer día me dediqué a observar y a reflexionar sobre lo que haría yo si el negocio fuera mío. En cualquier caso, seis meses más tarde Alan y yo nos habíamos casado, y veinte años después teníamos cinco tiendas de electrodomésticos que iban viento en popa.

—¿Y llegó a quererlo?

—Sí. Pero no... —Sonrió—. No con ese amor que impulsa a los jóvenes a arrancarse la ropa nada más verse.

Casey sonrió al pensar en la imagen de arrancarse la ropa. En eso estaban Tate y ella. De no ser por el preparador personal, estarían juntos en ese mismo momento, y planeaba preparar una cena especial para los dos. Tuvo que hacer un esfuerzo para dejar de pensar en Tate.

—No quiero parecer fisgona, pero ¿por qué vive ahora en casa de su hijastro? ¿Fracasaron las tiendas?

Olivia tardó un rato en contestar.

—Alan dejó las tiendas en herencia a su hijo, pero yo tenía nuestra casa y un buen plan de pensiones con el que podía vivir cómodamente.

—¿Está diciendo que su marido le dejó a su hijo el negocio que usted le había ayudado a levantar enteramente? —preguntó Casey con asombro.

—Sí, en efecto.

Olivia apartó la vista, pero Casey vio una punzada de dolor que cruzaba por su rostro. Había salvado el negocio de Alan Trumbull, pero él se lo había dejado todo a su hijo, que no era hijo de Olivia.

—¿Qué ocurrió?

—Kevin siempre se pareció a su padre, incluso en lo de casarse con una mujer que era más fuerte que él.

—¿Como Alan se casó con usted? Olivia, no es mi intención hablar mal de nadie, pero he visto suficiente para saber que Hildy no es como usted.

—Gracias. Yo tampoco lo creo. —Olivia agitó una mano—. Eso da igual. Lo que ocurrió fue que, en cuanto Kevin entró en posesión de la herencia, Hildy y él se inscribieron en un club de campo, viajaron, se compraron una lujosa casa, coches, etcétera. Por desgracia, las tiendas se resintieron. Cuando mi hijastro se dio cuenta de lo que estaba pasando, prácticamente estaban en la ruina.

—¿Cómo se recuperaron? —preguntó Casey—. Pero espere, no me lo diga. Vendió usted su casa y vació su plan de jubilación para sacarlos del aprieto.

—Sí —dijo Olivia—. Y me temo que me ha afectado más de lo que pensaba. Llevo un año más o menos viviendo en su casa, y necesito hacer otra cosa.

—Es evidente —comentó Casey—. Le pediré a Kit...

—¡No! —exclamó Olivia.

Casey fue a decir algo más, pero vio la expresión taxativa de Oliva y no quiso molestarla más. Casey sabía que Kit había visitado Tattwell cuando era joven. Y le había entregado a Olivia una foto de su época de actriz. En el escenario, no se necesitaba ser muy perspicaz para ver que había profundos sentimientos entre ellos. Ni siquiera al hablar de lo mal que se habían portado con ella su difunto marido y su familia había mostrado las intensas emociones que había despertado la mera mención de Kit Montgomery.

Casey decidió cambiar de tema.

—Me ha dicho que trabajó en Tattwell en el verano de 1970. ¿No recordará a un par de niños que correteaban por aquí por casualidad?

—¿Letty y Ace? —El rostro de Olivia perdió su expresión furiosa—. ¿Quién podría olvidarlos? Eran tremendos. Si hacía galletas y salía un par de minutos de la cocina, desaparecían la mitad de las galletas. A veces me entraban ganas de estrangularlos a los dos, pero en realidad sus travesuras me hacían reír a menudo. ¡El tío Freddy los adoraba! Iba en silla de ruedas y todo el mundo lo trataba como si fuera de cristal. ¡Pero ellos no! Le quitaban el freno a la silla y lo empujaban por todos los senderos de la propiedad. En una ocasión rodó hasta el extremo menos profundo del estanque, y fue entonces cuando el tío Freddy descubrió que aún podía nadar. Así que mandó construir una piscina.

Casey intentó mostrarse seria, pero no pudo. Se echó a reír y Olivia la imitó.

—Pensándolo ahora resulta divertido, pero entonces no lo era. Eran los niños más revoltosos del mundo.

—Sé que Letty era la madre de Tate, pero ¿quién era Ace?

—De mayor se convirtió en el doctor Kyle Chapman.

Casey se llevó una sorpresa tan grande que casi dejó caer el cubo de cerezas.

—¿Mi padre era Ace?

—Sí. —A Olivia le brillaban los ojos. Todos en el pueblo sabían que el doctor Kyle era el donante que había permitido el nacimiento de varios bebés—. Pobre niño. Ese verano su madre se estaba muriendo de cáncer. Su padre necesitaba tiempo para estar con ella, y por eso Ace vivía prácticamente aquí. La gente del pueblo decía que el niño no estaba al tanto de lo que ocurría, ¡pero ya lo creo que lo sabía! Cuando su padre lo traía de vuelta después de visitar a su madre... —Olivia no pudo continuar.

—¿Qué pasó con los niños al final del verano? —preguntó Casey en voz baja.

—Llantos y gritos. Fue horroroso. Su dolor nos hizo llorar a todos. Mi madre me escribió que el verano siguiente fueron igual de inseparables. El padre de Ace, el doctor Everett Chapman, estaba de luto por su mujer, y él era el único médico de Summer Hill. Cuando el tío Freddy le rogó que permitiera a Ace quedarse en la mansión, él accedió. Después de eso, se convirtió en algo normal que los niños pasaran el verano juntos.

—Hasta que el padre de Letty encontró otro trabajo y la familia dejó de venir aquí. —Casey metió el último cubo en la camioneta—. Me pregunto por qué mi padre no la buscó cuando se hizo mayor.

—No tengo la menor idea. ¿Por qué no se lo pregunta a él?

—Lo haré. ¿Lista para partir? Me gustaría ir a donde están las zarzamoras.

—¿Las que rodean la caseta del pozo? —La voz de Olivia tenía un extraño tono.

—Sí. —Casey sacó el anillo con el cordón negro que llevaba colgado del cuello bajo la camisa—. ¿Había visto esto antes? Estaba en la caja del tesoro de los niños.

Olivia lo sujetó un momento para observarlo.

—No. Nunca. Apuesto a que lo encontraron en el desván. Cuando llovía demasiado para salir, los niños desaparecían en el interior de la casa. Oíamos sus pisadas por ahí arriba. Había un gramófono de manivela y lo usaban para escuchar discos de Caruso. Debería llevar a tasar ese anillo. Parece valioso.

—Eso creo yo también. ¿Lista?

—Sí —dijo Olivia.

Lizzy toma una decisión

No llegaron a la caseta del pozo. Olivia recordó de repente que tenía cosas que hacer y no podía ir, pero Casey sospechaba que el pequeño edificio debía de guardar algún recuerdo para ella.

Condujo la camioneta hasta la verja de la entrada, donde estaba aparcado el coche de Olivia, y, cuando ella se fue, regresó a la casa de invitados para guardar las cerezas y empezar con la cena. Pero no hacía más que pensar en que se moría de ganas de contarle a Tate todo lo que había descubierto.

Al parecer había topado con un misterio. ¿Y si había ocurrido algo entre Kit y Olivia durante el verano de 1970? ¿Una gran historia de amor que había acabado mal? De ser así, ¿quién había abandonado a quién? Por el modo en que la mandíbula de Olivia se ponía rígida ante la mención de Kit, Casey estaba segura de que había sido él quien la había dejado. ¿Por la mujer que se había convertido en la madre de su hijo? ¿Había sido la infertilidad de Olivia la causa de la ruptura?

A Casey se le encogió el corazón al pensarlo. Su madre, que era obstetra, le había hablado del reloj biológico. «Cuando empieza a sonar, la mujer moverá cielo y tierra para satisfacer su necesidad de tener un hijo.»

«Como tú conmigo», decía Casey, y luego su madre le contaba de nuevo la historia de su concepción.

Su madre decía que había creído que algún día conocería a un hombre, se casaría con él y tendría hijos. «Pensaba que

227

simplemente ocurriría, pero cuando cumplí los cuarenta, comprendí que, si quería tenerlo, yo tendría que hacer que ocurriera.»

«El reloj biológico», decía Casey. Su madre había elegido al donante en un catálogo: uno noventa, rubio, ojos azules, estudiante de Medicina. Al llegar a la edad adulta, Casey descubrió que la información del catálogo era un poco exagerada. Sí, Kyle Chapman era un joven sano y atractivo, que realmente acabó siendo médico. Pero en la época en la que había hecho la donación para lo que se convertiría en Casey, se dedicaba a cocinar en un camión de venta ambulante de comida con el que recorría la ciudad de Nueva York.

Cuando se lo contó a su madre, ambas rieron. «Es cosa del destino», dijeron, refiriéndose a la pasión de Casey por la cocina.

Los demás hijos del doctor Kyle habían heredado otros rasgos. Había pasado un año haciendo acrobacias con una moto en el interior de una esfera metálica en un pequeño circo. Durante seis meses había trabajado para un fabricante de tejidos. Todas las hermanas estaban de acuerdo en que el talento y el temperamento de Gizzy y Stacy parecían una herencia de los rasgos característicos del doctor Kyle.

Casey miró los cubos llenos de cerezas. «Debería empezar a preparar la compota», pensó, pero al instante siguiente salía corriendo por la puerta. Quizá su padre se había lanzado a una vida aventurera durante muchos años, de un trabajo a otro y de un país a otro, antes de meterse en la Facultad de Medicina, por culpa de Letty, la madre de Tate.

Al llegar a la mansión, recorrió el sendero de la parte posterior en dirección al garaje, que estaba al final. En su mente bullía todo lo que tenía que contar a Tate. ¡La madre de él y el padre de ella habían sido amigos íntimos!

Casey había leído en internet la biografía de su padre, que se había quedado huérfano de madre a los cinco años y se había criado solo con su padre. Cuando Kyle, alias *Ace*, tenía dieciocho años, había abandonado su hogar y había pasado varios años cambiando de trabajo y de lugar, sin permanecer en ningún sitio demasiado tiempo. Pero a raíz de un accidente, le había salvado la vida a un hombre. Al día siguiente volvió a estudiar y al final se convirtió en médico.

A Casey le había parecido una historia romántica al leerla, pero ahora empezaba a comprender la verdad. Un niño pequeño que había perdido a su madre con tan solo cinco años de edad. A partir de entonces debía de temer siempre que algo terrible estuviera a punto de ocurrirle. No era de extrañar que fuera tan travieso.

Casey se preguntó si todo aquello habría influido para que su padre se fuera de casa con dieciocho años. Claro que, como hija de una médica, conocía la presión inherente a seguir la huella dejada por un progenitor. Cuando era niña, si se le ocurría lanzar siquiera una mirada fugaz a un estetoscopio, alguien comentaba enseguida que era obvio que seguiría los pasos de su madre. Cuando ella afirmaba que no quería estudiar Medicina, la gente se echaba a reír. Era casi como si estuviera obligada a ser médica.

Ah, sí, conocía muy bien la presión para seguir la carrera médica. ¿Había sido demasiado fuerte para su padre y por eso había huido, al menos temporalmente?

Y luego estaba Olivia. Ella había pasado un verano con los niños.

Casey pensó en Tate y ella reunidos con Olivia y el doctor Kyle para charlar sobre Letty y Ace. Escucharían historias divertidas, recogerían información. Casey y Tate habían encontrado la caseta del pozo donde jugaban los niños, pero ¿y los demás lugares? Se imaginó explorando el ático con Tate. Pondrían discos de Caruso en el viejo gramófono... luego harían el amor en el suelo.

Cuando llegó al garaje, oyó la voz de Tate. ¡Maldita sea! Aún estaba con el preparador físico. Pobre. Habían estado horas entrenando.

Casey se apoyó en la pared. ¿Debía interrumpirlos o esperar a más tarde para hablar con Tate? Si los interrumpía, ¿cómo la presentaría Tate al entrenador? ¿Como su novia? La idea la hizo sonreír.

—¿Meryl Streep quiere hacer de mi madre? —oyó preguntar a Tate.

Aquel ilustre nombre hizo que Casey se quedara quieta. Parecía que Tate hablaba por teléfono.

—Cierto. Dench se llevó un Oscar por nueve minutos haciendo de reina medieval, así que quizá pudiera haber una estatuilla para ella. Entiendo. Bueno, ¿y con quién tengo que acostarme en esta película? —Tate hizo una pausa—. No hablarás en serio... No, no he visto nunca su serie de la tele. Estoy seguro de que es desternillante, pero se supone que la chica de la película es seria e inteligente. ¿Sabe llorar?... Vale, le daré una oportunidad, pero será mejor que valga la pena. ¿Y qué es eso de Rumanía? No puedo ir allí... ¡Sí, tiene que ver con la obra que estoy haciendo aquí! —Tate soltó un bufido burlón—. No, no malgasto mi talento en una obra de pueblo, y sí, tengo algo bueno aquí. No es asunto tuyo. Estaré ahí la semana que viene y podremos hablar de lo que tienes planeado para mí. Quiero seguir con lo que he empezado aquí todo el tiempo que pueda. —Se echó a reír—. Sí, hay una mujer de por medio. Tengo que dejarte. El preparador que me han enviado es un sádico. Llámame si tienes alguna noticia.

Casey dio media vuelta y regresó por el sendero hacia su casa, esta vez caminando despacio. ¿En qué demonios estaba pensando? Tate Landers vivía en un mundo completamente distinto al suyo. Estaba rodeado de luces centelleantes y alfombras rojas y la «estatuilla». Un Oscar.

Cuando Casey llegó a casa, había tomado una decisión. Lo que estaba claro como el agua era que no había ni jamás habría «una relación» entre Tate Landers y ella. Ella era cocinera; él era una estrella.

Para él, Casey era «algo bueno que tenía aquí». Era «una mujer». Sin nombre.

Mientras que ella... Cerró los ojos al recordarlo. Se había comportado como la típica chica tonta. Después de una tarde dichosa de sexo fabuloso había creído que ya eran pareja. Parpadeó al recordar que se preguntaba cómo la presentaría Tate a otra persona. ¿Como su novia?

Se sentó en un taburete de la cocina con el deshuesador de cerezas y empezó a trabajar. Tenía que elegir entre seguir adelante o dejarlo correr.

Si lo dejaba, sería por miedo a que hirieran sus sentimientos. Otra vez. Se imaginó viviendo un romance en las nubes. Haciendo el amor bajo los cerezos. Cogidos de la mano, riendo y corriendo para escapar de un feroz pavo real. Practicando el sexo contra una pared. Besándose bajo una llovizna estival.

Casey tuvo que detenerse para tomar aire. ¿Iba a dejarlo solo para no sufrir al final? ¿Renunciaría a todo aquello para ahorrarse unas lágrimas cuando él regresara a su mundo de estrellas de cine y actrices fabulosas con las que «se acostaba»? En aquel preciso instante, unas cuantas lágrimas no parecían gran cosa comparadas con sexo bajo los cerezos.

Pero quizá debería decirle que no volverían a mantener relaciones sexuales. Le diría: «Ha sido un error. No debería haber ocurrido.»

Ya. ¿Que el mejor, el más maravilloso y exquisito sexo con el que podía haber soñado no debería haber ocurrido? ¿Estaba loca o qué?

Por supuesto existía otra opción. Podía mantener una simple amistad sexual con Tate. Si sabía que no iba a durar, la disfrutaría mientras pudiera. Habría lágrimas igualmente cuando él se fuera, al menos suyas, pero la gente era propensa a llorar cuando llegaba el final de unas vacaciones fantásticas.

Lo que no quería, y sabía que no podría soportar, era una humillación. Ya había tenido bastante con su anterior novio. Tate Landers no llegaría a ser nunca un auténtico «novio», pero lo que Casey no quería era que los demás pensaran que lo había sido. Le gustaba Summer Hill y no quería que durante el invierno corriera por el pueblo el chisme de que una famosa estrella de cine la había utilizado antes de dejarla tirada. No podría soportar las miradas de compasión.

Si decidía continuar con aquella aventura de verano quería que se mantuviera en secreto. Tate era actor, no le costaría fingir. Trabajarían en la obra de teatro durante el día, manteniendo las distancias en público, y por la noche, cuando estuvieran solos... Bueno, que pasara lo que pasase.

Darcy tiene dudas

—Hola —dijo Tate desde el otro lado de la puerta—. ¿Quieres compañía, o ya me has visto bastante por hoy?

—No, pasa, por favor. Estaba friendo un par de muslos de pavo real. ¿Quieres uno? —bromeó Casey.

—Mi plato predilecto. —Tate soltó un gemido de dolor al sentarse en un taburete.

—¿Tan malo ha sido el entrenamiento?

—Horrible. Tengo que aprender a manejar una espada.

Casey lo miró.

—No me parece que estés sufriendo mucho. Te encanta, ¿a que sí?

—Me has pillado —dijo él entre risas—. Pero ojalá Jack hubiera estado conmigo. Me mandó un mensaje para decirme que no volverán hasta mañana. —Hizo una pausa—. Sé que no llevas mucho tiempo viviendo en Summer Hill, pero ¿a Gizzy la conoces bien?

—En realidad no la conozco casi nada. La primera vez que fui con ella a algún sitio sonó la sirena del departamento de bomberos voluntarios y condujo a casi ciento setenta kilómetros por hora para llegar al incendio. Se puso una gran chaqueta negra, y diez minutos después la vi entrando por una estrecha ventana en busca de personas a las que rescatar. Me asustó.

—Pero a ella no le asustaba nada. —Tate se miraba las manos—. ¿Crees que piensa en Jack únicamente como una... excitante experiencia más?

—No, no lo creo. Creo que Jack le gusta de verdad.

—Eso espero —dijo Tate, con una inclinación de cabeza—. Quizás esta noche tú y yo...

Casey sabía lo que insinuaba. ¿Dónde pasarían la noche? ¿En la mansión o en su casa? Si se lo hubiera preguntado cuando aún estaban en la caseta del pozo, Casey le habría contestado que en la mansión. O en su casa. O junto a una fogata, bajo las estrellas.

Pero ahora que sus cuerpos no estaban entrelazados, podía pensar con mayor claridad... y recordaba ciertas cosas. Estaban las palabras de Devlin sobre Tate y sus secretos, y luego la llamada de teléfono que había oído. Tate quería seguir «con lo que había empezado» todo el tiempo que pudiera.

—¿Te importaría que mantuviéramos nuestra... —no podía llamarla relación en realidad— intimidad en secreto? —dijo sonriendo—. ¿Hasta que veamos cómo van las cosas?

Una fugaz expresión centelleó en los ojos de Tate, sin que ella pudiera descifrarla, pero desapareció rápidamente y lo vio sonreír con dulzura.

—Si el pavo real no dice nada, yo tampoco. Pero Jack y Gizzy lo adivinarán.

—Seguro. Y Olivia lo sabe. Pero me gustaría que no saliera de este pequeño grupo si es posible.

—Hecho —asintió él—. No sé qué cocinas, pero huele de maravilla.

—Codorniz con albaricoques, del último libro de recetas de Ottolenghi. Ese hombre es un genio. ¡Oh! Casi me olvido. Sirve vino para los dos y te diré lo cerca que estuvimos de ser hermanos.

—Eso habría sido una tragedia. ¿Cómo pudo haber ocurrido?

—Ace creció y acabó siendo mi padre.

—¿Ah, sí? Cuéntamelo todo.

Casey le habló de lo que le había contado Olivia sobre Letty y Ace y el tío Freddy, pero no dijo nada sobre el matrimonio de Olivia. Tampoco le hizo partícipe de sus sospechas sobre Olivia y Kit, que parecían haberse conocido muy bien en el pasado.

Quizá no fuera justa, pero Casey tenía la sensación de que, aun siendo el dueño de la antigua plantación, Tate era un forastero en Summer Hill. Aunque no estuviera dispuesta a renunciar a los placeres físicos de su amistad, necesitaba hacer cuanto estuviera en su mano para protegerse del inevitable dolor que sentiría cuando él se fuera.

Lizzy pone en práctica su decisión

Horas más tarde, Casey acababa de salir de la ducha y se estaba secando, cuando sonó su móvil. Era Stacy.

—Hola, traidora.

—Sabía que me perdonarías, y, por lo que me han dicho, hiciste un trabajo fantástico con el atrezo. Y viviste grandes emociones. ¿Es verdad que el fabuloso Tate Landers te sujetó mientras colgabas de un tejado?

—Lo hizo —contestó Casey—. Quiero que me cuentes absolutamente todo lo que sepas sobre Kit. Y háblame de Olivia Trumbull, de su marido y de su hijo, Kevin. ¿Qué sabes de su mujer, Hildy?

Stacy había crecido en Summer Hill, lo mismo que Gizzy. Su padre era actualmente el alcalde y se vanagloriaba de saberlo todo sobre la vida privada de los residentes permanentes del pueblo.

—He oído decir que el marido de Olivia tuvo problemas financieros y que ella lo sacó del apuro, pero no mucho más. En cuanto a Hildy, ¿verdad que es horrible? Dirige la mitad de los comités de la iglesia. ¿A ti qué te han dicho?

—Lo mismo. Bueno, ¿y qué tal tu nuevo novio?

—Espléndido. Divino. Me estoy enamorando de él. ¿Qué hay de Tate y tú?

—Por favor —dijo Casey—. Es un actor. No hay manera de saber lo que es real y lo que no.

—Me alegra saber que te das cuenta de eso. Me preocupaba

que siendo tan reciente tu ruptura, te rompiera el corazón por segunda vez, si regresa a Los Ángeles.

—¿Y por qué no? Durante tres días podría comer montones de helado y de chocolate y decirme a mí misma que me lo merecía.

Stacy se echó a reír.

—Eso es lo que querrás hacer cuando veas a Nate y te des cuenta de que me he quedado con el único hombre perfecto en el mundo. Me sabe mal por el resto de mujeres.

—Apuesto a que parece una rana.

Stacy exhaló un suspiro.

—No, es absolutamente apuesto. ¡Deberías verlo sin camisa! Es el hombre más fabuloso...

Mientras Casey escuchaba a su hermanastra ensalzando las virtudes del hombre de su vida, deseaba con todas sus fuerzas poder replicarle de igual manera. Deseaba poder hablarle de Tate y ella en la pequeña camioneta roja, y del pavo real, y de lo que había ocurrido en la caseta del pozo. Pero no dijo nada en absoluto, ni siquiera le habló de que iban a cenar juntos. Cualquier cosa suscitaría demasiadas preguntas.

—¿A qué se dedica ese hombre?

—Eso es lo más extraño —contestó Stacy—. No estoy segura. Sé que tiene algo que ver con lo que fuera que hiciera Kit antes de retirarse, pero no sé qué es.

Siguieron al teléfono durante veinte minutos más; Casey no reveló nada más sobre Tate y ella. Después de colgar y de acostarse deseó que Tate estuviera allí a su lado.

Lizzy guarda secretos

—¿No crees que la gente va a sospechar cuando desaparezcamos los dos a la hora de comer? —preguntó Tate. Estaban en la caseta del pozo, su escondrijo secreto, y acababan de hacer el amor sobre los cojines de Letty y Ace. Hacía casi una semana desde que habían hecho el amor por primera vez. Durante ese tiempo, Casey y Tate habían hecho todo lo posible por no mirarse, a menos que fuera para actuar en la obra. Pero en cuanto tenían un descanso, se encontraban en algún lugar previamente acordado, por lo general la caseta del pozo.

—Creo que la gente te considera inalcanzable. —Casey le pasó la mano por el pecho desnudo—. ¿Finalmente tienes que irte mañana?

Él le besó la punta de los dedos.

—Tengo que irme. No serán más que un par de días. Y, mientras estoy fuera, podréis ensayar en el teatro. Seguro que os alegraréis. No oiréis más chillidos de pavo real.

Casey no le dijo lo mucho que iba a echarlo de menos. Ni siquiera quería decírselo a sí misma.

—Seguramente te darán el papel protagonista en otra película de gran presupuesto y no regresarás. El pobre Josh tendrá que hacer de Darcy.

—Seguramente —replicó él con seriedad.

Casey lo miró, alarmada. Cuando vio que bromeaba, volvió a recostar la cabeza.

—Por lo que me ha explicado Stacy, el sobrino de Kit es un

macizorro. Es muy posible que venga y podría hacer de Darcy.

—Por primera vez, me alegro de que no haya escenas de besos. —Riendo, empezaron a besarse, pegados los cuerpos.

—Será mejor que volvamos —dijo Casey con los labios junto a los suyos.

—Sin duda. —Pero no dejaron de besarse.

Algo golpeó el tejado del pequeño edificio y sobresaltó a Casey.

—¿Qué ha sido eso?

—Él —dijo Tate. Delante de la ventana vieron desplegada la punta de la cola del pavo real—. Adivina quién ha decidido intentar volar.

Casey se vestía rápidamente.

—Aún tenemos unos minutos más.

—Será mejor que me vaya.

Tate se incorporó a regañadientes.

—No entiendo por qué tenemos que actuar a escondidas. Me siento como un adolescente barriobajero y tú eres la buena chica que...

Casey dejó de abotonarse la camisa para mirarlo.

—¿Es la trama de alguna de tus películas?

—Soy demasiado mayor para hacer de adolescente, pero sí, es de un guion que rechacé. —Tate puso una mano sobre su brazo—. Quiero llevarte a cenar. Quiero que vayamos juntos al cine. Quiero que nos sentemos en el banco de un parque a comer helado.

—Provocarías un gran revuelo allá donde fueras.

Él no replicó, simplemente se la quedó mirando.

—Vale, sí, sabes disfrazarte bastante bien, pero... —No se le ocurría cómo acabar la frase. Durante la última semana, Tate le había hecho la misma pregunta todos los días, pero ella no le había dicho nunca la verdad. ¿Qué podía decirle? ¿«Quiero protegerme de lo que sé que me vas a hacer»? No quería pronunciar esas palabras en voz alta, porque entonces se produciría una discusión sobre el futuro. En septiembre, él regresaría a su propio mundo y ella se quedaría donde estaba.

¡Pero, oye, Jack le había ofrecido trabajo como cocinera, así que quizá Tate también se lo propusiera!

La broma no hizo sonreír a Casey. Quería comportarse como una mujer de mundo. Tenía una aventura de verano con un hombre muy atractivo. Que además fuera amable, divertido, considerado y un amante realmente bueno era algo valioso para recordar después.

Darcy expresa sus temores

—¿Listo para irte mañana? —preguntó Jack, sentado en una tumbona junto a Tate. Se encontraban a unos metros de la gran glorieta, de modo que no molestarían con su charla a los actores que estaban ensayando. Casey y Gizzy llevaban sus trajes y se burlaban del repelente señor Collins, interpretado por el feo preparador físico de Los Ángeles.

—No he hecho las maletas, si es eso lo que quieres saber —respondió Tate—. Claro que no me voy a llevar nada.

—Supongo que eso significa que vas a volver.

Tate miró a su amigo para ver si hablaba en serio y reparó en su expresión divertida.

—Sí, puede que vuelva. No estoy seguro de que a Casey le importe.

—¡Vaya! ¿A qué viene eso ahora?

—No lo sé. Creo que es de patio de colegio. Ella me gusta más de lo que yo le gusto a ella.

—Lo dices por lo de mantener el secreto, ¿verdad?

—Supongo —dijo Tate, encogiéndose de hombros—. Desde luego no quiere que nadie se entere de lo nuestro. ¿Qué tal te va a ti con la mujer salvaje?

Jack dejó escapar un largo suspiro.

—En la iglesia parece un ángel caído del cielo, luego salimos y se pone a caminar por el borde de un precipicio, y a mí me pone los pelos de punta. Creo que estoy enamorado de ella.

—¿Y a ella le gustas tú o la estrella de cine?

—Yo. Creo. No tenemos muchas charlas profundas sobre nuestros sentimientos... otra razón por la que la adoro. Nunca me pregunta qué pienso ni qué siento, o incluso cuál es mi color favorito. Es como mi mejor amigo en el envoltorio más bello que jamás ha existido.

—Bien por ti.

—Bueno, ahora suéltalo —le exigió Jack—. ¿Qué es lo que te carcome?

—Algo ha ocurrido con Casey, pero no sé qué es. Todo iba genial y luego... ha cambiado.

Jack guardó silencio un momento mientras contemplaba a Gizzy, que estaba en escena. La veía tan hermosa que incluso parecía tener un halo alrededor de la cabeza. Cuando ella le sonreía, se derretía por dentro. En la cama, fuera de ella, quería estar con Gizzy cada minuto del día. Pero al parecer su amigo no encontraba la misma felicidad.

—Quizá le intimide todo el tema de estar con una estrella de cine.

—¿A Casey? Ni hablar. Jamás me ha visto así, y yo he procurado que no vea ese aspecto de mi vida. Quiero que me vea como un hombre, no como un producto de mi trabajo.

—Buena filosofía. Espero que te salga bien. Por cierto, quería decirte que me ha parecido ver a tu ex cuñado escondido entre los arbustos los días que no tiene ensayo.

—No puede ser. Hice que vallaran toda la finca y pago a un par de tipos para que patrullen a lo largo del perímetro.

—Y hace un par de horas han encontrado el sitio donde alguien había cortado la cerca.

—¿Por qué no me lo han dicho a mí? —preguntó Tate, alarmado.

—Porque sueles desaparecer varias horas seguidas. ¿Qué querías que les dijera? ¿Que fueran a buscarte donde están las zarzamoras? Y no les he dicho que buscaran al intruso porque sabía que podía ser tu ex cuñado. La prensa no sería benévola si se produjera una pelea entre vosotros.

Tate seguía con la vista clavada en su amigo.

—¿De verdad crees que ha sido Haines el que se ha estado colando a hurtadillas?

—El guarda estaba seguro de que era él quien estaba junto a la cerca, y yo lo he visto entre los arbustos. Así que, ¿qué busca?

—Dinero —contestó Tate—. Hará lo que sea para ganarse el sustento, escaqueándose de trabajar. ¡Maldita sea! Quiere llegar a Nina. No tiene más que poner ojos llorosos y decir que echa de menos a Emmie para ablandarla.

—¿Y por qué se mete en la propiedad ahora, antes de que hayan llegado ellas? A lo mejor está haciendo fotos de Casey y tú juntos y piensa venderlas. ¿Es seguro ese sitio donde os escondéis?

—Se oiría a cualquiera que se acercara —respondió Tate con la vista en el escenario—. No sé qué trama Haines, pero sí sé que ha visto a Casey en privado unas cuantas veces.

—¿Te lo ha dicho ella?

—Sí —contestó Tate, pero no dio más explicaciones.

—El reptil de tu ex cuñado anda espiando por aquí y viéndose con tu novia, ella no te da detalles, y mañana te vas. ¿No me dijiste que a lo mejor tendrías que irte con el director a lugares remotos de Rumanía en busca de exteriores? ¿Tendrán cobertura para móviles por allí?

—Lo dudo —dijo Tate con el entrecejo fruncido.

En el escenario, Kit anunció que se tomarían media hora de descanso.

Darcy y Wickham
se enteran de un secreto

—¿Dónde lo has visto exactamente? —quiso saber Tate.

—Detrás de mí —dijo Jack sin volver la cabeza—. A tu izquierda. Después de mi última escena me he acercado y he visto los arbustos pisoteados.

—Hazme un favor, ¿quieres? —pidió Tate—. Llévate a las chicas a alguna parte. A tomar un helado, lo que sea. Diles que he tenido que... —Agitó la mano—. Invéntate algo.

—¿Quieres que vaya corriendo a la casa y te traiga una espada? —Jack intentaba restar seriedad al momento.

—Para esto, quiero usar los puños. —Tras echar una última mirada a Casey, que reía con su hermana, Tate se fue caminando tranquilamente por el sendero en dirección a la mansión. Quería dar la impresión de que disponía de todo el tiempo del mundo. Como si no estuviera alterado ni preocupado por nada.

En cuanto quedó fuera de la vista del escenario, dio media vuelta. Gracias a sus exploraciones, sabía cómo atravesar la maraña de viejos matorrales. En silencio, Tate se abrió paso hacia el lugar donde Jack decía haber visto a Haines. En el centro de unos altos matorrales había un círculo de hierbajos aplastados y, a través de los arbustos, se veía claramente el escenario improvisado.

¿Qué pretendía Haines esta vez?, se preguntó Tate, recordando todo el dinero que había entregado a aquel hombre. Lo había mantenido durante años mientras estaba casado con Nina. Coches, ropa, alcohol. Solo pagarle la factura mensual de la tarjeta de crédito ya le había resultado oneroso. A veces Nina, siempre la más blanda, le citaba las palabras de su marido. Según Devlin, solo necesitaba un buen papel, pero no lograba ninguno porque vivía bajo la sombra del gran éxito de Tate.

Al principio Tate había cometido el error de creer que su cuñado era como él. Cuando Tate no tenía trabajo de actor y no dejaba de acudir a una audición tras otra, había hecho de camarero o de camionero. «¿En serio?», había replicado Nina al sugerirle que su marido hiciera lo mismo. «¿Eso es lo que quieres que haga Devlin? ¿Es que no lees las revistas? Saldría una gran foto del cuñado pobre de Tate Landers lavando platos.»

Al final, Tate había «invertido» en un programa de televisión con la condición de que Devlin Haines lo protagonizara. Al obtener su marido el papel principal, Nina estaba exultante. Por fin Emmie y ella tenían la oportunidad de formar parte de una familia feliz y normal.

Y, durante un tiempo, también Tate estaba contento. Estaba rodando en exteriores y cada noche pensaba en la vida perfecta de su familia y en que Haines por fin podía mantenerla. Se sentía bien por haber podido contribuir a darles esa vida. Cuando hablaba con Nina y con Emmie por Skype, no había más que sonrisas y gratitud.

Hasta que uno de los productores de la serie le había llamado para quejarse. Haines bebía en el plató de rodaje, metía mano a todas las mujeres. Menospreciaba a los demás actores tanto en pantalla como fuera de ella. Él era la estrella. Él era la razón por la que tenían trabajo. Lo peor de todo eran sus interpretaciones, cada vez más acartonadas.

—No le soporta nadie —le dijo el productor a Tate—. La última vez que estuve en el plató me pidió que fuera a buscarle un café. Todos estaríamos dispuestos a tolerarlo, si su actitud no se reflejara también en la pantalla. ¿Has visto la ocurrencia de la *TV Guide*? Dicen que su ego se está comiendo el guion. ¡Devlin Haines se ha convertido en un chiste! Tate, por mucho que te respete, no puedes...

—¿Y si participo en un par de episodios?

—¿En serio? —quiso asegurarse el productor—. ¿Puedo anunciárselo a la prensa?

—Claro —dijo Tate—. Pero dame veinticuatro horas para contárselo primero a mi agente. Seguro que oirás sus chillidos.

Ni siquiera eso había bastado. Al principio de la segunda temporada, tanto el comportamiento como las actuaciones de Haines eran tan malos que los guionistas mataron a su personaje en un intento por salvar la serie, pero era demasiado tarde. Para entonces toda la serie se había convertido en el chiste preferido de los cómicos de horario nocturno.

Tate habría deseado poder pagar a Haines para que saliera de sus vidas, pero era el padre de Emmie, así que se sintió obligado a mantenerse al margen. Como parte del divorcio, Tate aceptó mantener al gorrón durante unos cuantos años más, hasta que volviera a revisarse el acuerdo. Pero ahora, ¿qué? Por lo que sabía Tate, Haines no había hecho el menor intento por encontrar trabajo.

Se imaginó a Haines diciéndole a Emmie: «No encuentro trabajo porque tu tío Tate no me lo permite, así que vivo en el coche.»

Mientras permanecía entre los altos arbustos, cerró los ojos por un momento. Al enterarse de que Haines estaba en Summer Hill, se había sorprendido, pero sabía al mismo tiempo que debería haberlo esperado. Estaba seguro de que se había presentado allí para llegar a la cuenta bancaria de Tate a través de Nina, y probablemente a través de Emmie. Pero ellas aún no habían llegado, y sus ensayos no empezaban hasta la semana siguiente, así que, ¿por qué Haines merodeaba por entre los arbustos?

Tate se pasó una mano por la cara. No valía la pena intentar descubrir lo que pasaba por la cabeza de Haines. Tate solo tenía la certeza de que había estado rondando a Casey, sin duda para granjearse sus simpatías. Tenía facilidad para hacer que las mujeres sintieran lástima de él.

Tate no sabía si Haines tramaba algo relativamente inocente, como intentar separar a Casey de Tate, o si estaba haciendo fotos para usarlas en un chantaje. ¿Y si tenía fotos de Casey y él desnudos en la caseta del pozo? Tendría que pagar para impedir que llegaran a la prensa. Tate no querría por nada del mundo que a Casey la avergonzaran de esa manera.

Mientras escudriñaba por entre los arbustos, vio que en el escenario reinaba el silencio. Olivia se encontraba en un lado, sentada en una silla que habían comprado en la venta de la finca, leyendo el guion. Kit estaba al pie de la escalera, hablando con el cuidador de la propiedad. No había nadie más por allí.

Tate percibió un movimiento detrás del escenario. Fue solo un destello. Tal vez fuera el pavo real, furioso por toda la gente que pululaba por allí, pero también podía ser otra cosa.

Sintiéndose un poco ridículo por andar escondiéndose en su propia finca, Tate rodeó la glorieta permaneciendo oculto. En un par de ocasiones vio ramas rotas, como si no fuera el primero que daba aquel rodeo.

En la esquina posterior de la glorieta había un enrejado cubierto de madreselvas. Era tan denso que el sol no llegaba a aquel rincón de la glorieta, ni permitía verlo. Desde el escenario no se veía nada a través de él.

Entre las sombras se encontraba Devlin Haines. Tate se acercó sigilosamente por detrás.

—Mantente alejado de ella —dijo.

Devlin se dio la vuelta y mostró brevemente su sorpresa, pero luego su expresión se sosegó y esbozó su leve sonrisa, como si tuviera el control de la situación.

—No sé a quién te refieres. ¿La rubita sexy de Jack? —Tenía el móvil en la mano y lo levantó para que Tate lo viera. Había una foto de Gizzy abrazando a un bombero, al que daba un beso en la boca—. Esta foto se tomó hace dos días. He pensado que a lo mejor Jack quiere enmarcarla, así que te he enviado una copia.

Tate era bastantes centímetros más alto que Devlin, y se sirvió de su estatura para fulminarle con la mirada, haciendo un esfuerzo por ignorar la foto de Gizzy.

—Quiero saber qué tramas. ¿Qué mentiras sobre mí has estado propagando?

—¿Cómo sabes que son mentiras? Me echaste a patadas de mi propia familia, ¿recuerdas?

—¿El molde para chocolate de tu abuela? Si apenas sabes quién es tu madre. —Tate se inclinó hacia delante—. Si intentas sacarle dinero a Nina, te lanzaré a mis abogados.

—¿Para que me quiten todo lo que poseo? —replicó Devlin—. Eso ya lo has hecho. ¿Qué le parecería a la prensa que un rico famoso como tú demandara a alguien sin dinero como yo? Y no olvides que soy el padre de tu sobrina, con la que te encanta que te fotografíen.

—Siempre retuerces las cosas para parecer el bueno.

Devlin volvió a sonreír.

—Solo intento ganarme la vida, eso es todo. Tú me ayudas, y mi hija te dará toda esa fantástica publicidad familiar que necesitas. Me encantó sobre todo veros a los dos en Disneylandia. Estabais tan monos.

—¿Para qué rondas a Casey —preguntó Tate, cerrando los puños.

—Es un bocado muy jugoso, ¿eh? Y no cocina nada mal. Os he visto a los dos gateando por entre los arbustos. ¿Cómo es en la cama?

Cuando Tate alzó los puños, Devlin reculó y levantó las manos, mostrando las palmas.

—Estás muy agresivo, ¿no? —dijo, sonriendo aún con suficiencia—. Apuesto a que a la policía le encantaría saber que he venido a este precioso pueblo para ver a mi hija. Y que he ofrecido mis servicios profesionales para ayudar en una obra de teatro. Pero resulta que aparece mi rico y famoso ex cuñado y me golpea. Sin motivo. Simplemente me da un puñetazo en la cara. Espera a que la querida y dulce Emmie se entere de lo que su tío Tate le ha hecho a su padre.

Tate dejó caer los puños, pero su ira no disminuyó.

—¿Qué quieres de Casey? —repitió.

Devlin titubeó como si sopesara si debía contestar o no. Sus ojos adquirieron un tinte sombrío.

—Me gustaría quitártelo absolutamente todo, igual que has

hecho tú conmigo. Unas cuantas lágrimas más por mi parte y se desnudará para mí.

—Eres un... —empezó a decir Tate, avanzando hacia él, pero sobre ellos, en el escenario, sonó una voz que los detuvo. Había alguien al otro lado del enrejado.

Tate no quería que nadie los viera discutiendo y luego inocentemente enviara un mensaje de texto que alertaría a los medios. Veloz como el rayo, Tate agarró a Devlin por el cuello y le sujetó con la fuerza suficiente para impedirle hablar.

—¡Ni una palabra! —le ordenó.

—¡No me toques! —Era la voz de Olivia que, entrenada profesionalmente, se dejaba oír con absoluta nitidez.

—Livie. —El tono de Kit era suplicante—. Escúchame, por favor. Tienes que saber que todo esto lo he hecho por ti. Levantar un escenario, poner una obra en escena... todo ha sido para atraerte hasta mí.

—Para tenderme una trampa, querrás decir —replicó ella—. Bueno, pues aquí estoy. ¿Qué tienes que decir?

—Que lo que ocurrió no tendría que haber ocurrido.

—¿Te refieres al hecho de haberte ido? ¿De haberme dejado?

—No tuve alternativa. El gobierno venía a por mí. Tuve que... ¡Maldita sea! Ya vuelven. Por favor, hablemos esta noche.

—No. Ya es demasiado tarde para hablar. Estoy aquí por mi hijo y mi nuera. Interpreto un papel porque... —Alzó la voz—: Ahora mismo voy. —Hizo una pausa—. Mantente alejado de mí... mocoso inútil.

—Eso me lo decías en un tono distinto. —La voz de Kit se había suavizado.

Ella soltó una exclamación ahogada.

—Si vuelves a tocarme, me iré de este escenario y no volveré nunca más.

—¿Como hiciste la última vez? —En las palabras de Kit había ahora una ira intensa.

La bofetada que Olivia le soltó a Kit debió de doler, porque el enrejado dio una sacudida como movido por una fuerte ráfaga de viento. Olivia se alejó con paso airado.

Sujetando aún a Haines, Tate esperó a que Kit se fuera, luego soltó a su ex cuñado y lo fulminó con la mirada.

—Si alguna vez le cuentas a alguien una sola palabra de lo que acabamos de oír, me dará igual lo que diga la prensa sensacionalista. Iré a por ti con un ejército de abogados. ¿Me has entendido?

—Por supuesto. Tú puedes hacer esas cosas. Tienes éxito, mientras que yo...

—¡No me vengas con monsergas! —le cortó Tate—. Mantén la boca cerrada y aléjate de Casey.

Devlin no replicó. Juntó los talones y saludó a Tate militarmente.

Asqueado, Tate se alejó.

Rápidamente, Devlin se dirigió a la verja de la entrada, mientras marcaba el número de su detective privado. Cuando este le contestó, Devlin no se entretuvo en preliminares.

—Creo que tengo una historia. Investiga a Christopher Montgomery y Olivia Trumbull. Él es de Main y ella vive en este pueblo de mala muerte. Yo ya he hecho algunas averiguaciones y sé que Montgomery procede de una familia multimillonaria. Quiero saber qué ocurrió entre ellos dos. ¿Tiene a alguien que pueda ayudarle a descubrirlo? Quiero información *ya*.

—Sí, tengo gente, pero ¿quién va a pagar por todo esto?

—Landers. Está emparentado con Montgomery y pagará para evitar que salga en los medios, así que no escatime gente.

—Aún me debe lo de la última vez. Tiene...

—¡Escuche, imbécil! Montgomery contrata a gente como Landers para actuar en las fiestas de cumpleaños de su hijo. Quiero saber en qué andaba metido. Busque en el pasado. Sé que tiene algo que ver con este pueblo, pero puede que también esté relacionado con esta plantación infestada de bichos. El tío abuelo de Landers, Fred Tattington, era el propietario. Envíe a alguien aquí para hacer preguntas a los viejos del lugar. Usted no, alguien limpio y con aspecto decente. ¿Tiene gente así?

—Puedo enviarle a un ejército, siempre que pueda pagarlo.

—Por una vez en la vida, me da igual cuánto cueste. ¡Esto me lo he ganado! Le llamaré esta noche para ver qué ha descubierto.

—No sé si podré conseguir nada con tan poco tiempo. Necesito...

Devlin no quería oír las excusas de aquel tipo y colgó. Como todas las personas extremadamente perezosas, esperaba que los demás se partieran el lomo trabajando.

Darcy propone: Lizzy lo interpreta mal

Era por la mañana y Tate y Casey estaban en la cama de ella, tras la primera noche que habían dormido juntos. Ella llevaba solo la parte superior del pijama, mientras que Tate no llevaba nada en absoluto.

—Me alegro de haber comprado este sitio —dijo él. Estaban acurrucados muy juntos, la cabeza de ella sobre el pecho de él. Antes de triunfar, había habido varias mujeres en la vida de Tate, pero en aquella época solo pensaba en conseguir trabajo para pagar las facturas. Después de que su nombre hubiera aparecido en un par de películas, había habido más mujeres, pero solo se interesaban por la estrella de cine.

Casey era la primera mujer a la que no parecía importarle su condición de estrella cinematográfica, ni tampoco su aspecto físico... excepto para bromear sobre él. A Casey le interesaba como hombre.

—Yo me alegro infinitamente de que no hayas intentado modernizarlo —comentó ella—. Nada de esculturas raras en el jardín. ¿Te importaría si pongo unas cuantas plantas más en el huerto? Me iría bien un poco de cilantro. Y necesito más hierba luisa.

Tate le dio un beso en la coronilla.

—Claro. Compra todo lo que necesites y pásame la factura a mí.

—¿O se la envío a tu contable?

—Nina se ocupa de todo y pronto estará aquí. Ahora está

haciendo un trabajo de voluntariado social, pero, en cuanto termine, vendrá con Emmie.

—Se nota que estás impaciente —dijo Casey, sonriéndole—. ¿Por qué no viven contigo en Los Ángeles?

—Antes vivían conmigo, pero, después de divorciarse, Nina se mudó a Massachusetts. En Los Ángeles había demasiados malos recuerdos. Por cierto, Nina dice que necesito una casa en California que no sea toda de acero y cristal. —Calló y esperó a que ella dijera algo, pero Casey no dijo nada—. ¿Qué tipo de casa te gusta a ti?

—Una que tenga cocina —respondió ella—. Con una enorme despensa y una gran isleta de mármol. O de acero inoxidable... aún no lo he decidido.

—¿Alguna habitación además de la cocina? —preguntó Tate entre risas.

—Un dormitorio. —Casey acarició la pierna de Tate con la suya.

—Me parece bien. —Tate la besó, sujetándole la cara con las manos. No quería marcharse. La noche de la víspera había hablado con el director de su siguiente película para decirle que no quería abandonar el país e ir en busca de exteriores.

El director no se había mostrado comprensivo.

—¿Quieres escaquearte de una producción multimillonaria para participar en una obra de teatro provinciana?

Tate no había dicho nada más.

Miró a Casey a los ojos.

—Cuando termine la obra, quizá te apetezca ver mi casa de Los Ángeles. Si no te gusta la cocina, podemos buscar otra casa.

—Eso suena bien. Apuesto a que hay unas tiendas de alimentación fabulosas en Los Ángeles. Ahora tengo que comprar algunos ingredientes por internet. Las codornices llevaban tamarindo. Tuve que pedir que me lo enviaran... —Sonó el teléfono de Tate—. Será mejor que contestes.

Tate alargó el brazo para contestar.

—Es Jack —dijo, y aceptó la llamada—. Sí, sí. Estoy vesti-

do y preparado y esperándote a ti. Estaré ahí en unos segundos.
—Cortó la comunicación y se volvió de nuevo hacia Casey para empezar a besarle el cuello.

Ella lo apartó.

—Le has dicho a Jack que estabas vestido, así que ahora tendrás que levantarte.

—Estoy levantado.

Casey soltó una risita.

—No de esa manera. Para de besarme. —Casey echó la cabeza hacia atrás mientras los labios de Tate bajaban por su hombro—. ¡Tate! No tenemos tiempo para esto. Te espera un avión.

—Será uno rapidito.

—A ti no te gusta rapidito. Te gusta largo y lento y... —Casey iba deslizándose hacia abajo.

—Soy actor. Fingiré ser tu último novio y todo terminará en unos segundos. Tú quédate quieta y piensa en el cilantro y tamarindo.

Casey quería reír, pero él se colocó encima de ella y la besó.

Bingley empieza a tener dudas

Jack y Tate llegaron al coche al mismo tiempo y se sonrieron por encima del vehículo. Habían pasado mucho más que unos segundos. Ocuparon los dos extremos del asiento de cuero de la parte de atrás y ordenaron al chófer que se pusiera en marcha.

—¿Y dónde está tu maleta? —preguntó Tate.

—Lo he dejado todo aquí —contestó Jack, encogiéndose de hombros—, quizás incluso el corazón. ¿Qué me dices de ti?

Cuando el coche salió de la finca, Tate miró por la ventanilla.

—El mío sí, pero el suyo no. —Se volvió hacia Jack—. Prácticamente le he pedido que se viniera a vivir conmigo a Los Ángeles, pero ella solo quería saber cómo son las tiendas de alimentación.

—Eso suena bien. A lo mejor está pensando en vivir allí.

—No, no es eso —dijo Tate—. ¿Y qué tal tú con Gizzy?

Jack reflexionó unos instantes antes de contestar.

—¿Recuerdas que te dije que me alegraba de que no me hiciera preguntas? Ahora me preocupa un poco que no quiera saber nada de mí.

A su pesar, Tate recordó la foto de Gizzy besando a un bombero que le había mostrado Haines.

—¿Qué hay de sus antiguos novios? ¿Ha tenido muchos?

—No lo sé. —Jack frunció el ceño—. Aunque me gusta mucho que sea siempre tan activa, a veces desearía que pudiéramos hablar con el corazón en la mano. ¿Qué te parece?

Tate vaciló. ¿Debía mostrar a su amigo la foto que le había

enviado Haines o no? Tal vez fuera todo mentira, pero no era la primera vez que a Jack y a él les había engañado alguna mujer ambiciosa. Sacó el móvil y buscó la foto.

—Me han dicho que la tomaron hace dos días, pero podría ser falso.

Jack echó un vistazo a la foto, luego le devolvió el móvil a Tate.

—Eso es lo que yo empezaba a sospechar.

Los dos hombres se miraron.

—Ya veremos cómo están las cosas cuando volvamos —dijo Tate, y Jack se mostró de acuerdo.

Lizzy escucha a otros

—Bueno, ¿qué tal está? —preguntó Olivia a Casey—. ¿Ha ocurrido algo interesante? —Llevaban bonitos vestidos de estilo Imperio y estaban sentadas en sillas que habían colocado fuera de la glorieta. En el escenario, Lori revoloteaba alrededor de Gizzy, provocándola con comentarios sobre lo maravillosos que eran los soldados. Parecía muy joven, pero al mismo tiempo absolutamente seductora.

—Esa chica tiene verdadero talento. Espero que haga algo con él —comentó Casey.

—He descubierto que se aloja en una de las casas del lago con su abuela, Estelle, a la que conocí en el instituto. Quiero hablar con ella sobre Lori y la posibilidad de enviarla a la Juilliard. —Respiró hondo—. Qué suerte tiene Estelle con una nieta como ella.

Casey alargó la mano para apretar la muñeca de Olivia.

—En realidad le preguntaba por Tate y usted —dijo Olivia—. Hace ya un día que se fue. ¿Qué tal lo lleva?

—Muy bien. No tengo que preparar tres comidas al día, y no lo tengo rondando por mi cocina a todas horas. No me incordia para que vaya a todas partes con él en su pequeña camioneta roja. ¿Le he hablado del día que vino a la tienda de alimentación conmigo? ¡Fue un desastre! Compró tres docenas de pomelos y me retó a hacer una tarta con ellos. En lugar de la tarta, preparé unos cuantos tarros de una mermelada muy rica con un tallo de estragón en el centro. Fue él quien me sugirió que usara todo el tallo, y limpió los pomelos por mí. Bueno, ahora podré hacer mis conservas sin tenerlo pegado a las faldas.

Olivia sonreía.

—Ya me ha contado esa historia. Dos veces. Le echa mucho de menos, ¿verdad?

—Sí, pero ojalá no fuera así. —Soltó un bufido de exasperación—. Siempre me he enorgullecido de funcionar por mi cuenta. Incluso cuando vivía con alguien, dependía solo de mí misma.

Hizo una pausa antes de continuar.

—Estoy confusa sobre lo que hay entre Tate y yo. Antes de irse me habló de ser su cocinera en Los Ángeles. Supongo que sería su chef permanente. Pero yo... —Se tapó la cara con las manos—. Me gusta de verdad y lo echo de menos, pero no quiero. Me gusta ser independiente. Crecí con una madre que siempre estaba ausente y aprendí a depender de mí misma. Claro que eso era lo que fastidiaba más a mi ex novio. Me decía muchas veces que no se sentía necesitado.

—Cuando era niña, debía de haber ocasiones en las que quería que su madre estuviera ahí.

—Sí, pero sabía que ella estaba ayudando a otras personas. —Casey miró a Olivia—. Aunque a veces deseaba que me ayudara a mí. A veces quería ser como las demás chicas y quejarme de que mi madre quería comprarme un vestido horrible para el baile del instituto. Cuando yo elegí mi vestido, mi madre estaba en un congreso médico en Bombay, y mi cuidador en aquella época era un carnicero jubilado. Ahora sé cómo destripar un alce, pero a veces...

—Desearía haber tenido una vida de adolescente normal.

—Sí. —Casey volvió a desviar la vista hacia el escenario—. Es estúpido, pero echo de menos a Tate más de lo que echaba de menos a mi madre. No creía que eso fuera posible. Pero no sé si puedo confiar en él. Devlin dice...

Olivia la interrumpió.

—¿Piensa basar su juicio en lo que dice otra persona? Casey, no puede hacer eso. Tiene que usar su instinto, lo que usted quiere.

—Lo sé —dijo Casey—, pero no puedo ignorar la información de alguien que conoce a Tate tan bien. Oh, oh. Kit nos llama a escena. Puede que me equivoque, pero ¿están usted y nuestro ilustre director enfadados el uno con el otro?

—Se me insinuó —explicó Olivia, poniéndose en pie—, y lo rechacé. Vamos, tenemos muchas escenas por ensayar. —Echó a andar hacia el escenario, pero Lori la detuvo.

—Tengo una duda y Kit me ha dicho que usted podía ayudarme. Hay una escena en la que Lydia consigue ir a un viaje, pero mi hermana Kitty no puede ir con ella. La chica que hace de Kitty y yo somos amigas, o lo éramos, y... —Miró a Olivia con expresión de impotencia.

—Quieres saber cómo interpretar la escena para parecer contenta, pero no alardear de tu triunfo en su cara.

—¡Sí! —confirmó Lori—. Eso es exactamente lo que quiero.

—Vamos a un lado y pensaremos en cómo decir tus frases para no herir los sentimientos de tu amiga.

Mientras Casey las observaba alejándose, pensó en lo triste que era que Olivia no pudiera tener jamás nietos propios. Luego pensó en Kit. Era un hombre mayor, pero también muy atractivo.

—¿Por qué demonios querría rechazarlo? —dijo entre dientes.

Wickham eleva la tensión

—Hola.

Casey levantó la vista de la cazuela de moras burbujeantes, vio a Devlin al otro lado de la puerta de tela metálica, y frunció el ceño sin poder evitarlo. Tenía que planear y preparar tres cenas y necesitaba acabar de hacer la mermelada de moras. No tenía tiempo para oír los comentarios sarcásticos de Devlin sobre Tate.

Se sintió culpable en cuanto esa idea cruzó por su mente. Devlin le había confiado sus cuitas como amigo y ella debería mostrarle simpatía en lugar de desear que se fuera.

—No quiero molestarte, pero me preguntaba si podría contratarte.

—¡Oh! —Casey dejó a un lado la cuchara—. Lo siento. Pasa. —Casey se sintió aún más culpable por lo que había pensado. «Sé amable con los clientes», se recordó a sí misma.

Devlin entró, pero no se sentó.

—Hoy tengo que ensayar con esa chica, Lori. No sé cómo Jane Austen pudo escribir sobre un hombre adulto interesado por una chica de quince años.

—Entonces no existía lo «políticamente correcto». —Casey echó un vistazo a la cazuela.

—No te entretendré —dijo él—. Una amiga mía, Rachael Wells, viene el sábado por la mañana y quiere que hagamos un picnic. ¿Podría contratarte para que nos prepares algo delicioso para llevar?

—Claro. —Casey se secó las manos en un paño antes de hacerse con papel y bolígrafo—. ¿Qué os gusta comer?

—Yo... esto... yo... —La miró con impotencia—. No querrías venir con nosotros, ¿verdad? —Se dejó caer en un taburete como si pesara una tonelada—. Estoy en un aprieto. Esa mujer está colada por mí. Era la coprotagonista en mi serie, hacía de mi novia. Era para la televisión por cable, así que hicimos juntos algunas escenas desnudos. Gajes del oficio. El caso es que me temo que Rachael se lo tomó demasiado en serio. Me ha dicho que vendrá aquí el sábado por la mañana y me exige que la lleve de picnic. Sé que quiere que estemos solos en el campo, pero la verdad es que la idea me asusta. Así que, ¿podrías, por favor, venir con nosotros? —Su mirada era suplicante como la de un perro hambriento.

Casey no quería ir, y su instinto la impulsaba a decir que no, pero pensó que aquel hombre era el padre de la sobrina de Tate y acabó asintiendo.

Devlin se levantó del taburete con una gran sonrisa en la cara.

—Eres una amiga fantástica. Muchísimas gracias. —Se dirigió a la puerta.

—¿Qué hay de la comida?

—Lo que a ti te apetezca —respondió él sin detenerse—. Confío en ti.

En cuanto estuvo fuera de la vista, Devlin empezó a soltar imprecaciones. ¡La maldita zorra le había obligado a cambiar de planes! Landers se había ido, ¿a qué venía ese ceño que había puesto al verle aparecer a él? ¿Qué poder tenía Tate sobre las mujeres?

Por la mañana, Devlin había ensayado lo que le diría a Casey. Le explicaría que Landers había arruinado su serie de televisión. Pensaba explotar la compasión de Casey para pedirle que fuera de picnic con él. La víspera había oído hablar de una pared de roca desnuda junto a un arroyo cercano. Devlin había pensado en llevar allí a Casey, fingir luego un accidente casi mortal y dejar que ella lo salvara. A las mujeres les encantaban los hombres vulnerables. Cuando ella lo cuidara hasta que se recuperara, acabarían en su cama de manera natural.

Le encantaba pensar en el momento de contarle a Landers que se había acostado con su nueva novia. No sería tan increíble como cuando se había burlado de él a cuenta de su hermana, pero lo disfrutaría igualmente.

Pero cuando Devlin vio el ceño fruncido de Casey, comprendió que su plan no iba a funcionar. ¡Desde luego, Landers la tenía bien pillada! Se había hecho el héroe y ella se lo había tragado.

Como siempre, Landers lo recibía todo, mientras que Devlin tenía que trabajar duro para conseguir lo que quería.

Durante unos instantes no había sabido cómo reaccionar, pero luego pensó que tendría que buscar a alguien que hablara por él.

La historia de la chica y el picnic había sido improvisada, y aunque estuviera mal decirlo, había sido uno de sus mejores trabajos. Esa misma mañana precisamente había pensado en Rachael. Cuando estaban en la serie, sus escenas de sexo delante de un montón de gente le habían excitado tanto que ardía de deseo. Un deseo incontrolable. La había llevado hasta su camerino y no le había dado la oportunidad de negarse. Claro que, ¿qué iba a decir ella? Devlin era el protagonista de la serie. Su palabra era ley. Si lo rechazaba, él no tendría más que decirle al productor que Rachael no era adecuada para el papel, y matarían a su personaje, que fue lo que finalmente él terminó haciendo.

Aunque las cosas con Casey no hubieran ido como él planeaba, a Devlin se le había ocurrido espontáneamente la idea de Rachael y un picnic para los tres. Su actuación había sido tan buena que se preguntó por qué no se había dado cuenta antes de que era brillante improvisando. Realmente extraordinario.

Sonriendo tras descubrir un nuevo talento propio, sacó el móvil, buscó el número de Rachael y llamó.

—¿Rachael? Soy Devlin —dijo, cuando ella contestó.

—¿Qué demonios quieres? —le espetó Rachael.

—Vamos, nena, no seas así —dijo él en tono grave y persuasivo.

—¡Tú hiciste que me echaran...! Esa serie fue el mejor trabajo que he tenido en mi vida. Un salario fijo cada mes. Y solo tenía que mirarte como si me importara una mierda que estuvieras vivo o muerto.

—Estoy seguro de que no lo dices en serio. Me he enterado de que aún no has encontrado trabajo.

—Nadie quiere contratar a los que participamos en la serie que tú arruinaste. Es como si nos hubieras echado una maldición a todos. El tipo que hacía de jefe ni siquiera la pone en su currículo. Yo tampoco la pondría, pero...

«¿Por qué todos le culpaban siempre a él?», se preguntó Devlin, e interrumpió a Rachael.

—¿Qué te parece si te compenso por todo? Tengo un trabajo para ti. Solo serán un par de horas. Te pagaré un billete de avión para que vengas al glorioso estado de Virginia, harás un papel, y podrás volver a casa al día siguiente. Incluso te pagaré una noche de hotel. ¿Qué te parece?

—Que no andas metido en nada bueno.

—¿Te importa? —le replicó él.

—No, cuando debo tres meses del alquiler. Pero no pienso hacer nada por lo que pudiera acabar en la cárcel.

—Yo no te haría eso, nena. ¿Cuánto conoces a Tate Landers?

—Somos grandes amigos. Viene a menudo a mi piscina. Tomamos copas juntos todos los viernes.

Devlin soltó una risita.

—Echo de menos tu sentido del humor. Entonces ¿no has sido una de las miles de chicas de Tate?

—Si fuisteis cuñados, ¿cómo es que no sabes nada de él? Según dicen, es más fácil conseguir asiento en la primera fila para los Oscars que meterse en la cama de Tate Landers. Una chica que conozco lo intentó, pero...

—¿Quieres el trabajo o no? —le espetó Devlin con brusquedad—. ¿O tus escrúpulos te llevarán a acabar en la calle sin casa?

—¿Cuánto pagas? —preguntó Rachael entre dientes—. ¿Y en qué consiste el trabajo exactamente?

—Irás a un picnic, así que ponte ropa conservadora. Nada de pantalones minúsculos. —Devlin hizo una pausa—. Puedes ponértelos luego. Para mí.

—Si vuelves a tocarme, lo lamentarás. Venga, háblame de dinero y dime qué tengo que hacer para conseguirlo.

Gizzy escucha una historia realmente terrible

Casey volvió a mirar su móvil una vez más. Tenía *emails* de su madre, de Stacy y de un par de amigos de cuando trabajaba en Christie's, pero nada de Tate. Hacía cuatro días ya que no sabía nada de él.

La víspera, durante los ensayos, Gizzy le había dicho que había recibido varios mensajes y *emails* de Jack. Quería preguntarle a él por Tate, pero Casey le había pedido que no lo hiciera. «Seguramente está muy ocupado», había musitado Casey, y luego había seguido ensayando.

Ahora mismo estaba sentada sobre una manta con Rachael Wells. Devlin estaba un poco más allá, corriente abajo, con una caña de pescar entre las manos. No parecía muy experto echando el sedal al agua.

Casey miró a Rachael, que era una mujer atractiva con una densa cabellera oscura y llevaba un vestido veraniego que parecía sacado de una película de la década de 1950. Llevaba los brazos desnudos, tenía las piernas bronceadas y estaba muy delgada.

—Por la cámara —le había dicho a Casey al conocerse.

Durante el trayecto hasta el lugar del picnic, Rachael le había lanzado a Devlin varias miradas de evidente desaprobación, pero él había hecho caso omiso. Una vez en el sitio, Devlin se había hecho un rápido sándwich de pan con queso y se había ido rápidamente, dejando a las dos mujeres solas.

—¿Vuelves a Los Ángeles mañana? —preguntó Casey y dio un bocado a su porción de quiche.

—Sí, pero ¡maldita sea! Ojalá hubiera sabido que Tate no estaba aquí.

—¿Lo conoces?

Rachael soltó un bufido burlón.

—Ya lo creo. Tate Landers y yo somos amigos desde hace mucho tiempo. Sé que su última película no fue bien y pensó que la publicidad que le daría esta obra le ayudaría, por lo tanto supuse que estaría aquí.

—¿Querías verlo por algo en concreto? —preguntó Casey, procurando que no se le notara la curiosidad.

—En realidad, tengo las fotos que compró Tate. —Lanzó una mirada a Devlin, que estaba muy lejos para oír algo—. Desde luego no pudo dárselas al pobre Devie. Después de todo lo que le hizo Tate, ni siquiera mencionó su nombre. —Bajó la voz—. De hecho, Devie no sabe que aún trabajo para Tate.

—¿Qué ocurrió entre ellos exactamente?

—Oh. Eso. ¿Has oído hablar de una serie llamada *Death Point*?

—No.

—Por supuesto que no. Ni tú ni nadie. Era la serie de Devie y Tate acabó con ella. Supongo que sentía celos de lo bien que iba. Una estrella por familia parece ser el lema de Tate, y es él. —Rachael miró a Casey con expresión de sorpresa—. ¡Oye! Tú vives cerca, así que podrías darle tú las fotos.

—No sé yo si...

—No son porno, si es lo que te preocupa. A ver, no es que a Tate no le guste el porno. —Miró en derredor para asegurarse de que estaban solas—. Entre nosotras, si alguna vez tienes la oportunidad de acostarte con Tate Landers, no lo dudes. Te aseguro que un par o tres de horas con él merecen la pena. Las recordarás toda la vida.

Casey tragó saliva.

—Entonces ¿él y tú habéis sido amantes?

—¿Habéis? Cariño, somos amantes. No creerás que me he venido a este sitio perdido solo para entregar unas fotos, ¿no? Devie ha dejado claro que quiere volver con su ex mujer, así que

266

tengo que buscar consuelo. —Se echó a reír—. Había venido a que me consolara Landers.

Casey sintió que todo su cuerpo se ponía rígido.

—Creo que está saliendo con alguien.

Rachael hizo un gesto despectivo con la mano.

—Tate siempre está saliendo con un par de mujeres por lo menos a la vez. Cualquier mujer que se crea lo contrario, saldrá mal parada. —Rachael sacó un grueso sobre de su bolso—. Este trabajo me ha costado lo suyo. No fue fácil montar todo eso desde Los Ángeles. El niño tenía que estar sujeto al tejado, con los cables ocultos, y que después se soltaran con la magia de las películas. ¡Fue una pesadilla!

—¿Tejado? ¿De qué estás hablando? ¿Qué niño?

—¿No te enteraste? ¿El rescate ese que fingieron Tate y Jack? Me dijeron que salió perfecto. Me preocupaba el niño, pero Tate dijo que estaba bien. Cualquier cosa por relanzar la carrera, ¿no?

—¿Me estás diciendo que el niño que estaba sentado en el borde del tejado y el rescate formaban parte de un truco publicitario?

—Por supuesto. No creerás que megaestrellas como Tate Landers y Jack Worth van a hacerse los héroes sin motivo, ¿no? —Miró el rostro escandalizado de Casey—. Lo siento. Olvidaba que no estoy en Los Ángeles. Allí todo el mundo capta la publicidad. No pretendía hacer estallar tu burbuja de la América del Medio Oeste.

—¿Podrías contarme toda la historia, por favor?

—Claro. Fue Jack quien me llamó, pero claro, Tate siempre tiene un compinche. Durante un tiempo fue Devlin, pero... —Se encogió de hombros—. Pobre Devie. Tate lo echó de su matrimonio e hizo que lo despidieran de su serie, todo al mismo tiempo. No sé cómo sobrevivió.

»Bueno, el caso es que Jack me llamó y me dijo que Tate y él iban a una venta en una finca, y que necesitaban que ocurriera algo con lo que ellos pudieran quedar como héroes. No fue fácil, pero con la ayuda de un tipo de Richmond que conozco, lo montamos todo. Alquilé una camioneta, encontré a un niño mono para el tejado y a un fotógrafo profesional. Nada de vídeo, solo fotos, así parecía más real. —Tendió el sobre a Casey—. Puedes verlas si quieres.

Casey sabía que no debía hacerlo, pero no pudo evitarlo y sacó las fotos. La primera era una foto del niño sentado en el borde del tejado. Con una cuerda alrededor de la cintura, Gizzy caminaba hacia él. Ella estaba muy guapa, pero el niño parecía asustado.

—Fíjate en que los hombres se quedaron dentro, a salvo. ¡No iban a arriesgarse tanto para darse publicidad!

A continuación había dos fotos de la madre del niño. Casey se la mostró a Rachael, enarcando las cejas.

—Es una actriz de la zona, y el niño era el hijo de una vecina. ¡Esa madre va a ponerse furiosa cuando vea las fotos en la portada de las revistas!

Casey pasó a la siguiente foto. Era de ella colgando cabeza abajo sobre el tejado.

—Esa es la otra chica. Jack se reía cuando me contó que a Tate le tocó acostarse con la gorda. Pobre. Pero supongo que en un pueblo tan pequeño, incluso él tiene que conformarse con lo que hay a mano. —Miró a Casey y puso los ojos como platos—. Esa... ¡Oh, no! No me había dado cuenta de que tú eras la segunda chica a la que pusieron en peligro. Lo siento mucho. No sabía que Tate te estaba utilizando para... quiero decir, que está... Tengo que cerrar la boca. Mira, dame las fotos. Se las enviaré por correo.

—No —dijo Casey—. Me gustaría quedármelas.

—Claro. —Había simpatía en la mirada de Rachael—. Después de ver cómo te ha utilizado Tate, puedes quedarte con lo que quieras. Siento mucho todo esto. Y voy a matar a Devie por no hablarme de Tate y de ti. En Los Ángeles todo el mundo sabe cómo es, pero en este lugar apartado... De verdad que lo siento.

Rachael esperó, pero Casey no dijo nada.

—¡Mierda! Ahora me preocupa lo que me ha pedido Tate

que haga a continuación. Me dijo que me pusiera ropa gruesa para atravesar unos arbustos espinosos. Me dijo que hay una... —Comprobó sus notas—. ¿Una caseta del pozo? Soy una chica de ciudad. No tengo la menor idea de qué es eso. Pero tengo que mirar por una ventana y hacerle fotos cuando él esté dentro. Quizá sean una especie de fotos artísticas. Sea lo que sea, Tate cree que, si se publican, se renovará el interés por él como héroe romántico. Le preocupa que otros actores más jóvenes lo derriben de su pedestal.

Rachael se volvió para mirar a Devlin, que seguía junto al arroyo.

—Creo que será mejor que me vaya. Tengo muchas cosas que hacer. —Se levantó, soltó un fuerte silbido y luego hizo gestos a Devlin para que volviera.

Casey seguía sentada en la manta como si estuviera congelada, o muerta. Todas las palabras de Rachael se atropellaban en su mente y apenas podía pensar con claridad. La caseta del pozo. El rescate. Aquel niño tan mono. ¿Todo para salvar la carrera de Tate Landers? ¿Un truco publicitario?

—Creo que te he disgustado —dijo Rachael, mirándola—. ¿Por qué no vuelves al coche? Nosotros recogeremos todo esto.

Casey consiguió ponerse en pie y, por primera vez en su vida, no recogió todo lo que había preparado. Entonces se dirigió al coche dando traspiés, abrió la puerta de atrás y se metió dentro.

Lo único que pensaba era que debía avisar a Gizzy. Los dos amigos actuaban juntos en todo aquello. No eran reales. Habían llegado a un pequeño pueblo y habían encontrado a dos mujeres dispuestas a irse a la cama con ellos. Y al pobre Tate le había tocado «la gorda». Era una pena que no hubiera llegado antes al teatro el primer día, para haberse quedado con la belleza del pueblo.

Casey observó a Rachael y a Devlin guardando las cosas del picnic. Daba la impresión de que ella le estaba echando una bronca. Seguramente reprendía a Devlin por no haberla avisado de que Casey era la actual compañera de cama de Tate Landers.

¡Tate había contratado a Rachael para que los fotografiara dentro de la caseta del pozo! A Casey le dio un vuelco el estómago.

Cuando Rachael y Devlin echaron a andar hacia el coche, Casey intentó recobrar la compostura. Vale, se había dejado engañar por los trucos de una estrella de cine. Podía tomárselo como una lección aprendida. Algún día quizá sería capaz incluso de reírse de su ingenuidad. A pesar de haberse creído que mantenía una distancia emocional con respecto a Tate, no lo había logrado.

Lo importante ahora era avisar a Gizzy de que también a ella la estaban utilizando. Y, además, Casey sabía que no podía contarle a nadie lo que estaba pasando. Más adelante, cuando el «rescate» copara la primera página de las revistas, podría decir: «Pues claro que sabía que era todo un truco publicitario. El niño estaba perfectamente sujeto al tejado. No, no, todo fue publicidad y yo lo sabía.»

Sacó el móvil y mandó un mensaje a Gizzy: «VEN A MI CASA DENTRO DE UNA HORA. TENGO NOTICIAS IMPORTANTES QUE CONTARTE.»

Durante el trayecto de regreso a Summer Hill con Devlin de conductor, los tres guardaron silencio. Rachael parecía demasiado enojada para decir nada y Casey no quería hablar. Cuando el coche se detuvo frente al hotel de Rachael, esta se giró hacia Casey antes de bajar.

—Siento mucho todo lo ocurrido. No sabía de qué iba todo esto. Creo que debería decirte que...

—Ya has dicho bastante por un día —dijo Devlin con severidad.

—¡Eres un cabrón! —Rachael se apeó del coche y cerró de un portazo, pero volvió a mirar atrás—. Casey, yo...

Casey no oyó nada más, porque Devlin salió disparado.

Al llegar a Tattwell, tuvieron que pasar por el guardia de la verja de entrada, y luego fueron hasta la casa de Casey.

—No tengo palabras para disculparme por lo que te ha contado Rachael. Pero me resulta muy difícil quedarme a un lado viendo lo que te hace mi ex cuñado.

—No puedo soportar nada más. He llegado al límite.

—Lo sé —dijo él con suavidad—. Pero no te preocupes. Yo te cuidaré. Te prepararé una copa o dos y podemos sentarnos a charlar y...

—No —le aseguró Casey, apartándose de él—. Mi hermana llegará en cualquier momento y, no te lo tomes como algo personal, pero puede que no quiera volver a ver ningún hombre nunca más. —Casey se metió en casa y cerró la puerta con firmeza tras ella.

Devlin se quedó un momento mirando la puerta cerrada. ¡Maldita Rachael! Se había pasado de rosca. Se suponía que haría que Casey recurriera a Devlin hecha un mar de lágrimas. Pero, claro, ¿qué podía esperarse? Rachael siempre había sido una mala actriz. Ahora que lo pensaba mejor, seguramente ella había sido la razón principal por la que su serie había fracasado.

Pero al menos Casey no volvería a recibir a Landers con los brazos abiertos. Ese objetivo estaba cumplido. Y lo había hecho él solo, sin ayuda de nadie. Si Rachael creía que iba a pagarle por su cagada, iba lista.

Sacó el móvil y llamó al detective privado.

—Estaba a punto de llamarle —dijo el tipo—. No se va a creer lo que he descubierto sobre ese tal Christopher Montgomery y la que antes era la señorita Olivia Paget. Esta vez ha dado en la diana.

—Mejor será que sea algo bueno. He tenido un día asqueroso. ¿Por qué la gente no hace nunca lo que ha de hacer?

—Se alegrará en cuanto le cuente lo que he averiguado.

Veinte minutos más tarde, Devlin sonreía de oreja a oreja. Se sentía tan bien que pensó en ir al hotel de Rachael, dejar que le gritara un poco más, y luego quitarle la ropa. Si se portaba real-

mente bien con él, tal vez se dejara convencer para pagarle la mitad de lo que le había prometido. Debería estarle agradecida, porque no se merecía cobrar nada.

Cuando llegó al coche, iba riendo. En poco tiempo estaría
disfrutando del Jaguar que Landers se había negado a comprarle. ¡No! Después de lo que acababan de decirle, quería un May-
bach.

Darcy se rinde

—¿Estás seguro? —preguntó Jack a Tate—. ¿No tienes ninguna duda sobre ella? ¿Ninguna en absoluto? —Viajaban en la parte de atrás del coche, desde el aeropuerto hasta Tattwell.

—Ninguna —confirmó Tate—. Estoy harto de la vida que llevo. Está vacía de sentido para mí.

—El problema no es ese, sino con quién eliges compartirla. Hace muy poco tiempo que conoces a esa chica. —Mientras hablaba, Jack estaba escribiendo en el móvil.

—¿Y a quién le mandas mensajes?

—A la chica a la que hace muy poco tiempo que conozco —contestó Jack entre risas—. Hace veinticuatro horas que no sé nada de ella. ¿Y tú? ¿Has estado en contacto con Casey?

—Le envié cuarenta y un mensajes de texto y *emails* mientras estábamos fuera, pero no contestó a ninguno. Estaba muy preocupado, hasta que esta mañana he recibido el aviso de que no se había enviado ninguno. He tenido que ir a Ajustes y decir que sí, que quería mandar todos esos mensajes. Han salido todos de golpe.

—¿Y?

—Nada, pero si Casey estaba en la cocina, tal vez no haya oído el teléfono. —Sonrió—. Le sorprenderá la avalancha de mensajes.

—Creo que pasa algo —dijo Jack—. Gizzy me respondía a todos los mensajes, pero no sé nada de ella desde hace un día.

Tate no dijo nada. La foto de Gizzy besando al bombero se-

273

guía preocupándole. Jack le había restado importancia, pero Tate no opinaba igual. Se preguntaba qué pasaría por la mente de Gizzy. A veces daba la impresión de que lo único que le gustaba de Jack era su capacidad para seguirla en sus locas correrías: caminar al borde de los riscos, caminar de puntillas por los tejados, trepar a los árboles. Gizzy quería hacer todo eso... pero quizá no mucho más. Para el gusto de Tate, Gizzy era demasiado distante, demasiado fría y reservada. ¿Cómo podía saberse lo que pensaba o sentía?

Era todo lo contrario a Casey, pensó Tate, con su temperamento y su exigencia de ser tratada con consideración. Él siempre sabía a qué atenerse.

Mientras estaba fuera, Tate no había pensado en otra cosa que no fuera Casey y lo que habían hecho juntos. La había echado muchísimo de menos. Sus bromas, su risa, sus ganas de vivir, todo se había convertido en parte de él.

Hasta que no se había alejado de ella, no se había dado cuenta de lo mucho que significaba Casey para él.

Durante las semanas que había pasado en Summer Hill, casi se había olvidado de cómo lo veía el mundo exterior. En el aeropuerto de Los Ángeles, le habían recibido dos serviles representantes del estudio. «¿Quiere que le lleve la maleta, señor Landers?» «¿Está usted cómodo, señor Landers?» «Si necesita alguna cosa, no tiene más que pedírmela.» Esto último se lo había dicho una atractiva joven agitando profusamente las pestañas.

A lo largo de los años, Tate se había acostumbrado de tal modo a semejante trato, que apenas reparaba en él. Pero el tiempo que había pasado en Summer Hill había sido como estar en casa con Nina y con Emmie, con personas que también lo veían a él como una persona, no como una mercancía a la que había que mimar porque vendía mucho.

Cada minuto lejos de ella, había deseado que Casey estuviera a su lado. O que estuviera en su casa, esperándolo. Por la noche, solo en su habitación del hotel en la lejana Rumanía, pensaba siempre en ellos dos juntos. En su vida juntos.

«Sexo y comida», pensó. Casey le había dado lo mejor de ambas cosas. La mejor comida y el sexo más fantástico que hubiera disfrutado en toda su vida. Se lo había dicho a Nina (solo con respecto a la comida) por teléfono justo antes de irse a Rumanía.

—Eso parece amor —le había contestado ella—. No creerás de verdad que las hamburguesas que Emmie y tú preparáis en el jardín son las mejores del mundo entero, ¿verdad? Son geniales porque mi hija y tú ponéis mucho amor en hacerlas. Apuesto a que también te gusta el sexo con Casey.

—Eso no es algo que quiera comentar con mi hermana.

—Cuando conocí a Devlin y creí que estaba locamente enamorada de él, el sexo era tan increíble que podía echarme a llorar. Pero cuando descubrí cómo era en realidad, me daba asco que me tocara. Lo único que había cambiado era el amor, o la ausencia de él.

—Deberías ir a uno de esos programas para mujeres y contarlo.

—No es necesario. Todas las mujeres lo saben. Solo los hombres son tan tontos que no se dan cuenta.

Tate soltó una carcajada.

—Eso suena a lo que diría Casey. Y no me sueltes ningún tópico sobre eso. ¡Mierda! Han venido a recogerme. ¿Vendréis Emmie y tú a Tattwell cuando yo vuelva?

—Tu sobrina dice que necesita dos más como las ocho maletas rosas que le compraste, pero sí, estaremos allí cinco minutos después de que aterrices. Llámame en cuanto vuelvas.

—Lo haré, te lo prometo. Os quiero. Adiós.

Todo el tiempo que había estado fuera, Tate había pensado en Casey, imaginando cómo podía ser su vida juntos. Lo repasaba todo mentalmente. Dónde vivirían. Si a Casey no le gustaba su casa de Los Ángeles, la vendería y se comprarían otra más acogedora. Con una gran cocina, por supuesto.

Si Casey quería continuar con el servicio de catering, o abrir su propio restaurante, o cualquier otra cosa, él la ayudaría.

La peor parte sería su vida de estrella, cámaras y alfombras rojas y mujeres soltándole obscenidades. A Casey le costaría acostumbrarse a todo eso. A lo largo de los años, él había logrado volverse inmune. Pero ¿cómo reaccionaría Casey cuando se viera delante de un centenar de cámaras y le preguntaran cómo era acostarse con Tate Landers?

Tendría que protegerla. Supondría un gran esfuerzo, ¡pero lo haría!

Cuando abordó el avión para regresar a Estados Unidos estaba completamente decidido... y feliz. Eso era lo que quería, y había una forma de lograrlo. Como decía Nina, solo se necesitaba amor.

Darcy desnuda algo más que sus abdominales

En cuanto el chófer se detuvo delante de la mansión, Tate abrió la puerta y echó a correr. Cubrió la distancia que lo separaba de la casa de invitados en un tiempo récord, pero cuando llegó, se detuvo.

Estaba oscureciendo y Casey tenía las luces encendidas en su bonita cocina, dando la impresión de que estaba en un escenario. Estaba de pie junto a la isleta, sujetando un gran cuenco del que vertía una mezcla de oscuro color azul en un molde para tartas.

A Tate le pareció una hermosa pintura de un gran maestro, en la que resaltaba la figura principal y el artista te hacía sentir lo que quería expresar.

En aquel momento, Tate sentía que estaba en casa, delante de la mujer en la que había pensado, a la que había deseado y con la que estaba absolutamente seguro de que quería compartir su futuro.

Casey dejó el cuenco en la isleta y lo rebañó con la cuchara, luego levantó la cabeza y vio a Tate en el exterior. Por un segundo, su cara expresó una alegría tal que Tate estuvo a punto de atravesar la tela metálica de un salto. Abrió la puerta y la estrechó entre sus brazos.

Él fue a darle un beso en la boca, pero ella volvió la cara y acabó besándola en la mejilla. Casey mantenía los brazos a los lados, sujetos por el abrazo de Tate.

—He pensado en ti todo el tiempo. Te he echado de menos cada segundo. —Recalcaba sus palabras con besos—. Quiero que te quedes conmigo para siempre. Sé que mi vida no es bonita y acogedora como la que tienes aquí, y seguramente no te gustará mi casa, pero podemos comprar otra. He estado pensando y quizá sea mejor que guardes en secreto la historia de tus hermanos de donante. La prensa sensacionalista lo convertiría en un circo, y no quiero que salga nadie perjudicado. Y sé que te angustiarás por las apariciones públicas, pero hay gente en el estudio que se encarga de la peluquería y el maquillaje. No quiero que te preocupes por nada. Yo me encargaré de todo.

Ella se apartó empujándolo, y se quedó mirándolo fijamente.

—Lo siento —añadió él—. Sé que es demasiado y demasiado deprisa, pero he estado días pensando en todo. Ven, vamos a la sala de estar y lo hablamos. —Alargó la mano para tomar la de ella, pero Casey retrocedió.

—Al parecer has decidido que me quieres, así que me has planeado la vida. Donde vivas tú por tu trabajo será donde tenga que vivir yo. Y mi vida real es una auténtica vergüenza, así que será mejor mantenerla en secreto. ¡Puf! Padre y hermanos fuera. Y, ah, sí, con peluqueros y maquilladores profesionales puede que quede presentable para aparecer al lado de una belleza como tú.

—No es eso lo que quería decir —protestó Tate, atónito.

—Acabo de oírte decir que quieres que abandone mi antigua vida para convertirme en un trofeo que puedas exhibir... después de que me hayan hecho un completo cambio de imagen, claro. ¿Por eso querías que entrenara contigo? ¿Para que tuviera buen aspecto al lado de alguien tan espectacular como tú? ¿Por la publicidad?

—No. —Tate se puso rígido—. Nunca he pensado en la publicidad.

La boca de Casey se torció en una mueca desdeñosa.

—¿Crees que soy tan ingenua como para tragármelo? ¿Creías que nunca averiguaría lo del niño? Me contaron que estaba bien sujeto, pero yo no vi ningún arnés. ¿Dejaste que el niño saliera al tejado sin ninguna protección?

—No tengo la menor idea de lo que estás hablando.

—Del montaje publicitario que encargaste para la venta en la finca, de eso hablo. Sé que fuiste tú quien lo organizó todo. Pusiste en peligro la vida de aquel niño solo para conseguir fotos de ti como si fueras un héroe de verdad.

Tate empezaba a comprender.

—¿De verdad crees que haría algo así? —preguntó en voz baja—. ¿Que soy de esa clase de personas?

—No lo creía... hasta que vi las fotos, entonces sí me lo creí.

—¿Y puedo preguntarte quién te mostró esas fotos? No, espera. Déjame adivinar. Devlin Haines. Debería haberte advertido de que intentaría...

—¡No fue él! —replicó Casey, alzando la voz—. Fue una de tus muchas novias. Rachael Wells vino aquí para entregarte las fotos.

—¿Rachael Wells? ¿La de la serie? ¿Así que es mi novia? —Tate retrocedió. Su rostro era una máscara impenetrable—. Ya veo que no vas a creer nada de lo que yo te diga. Ya has tomado una decisión sobre mí. Siento haberte molestado. Por favor, disculpa mi atrevimiento. —Giró sobre sus talones y abandonó la casa.

Casey fue a la sala de estar y se dejó caer en el sofá. ¡Desde luego le había cantado las cuarenta! La arrogancia de Tate, su manera de decidir lo que ella debía hacer con su vida, eran despreciables. ¡Un cambio de imagen! ¿Tan fea creía que era para necesitar que la arreglaran? Claro que, como había dicho Rachael, ella era «la gorda».

Casey recostó la cabeza en el sofá. De todas las cosas horribles y mezquinas que le habían dicho o hecho en su vida, aquello era con mucho lo peor.

Claro que, mientras miraba fijamente el techo, le pasó por la cabeza la idea de que, si por algún extraño milagro, tenía que acudir a algún evento cinematográfico, quizá, bueno, necesitaría un poco de ayuda con el pelo y el maquillaje y la elección de vestido.

Se incorporó de pronto y negó con la cabeza. ¡Tenía que dejar de pensar así! Lo que Tate Landers le había hecho a su ex cuñado, a todas las mujeres de su vida, y a aquel niño tan adorable sujeto al borde de un tejado, era más de lo que Casey podía soportar.

Volvió a la cocina para terminar de cocinar. Esa noche se acostaría temprano. Sola. Tenía que esforzarse en apartar de sí esa clase de pensamientos. Había hecho lo correcto y debería alegrarse por ello. Estaba segura de que la tristeza que sentía pasaría pronto.

Georgiana interviene

Mientras Tate caminaba de vuelta a su casa, le sonó el móvil. No respondió. Estaba demasiado sorprendido, demasiado conmocionado para hablar con nadie. ¿Cómo podía haberse equivocado tanto? ¿Cómo podía haber interpretado tan mal una situación y a una persona?

Pero el móvil no paró de sonar y finalmente lo sacó del bolsillo. Era Nina. Sería mejor que no notara que le pasaba algo.

—Hola, hermanita —dijo con entusiasta alegría.

—¡Oh, no! ¿Qué ha ocurrido?

—Nada —respondió Tate—. Me alegro de haber vuelto y la obra va bien y...

—No te atrevas a usar ese tono de actor conmigo. Estás hecho un asco y quiero saber exactamente qué te ha pasado.

—Tu ex marido...

Nina soltó un gemido.

—Quiero que te pongas delante de un ordenador y te metas en Skype. Vas a contármelo todo, y quiero verte la cara mientras lo haces.

Una hora y media más tarde, Nina cerró su ordenador y se concedió unos instantes para soltar unas lágrimas. Sabía muy bien de lo que era capaz su traicionero ex marido. Sus mentiras, sus complots, sus manipulaciones, podían destruir vidas.

Cuando estaba casada con Devlin, sabía que tenía aventuras

281

con otras mujeres, pero lo cierto era que, hacia el final, se alegraba de que se mantuviera lejos de casa. Cuando estaba con Emmie y con ella, no hacía más que quejarse. Nadie le daba nunca lo suficiente, nadie hacía nunca lo suficiente por él. Ella nunca había comprendido esa extrema sensación de Devlin de que tenía derecho a todo cuanto quisiera, pero a lo largo de los años había aprendido a no encararse con él. Nina podía soportarlo, pero su hija no merecía vivir así. Ella había aprendido a caminar de puntillas, a guardar silencio, a mostrarse de acuerdo con él, y especialmente a halagar su ego constantemente, sin descanso. Sí, era magnífico; sí, el mundo entero era demasiado estúpido para ver lo maravilloso que era él. Hacía todo lo necesario para evitar despertar su ira.

Cuando Tate regresó a casa después de rodar su quinta película seguida, se horrorizó al ver lo que le había ocurrido a su hermana. Siempre que estaba cerca de su marido, Nina no decía dos frases seguidas sin comentar lo maravilloso que era y afirmar que todo lo que hacía era mejor que cualquier otra cosa que hicieran los demás.

Tate, en cambio, no veía más a que un hombre que no trabajaba en absoluto, que no mantenía a su familia, que no se ocupaba de la casa que Tate les había regalado, que no prestaba la menor atención a su mujer y a su hija. Nina estaba agotada por el trabajo de la casa, el cuidado de la niña, y todas las pequeñas tareas que le ocurrían a su marido.

Cuando Tate intentó hablar con ella, Nina le repitió lo que le decía Devlin, que sin un buen trabajo no se sentía como un hombre. Así que Tate había movido algunos hilos, había gastado dinero y había hecho promesas para conseguir que a Devlin le dieran el papel protagonista en una serie televisiva. Pero Devlin la había cagado. Al pedirle cuentas, Devlin había echado la culpa a Nina del fracaso de la serie. No se podía esperar que triunfara cuando tenía una mujer que no le apoyaba nunca, que nunca le decía una buena palabra, ni hablaba bien de él.

Al final, Tate rechazó una película para poder supervisar el proceso de divorcio de su hermana.

Ahora, al parecer, Tate se había convertido en víctima de las mentiras de Devlin. Nina percibía que a su hermano le gustaba de verdad esa joven, Casey, y estaba segura de que su ex marido también se había dado cuenta.

Nina entró en la habitación de Emmie. Su hija estaba pintando en el caballete.

—¿Te gustaría pasar la noche en casa de Alicia?

—¿Me ha invitado?

—No —respondió Nina—, pero voy a preguntarle a su madre si puedes quedarte a dormir en su casa. Podrían ser dos noches. Tengo que hacer una cosa para el tío Tate, así que tengo que irme a Los Ángeles.

Emmie miró a su madre con detenimiento.

—Vas a salvarlo, ¿a que sí?

—Pues sí. Cuando vuelva, tú y yo nos iremos a Summer Hill y arreglaremos todos los problemas del tío Tate. ¿Qué te parece?

—¡Genial! —exclamó Emmie—. ¿Crees que venderán botas de montar en Virginia?

—¿Bromeas? Es posible que las hayan inventado allí. Mientras tanto, piensa en lo que querrás comer. La novia del tío Tate sabe cocinar de todo, y quiero que esté muy ocupada con la familia Landers.

—El tío Tate dice que la mejor comida del mundo son los bollos rellenos de manzana y el pavo real.

Nina se echó a reír.

—Mi hermano es... —Se interrumpió—. Merece lo mejor —añadió—. Ahora prepara tus cosas. Solo puedes llevarte dos maletas a casa de Alicia.

—¡Mamá!

Nina salía ya de la habitación.

—Solo dos —dijo sin volverse.

Emmie sonrió y sacó cuatro maletas rosas de debajo de la cama.

Todo el mundo sufre

—No me equivoco —dijo Casey en voz alta. Llevaba días diciéndose lo mismo, pero seguía sintiéndose fatal.

Después del picnic, Gizzy había ido a su casa y ella se lo había contado todo.

—¿Fue todo un montaje publicitario? —exclamó Gizzy, horrorizada—. ¡Con lo asustado que estaba aquel niño!

Casey había preparado bebidas y aperitivos, y habían estado horas charlando... bueno, sobre todo Gizzy. Le había contado todas las citas que habían tenido Jack y ella, sus intimidades, sus risas, las aventuras que habían corrido. Casey se asombró al oír todas las cosas que habían hecho juntos.

—Pero nunca hablamos —añadió Gizzy—. Me refiero a hablar sin más. Parece tan complacido cuando hago algo como balancearme en una cuerda y saltar en el centro de un estanque, que lo repito una y otra vez. Me encanta el ejercicio físico y es estupendo que Jack pueda seguirme el ritmo, pero a veces también querría quedarme quieta. Quiero contarle lo que pienso. ¿Tienes tú el mismo problema con Tate?

—No. —Casey no dijo que todo con Tate había sido perfecto. No tenía la menor queja. Era un hombre cariñoso y solícito, y un amante carente de egoísmo. Podía hablar con él de cualquier cosa y él siempre la hacía sentir mejor. Él...

—¿Queda un poco más de esto? —Gizzy alzó su vaso vacío.

—Sí, claro. —Casey se fue a la cocina para sacar la batidora de la nevera.

—No me gusta enterarme de que a ti y a mí nos consideraban rollos temporales —dijo Gizzy desde la puerta—, pero da igual. Jack y yo habríamos roto de todas maneras. Necesito algo más que el aspecto físico en una relación. —Hizo una pausa—. Casey, voy a irme de Summer Hill. Todavía no sé adónde iré. Puede que vuelva a estudiar para sacarme un título de entrenador personal. Creo...

Cuando Casey alzó la vista, descubrió que Gizzy estaba llorando. Dejó la batidora y se acercó para abrazarla.

—Estoy mintiendo —dijo Gizzy—. Jack era estupendo. Podría haberlo atado a la cama y haberle obligado a escucharme, pero no lo hice. Él es una estrella de cine, pero yo no soy más que...

—Eres hermosa. —Casey quería impedir que dijera algo malo sobre sí misma.

Gizzy se apartó para sacar un pañuelo de papel de la caja que había junto a los libros de cocina.

—¡Para lo que me sirve! Todos los hombres de este pueblo me tienen miedo.

—Los bomberos te adoran.

—Solo porque puedo meterme por espacios pequeños.

—Creo que lo que les gusta es ver cómo te metes.

Gizzy resopló.

—No me hagas reír. ¿Cómo vamos a hacer la obra con Jack y Tate?

—No lo sé —dijo Casey—. De verdad que no lo sé.

Las dos terminaron llorando y abrazándose y diciendo que al menos habían aprendido algo. Pero eso no las compensaba lo suficiente por la pérdida de los dos hombres apuestos a los que habían llegado a querer.

Casey había logrado contener la ira por lo que había descubierto hasta que Tate se presentó en su casa después del viaje. Era como una tetera humeante a punto de explotar. En un primer momento, al verlo, había sentido pura felicidad. A la luz del atardecer, parecía realmente que Tate se alegraba de verla. Por unos segundos, Casey había deseado salir corriendo por la puerta para ir junto a él. Para tirarlo al suelo y arrancarle la ropa.

Pero él había llegado hasta ella antes de que pudiera moverse. Era maravilloso notar sus brazos alrededor del cuerpo y la electricidad que corría entre ellos hizo que su cuerpo vibrara. Durante unos segundos, Casey olvidó las cosas terribles que había descubierto sobre él.

Entonces Tate abrió la boca. Y de ella salieron órdenes y exigencias. Todo lo que Casey había oído de labios de Rachael parecía resurgir en sus palabras. Tate quería que cambiara su vida por él, que renunciara a todo lo que conocía y amaba para irse al otro lado del país y permanecer a su entera disposición. Después de un cambio de imagen, claro está.

La ira y la indignación que bullían en su interior habían explotado al fin y Casey le había dicho lo que podía hacer con sus exigencias.

En un instante, la cara de Tate había pasado de la felicidad a... a nada. Era como mirar una fotografía. No demostraba ninguna emoción en absoluto. Ni ira ni tristeza, ni siquiera decepción. Era una página en blanco.

Después de que él se fuera, había vuelto a hablar con Gizzy y ambas se habían reafirmado en su decisión de mantenerse alejadas de los dos hombres. Si les dolía tanto ahora, ¿cómo sería si continuaban viéndolos?

En lo que estuvieron de acuerdo fue en que no debían contar nada a nadie de lo que había ocurrido. Si le hablaban aunque fuera a una sola persona sobre el montaje publicitario, podría convertirse en el chismorreo de todo el mundo. A partir de ahí podía extenderse al resto del país. Lo último que querían era que un escándalo llevara a la prensa hasta el pueblo. No querían que aquella fea noticia perjudicara a la obra.

A Casey no le había resultado fácil guardar silencio. Pero no le contó nada a su madre, ni a Stacy, ni a Olivia. Se esforzó por sonreír y actuar como si no hubiera ocurrido nada.

No quería quedarse a solas con sus pensamientos, así que se puso a cocinar. Tartas, galletas, *cupcakes*, un pastel de caramelo salado con seis capas. Se lo llevó todo al equipo que estaba en la glorieta, pero viendo que no podían ni con la mitad, su padre, el doctor Kyle, se llevó el resto a un albergue.

—¿Estás bien? —preguntó a Casey.

—Sí, claro, bien. No me pasa nada. ¿Cómo estás tú? ¿Qué tal el nuevo médico?

—Jamie es bueno. Hay algunos problemas, pero... —Se encogió de hombros—. Si necesitas hablar con alguien, siempre me tienes aquí.

—Gracias, pero estoy bien, de verdad. Tengo que ir a... eh... ensayar.

—Sí, claro —asintió él.

Los ensayos fueron mal. Parecía que Jack no había dormido en varios días. Casey los vio a Gizzy y a él hablando, pero cuando Gizzy se alejó, Jack parecía a punto de echarse a llorar.

Casey no tuvo compasión. «¡Actores!», pensó. ¿Quién sabía si las emociones que expresaban eran reales o no?

Un día, Kit le dijo a Casey que ensayara con Tate. Era la escena en la que Darcy dice que las damas quieren presumir de figura.

—Este vestido solo tiene diez metros de tela —dijo Casey—. Espero que sean suficientes para ajustarse a mis caderas. —Todos en el escenario se detuvieron para mirarla. Kit se pasó una mano por la cara.

—Líbrame del amor juvenil.

—¿Y qué sabes tú de eso? —La voz de Olivia delataba una enorme ira contenida.

Después de eso, el día no hizo más que empeorar.

Tate y Jack se envolvieron en corazas de frialdad, sin permitir en ningún momento que se viera lo que había bajo la superficie.

A Casey y a Gizzy les costaba disimular su ira, y cuando decían sus frases, dejaban traslucir parte de la rabia y la pena que sentían.

—¡Se supone que estás enamorada de él! —gritó Kit a Gizzy durante una escena con Jack/Bingley.

Gizzy reaccionó abandonando el escenario, y Casey se fue tras ella.

Kit alzó las manos al aire, presa de la frustración.

—Descanso —gritó—. Comeos algunos de los ciento cincuenta pasteles y tartas que ha traído Casey.

La única persona que sonreía era Olivia.

Casey corrió de vuelta a la casa de invitados, que se había convertido en su santuario, en su escondrijo. No salía más que para ir a los ensayos y hacer los recados imprescindibles. Ya no se paseaba por la finca en busca de frutos silvestres. Temía encontrarse con Tate, o con Jack. O acabar en la caseta del pozo.

Preparaba tres comidas al día para Tate y Jack y las entregaba en una nevera. Solo vio a Tate una vez. Estaba sentado a la mesa, solo en la salita acristalada, y parecía tan desdichado como ella.

«Seguramente es todo fingido», pensó Casey, y se dio la vuelta antes de que él la viera.

Devlin se le había acercado en dos ocasiones. Tal vez no fuera justo, pero Casey no soportaba ni verlo. Deseaba sentir lástima por él. Al fin y al cabo, al parecer Tate Landers se había aprovechado de él de mala manera en su camino hacia el éxito. La carrera de Devlin, su matrimonio, su amada hija, todo se lo había arrebatado su ex cuñado con su ambición desmedida.

Pero, aunque no tuviera sentido y no fuera justo, Casey no quería ver a Devlin, ni hablar con él, ni siquiera estar en escena con él. Antes de que él hubiera aparecido con su amiga Rachael, Casey disfrutaba de una felicidad sublime. Todo había cambiado en un picnic en apariencia inocente. Las risas con Tate, compartir con él los secretos de su vida, besarse, hacer el amor. Estando con Tate, Casey se había sentido más viva que nunca antes. Pero ahora todo se había ido para no volver.

Tal vez no fuera justo culpar a Devlin, pero así era. Simplemente Casey quería mantenerse alejada de Tate y de Devlin. No quería saber nada de la ira y el resentimiento que había entre aquellos dos hombres.

Devlin pareció entenderlo, porque, después de un par de días, se mantuvo a distancia. Se volvió más callado, casi como si se arrepintiera de haber sido la causa de tanta confusión. Casey lo veía a menudo ensayando las frases con la joven Lori, inclinándose sobre ella de un modo paternal. Era como si se hubiera convertido en su mentor.

Casey no podía evitar pensar que la joven Lori era una buena influencia para Devlin. La joven era apreciada por todos. Era muy discreta, nunca se quejaba, siempre tenía un libro en las manos. A pesar de ser muy atractiva, parecía casi apocada... hasta que salía a escena, claro. Entonces, era como si un mago agitara una varita y Lori se metía en la piel de su personaje. No solo interpretaba a Lydia, se convertía en ella.

Lori había suavizado el mal humor de los demás cuando más lo necesitaban.

Un día que el doctor Kyle llegaba tarde, Kit se alejó por el jardín para contestar a una llamada de teléfono. Mientras todos esperaban entre murmullos de descontento, Lori dio un paso adelante y dijo en voz alta:

—Yo haré del señor Bennet. —Miró a Olivia—. En serio, querida —dijo Lori poniendo una voz más grave—, ¿no ves acaso que el señor Collins es un hombrecillo odioso? Demasiado feo para Jane, demasiado estúpido para Elizabeth.

Las frases no estaban ni en el guion ni en el libro, y todo el mundo se quedó asombrado.

Solo Olivia la entendió y se acercó a ella.

—Ah, bueno, pues entonces ¿envolvemos a Lydia y se la ofrecemos como regalo? Tal vez podríamos enrollarla en nuestra segunda mejor alfombra.

Lori pareció meditar mientras alargaba la mano hacia la falsa chimenea y fingía limpiar una pipa de tabaco. Mientras la encendía y empezaba a dar grandes bocanadas, seguía meditando.

—Lydia es demasiado vital, demasiado hermosa, y desde luego demasiado inteligente para esconderla en una alfombra.

Dado que Lori era quien interpretaba a Lydia, los espectadores soltaron risitas ahogadas.

—Estoy de acuerdo —dijo Olivia—. Sería una pena ocultar cabellos del color del sol aunque fuera un solo momento.

Se escaparon más risas, ya que Olivia era tan rubia como Lori.

—¿Tal vez Kitty?

Lori dio unas chupadas a su pipa imaginaria.

—Kitty es joven y tonta, y no sabe nada del mundo.

A un lado del escenario, la estudiante de secundaria que hacía de Kitty tecleaba en su móvil, sin reparar en nada de lo que sucedía a su alrededor. Los demás dejaron de intentar reprimir las risas.

—Entonces —dijo Olivia—, oh, sabio esposo, tal vez Mary. Con su manía por los libros, tal vez se lleven bien.

—No —dijo Lori pensativamente paseando la mirada por los que ocupaban el escenario—. He decidido quién se casará con el señor Collins y será dueña de esta casa que es mi alma misma. La casa que es el origen de todo este horrendo revuelo matrimonial. —Lori tomó una larga bocanada de aire, luego giró en redondo y señaló a la mujer que interpretaba a Hill, la criada saturada de trabajo de los Bennet.

En la vida real, la mujer tenía unos cuarenta y cinco años de edad y participaba en la obra solo porque sus hijos la habían atosigado para que lo hiciera.

—¡Hill, eres mi gran amor! —dijo Lori con voz sonora—. ¡Y esta casa será tuya!

La mujer, la única en el escenario que estaba sentada, contestó:

—Solo si incluye a Darcy.

Se produjo un estallido de risas que solo concluyó cuando Kit regresó al escenario.

Tras aquel pequeño episodio, todo el mundo estaba encantado con Lori.

Aparte de aquella pequeña muestra de humor, los ensayos fueron desagradables durante toda la semana. Al final, Kit y Olivia prácticamente no se hablaban. Una mañana, Olivia tenía que ensayar la escena en la que su marido se burlaba de ella, pero al doctor Kyle lo llamaron por una urgencia y tuvo que irse. Kit ocupó su lugar.

—Oh, señor Bennet —dijo Olivia—, no tienes compasión de mis nervios.

—Tus nervios —respondió Kit en voz baja, casi con tono seductor—, tus palabras, tus pensamientos, tu aliento mismo, han sido compañeros míos todos estos años.

—¡Ojalá pudiera creerlo! —replicó Olivia, y abandonó el escenario.

Kit tardó unos instantes en recobrarse y luego decretó un nuevo descanso.

Casey se fue a la casa de invitados para preparar la comida de Jack y Tate. Josh se pasó por allí y ella le dio la nevera para que la entregara por ella. Evitaba ir a la mansión siempre que podía.

Minutos después, Josh regresó con un regalo en la mano. Era del tamaño de una caja de zapatos y estaba envuelto en un reluciente papel verde con una bonita cinta rosa.

—Esto es para ti.

Ella le echó un rápido vistazo.

—No lo quiero.

—No es de ellos. Es de ella.

Casey levantó la vista del rodillo con el que aplanaba la masa para una tarta.

—¿Quién es «ella»?

—La hermana de Tate.

—Entonces definitivamente no lo quiero.

Josh se sentó en un taburete.

—¿No te importaría contarme qué os pasa a Gizzy y a ti?

—Hemos roto con unos tíos —respondió Casey—. Nada importante.

—Vosotros cuatro, además de Kit y Olivia, estáis saboteando una obra con fines benéficos, ¿pero no es nada importante?

—Lo siento. —Casey envolvió el rodillo con la masa.

—¡Casey! —exclamó Josh, acercándose a ella—. Deja las tartas. Vas a arruinar a los de la pastelería del pueblo. —Puso las manos sobre los hombros de Casey y la miró a los ojos—. Entiendo que Tate y tú habéis tenido una riña. Son cosas que pasan. Pero acabo de conocer a su hermana y a su sobrina, y ellas no merecen que las incluyas en esto. —Viendo que Casey callaba, retiró las manos y se apartó—. Nina ha preguntado si cocinarías para ellas.

—Por supuesto. Tate ya me lo había pedido. Pero... —Sin acabar la frase, tomó aliento—. Tienes razón. Estoy llevando esto demasiado lejos. Me encantaría cocinar para ellas.

Josh recogió el regalo de bonito envoltorio.

—Ábrelo.

—Lo haré.

—No —insistió Josh con firmeza—. Ábrelo ahora.

A regañadientes, Casey rasgó el papel. Dentro había una caja llena de papel de seda rosa. Enterrado en el centro había un pequeño estuche de terciopelo azul, del tipo en el que se guardaban los anillos. Casey lo dejó caer entre el papel como si fuera veneno.

—No pienso abrir eso —dijo, y se dio la vuelta.

Josh agarró el estuche y abrió la tapa. Dentro había un pequeño lápiz de memoria de 128GB.

—¡No había visto nunca una esmeralda tan grande!

—Será mejor que Tate no haya... —empezó a decir Casey, pero al ver lo que sujetaba Josh, hizo una mueca—. Muy gracioso.

—¿Dónde tienes el ordenador? Vas a ver lo que haya aquí ahora mismo.

—Ni hablar.

—Casey —dijo Josh—. No sé qué ha ocurrido, pero sí sé que en toda discusión hay dos caras, y por lo que he visto, Tate y tú no compartís la información. Su hermana me ha dado esto en privado. Mi impresión es que su hermano no sabe nada de nada. —Esperó hasta que Casey lo miró a la cara—. A veces un hombre no se defiende porque quiere salvar su honor. Sé que es un concepto anticuado, y perdónanos, pero los hombres aún lo sentimos así. En una ocasión una novia me acusó de algo que yo no había hecho. Me alejé de ella dejando que pensara lo peor de mí, antes que someterme a su juicio. Cuando ella descubrió la verdad, me rogó que la perdonara, pero no pude. No quiero que a Tate y a ti os ocurra lo mismo.

—Soy yo la que no puede perdonar —dijo Casey, tras respirar hondo.

Josh se dirigió a la puerta.

—Me vuelvo al escenario y le diré a todo el mundo que estás enferma y que durante el resto del día no podrás ensayar, ni hacer la cena, ni contestar llamadas siquiera. Quiero que me prometas que te vas a quedar aquí y a ver lo que haya en esa memoria. ¿Lo harás?

Casey vaciló. Las palabras de Rachael le habían dolido profundamente y la herida ni siquiera había empezado a curarse. Averiguar más cosas sobre la batalla que se disputaba en aquella familia, involucrarse en ella, no haría más que profundizar en las heridas.

Por otro lado, quizá Josh tenía razón y había otra cara de la versión que ella conocía. Y además, ¿acaso no estaba ya hundida hasta el cuello en todo aquel lío?

—De acuerdo. Nada de pastas, ni tartas, ni nada de nada. Voy a verlo todo.

—Gracias. —Josh la besó en la mejilla y se fue.

Mientras Casey envolvía la masa y la metía en la nevera, pensó en otra media docena de cosas que podía cocinar. Por supuesto, para eso tendría que ir primero a la tienda. Quizá después podría mirar el lápiz de memoria. Pero entonces necesitaría...

—¡Oh, mierda! —Agarró el lápiz de memoria de la isleta de la cocina, se fue a la sala de estar y abrió el portátil.

Al principio no sabía qué estaba viendo. Había unas veinte carpetas, y cada una contenía documentos, fotos y vídeos. Se alegró de que estuvieran numeradas para saber qué orden seguir al abrirlas.

La primera carpeta estaba etiquetada como DEATH POINT, el nombre de la serie televisiva que Tate había arruinado. Al mirar los videoclips de diversos episodios, vio a Devlin interpretando a un inspector de policía... pero no era el hombre apuesto que Casey conocía. Tenía los ojos rojos y su andar era vacilante. Parecía que estaba borracho o drogado. «¡Gran interpretación!», pensó.

Apareció en escena Rachael, interpretando a la novia, y se puso a hablarle con seriedad, pero era como si no se diera cuenta de que él no gozaba de plenas facultades. «Tal vez formara parte del guion», pensó Casey.

En el videoclip siguiente, Devlin tenía aún peor aspecto. Con la mirada turbia, distraído, deteniéndose entre frase y frase.

Casey empezó a comprender que aquello era real. Devlin actuaba completamente colocado.

Había ocho videoclips, cada uno peor que el anterior. El último era del episodio final de temporada, y en él mataban a la pobre Rachael. En la escena de Devlin, donde se suponía que debía expresar su dolor, parecía que estaba impaciente por largarse. Las lágrimas que rodaban por sus mejillas parecían proceder de un frasco de colirio.

Además de los videoclips de la serie, había vídeos del rodaje. Parecían grabados con un móvil. Tres eran de Devlin discutiendo acaloradamente con miembros del equipo. Uno era de él manoseándole el culo a Rachael y de ella mandándole a tomar por el culo. Estaba claro que el ambiente de trabajo no era nada agradable.

A continuación venían los documentos. Había cuatro artículos de periódicos en los que se mofaban de Devlin Haines en *Death Point*. Dos artículos de *TV Guide* especulaban sobre el futuro de la serie. ¿La renovarían para una segunda temporada? Luego había una noticia diciendo que la serie se había cancelado y que Devlin iba a entrar en rehabilitación.

Los siguientes documentos eran recibos de pagos hechos a Long Meadow, una clínica de rehabilitación para drogadictos de Minnesota. En total sumaban unos doscientos mil dólares. El paciente era Devlin Haines, y el hombre que había pagado las facturas era Tate Landers.

Casey se levantó y se paseó durante un rato, tratando de asimilar lo que había visto. ¡Era completamente distinto de lo que le habían contado!

Volvió a sentarse y abrió el siguiente archivo. Contenía papeles del divorcio de Nina y Devlin. Casey sentía que aquello no era asunto suyo, pero no pudo parar. A cambio de cientos de miles de dólares, Devlin había aceptado no pedir la custodia de su hija.

A continuación había un archivo con la etiqueta de RACHAEL. Contenía un vídeo de ella hablando con alguien que estaba fuera de cuadro.

—Fue lo más horrible que he hecho en mi vida —explicaba Rachael—. ¡Y ni siquiera quiso pagarme! Esa noche vino a mi hotel e intentó convencerme para que me acostara con él. Le pillé la mano al cerrar la puerta de un portazo. Espero que se le rompieran los dedos.

Rachael miró a la cámara.

—Casey, si estás viendo esto, lo siento. No conozco a Tate Landers y mentí sobre él. En Los Ángeles se comenta que realmente es un buen tipo. Y en cuanto a la historia sobre el montaje publicitario, no sé nada de eso. Haines me dio las fotos y me dijo que me pagaría por una pequeña actuación. Pensé que era todo una broma, hasta que te vi la cara. Devlin Haines es un auténtico cabrón.

Rachael lanzó una mirada a la persona que la entrevistaba.

—Lo siento. Sé que estuviste casada con él.

—Yo le he llamado cosas peores —dijo una voz femenina—. ¿Quieres decir algo más?

Rachael volvió a mirar a la cámara.

—Casey, no estás gorda. Haines me pidió que te lo dijera. Y, de nuevo, siento muchísimo haberte mentido.

Casey cerró el archivo y se levantó para ir a prepararse una taza de té. Cuando quiso agarrar una taza, le temblaban las manos.

Tardó horas en ver todos los archivos. Quienquiera que los hubiera recopilado, seguramente Nina, había trabajado a conciencia. Había entrevistado a la madre del niño del tejado. La mujer se enfurecía al enterarse de que alguien decía que todo había sido un montaje publicitario y que el niño no era hijo suyo. ¡Su lenguaje fue de lo más elocuente!

También había una entrevista al hombre que había captado el rescate con su cámara, en la que explicaba que le habían pagado veinte mil dólares por las fotos. No pertenecía a ningún medio de comunicación y nadie lo había contratado para hacerlas.

Al parecer Tate le había hablado a Nina del regalo de Devlin, porque había un recibo por la compra reciente de un molde antiguo para chocolate.

—Conque la abuela, ¿eh? —murmuró Casey.

A las ocho, se preparó un sándwich y se sirvió un buen vaso de vino. Le quedaba un último archivo. DEJAR PARA EL FINAL, se llamaba.

Casey no estaba segura de cuánto más podría soportar. ¿Qué clase de persona hacía las cosas que había hecho Devlin Haines? Sus mentiras, su forma de tergiversar los hechos, iban más allá de lo que Casey podía comprender.

Se bebió la mitad del vino antes de abrir el archivo restante. ¿Qué era eso tan horrible que Nina había dejado para el final?

Lo que vio en el vídeo fue su propia casa, y lo que oyó fue la risa de una niña.

Casey se recostó en los cojines, se colocó el portátil sobre el regazo y observó a Tate Landers simulando una película muda de su guerra contra un pavo real.

Cuando Tate llegó al pijama del suelo, Casey se estaba riendo. Al ver a Tate haciendo el gesto de que le cortaban el cuello, se rio con más ganas.

Luego oyó cómo le rugía el estómago y lo vio hundiendo una gran cuchara en la tarta. La expresión de su rostro al saborear la tarta que había hecho ella fue posiblemente el cumplido más sincero y sentido que había recibido Casey en su vida.

Cuando se vio a sí misma entrando en la cocina y gritando a Tate, Casey tuvo que sujetarse el estómago de tanto como reía. Era como el tipo serio en una pareja cómica. La ira que expresaba su rostro al ver la camisa de Tate colgada del tejado le provocó espasmos de risa. Y la expresión inocente de Tate cuando le preguntaba si podía coserle el botón casi la mata a carcajadas.

Era tarde cuando cerró el portátil y subió al dormitorio. Necesitaba tiempo para pensar en lo que acababa de descubrir.

Lizzy se entera de una verdad distinta

«¿Cómo se recupera una de un bochorno tan grande que no quiere que la vean nunca más en público?», se preguntaba Casey.

A la mañana siguiente, cuando apenas había amanecido, Casey estaba ya fuera, en el huerto. Era domingo, por lo que los ensayos no empezarían hasta las dos, y no sabía en realidad si tendría ánimos para ir.

¿Cómo iba a mirar a Tate a la cara después de lo que había visto? ¿Qué podía decirle? ¿«Lo siento»? Eso era lo que se decía cuando uno pisaba accidentalmente a alguien.

¿Qué palabras podían ser adecuadas para pedir perdón por las cosas que había dicho, por todas las cosas de las que había acusado a Tate? No existía ninguna que sirviera.

La noche de la víspera, después de recuperarse de las risas provocadas por la batalla con el pavo real, había regresado a la realidad y había visto su participación en... bueno, en la maldad de Devlin Haines. ¿Por qué no lo había calado? ¿Por qué no había comprobado sus historias? Algunos de los videoclips del lápiz de memoria procedían de YouTube, así que ella también podría haberlos encontrado. Cuando Devlin le había asegurado que Tate había arruinado su serie, ¿por qué no había entrado en internet para verificarlo?

La respuesta, por supuesto, era que los seres humanos normales no estaban acostumbrados a las personas que mentían a una escala semejante a la de Devlin Haines. Y, además, Casey había dado por supuesto que una estrella de cine forzosamente tenía que intentar aprovecharse de cuanto se le pusiera por delante. Había despreciado las palabras de Tate cuando le había hablado de estar juntos, pero se había creído todas las mentiras que le había contado Haines.

Antes de irse a la cama, había enviado un *email* a Gizzy: «ESTABA EQUIVOCADA EN TODO. EL RESCATE FUE REAL. SOY UNA IDIOTA. MAÑANA TENEMOS QUE HABLAR.»

No le contó a Gizzy lo que había en el lápiz de memoria y no se lo contaría jamás. La mayor parte eran cosas privadas. Nina le había confiado unos documentos personales que ella no tenía derecho a compartir con nadie más.

Recogió un poco de perejil y lo puso en un cesto. La hermana y la sobrina de Tate habían llegado, y pensaba prepararles la mejor comida que hubiera cocinado jamás.

Mientras se encaminaba hacia la pequeña franja de cebolletas, pensó en que Nina lo sabía todo. Sabía que Casey se había creído hasta la última palabra que le había dicho Haines, y que había dado por supuesto que Tate mentía. ¿Cómo iba a mirarla ahora a la cara?

En el peor de los casos, imaginó Casey, Nina la miraría con desprecio, la insultaría, le diría lo que pensaba de ella. Y Casey se lo merecía. Ella...

—Hola.

Casey se dio la vuelta y vio a una niña muy guapa de ojos y cabellos oscuros que eran exactamente iguales que los de Tate. Llevaba mallas rosas, un vestido blanco y rosa, y centelleantes zapatos rosas.

—Tú debes de ser Emmie.

La niña asintió con la cabeza.

—El tío Tate me ha dicho que podía venir a visitarte. ¿De verdad sabes cocinar? Dice que puedes hacer que la tierra y las piedras sepan bien.

—Sí —contestó Casey—. Mi secreto es que pongo gusanos fritos por encima. Probé con hormigas rojas, pero eran demasiado crujientes. No quería competir con las piedras.

299

Emmie parpadeó unas cuantas veces, luego sonrió exactamente igual que Tate.

—Me gusta más la arena que las piedras.

Casey rio. Físicamente era igual que su tío y tenía su sentido del humor.

—¿Tienes hambre?

—Sí —contestó Emmie.

—Entonces ven conmigo y te haré el desayuno.

Una vez dentro, Emmie paseó la mirada por la cocina.

—¿De verdad has puesto mermelada en todos esos tarros?

—Pues sí. —Casey miraba en el interior de la nevera tratando de decidir qué cocinar para una niña de la que había oído que era muy quisquillosa con la comida.

—Vi los tarros cuando el tío Tate perseguía al pavo real. ¡Odia a ese bicho! Mamá me ha dejado comprarle un tazón grande con un mango de pavo real. Le hará reír.

—¿Aún no lo ha visto?

—No —dijo Emmie—. ¿Qué es eso?

—Masa para tartas. La hice ayer. ¿Por casualidad no te apetecerá ayudarme a hacer unas cuantas tartas pequeñitas? Podemos rellenarlas con bacon y queso, o con moras, o inventarnos un relleno. El de pizza estaría bien, o también tengo unos melocotones que podríamos usar.

Con cada palabra que pronunciaba Casey, a Emmie se le abrían más los ojos. Tardaron unos minutos en lavarse las manos, ponerse el delantal y hacerse una cola con el pelo, antes de estar listas para empezar. Casey le enseñó cómo usar un molde redondo para cortar la masa y cómo colocar el relleno en el centro.

Durante todo el tiempo, Emmie no paró de parlotear sobre todo tipo de cosas. Su madre estaba durmiendo. El tío Tate estaba leyendo, y el tío Jack se había ido de casa por la mañana temprano.

—Aún era de noche —dijo Emmie. Explicó que había pensado en meterse en la cama con su madre, pero había decidido vestirse e ir en busca de la «señora de la comida».

Su madre y ella habían llegado el día anterior a última hora de la tarde.

—Yo quería venir a verte, pero el tío Tate dijo que no, que estabas ocupada. ¿Cocinas mucho?

—Últimamente, he cocinado demasiado —respondió Casey, mientras metía en el horno la primera tanda de pequeñas tartas—. Pensaba hacer un gran desayuno y llevároslo. ¿Cuándo crees que se despertará tu madre?

—Todavía tardará mucho. —Emmie suspiró—. Mamá y el tío Tate estuvieron hablando toda la noche. Yo bajé una vez y mamá estaba llorando.

—Lo siento —susurró Casey, deseando de todo corazón no haber sido la causa de las lágrimas de Nina—. ¿Sabes por qué lloraba?

—Por papá —explicó Emmie—. Siempre es por él. Se pone muy triste cuando él está cerca. ¿Puedo usar este molde de tortuga para cortar la masa?

—Creo que tiene la forma perfecta. ¿Quieres teñir los melocotones de verde?

—¡De rosa! —pidió Emmie.

—Buena elección. —Casey sacó sus colorantes alimentarios. Sabía que seguramente no debería hacerle aquellas preguntas a una niña, pero no conseguía pensar en otra cosa. ¿Cómo había podido soportar aquella adorable niña todo lo que había ocurrido en su familia?

—Cuando tu papá vivía con tu mamá y contigo, ¿pasaba mucho tiempo fuera de casa?

—Sí, pero a mi mamá y a mí nos gustaba más que no estuviera. —Siguiendo las instrucciones de Casey, Emmie echó unas gotas de colorante rojo sobre los melocotones, que se volvieron de color rosa—. Papá bebía whisky y nos gritaba, y eso hacía llorar a mamá. El tío Tate estaba trabajando en sus películas y solo lo veíamos por el ordenador. Mamá decía que cuando nos llamara teníamos que mentir y decirle que estábamos contentas. No quería que el tío Tate se pusiera triste.

—Eso debió de ser muy duro. —Casey ayudó a Emmie a aplastar los bordes de la masa para unirlos.

—Sí. Era difícil no decirle la verdad. Mamá tuvo que cambiarme de colegio porque papá no pagaba las facturas. Él decía que tenía que ir a un colegio con niños corrientes, pero no eran simpáticos conmigo porque mi tío es una estrella de cine. Pero eso no se lo podía decir al tío Tate.

—¿Qué ocurrió cuando volvió tu tío?

Emmie sonrió mientras usaba un cortador de trufas para crear una pequeña forma de diamante en el dorso de la tortuga.

—El tío Tate se puso furioso. Estaba muy, muy enfadado. Rompió unos platos.

Casey levantó la cabeza, alarmada.

—¿Te asustó?

—No. Fue emocionante. El tío Tate dijo que iba a matar a mi papá, pero mamá dijo que no podía por la policía. Él fue a mi antiguo colegio y les sonrió a todas las señoras, y ellas me dejaron volver. Al tío Tate se le da muy bien sonreír. Pero mi mamá dijo que no era la cara del tío Tate lo que lo convierte en un héroe, es que sabe cómo pagar las facturas.

Casey se echó a reír. Empezaba a gustarle Nina.

—¿Qué pasó después?

—Papá dejó de salir en la tele. Dijo que se alegraba porque odiaba la serie. Luego fue a rehabilitación.

—Sí —dijo Casey, recordando lo que había leído—. A rehabilitación. ¿Y funcionó? ¿Dejó de beber?

—No. Mi mamá dijo que papá y su novia seguían bebiendo whisky. Los vimos un día en el cine. Se estaban besando y se tumbaban en el asiento. ¡A mí mamá no me deja hacer eso en el cine! Cuando volvimos a casa, llamó al tío Tate y él vino enseguida. Mamá dijo que ya no teníamos que mentir más, así que le conté todas las cosas que papá decía que eran un secreto. Cuando me quedaba en su casa, había mucho whisky y muchas novias.

La voz de la niña se suavizó.

—Fue entonces cuando el tío Tate abrazó a mamá y ella lloró. Al día siguiente, mamá me dejó con una canguro y el tío Tate y ella se fueron a ver al señor Simpson. Es un abogado, yo lo conozco. Tiene helados en su oficina. Dijo que así los críos nos distraemos y no oímos las palabras feas que dicen las madres. Era muy gracioso.

—Tus padres se divorciaron.

—Sí. Muchos niños en la escuela tienen padres divorciados, así que no me asusté. Pero mamá estaba furiosa. Dijo que no estaba bien que el tío Tate pagara a papá, que no se lo merecía.

—¿Pagarle qué?

—No lo sé. Sus facturas, supongo. El tío Tate le compró a papá un coche rojo. Y una casa. Pero a papá no le gustaron. Decía que eran baratos y que merecía cosas más caras. —Emmie miró a Casey—. Mi mamá dice que el tío Tate es la mejor persona que hay en el mundo.

—Creo que puede tener razón.

Lizzy conoce a Georgiana

Cuando Casey y Emmie terminaron las pequeñas tartas, y Emmie se comió unas cuantas, pasearon juntas por la propiedad. Emmie quería ver dónde ensayaba su tío Tate, así que se encaminaron a la glorieta, que estaba llena a rebosar de sillas y cajas de trajes y atrezo.

Emmie parloteaba sin cesar. Le habló a Casey de sus amigos del colegio, de que un niño era absolutamente detestable y de que ella apenas le hablaba. Y que algunas niñas eran buenas una semana, pero malas a la siguiente.

—¿Cómo es que sabes cocinar? —preguntó Emmie, cuando llegaron al viejo huerto de árboles frutales.

Casey le contó la historia de sus niñeras y de todas las cosas que le habían enseñado.

—Un año, cuando estaba en la universidad, trabajé en un huerto durante los fines de semana y en verano. —Casey se sorprendió cuando Emmie quiso que le hablara de cómo se hacían injertos y se fumigaban los árboles cuando salían los primeros brotes—. Estos pobres árboles están completamente abandonados.

—Pero ahora vives aquí, así que puedes cuidarlos tú.

—Creo que voy a mudarme —dijo Casey en voz baja.

Emmie la miró con expresión de alarma.

—Pero ¿quién cocinará para el tío Tate cuando se quede solo aquí?

—Encontrará a alguien que pueda... —empezó a decir Casey, pero se detuvo. Era obvio que la niña estaba muy preocupada por su querido tío Tate—. Cocinaré tantas cosas para él que se pondrá gordo y no necesitará volver a comer en un año. ¿Crees que eso funcionará?

—No —contestó Emmie, frunciendo el ceño—. Las estrellas de cine no pueden ponerse gordas.

—No lo dejaré sin comida —dijo Casey amablemente—. Lo prometo.

Emmie sonrió y volvió a acribillarla a preguntas y a parlotear sobre todo.

Pero lo único que no volvió a mencionar fue a su padre. Por lo que podía ver Casey, Devlin Haines no formaba parte en absoluto de la vida de la niña. Por la mente de Casey pasó fugazmente la imagen de todas las veces que Devlin tenía lágrimas en los ojos al mencionar a su hija, diciendo cuánto la echaba de menos y que quería pasar más tiempo con ella, pero Tate se lo impedía.

¡Y Casey se lo había tragado todo!

Después de una hora paseando, llegaron a la mansión... y Casey contuvo el aliento. Si veían a Tate, ¿qué podía decirle?

Pero en la casa reinaba el silencio. Casey esperó fuera mientras Emmie entraba de puntillas y salía unos minutos después llevando un traje de baño rosa y una gran toalla del mismo color.

—¿Estanque o piscina? —preguntó Casey.

—Estanque —contestó Emmie. Se dieron la mano y echaron a correr.

El estanque se encontraba al final de un sendero que discurría entre rododendros, más allá de la gran magnolia con la estatua de piedra de una mujer sonriente.

—Ahí fue donde Letty y Ace salvaron al mundo —explicó Emmie—. Ellos...

—Lucharon contra demonios del espacio exterior.

—¿Sabes quiénes eran? —preguntó Emmie con los ojos como platos.

—Me lo contó tu tío. ¿Sabías que Ace acabó siendo mi padre?

—Letty es mi abuela, así que eso te convierte en mi... mi tía.

—No creo que sea eso —dijo Casey, pero Emmie se había adelantado corriendo hacia el estanque. Casey tuvo la sensación de que nada de lo que dijera disuadiría a Emmie de llamarla tía Casey.

Caminaron por la orilla del estanque y Emmie metió un pie en el agua, pero le gustaba más hablar. Cuando contó la historia de cómo Letty y Ace habían empujado al tío Freddy en su silla de ruedas hasta caer al estanque, Casey pensó que estaba impaciente por presentarle a Olivia. ¡Olivia estaba allí!

—El señor Gates se enfadó bastante, pero el tío Freddy se rio mucho —dijo Emmie, y por su forma de hablar parecía que había oído la historia a menudo—. Quería mucho a Letty y a Ace. ¿Qué te ha contado tu padre sobre él?

—No conozco mucho a mi padre —contestó Casey—. Solo hace unos meses que nos conocemos y no hemos tenido muchas charlas. Pero pienso preguntarle por la época en que era Ace.

—Yo lo sé —dijo Emmie—. Los tíos son mucho mejores que sus padres. ¿Tienes algún tío?

—No. Yo...

Emmie desvió la mirada hacia un lado y su rostro se iluminó.

—¡Mamá! —gritó, y se fue corriendo a abrazar a su madre.

Casey se dio la vuelta y vio a una mujer alta que se acercaba. Era muy guapa, con el pelo y los ojos oscuros, y se parecía mucho a Tate.

Al verla, Casey se puso tensa. Se trataba de la mujer que le había hecho saber lo estúpido que había sido su comportamiento con Tate. Casey había creído a un mentiroso y había creído que Tate era una mala persona, juzgándolo sin prueba alguna.

Pero cuando Nina llegó a su altura, le sonrió.

—Hola —dijo, abrazada a su hija.

—Hemos hecho tartas pequeñitas —explicó Emmie—. Es-

306

tán rellenas de queso y de melocotones, y las mías parecen tortugas y me he comido una docena.

—¿Por qué no le llevas unas cuantas al tío Tate? Creo que está cansado de leer el guion de su nueva película.

—Vale. —Emmie corrió hacia la casa de invitados, arrastrando la toalla tras ella.

Cuando se quedaron solas, Nina se volvió hacia Casey.

—Gracias por cuidar de Emmie esta mañana. Tate me ha dicho que la ha vigilado hasta que ha visto que te ha encontrado a ti y... —Respiró hondo—. Anoche él y yo nos quedamos despiertos hasta tarde. Emmie suele despertarme, pero esta mañana no lo ha hecho. Por cierto, soy Nina Landers.

Casey tenía el cuerpo tan envarado que se sentía como un maniquí.

—Lo siento —susurró—. No debería haber creído a Devlin. Debería haber...

La carcajada de Nina la interrumpió.

—¡Yo me *casé* con él! Le creí tanto que prometí estar con él para siempre. Cualquier cosa que tú hicieras palidece ante mi idiotez.

—Pero yo... —A Casey no se le ocurría nada que decir.

—¿De verdad tienes una cocina llena de comida, como dice Tate? Su nevera está totalmente vacía.

—Ven conmigo —dijo Casey, y echaron a andar.

—¿Te he oído hablando con mi hija de Letty y Ace? Tate me dijo que Ace es tu padre. Me encantaría hablar con él. ¿Y Josh Hartman es tu hermano? Parece simpático, muy interesante. Y comprensivo. La verdad es que tiene una perspicacia que me parece extraordinaria. No entiendo cómo es que no lo conocí cuando Stacy y yo estuvimos trabajando juntas.

Casey empezó a sonreír mientras caminaban. No parecía que Nina estuviera enfadada con ella... y parecía que se interesaba por Josh. Por desgracia, también se interesaban por él la mayoría de chicas de Summer Hill.

Pero a Casey le gustaba una mujer que se tomaba tantas molestias para defender a su hermano. Tal vez si Casey aunaba esfuerzos con sus hermanas, entre todas conseguirían empujar a Josh hacia Nina.

En la casa de invitados, Casey hizo sentarse a Nina mientras le preparaba una tortilla de pimientos asados y tres quesos. Mientras Casey cocinaba, Nina charlaba y formulaba preguntas.

Pasados apenas unos minutos, el sentimiento de culpa de Casey por lo que le había hecho a Tate empezó a disminuir y se puso a hablar sobre los ensayos.

—Pobre Kit. Todo el mundo está enfadado con todo el mundo y no consigue buenas interpretaciones de ninguno de nosotros. Hay algún secreto del pasado entre Olivia y él.

—¿Una relación amorosa?

—Por supuesto —dijo Casey—. Solo un profundo amor podría haberlos llevado a mostrarse tan arrogantes ahora el uno con el otro. ¿Volverá Jack para el desayuno?

—Anoche recibió una llamada que lo alteró de tal modo que pensé que iba a explotar. Creo que era de su nueva novia.

—Yo... —empezó diciendo Casey, recordando el *email* que había enviado a Gizzy para decirle que se había equivocado. Quizá Gizzy había llamado luego a Jack y él se había enfurecido—. Creo que eso fue culpa mía.

—Lo que por supuesto significa que mi ex tuvo algo que ver. Deja tras de sí un rastro de ira, como un incendio forestal deja el bosque quemado. Pasara lo que pasase, Jack debe de haberse ido muy temprano y no hemos vuelto a saber de él. Yo creo que ahora mismo estará con Gisele.

Casey estaba fregando una olla.

—Tate debe de odiarme —dijo en voz baja. Nina no dijo nada, así que se dio la vuelta y la miró.

El atractivo rostro de Nina mostraba una gran seriedad.

—No te voy a mentir. Su orgullo masculino está herido y no le gusta. Pero creo que, si eres paciente, lo superará. —Hizo una pausa—. Entre tú y yo, su orgullo necesitaba una buena sacudida. Todo esa adulación que recibe no es buena para nadie.

—Gracias. —Casey esbozó una leve sonrisa—. Y gracias por todo el trabajo que te tomaste para mostrarme que lo había juzgado mal.

—Oh, bueno. Su orgullo y tu prejuicio contra él. Era la combinación perfecta.

Se miraron la una a la otra y rieron.

Lizzy ve la luz tras la oscuridad

Tate no se presentó al ensayo. Con el ceño fruncido, Kit dijo que era la única persona que no necesitaba trabajar en su personaje, así que podía quedarse en casa.

Todo el mundo soltó un quejido. Llevaban semanas ensayando y habían visto a Kit pasar de una relajada afabilidad a una malhumorada tiranía.

Una de las escenas que Casey tuvo que soportar fue la que hacía con Wickham, donde él le contaba mentiras sobre Darcy. Y se suponía que Casey debía dar la impresión de que se lo creía todo.

Cuando se colocaron en posición para decir sus frases, Casey vio la venda en la mano izquierda de Devlin.

—¿Te has hecho daño? —preguntó, imprimiendo la mayor inocencia de que fue capaz en su tono.

Él le dedicó la mirada avergonzada que ella ya había visto antes, como si le hubieran pillado haciendo algo que él pretendía guardar en secreto.

—Ya conoces el dicho. Ninguna buena acción queda sin castigo. Digamos simplemente que no volveré a intentar jamás ayudar a una mujer que lleve demasiados paquetes. Ella malinterpretó mi intención y me cerró la puerta del coche en la mano. Le di un par de entradas para la obra, así que espero que me perdone, pero...

—Pero ¿qué? —quiso saber Casey, apretando los dientes ante aquella mentira.

—Todos sabemos en quién pondrán el foco de atención en esta obra. Tú y yo, que somos personas normales, pasaremos desapercibidos al lado de Landers.

Ahora que Casey sabía la verdad, se maravillaba de la forma en que aquel hombre tergiversaba los hechos. Parecía una báscula humana. Si el platillo de su némesis, Tate, bajaba, el suyo subía. Casey se esforzó en sonreír.

—¿Y qué hay de tus fans de *Death Point*? Si una chica tan guapa como Rachael se subió a un avión para venir hasta aquí solo por verte, seguro que aparecerán más fans tuyas la noche del estreno.

—Quizá tengas razón —dijo él, sonriendo con ganas. Miró por encima del hombro—. ¿Has visto a Lori hoy?

—Todavía no. Quizá...

—¡Silencio! —bramó Kit—. ¡Wickham y Lizzy! Ocupad vuestros sitios.

A Casey no le resultó fácil interpretar la escena con los ojos muy abiertos, expresando inocencia, pero lo hizo... y después tuvo la sensación de que necesitaba una ducha.

Lizzy se traga el orgullo

A las cuatro, Kit paró el ensayo. Para entonces, todo el mundo estaba agotado por la tensión que se respiraba en el escenario. Casey no dejaba de comprobar de soslayo cualquier movimiento que se produjera fuera de escena, por si era Tate. Jack y Gizzy habían hecho acto de presencia y Casey se moría de ganas de preguntarles cómo estaban. Durante una escena familiar, Casey le había susurrado a su padre:

—Quiero que me lo cuentes todo sobre Ace. —Por desgracia, eso había hecho soltar una carcajada al doctor Kyle... y Kit la había oído.

—¡Señorita Reddick! ¿Sería demasiado pedir que intentara no distraer a los intérpretes mientras estamos en escena? —dijo Kit.

Una vez más, intervino Olivia.

—Hace poco se ha enterado de que su padre era Ace, y quiere que se lo cuente.

El rostro de Kit palideció y apartó la mirada. Cuando se dio la vuelta otra vez, su rostro era inexpresivo. Una hora más tarde, despidió a todo el mundo.

—Mañana habrá ensayo de vestuario, así que os quiero a todos aquí a las diez de la mañana. Casey, necesitaremos comida. Envíame la factura.

—Dóblasela —musitó Olivia al pasar junto a Casey y el doctor Kyle.

—¿Tú sabes de qué va todo eso? —preguntó Casey, mirando a su padre.

—Sé que mantuvieron un loco y apasionado romance durante el verano de 1970. Yo solo tenía cinco años, y con Letty, nuestro principal objetivo era espiarlos. Éramos como nativos americanos siguiéndoles el rastro. No comprendí realmente lo que ocurrió aquel verano hasta que me convertí en adulto.

—¿Quién dejó a quién?

—No lo sé. Solo recuerdo que Kit se fue en un gran coche negro. Creo que Letty y yo le dijimos a Livie que su padre había ido a buscarlo. Una cosa que recuerdo es que, después de que se fuera Kit, Livie se negó a volver a entrar en la caseta del pozo. Dijo que Letty y yo podíamos usarla. Nos pusimos muy contentos y la llenamos de tesoros que sacamos de todas partes de la casa. —Sonrió al recordarlo.

—¿Cómo estaba Olivia cuando Kit se fue?

—Furiosa. Callada. Letty y yo echábamos de menos a Kit y no hacíamos más que preguntar que dónde estaba, pero nadie lo sabía. Ese otoño, mi madre... —Se encogió de hombros—. Dejé de pensar en Kit y en Olivia y a ella no volví a verla en años. —Su móvil vibró y él lo miró—. Lo siento, tengo que irme. Una urgencia médica. —Bajó los peldaños del escenario—. Invítame a cenar y podremos charlar durante horas.

—¡Espera! —pidió Casey—. ¿Encontrasteis un anillo con diamantes en la caseta del pozo?

—Puede —respondió el doctor Kyle con una sonrisa—. ¿Quién sabe? Para Letty, todo estaba hecho de diamantes que se extraían de la luna. Para ella, todo lo que veía y tocaba era mágico. —Iba caminando hacia atrás.

—Ojalá la hubiera conocido —dijo Casey.

—Ojalá me hubiera casado con ella. —El doctor Kyle dio media vuelta y echó a correr hacia su coche.

—Entonces yo no habría nacido —musitó Casey—. O Tate sería mi hermano. ¡Muy mal!

Regresó a su casa y empezó a preparar el menú para la comida del día siguiente. Iba a darle un montón de trabajo y necesitaba ir a la tienda de comestibles. Cuando iba a salir, vio a Nina y a Emmie acercándose.

—¿Qué tal ha ido el ensayo? —preguntó Nina, y Casey puso los ojos en blanco.

—No sé qué ha sido peor, si mi falta de concentración o el mal genio de Kit. En cualquier caso, hoy ha sido una mala experiencia. —Alzó la lista que llevaba en la mano—. Tengo que preparar la comida de mañana para todos, así que me voy a la tienda. Dime qué necesitas.

—Fruta, leche, lo necesario para preparar sándwiches...

—Quiero ir contigo —pidió Emmie.

—¿A la tienda? Es muy aburrido —replicó Casey.

—Está fascinada contigo. ¿Te importaría llevarla? —preguntó Nina.

—No, por supuesto que no —respondió Casey con sinceridad—. ¿Lista?

Emmie, que llevaba un bonito vestido rosa con una chaquetita a juego, iba ya de camino al coche.

Ir a comprar con una niña era algo nuevo para Casey. Estaba acostumbrada a concentrarse y a no pensar más que en lo que debía comprar. Pero Emmie quería aprender, así que Casey respondió a un montón de preguntas.

Emmie se quedó intrigada cuando Casey le explicó que casi todo lo que compraba estaba en los laterales y no en los pasillos del centro.

—Pero mi madre lo compra todo en el centro.

Casey no dijo nada; se limitó a hablar de productos verdes y maduros, de carnes y quesos. Cuando terminaron de comprar, cargaron tantas cosas en el coche que Casey temió que fuera demasiado pesado para conducirlo.

—Deberíamos haber traído la camioneta del tío Tate. ¿Todavía te gusta mi tío?

—Mucho.

—Bien —dijo Emmie—. Mamá está hablando con él.

—¿Qué significa eso?

Emmie se encogió de hombros.

—Mamá dice que a veces el tío Tate se comporta como los hombres de sus películas.

—Nunca he visto ninguna, así que no estoy segura de lo que eso significa.

—Yo tampoco. Mamá dice que solo podré verla cuando tenga treinta y cinco años y tenga tres hijos.

Se miraron la una a la otra y se echaron a reír.

—Bueno... y... ¿qué ha estado haciendo tu tío? —Casey procuró que sonara como si solo le interesara levemente.

—Pateando cosas y peleando y leyendo guiones.

—¿Peleando? —Casey se alarmó.

—Con espadas.

—Ah, ya. Entrenando. ¿Sabías que su entrenador actúa en la obra?

—Sí. El tío Tate dice que es perfecto para el papel.

Casey trató de contener la risa; el entrenador hacía tan bien del baboso señor Collins que, cuando le había pedido que se casara con él, Casey no había tenido que actuar. Realmente sentía repugnancia.

—El tío Tate está enfadado con los guiones. Quiere hacer algo divertido.

—Es una lástima que la gente no pueda ver el vídeo que grabó con el pavo real. Fue muy divertido.

Emmie miró a Casey con una radiante sonrisa.

—¿Y eso?

—Nada, estaba pensando en nubes. Son muy bonitas.

Desconcertada, Casey se mostró de acuerdo con ella.

Cuando regresaron a casa, Emmie le dio las gracias y luego salió corriendo, dejando que Casey lo llevara todo a la cocina y empezara con la comida del día siguiente. Pero primero preparó un pastel de cangrejo para la familia Landers, metió la cena en una nevera y esta en una gran cesta. Siguiendo un impulso, escribió una nota.

Querido Tate:
Quiero pedirte perdón por haber creído a otra persona en lugar de creerte a ti. Estoy furiosa conmigo misma por no haber sabido ver la verdad.

Cuando regresaste de tu viaje y me hablaste del futuro, te interpreté mal. Me sabe muy mal que Nina tuviera que tomarse tantas molestias para mostrarme la verdad.

Lo entenderé si no puedes perdonarme.

Gracias por todo.

ACACIA REDDICK

Metió la nota en un sobre, lo cerró, puso el sobre en un lado de la cesta, luego corrió hasta la mansión y la dejó en los escalones del porche.

Cuando regresó a su casa, estaba temblando. ¿Cómo reaccionaría Tate a su nota? ¿La llamaría por teléfono para echarle una bronca? ¿Aparecería en su puerta y la conminaría a no volver a ponerse en contacto con él?

Incapaz de pensar en otra cosa que no fuera la posible reacción de Tate, encendió el televisor. Tal vez una bonita película de miedo la distraería mientras lo preparaba todo para el día siguiente. Contando con el elenco y el equipo técnico, sería una comida para unas cincuenta personas, así que tenía mucho trabajo por delante. Tendría que levantarse no más tarde de las cinco de la mañana para poder hacerlo todo.

Repasó los canales de televisión para ver qué ponían. Para su sorpresa, en uno de ellos justamente iba a empezar una película de Tate Landers. Antes habría cambiado de canal de inmediato. Pero eso era antes. Apretó el botón y dejó a un lado el mando a distancia. Quizá debería ver eso de lo que hablaban tantas mujeres.

Darcy vence sus prejuicios... ¡y enseña sus abdominales!

Había un hombre desnudo en el porche de atrás de Casey.

Eran las cinco de la mañana, la alarma del despertador acababa de sonar, y Casey había bajado a la cocina medio dormida para empezar a preparar la comida.

La noche de la víspera se había quedado despierta hasta tarde porque había visto tres películas de Tate Landers seguidas. Al terminar la primera, su corazón latía aceleradamente y sentía un cosquilleo en la punta de los dedos... y en el resto de partes de su cuerpo.

La trama de las películas era completamente absurda. Un héroe reticente rescataba a una chica guapa en apuros. Ejem. Nada nuevo.

Pero Tate hacía que valiera la pena ver las películas. La pantalla intensificaba su belleza morena. Cuando miraba con enojo y el ceño fruncido a la heroína, Casey notaba que su corazón latía más deprisa. Al final dejaba a un lado el cuchillo para clavar la vista en la pantalla.

¿La había mirado Tate así a ella alguna vez? Quizá lo hubiera hecho al principio, pero ella no se daba cuenta de lo que significaba. Estaba tan furiosa con él que nada de lo que hacía le causaba una buena impresión.

Cuando terminó la primera película, Casey solo sabía con certeza que quería ver más. Buscó hasta encontrar películas que pudiera ver *online* y no alquiló, sino que compró dos.

A la mitad de la segunda, renunció a seguir cocinando, se pasó al televisor más grande de la sala de estar, apagó las luces y empezó a disfrutar.

Cuando terminó la segunda, se puso el pijama que tanto le gustaba a Tate y vio la tercera película en su iPad, metida en la cama. Era lo más parecido a acurrucarse con él bajo las sábanas.

De no ser por la gran comida que debía preparar para el día siguiente, se habría quedado viendo una cuarta película. A regañadientes, apagó el iPad y se puso a dormir.

Cuando sonó el despertador a las cinco de la mañana, le costó horrores levantarse de la cama. Bajó por las escaleras apoyándose en la pared, bostezando, llenó la tetera eléctrica, y puso las hojas de té en el colador. Un sonido hizo que se diera la vuelta. La luz del porche de atrás estaba encendida, pero era normal, porque la dejaba encendida a menudo.

En el sendero de piedra estaba Tate, y mientras ella lo observaba, él se quitó la camiseta y el pantalón de chándal y los dejó caer al suelo. Totalmente desnudo y de cara a Casey, subió los tres peldaños del porche dejando ver claramente sus magníficos atributos masculinos.

¡La perdonaba! Eso fue lo que cruzó por la mente de Casey.

Lo segundo fue lujuria. ¡Sus películas! ¡Él en la pantalla! ¡Cuánto lo había echado de menos!

Casey avanzó un paso hacia la puerta con la única idea de abalanzarse sobre él. Comérselo entero. Labios y lenguas, cuerpos entrelazados. Se llevó la mano a los botones del pijama, pero se detuvo.

No, se trataba de una fantasía que él repetía para ella, y Casey no quería arruinarla con la realidad.

Sin quitar los ojos del hermoso cuerpo desnudo de Tate, retrocedió y buscó a tientas la tetera eléctrica. Cuando vertió agua hirviendo sobre las hojas de té del colador, buena parte cayó fuera del tazón en la encimera de granito y se escurrió hasta el suelo, pero ella no se dio cuenta.

Casey se sentó en el taburete y estudió el cuerpo de Tate desde los pies hasta la cabeza. Lentamente, captando hasta el último centímetro; pero esta vez Casey sabía lo que ocurriría a continuación.

Cuando llegó al rostro, Casey miró los oscuros ojos bajo las pobladas cejas y los labios que había llegado a conocer tan bien. Recordaba el tacto de sus cabellos cuando enterraba su cara en ellos.

Al llegar él a la puerta, Casey contuvo el aliento. ¿Iba a entrar? Pero no, alargó la mano para abrir el agua y su cuerpo se flexionó. Desde que lo había visto por primera vez, Tate estaba aún más musculoso, más en forma. Casey notó que le entraban sudores.

Tomó el tazón de té y bebió mientras observaba cómo se enjabonaba Tate. Empezó por las piernas, por entre ellas, y luego siguió hacia arriba. Viendo que tenía problemas para alcanzar toda la espalda, igual que el primer día, Casey pensó en despojarse del pijama y salir a ayudarlo.

Pero no lo hizo. Quería que aquella deliciosa y divina fantasía continuara el mayor tiempo posible.

Tate alzó la mano para sacar la alcachofa de la ducha de la pared y empezó a echarse agua por su espléndido cuerpo. Casey empezó a sonreír. Vibraba solo de pensar lo que vendría después. ¿Discurriría la electricidad entre ellos con toda su fuerza? ¿Haría que se le erizara el vello de todo el cuerpo?

Cuando Tate cerró el agua y miró en derredor en busca de una toalla, la sonrisa de Casey se hizo más amplia. ¿Entraría esta vez para seguir buscando? En una de sus películas, Tate había agarrado el vestido de una mujer y lo había abierto a la fuerza, haciendo volar los botones por todas partes.

Casey no quería que se rompiera el pijama que le había regalado su madre, así que se desabrochó la parte de arriba. «Para ahorrar tiempo», pensó, siendo práctica.

Tate caminó hacia la casa como si fuera a entrar y el corazón de Casey pareció detenerse. Puso una mano en el pomo de la puerta y ella dejó de respirar; no podía moverse. Pero él dejó caer la mano y volvió a bajar los escalones del porche. Casey soltó el aire contenido. Y frunció el ceño. No. No era así como se suponía que debía ser. Tate tenía que entrar en la casa. ¿No sabía que ella estaba allí, observándolo?

Desnudo aún, Tate recogió el pantalón de chándal. Iba a ponérselo cuando Casey abrió la puerta de golpe y corrió. Él dejó caer los pantalones y abrió los brazos. Cuando Casey llegó hasta él, la estrechó contra sí en un abrazo tan intenso que parecían una sola persona.

Durante unos minutos se contentaron con no hacer nada más que sentir. La electricidad les recorría el cuerpo como un suave zumbido que era casi de paz.

Fue Tate quien se movió primero. Sus labios se cerraron sobre los de Casey, al principio con dulzura, pero luego, al tocarse, la descarga eléctrica que los recorría desató su pasión y el beso se hizo más profundo.

Casey llevaba ya la parte de arriba del pijama desabrochada, de modo que sus senos tocaban la piel desnuda del pecho de Tate.

Tate la apoyó contra un árbol, pero por mucho que ella lo deseara allí mismo y en aquel momento, era consciente de dónde estaban. Logró pronunciar una sola palabra.

—Emmie.

No necesitó más para recordar a Tate que su sobrina tenía la costumbre de aparecer cuando menos se la esperaba.

Para deleite de Casey, Tate la levantó en brazos y subió con ella los escalones del porche. Valiéndose de un gesto ensayado, como ella sabía por la segunda película, Tate abrió la puerta y la llevó al interior de la casa.

La dejó en el suelo en la sala de estar. Casey veía que él estaba ya listo para penetrarla, pero antes de que ella pudiera tocarle, Tate la empujó contra la pared, le bajó el pantalón del pijama y la penetró rápidamente.

Era como si fuera a morirse si no la poseía... y ella se sentía igual.

Casey apoyó la cabeza en la pared, exponiendo la garganta a los labios de Tate, que la acometía cada vez con mayor intensidad y apremio.

Cuando por fin se corrieron juntos, fue una liberación, pero también sintieron el alivio de haber puesto fin a su separación. La ira, los malos entendidos, la falta de confianza, todo se desvaneció. Secretos y sentimientos profundos quedaron al descubierto.

Se abrazaron, piel con piel. Casey enlazaba la cintura de Tate con las piernas, sujetándolo contra ella, y él la abrazaba con igual firmeza.

Cuando por fin se separaron, Casey notó su sonrisa en el cuello. Tate no dijo nada, la alzó y subió con ella en brazos las escaleras hasta el dormitorio, para dejarla en su cama.

Durante unos instantes, Tate contempló la visión de Casey con el pijama infantil abierto.

Casey había visto aquella expresión en sus películas, y por un momento resultó excitante pensar en ello. Pero luego vio al hombre. Había compartido muchas cosas con él, desde la solitaria infancia que tenían en común hasta el hombre que acosaba a la familia de Tate y al que ella había creído. En un corto espacio de tiempo, Casey se había visto involucrada con los amigos de Tate, su familia, toda su vida.

La imagen de estrella de cine desapareció y Casey vio al hombre al que había llegado a querer profundamente. Alzó entonces los brazos hacia él.

La sonrisa que Tate le dedicó parecía demostrar que lo había comprendido. Se tumbó en la cama a su lado y la estrechó contra sí, con la cabeza de Casey sobre su hombro.

—Lo siento —susurró ella—. Estaba equivocada.

—Shhhhh —dijo él—. No pasa nada. —Le acarició el pelo.

—Pensaba que me odiabas.

—Nunca podría odiarte.

Casey se apartó para mirarlo.

—¡Pero estabas tan enfadado conmigo!

—Sí. —Tate soltó una pequeña carcajada—. No he conocido a muchas mujeres que me dijeran que no. Me pilló por sorpresa. —Casey volvió a descansar la cabeza sobre su hombro—. Me he comprometido con esta obra y tengo que cumplir mi promesa. Pero en cuanto acabemos las funciones, volveré a Los Ángeles.

—Oh, ya veo —dijo Casey—. Los Ángeles. ¿Quieres que cierre la mansión por ti?

—No. No te enfades conmigo otra vez, pero quiero que vengas conmigo. Pero si no te gusta la idea, vendré aquí tan a menudo como me sea posible.

Casey suspiró.

—Realmente hablabas en serio aquel día.

Tate meneó la cabeza con expresión de incredulidad.

—¡Por supuesto que sí! ¿Qué tiene Haines que hace que mujeres absolutamente cuerdas como Nina y como tú le creáis?

Casey sabía que era una pregunta retórica, pero le respondió de todas formas.

—Seguramente sus fingidas demostraciones emocionales. Lo dice todo con lágrimas y angustia, como si surgiera de las profundidades de su misma alma. Tú dices: «Nena, tengo el avión en marcha, ¿quieres venirte conmigo?»

—Creo que he pasado demasiado tiempo en Los Ángeles —dijo Tate entre risas—, porque con esas palabras tengo ganada a cualquier otra mujer de allí.

Tate la tomó por la barbilla para levantarle la cabeza y mirarla a los ojos. Su expresión era seria.

—Acacia, me gustas mucho. Me gusta que me mires y veas lo que hay bajo la superficie. Me gusta poder ser yo mismo contigo, que no tengas ideas preconcebidas sobre cómo debería ser. Me gusta tu entusiasmo por la vida. Especialmente, me gustan nuestros cuerpos juntos.

Tate tomó aliento.

—Quiero que vayas a Los Ángeles conmigo para ver si puedes tolerar mi extraña vida. Supe que te quería desde el principio, quizá desde el día que me gritaste porque me había comido la tarta. He tenido que esperar hasta que tú decidieras qué querías. —Hizo una breve pausa—. ¿Vendrás conmigo?

—Sí —respondió ella—. Iré. —Volvió a apoyar la cabeza sobre su hombro.

—Bien, pero tenemos que mantenerlo entre nosotros. Me temo que Haines descargará su ira sobre Emmie y Nina.

—¿No se puede hacer nada para detenerlo? ¿No pueden ayudarte tus abogados?

—Lo que él hace es inmoral, pero no ilegal. No se puede encarcelar a un hombre por usar palabras para arruinar vidas. Ni siquiera por mentir constantemente. No es ilegal hacerle un regalo a una chica guapa, ni decirle que era de su abuela. —Tate suspiró—. ¿Por qué las mujeres se sienten atraídas por los chicos malos, y luego se enfadan cuando resultan ser chicos malos?

Casey escuchaba más su tono que sus palabras.

—Estás muy preocupado, ¿verdad?

—Sí. Haines está empeorando. Está obsesionado con la idea de que yo he arruinado su vida. Pronto dejaré de pagarle, lo que significa que, o bien tendrá que buscarse trabajo, o bien encontrar un modo de lograr que le mantenga otro. En cualquier caso, temo lo que pueda hacer. —Tate respiró hondo—. No quiero provocarlo mientras Nina y Emmie estén aquí. Ni tú. Lo que hizo con esa chica...

—Rachael Wells.

—Sí, ella. Eso fue difamación. Cuando regrese a Los Ángeles y Nina y Emmie estén a salvo en la otra punta del país, voy a pedir asesoramiento legal. Tiene que haber algo que pueda hacer para detener la venganza de ese hombre contra mi familia.

—¿Le hace esto a todas tus novias?

—No, pero porque sabía que no me gustaba ninguna de ellas en realidad.

A pesar de que lo que decía Tate no era nada agradable, Casey no pudo evitar sonreír, y pasó la pierna por entre los muslos de él.

—Guardaré el secreto sobre nosotros. En las últimas semanas, mi habilidad interpretativa ha mejorado tanto que ahora seré capaz de hacer creer a la gente que no soporto ni verte.

Tate hizo un ruido que era mitad risa mitad gemido.

Casey se colocó sobre él con un profundo ceño en la cara.

—¿Estás diciendo que no soy buena actriz?

—Jack me ha dicho que ayer dijiste tus frases como si fueras un robot.

A Casey se le llenaron los ojos de lágrimas, pero parpadeó para evitar que cayeran.

—¡Oh! —dijo con tristeza, y quiso apartarse.

Él la sujetó y le apretó la cabeza contra su pecho.

—Lo siento. Estoy seguro de que...

La risita de Casey quedó amortiguada contra el pecho de Tate.

Él le levantó la cabeza y comprendió que le estaba tomando el pelo.

—¡Serás! —exclamó, y empezó a besarle el cuello—. Retira lo que has dicho de mis dotes interpretativas.

—¿O qué? —Los labios de Tate se movieron hacia los senos.

—Te serviré sopa de lata.

Tate alzó la cabeza, se llevó una mano al corazón y exhaló un profundo suspiro.

—Me hieres en lo más hondo. No puedo continuar con mi antigua vida. Sin ti no soy nada. Debo...

Ella lo besó hasta que dejó de hablar y luego se apartó para mirarlo.

—Esas frases quedaban mejor en tu película. —Volvió a besarlo.

—¿Has visto una de mis películas? —Sus ojos se iluminaron—. ¿Cuál?

—Calla —dijo Casey, echándose a reír.

—Tu deseos son órdenes para mí. Vivo solo para...

Volvía a citar frases de sus películas. Sin dejar de reír, Casey lo besó de nuevo, pero esta vez el beso no se interrumpió.

Hicieron el amor despacio, gozando el uno del otro, felices de estar juntos de nuevo. No intercambiaron más palabras, solo besos y caricias.

Cuando por fin terminaron, no fue con la pasión que habían sentido al principio, ese frenesí por reunirse nuevamente, sino con algo más profundo, algo que procedía de lo más íntimo y trascendía el mero cuerpo.

Yacieron luego en silencio, uno al lado del otro, con las manos entrelazadas y las cabezas tocándose.

—Hoy es el ensayo con vestuario —susurró Tate—. Estoy deseando verte con uno de esos vestidos escotados...

Casey se incorporó bruscamente.

—¡La comida! ¡Me había olvidado de la comida!

—No pasa nada. Encargaremos comida fuera y...

Casey salió de la cama.

—¡Escucha, chico de ciudad! Un montón de comida grasienta no es lo mismo que cocino yo. Levántate, vístete, baja y pon una olla de agua a hervir. Yo tengo que darme una ducha primero.

—No tengo ropa aquí. Está fuera y ahora es de día, ¿recuerdas?

—Te paseas desnudo delante de las cámaras —dijo Casey desde el cuarto de baño—, así que, apáñatelas.

—Estoy taaaaan contento de que hayas visto mis películas —murmuró Tate.

—¡Te he oído! —gritó ella desde la ducha.

Tate abrió el armario de Casey, no vio nada que pudiera caberle, y decidió salir de la casa a por su ropa.

Casey estaba en la ducha, así que no le llegaron los comentarios que recibieron al desnudo Tate cuando llegó al pie de las escaleras.

Emmie soltó una risita y se tapó la cara; Nina le tendió el pantalón de chándal; Gizzy exclamó: «¡Oh, Dios mío!»; Jack dijo que Tate tenía que trabajar más los pectorales; Josh preguntó si podía entrenar con ellos.

Tate tardó unos instantes en recobrar la compostura mientras se ponía su ropa.

—Supongo que tenemos que hacer nosotros la comida.

—Si tienes un momento libre —comentó Jack con sarcasmo.

Minutos después, cuando Casey bajó corriendo las escaleras presa del pánico, se encontró con lo que parecía un ejército de gente en su cocina, todos ellos ocupados en preparar la comida, y no acertó a decidir si debía horrorizarse o alegrarse. Que ella supiera, ninguno de los presentes tenía idea de cocinar, así que, ¿qué estaban haciendo con su materia prima?

Tate le rodeó los hombros con el brazo y la besó en la coronilla.

—Ahora no estás sola —dijo en voz baja—. Tienes una familia.

Casey lo miró y sonrió, pero justo entonces Nina dejó caer un recipiente con cebolla picada dentro de un cuenco con glaseado para pasteles.

—Huy —dijo Nina—. Tendré que sacar esto.

Tate se inclinó sobre Casey.

—Por otro lado, ahora no estás sola. Tienes una familia.

Casey soltó una carcajada y se apresuró a resolver aquel lío.

Más tarde, Nina estaba cortando pimiento... lejos de cualquier cosa dulce, y preguntó a Josh cuál era su relación de parentesco con Casey.

—Bueno —contestó Josh, desplazándose hacia Nina para estar más cerca de ella. Teniendo en cuenta que no había estado a más de un palmo de ella desde que había llegado, no resultó fácil—. Mis padres me tuvieron a mí, así que, naturalmente, quisieron tener más hijos. —Sonrió a Nina, que asintió, aceptando la broma—. Pero mi padre tenía algunos problemas físicos, así que el doctor Everett sugirió que usaran un donante. Lo que no sabía nadie era que el donante era su hijo Kyle, que había financiado sus múltiples aventuras por el mundo con su... eh... donaciones. —Josh esbozó una pícara sonrisa—. Bueno, el caso es que nació mi hermanastra Stacy. Tenemos la misma madre, pero diferentes padres.

Todos miraron a Casey con aire inquisitivo.

—Mi madre no encontraba a ningún hombre que estuviera a la altura de sus muy elevadas expectativas, así que eligió un donante en un catálogo. El doctor Kyle.

Gizzy fue la siguiente.

—Mis padres no conseguían tener hijos, así que pidieron consejo al doctor Everett. Les recomendó un donante.

—¿Su hijo? —preguntó Tate entre risas.

—Sí —contestó Gizzy—. Por supuesto, entonces nadie lo sabía.

—A ver si lo he entendido bien. Stacy, Gizzy y tú tenéis las tres el mismo padre. Pero si tú y Josh no compartís ni padre ni madre, entonces no estáis emparentados. Él podría haber hecho de Darcy.

—Creo que el término científico es el Elemento Puaj —dijo Casey con expresión seria—. Sí, eso es. Definitivamente.

—Creo... —empezó a decir Josh, mostrándose de acuerdo con ella, pero se interrumpió al oír un ruido que venía de la puerta.

—Hola, he venido a ayudar, si me necesitáis.

Era el doctor Kyle, y los demás no pudieron contener la risa. Él abrió la puerta de tela metálica con expresión afable.

—Imagino que habéis estado charlando sobre el obsesivo deseo de mi padre de tener nietos.

Todos asintieron. El doctor Kyle miró a Emmie.

—Me han dicho que sabes muchas cosas sobre Letty y Ace. ¿Quieres saber cómo engañaron a los mayores fingiendo dolor de tripa por comer manzanas verdes?

—¡Sí! —contestó ella, aceptó su mano y se fue con él.

Sonriendo, Casey miró el reloj. Cuando vio que eran casi las diez, sintió puro pánico.

—¡No acabaremos a tiempo! Kit va a... —No terminó porque pensar en la ira de Kit fue suficiente para que todos ellos trabajaran como máquinas.

Mientras iban de un lado a otro apresuradamente, Jack dio un rápido beso a Gizzy y Tate besó a Casey. Cuando Josh pasó junto a Nina, parecía lo más natural que él también la besara. El único problema fue que el beso continuó. Se detuvieron en medio de la cocina, rodeándose mutuamente con los brazos y con los labios unidos. Si Tate y Jack no hubieran recogido en el aire los platos que les caían de las manos, se habrían roto.

Gizzy y Casey movieron a la pareja que se besaba hacia un lado, quitándolos de en medio, mientras limpiaban y ponían la comida en recipientes y neveras. A las diez menos cuatro minutos, las dos parejas salieron corriendo por la puerta. Josh y Nina estaban apoyados en el frigorífico, besándose aún. Dado que ninguno de los dos actuaba en la obra, los otros cuatro los dejaron allí.

—Aquí en Summer Hill sois todos unos salidos —comentó Jack, mientras corrían, y todos rieron a carcajadas.

ACTO TERCERO, ESCENA SEGUNDA

Se desvela el secreto de Lydia

El elenco tardó una hora y media en ponerse los trajes, lo que disgustó grandemente a Kit. A gritos anunció que omitirían peluquería y maquillaje. Sus palabras se dirigieron a las dos parejas que interpretaban a los protagonistas.

—Cuando dije que había que estar aquí a las diez, me refería a estar listos para actuar. Con los trajes ya puestos.

—Pero dijiste... —protestó Casey, pero las miradas que le lanzaron Jack y Tate la hicieron callar. Vale. La palabra del director era ley.

Carpeta en mano, la directora de escena interrumpió las invectivas de Kit para solicitar una conversación en privado. Por la expresión de Kit, lo que decía la directora no era nada bueno.

Kit se volvió hacia los actores, que aún se estaban vistiendo.

—¿Alguien a visto a Lori? ¿La chica que hace de Lydia?

Todo el mundo negó con la cabeza.

—¡Genial! —musitó Kit—. Una que no se presenta. Seguramente estará por ahí con el novio. —Miró a la directora de escena—. ¿A quién tenemos como sustituta?

—Esto... Devlin Haines tampoco ha venido.

Kit se quedó mudo de asombro.

Casey miró a Tate, pero él se encogió de hombros. No tenía la menor idea de dónde estaba.

Kit se pasó la mano por la cara antes de anunciar:

—¡Jack! Tú ocuparás el sitio de Haines por hoy, y tú, Hildy, serás Lydia. ¿Crees que podrás hacerlo?

—Por supuesto —contestó Hildy. Iba vestida para hacer de lady Catherine de Bourgh, una mujer mayor, por lo que sería interesante verla intentando interpretar a una chica de quince años.

—Muy bien —dijo Kit—. A sus sitios para el acto primero, escena primera. La salita de la familia Bennet. Kyle, quiero verlo en actitud despreocupada. Olivia, quiero... ¿Dónde está?

—Aquí —dijo ella, entrando en escena. Su peinado y su maquillaje eran perfectos. Le habían recogido los rubios cabellos hacia atrás, dejando unos cuantos tirabuzones. Su vestido de suave color melocotón y rayas blancas estaba adornado con diminutos ramitos de nomeolvides en verde y blanco. Con el bajo escote cuadrado dejando ver su amplio seno tenía un aspecto divino.

Por la expresión de Kit, también él lo pensaba. En silencio, señaló el lugar donde ella debía ponerse.

La primera escena se desarrolló a la perfección. Olivia interpretaba tan bien a la neurótica señora Bennet que resultaba difícil recordar que ella no era así en realidad.

Hildy, como quinceañera tonta y coqueta, resultó completamente absurda. Todos tuvieron que esforzarse para reprimir la risa.

A Casey le agradó comprobar que la interpretación de su padre como señor Bennet mejoraba cada día.

—También tiene talento para actuar —susurró a Gizzy fuera de escena—. Tal vez aparezca otro hermano o hermana que se dedique a la interpretación.

—Jack me va a ayudar a inscribirme en una escuela de Los Ángeles para convertirme en preparadora personal —explicó Gizzy—. Voy a irme a vivir con él.

—Eso es maravilloso —dijo Casey, y ambas volvieron al escenario.

La escena segunda se desarrollaba en el salón de actos de Meryton, y todo el mundo bailaba. Casey tenía que concentrarse para recordar los intricados pasos que habían ensayado. Cuando apareció Tate con sus pantalones magníficamente ceñidos y su negra levita, a Casey le fue imposible fingir que no le gustaba. Se imaginó con él en su dormitorio, con los trajes de la obra, quitándoselos mutuamente muy despacio. Tal vez habría un par de plumas de pavo real por en medio.

Tate claramente adivinó lo que estaba pensando y le lanzó una mirada de soslayo tan llena de pasión que Casey creyó que su pelo estallaría en llamas.

—¡Tatton! —bramó Kit.

Todo el mundo se quedó quieto. Todos los actores, Jack incluido, habían sufrido el mal genio de Kit, excepto Tate.

—¿Podrías refrenar tus elucubraciones carnales mientras dure la obra? No debes mostrar tu pasión lasciva por la señorita Elizabeth Bennet hasta que el guion te lo diga.

Tate tuvo que disimular una sonrisa.

—Haré denodados esfuerzos para no poner de manifiesto mis instintos más bajos.

Los demás actores reprimieron las risas, pero Kit fulminó a Tate con la mirada en silencio.

A causa del retraso en empezar, solo llegaron a la proposición de matrimonio del señor Collins a Lizzy antes de que los rugidos de hambre indujeran a Kit a anunciar la pausa para comer. Elenco y equipo técnico pararon lo que estaban haciendo y corrieron hacia la casa de invitados.

—Tengo que sacarlo todo —les gritó Casey. Se subió las faldas como si quisiera echar a correr, pero Tate la agarró por el brazo.

—Le he enviado un mensaje a Nina. Deja que Josh y ella se ocupen de todo... si consiguen dejar de besarse el tiempo suficiente, claro. ¿Por qué no nos vamos tú y yo a mi casa un rato?

—Mmmm —dijo Casey—. Suena bien.

Cuando Tate fue a besarla, Casey se apartó y miró a su alrededor. Al fin y al cabo, habían acordado que mantendrían su relación en secreto... aunque no se les daba demasiado bien, la verdad. El padre de Casey y Olivia estaban a un lado, con el guion abierto entre las manos. Al otro lado de la glorieta, Kit revolvía entre unas cajas, pero en realidad vigilaba a Olivia y al apuesto doctor Kyle.

—¡Lori ha desaparecido!

Todos se volvieron para mirar a la mujer que apareció en el escenario. Era una mujer mayor, alta y elegantemente vestida.

—Mi nieta no volvió anoche a casa.

—Estelle —dijo Olivia, acercándose a ella—, cuéntanos qué ha ocurrido.

La mujer se quedó quieta con la desesperación pintada en la cara.

—No sé qué hacer.

—¿Lori tiene novio? —preguntó Olivia, rodeándole los hombros con el brazo.

Con mano temblorosa, Estelle le alargó un trozo de papel y Olivia lo tomó, lo leyó, y luego se lo tendió a Kit. Él lo leyó y soltó un gemido.

—¡Fantástico! Simplemente perfecto. Lydia se ha fugado con Wickham. La ficción se convierte en realidad.

Casey ahogó una exclamación, llevándose el puño a la boca, y miró a Tate con expresión temerosa. Él la abrazó.

—¿Con quién demonios los vamos a sustituir a estas alturas? —dijo Kit, encolerizado. Se volvió hacia Tate—. Necesitamos actores ya. ¿Podrías llamar tú a algún agente? ¿A un director de casting? O...

—¿Es eso lo único que le importa? —preguntó Estelle—. ¿Quién puede ocupar su sitio en su maldita obra?

Kit adoptó una pose militar.

—Señora, lamento mucho su desgracia, pero las chicas de dieciocho años tienen ideas propias.

—¡Dieciocho! —exclamó Estelle—. ¿Es eso lo que le dijo? Lori tiene quince años. —Miró a Olivia—. Siempre ha sido alta para su edad, y hace creer a la gente que es mayor. Es...

—En ese caso, debemos recurrir a las autoridades. —La ira de Kit se había esfumado. Sacó el móvil—. Voy a llamar al FBI.

Estelle se zafó del brazo de Olivia para encararse con Kit.

—¿Y entonces qué? ¿Deja que ellos se hagan cargo de todo y vuelve a su obra? ¿Qué pasará cuando ese hombre detestable se entere de que se ha fugado con una niña y de que el FBI lo está buscando? ¿Qué cree que le hará? ¿Se deshará de ella? —Su voz era un chillido.

—Lo siento —dijo Kit, con tono lleno de comprensión—. ¿Qué otra cosa puedo hacer?

—¡No lo sé! —gritó Estelle—. ¡Todo esto es culpa suya, Christopher Montgomery! Suya y de su maldito dinero. Haines ha descubierto quién es Lori. Me llamaron desde Jacksonville para decirme que alguien había estado haciendo preguntas. ¡Dijeron que le habían contado la verdad!

—Me temo que me ha confundido con algún otro —dijo Kit con voz amable, pero firme—. Nunca he estado en Jacksonville.

Retorciéndose las manos, con la cara roja y ojos despavoridos, Estelle se volvió hacia Olivia.

—¡Dígaselo! ¡Dígaselo todo!

Olivia se había puesto blanca, pero logró mantener la compostura.

—No sé a qué se refiere.

—La madre de Lori, mi hija Tisha, abreviatura de Portia, nació el veintiocho de mayo de 1971. El doctor Everett arregló la adopción. ¿Recuerda esa fecha?

Olivia tardó unos segundos en asimilar lo que había oído. Cuando lo comprendió, se le doblaron las rodillas. Tate saltó hacia ella y la sujetó antes de que se golpeara contra el suelo de madera.

Kit seguía sin entender qué estaba pasando.

—Lori es su nieta biológica —dijo Estelle, lanzándole una mirada asesina—. Creo que ese hombre que hace de Wickham la sedujo para que se fugara con él porque descubrió que está emparentada con usted y con su rica familia. Creo que pretende casarse con ella para sacarle dinero a usted. ¡Pero no puede casarse con ella! Solo es una cría que miente sobre su edad. —Estelle prorrumpió en llanto y Tate la ayudó a sentarse en una silla junto a Olivia.

Las palabras de Estelle empezaron finalmente a hacer mella en Kit. Cuando miró a Olivia, su rostro estaba blanco como la cera. Casey y Tate la rodeaban protectoramente.

—¿Tuviste a nuestro hijo? —Kit hablaba tan bajo que apenas le oían. Durante unos minutos pareció demasiado asombrado para saber qué hacer, pero después sus muchos años de experiencia resolviendo crisis hicieron su efecto.

Aún tenía el móvil en la mano y marcó un número.

—Rowan —dijo con voz autoritaria—. Te necesito aquí inmediatamente. Es un asunto oficial.

Kit cortó la comunicación y los miró a todos: Olivia, Estelle, el doctor Kyle, Tate y Casey.

—¿Necesito advertiros que no digáis ni una palabra de esto a nadie? Mi hijo llegará en cuestión de horas, luego él y yo... —Se interrumpió y por un momento se quedó mirando a Olivia.

Ella le devolvió la mirada con la cabeza bien alta, casi desafiante.

Kit apartó la vista, quiso hablar, pero finalmente, echando los hombros atrás, bajó los peldaños del escenario y desapareció por el jardín.

El señor Bennet
confiesa su error de juicio

Treinta minutos más tarde, Casey recorría el túnel bajo la zarzamora hasta llegar a la caseta del pozo. Tal como esperaba, Kit estaba sentado sobre los cojines. Parecía haber envejecido cien años. Dado que no tenía la menor idea de qué decirle, Casey recurrió a su remedio habitual: dar de comer y escuchar. Sirvió un café caliente de un termo y se lo tendió a Kit con un bagel tostado untado de mucha mantequilla.

—Hacía años que no entraba aquí —dijo él. Tenía la voz ronca, rasposa, como si hubiera estado llorando. Miró al techo—. Necesita reparación.

Casey se había cambiado y llevaba tejanos y camiseta. Siguiendo un impulso, se había colgado del cuello el cordón con el anillo que habían encontrado Tate y ella. Se lo quitó y se lo tendió a Kit.

—¿Esto es tuyo?

Él lo tomó y lo miró fijamente. Se le llenaron los ojos de lágrimas.

—Sí. Lo dejé aquí para Livie. —Guardó silencio un minuto—. La amaba tanto —susurró—. Desde el primer momento que la vi, la amé. —Apretó con fuerza el anillo y esbozó una sonrisa—. No fue mutuo. Ella trabajaba aquel verano como ama de llaves y cocinera de un par de viejos sedentarios. Fue una sorpresa que también estuviera yo, un chico de diecinueve años. Ella me llamaba «mocoso inútil» y decía que no servía para nada más que para darle más trabajo.

Miró a Casey con los ojos brillantes por las lágrimas.

—¡Y tenía razón! Era tan joven y estúpido que pensaba que el juramento que había hecho a mi país era más importante que ella. No le conté que estaba esperando que me llamaran en cuanto el gobierno tuviera a bien acordarse de mí. Lo único que sabía de mi misión en realidad era que estaría fuera un año y que no podría ponerme en contacto con mi familia ni con los amigos durante ese tiempo. Pero incluso sin saber nada me creía tan importante que no le conté nada a Olivia. Le dejé creer que era un inútil que había dejado la universidad y que me contentaba con vivir del dinero de mi familia.

Kit bebió un largo sorbo de café y mordió un trocito de bagel.

—Este anillo era de mi abuela. Esperé hasta tres días antes de que Olivia se fuera a Nueva York para protagonizar una producción de *Orgullo y prejuicio* en Broadway para hacerle la gran pregunta.

Hizo una pausa, dándole vueltas al anillo en la mano.

—Ese día se fue a Richmond. Eso fue todo lo que ocurrió. Una cosa sencilla y cotidiana que cambió nuestras vidas. Yo estaba dormido cuando se fue, de lo contrario le habría pedido que no se fuera. Pero estaba agotado de... —Agitó una mano—. Bueno, da igual. Una hora después de que ella se marchara, los agentes vinieron a por mí en un gran coche negro, y me dieron veinte minutos para hacer el equipaje y salir.

Miró a Casey.

—Me entró el pánico. No sabía qué hacer. Garabateé una carta en la que suplicaba a Livie que me esperara, pero temía dejarla con el anillo en mi dormitorio. Temía que los hombres del gobierno se apoderaran de ello. Me zafé de ellos, algo que se me da muy bien, y por eso me querían, y me vine aquí. Sabía que nadie más que Livie y yo entrábamos aquí.

Sonrió al recordarlo.

—El viejo pavo real era el guardián de este lugar. Livie y yo teníamos marcas de su pico en las piernas. Pero lo bueno era que el animal mantenía alejados a los niños.

—Letty y Ace.

—Sí —dijo Kit—. Rodaban por todas partes, se metían en todo. No había secreto que ellos no descubrieran. Pero la caseta del pozo y su feroz guardián nos pertenecían a Livie y a mí.

—¿Dejaste la carta y el anillo aquí para ella?

—Sí —confirmó él—. Pensé que estarían a salvo y que ella los encontraría con toda seguridad. En la carta le escribí la información de contacto de mi familia y le rogaba que hablara con ellos.

Miró a Casey.

—La vi en Broadway. Fue un par de meses más tarde. La noche antes de que me enviaran al extranjero, me llevaron a Nueva York y me alojaron en un hotel barato. Sabía que me enviaban a una misión secreta de la que tal vez no regresaría. Me prohibieron abandonar el hotel. Me ordenaron no ponerme en contacto con nadie, si no quería que peligrara mi vida.

Kit tenía una expresión de ardiente intensidad.

—Pero yo tenía que verla. Lo habría hecho aunque el castigo por desobedecer hubiera sido un pelotón de ejecución. Me escabullí por la ventana del cuarto de baño, me descolgué por una cañería de desagüe, y corrí hacia el teatro. Pagué quinientos dólares a un hombre por su entrada, y luego me senté al fondo para verla. Era una actriz excelente, muy natural. Pensé que, cuando regresara de mi misión, la encontraría convertida en la principal estrella de Hollywood.

Kit volvió la cara y Casey puso una mano sobre la suya.

—La misión se prolongó durante tres años, y llegó a un punto en el que estaba más muerto que vivo. Solo sobreviví porque estaba seguro de que Livie me esperaba.

Kit alzó la vista hacia la ventana unos instantes.

—Cuando regresé al país, solo me había curado lo suficiente para caminar con dos bastones. Me asombré al descubrir que mi familia no sabía nada de Livie, y no podía creer que no apareciera su nombre en las luces de neón de Broadway. Vine a Summer Hill en su busca. Estaba feliz, pensando en reunirme con ella. Pero cuando llegué aquí...

—Descubriste que se había casado con otro —dijo Casey.

—Sí, y tenían un niño pequeño, que yo creí que era de ella, lo que significaba que no había perdido el tiempo en buscarse a otro en cuanto me fui. La vi en la tienda de electrodomésticos y me dio la impresión de que ella lo dirigía todo. Cuando cerró la tienda, la seguí, vi su casa con su bonito jardín, y comprendí que eso era lo que ella necesitaba. No necesitaba a un militar maltrecho que había desaparecido de su vida varios años.

Volvió a mirar a Casey.

—¡Oh, mierda! Ojalá hubiera estado realmente dispuesto a sacrificarme por ella. Lo cierto es que estaba enfadado. ¡Furioso! ¿Por qué no me había esperado? Yo le hubiera dado la casa que ella hubiera deseado. Le habría... —Tomó aliento—. Me sentí traicionado, pero lo peor de todo fue que no comprendí nada.

—Hasta hoy.

—Sí, hasta hoy. —Se tranquilizó un tanto—. No puedo imaginar lo que tuvo que sufrir Livie. Embarazada de nuestro hijo y totalmente sola. Sus padres eran muy mayores y de salud frágil. No debieron de servirle de mucha ayuda.

—Creo que recurrió al doctor Everett.

—Tu abuelo —dijo Kit—. Si he entendido bien la historia, fue él quien envió a Livie a una maternidad de Jacksonville, en Florida, para que tuviera allí al bebé... a nuestro bebé. Luego envió a la estéril Estelle. Al parecer ella se lo agradeció poniéndole a la niña el nombre de la madre de Livie, Portia. —Hizo una pausa—. Estelle tiene razón. Todo es culpa mía. Debería haberme puesto en contacto con Livie para asegurarme de que había recibido el anillo. Debería haberla esperado a la salida del teatro para hablar con ella. Pero temía que el agente que dirigía mi misión descubriría que me había ido. En aquella época me parecía importante. ¡Debería haber hecho algo!

Casey no soportaba verlo tan destrozado.

—¿Ayudaste a alguien con la misión a la que te enviaron?

—Sí —respondió él—. Salvó cientos, quizá miles de vidas. —Respiró hondo—. Siento haber sido tan duro estas últimas semanas. No quería estar enfadado, pero es que todo se ha torcido. Durante todos estos años, mi orgullo me ha impedido ponerme en contacto con Livie. Pero cuando me retiré... —Miró a Casey y se encogió de hombros.

—Regresaste a Summer Hill.

—No fue intencionado. Cuando mi secretaria se enteró de que la estrella de cine Tate Landers era un primo lejano mío por la parte de la pequeña Letty, me insistió para que hiciera lo posible por conocerlo. Él me contó que pensaba comprar la plantación de nuestra familia. No quería que la identidad del propietario se hiciera pública, así que me pidió que la pusiera a mi nombre. Estuve a punto de negarme porque eso significaba regresar a Summer Hill y arriesgarme a volver a ver a Livie. Pero me dije a mí mismo que ya había pasado el tiempo suficiente para que la herida se hubiera curado. ¡Qué idiota fui! Solo con ver este lugar me vino todo de nuevo a la memoria con tanta intensidad como si no me hubiera ido nunca.

Hizo una pausa.

—Quería marcharme cuando estuvieran listos los documentos de compra de Tattwell. Pero un día vi a Olivia en la calle y... —Levantó la cabeza.

—Y no pudiste marcharte. Otra vez no. ¿Y lo de la obra de teatro?

Kit se tomó unos instantes antes de responder.

—Compré el almacén, lo reformé, escribí el guion, os di la lata a Stacy y a ti para que me ayudarais, y todo para poder estar cerca de Livie. Pensé que la conocía bien y que no resistiría la tentación de optar a un papel en la obra. Pero cuando vi que no quería tener nada que ver conmigo o con mi obra, me puse furioso. Te pido perdón por haber descargado mi ira sobre todos vosotros. —Empezaba a recobrar la compostura—. No le he contado esta historia a nadie más.

—Gracias por confiármela —dijo Casey.

—Supongo que ahora todo el mundo se va a enterar de todo. —Kit miró a su alrededor como si viera la primera y vieja construcción por primera vez—. ¿Encontraste el anillo aquí?

Casey alargó la mano por encima de él para sacar la caja roja de metal de su escondrijo.

Kit miró fijamente el dibujo del pavo real de la tapa.

—A Letty y a Ace les fascinaba aquel ave. Cuando el tío Freddy les dijo que en algún lugar del desván había una vieja caja de caramelos con el dibujo de un pavo real, casi destrozan el desván buscándolo. —Kit sonrió a Casey—. Sabes que te pareces mucho a tu padre, ¿verdad? Él echaba mucho de menos a sus padres, porque el doctor Everett estaba las veinticuatro horas del día en el hospital con su esposa moribunda. Ace sabía escuchar, igual que tú.

—Gracias —dijo ella. Quería saber más cosas sobre su padre, pero había asuntos más acuciantes de los que ocuparse—. ¿Tu hijo está en el FBI?

—Sí. Rowan fue fruto del matrimonio con el que me conformé. Fue muy desgraciado, todo por culpa mía, y mis hijos y su madre merecían algo mejor. —Kit la miró—. ¿Qué ha pasado después de que yo haya abandonado el escenario tan cobardemente?

—Solo unos cuantos sabemos lo de Lori y no se lo hemos contado a nadie. Le hemos dicho al resto del elenco que estabas gravemente indispuesto y que te habías marchado.

—Por intoxicación alimentaria.

—¡Por encima de mi cadáver! —exclamó Casey.

Kit se inclinó hacia ella y la besó en la mejilla.

—Gracias. Necesitaba una dosis de risa. ¿Cómo está Livie?

—Después de irte tú, Olivia y Estelle se han metido en la biblioteca de la mansión y han cerrado la puerta. Tienen mucho de lo que hablar.

—Eso es decir poco. ¿Y qué hay de Haines?

—Nina está muy disgustada. Dice que debería haber advertido a la gente, y Tate y yo nos sentimos igual. Deberíamos haber contado lo que sabemos sobre él.

—¿Advertir sobre *qué*? No, no me lo cuentes ahora. Volvamos a la casa. Quiero oírlo todo sobre todo el mundo.

Tardaron unos minutos en salir de entre las zarzas. Cuando

salió al exterior, Casey no se sorprendió al ver a Tate sentado en el banco, junto al sendero, esperándolos.

—Necesito que vengas conmigo —le dijo Tate—. Tenemos que ir a la casa del lago en la que se alojaba Haines para ver qué podemos descubrir. —Lanzó una mirada a Kit—. Nina lo sabe todo, así que ella te podrá informar. Olivia se ha ido a casa de Estelle para ver fotos y charlar.

Una expresión de tristeza ensombreció el rostro de Kit, pero se recobró rápidamente.

—Te llamaré cuando llegue Rowan. Querrá verte.

—Ya he hablado con él y le he explicado los hechos. Dice que nada de esto debe llegar a la prensa. De lo contrario, a Haines podría entrarle el pánico.

—Estoy de acuerdo —dijo Kit—. Ve, yo me encargaré de todo aquí.

Tate tomó a Casey de la mano y se fueron en dirección a la casa de invitados.

Por fin todo el mundo busca a Wickham

—¿Qué ha pasado en la mansión? —preguntó Casey en cuanto se metieron en su coche.

—Se ha hablado mucho —contestó Tate, mientras retrocedía con el coche—, se ha llorado mucho. ¿Cómo está Kit?

—Dolido, furioso, destrozado, anonadado. ¡Qué desperdicio de años para los dos y cuántos malentendidos! Supongo que no te habrá llegado ninguna noticia sobre Devlin.

—Nada. La nota de Lori decía que ha encontrado a un hombre que la entiende de verdad y que quiere estar con él para siempre. Al parecer Estelle y ella discutieron y...

—Entiendo —dijo Casey—. Angustia existencial adolescente. Nadie la entiende excepto un hombre divorciado de treinta y tantos años. —Tragó saliva—. Pobre niña. No sabía que conocías al hijo de Kit, por cierto.

—No lo conozco, pero al parecer es alguien importante en el FBI, así que tiene acceso a todos los números de teléfono, incluido el mío. Quería detalles sobre lo que ha alterado tanto a su padre. Deduzco que se necesita algo realmente gordo para alterar a Kit Montgomery.

—¿Le has dicho a Rowan que la chica desaparecida es su sobrina?

—Sí. No he visto ninguna razón para andar con tapujos.

—¿Cómo se lo ha tomado? —preguntó Casey.

—Si se ha escandalizado, lo ha sabido disimular. Me ha dicho: «Bien», y luego me ha preguntado por Haines.

—¿Qué le has dicho?

—Es un absoluto narcisista. No puede comprender por qué a los demás les «dan» tanto, cuando él es la persona más inteligente y encantadora y la que tiene más talento y etcétera, etcétera, en todo el planeta. Dejando eso aparte —añadió Tate, haciendo un ademán desdeñoso—, lo bueno es que estamos bastante seguros de que Haines no sabe que Lori solo tiene quince años.

—Lo descubrirá si intenta casarse con ella, que es lo que supongo que pretende hacer. Sin duda planea hacer todo lo necesario para lograr acceder a la fortuna de Kit.

—Sí —confirmó Tate—. Eso es lo que tememos todos. Rowan llegará esta noche con un par de agentes. Vendrán en uno de los aviones de la familia de Kit.

—Ah —dijo Casey—. ¿Y cómo demonios se enteró Devlin de todo el asunto?

—Olivia cree que todo empezó cuando estaban junto a las mesas de comida y ella comentó que era alérgica a las almendras. Lori dijo que ella también. Haines estaba justo al lado. Entre eso y su parecido físico... —Tate se encogió de hombros—. Siempre se le ha dado muy bien descubrir cosas de la gente.

—Fui yo la primera en hablarle de la alergia de Olivia.

—Supongo que empezó por ahí, pero yo estaba con Haines cuando sin querer oímos a Kit y a Olivia discutiendo. —Le contó a Casey lo ocurrido aquel día—. Estelle llamó a alguien de la antigua maternidad en la que Olivia dio a luz. Los archivos están sellados, pero al parecer Haines contrató al ruin detective privado que usó contra Nina en el divorcio. Sobornaron a alguien para que husmeara en los archivos. —Tate apretó los dientes—. Yo tengo la culpa de todo esto. Siempre que veía juntos a Haines y a Lori me reía. Me alegraba tanto de que él no estuviera acosándote a ti o a Nina o a Emmie, que dejé a esa pobre chica sola frente a él.

—Yo hice lo mismo —le consoló Casey, poniendo una mano sobre la suya. Lo miró luego fijamente—. Tenemos que arreglarlo. Tú, yo, Nina. Tenemos que hacer todo lo posible para proteger a esa chica.

—Estoy de acuerdo. —Tate conducía hacia el gran lago cercano a Summer Hill. Abandonó la carretera que bordeaba el lago para enfilar el sendero de acceso de una gran casa moderna, toda cristal y madera natural. Tate sacó una llave del bolsillo, abrió la puerta y entraron.

La decoración del interior era obra de un profesional, con muebles de líneas claras, escogido cada uno de los elementos para combinar elegantemente entre sí. No había el menor toque personal en la casa.

—Vaya —dijo Casey—. Este sitio debía de costarle un dineral.

—Seis mil doscientos veintitrés dólares al mes —dijo Tate—. Más los recibos de agua, luz, etcétera.

—¿Lo pagas tú?

—Por supuesto. Una casa en el lago para pasar el verano fue el soborno para mantenerlo alejado de Nina. Pero me mintió sobre el sitio. Si hubiera sabido que estaba cerca de Tattwell, me habría negado.

—Creo que deberíamos dejar de fustigarnos a nosotros mismos por todo. ¿Alguna idea de lo que debemos buscar?

—No —respondió Tate—. Podemos empezar por los cajones, pero ya te digo yo que Haines no deja nunca cosas personales por ahí. No le gusta que la gente sepa nada de él.

Casey abrió un armario con puerta acristalada en la blanquísima cocina, y sacó una copa de vino.

—Esta copa es mía, un regalo de mi madre. Le pregunté por ella y me aseguró que la había dejado sobre la mesa y que seguramente te la habías llevado tú. —Abrió una puerta que conducía al garaje.

—¿Hay algo?

—No hay ningún bote de remos agujereado. —Casey observó a Tate, que abría los cajones del aparador que había junto a la mesa del comedor. ¿Cómo habían soportado su hermana y él tantos años tratando con un hombre que amontonaba una mentira tras otra? Las mentiras más gordas eran casi comprensibles, pero las mentiras sobre copas de vino y botes inexistentes eran absurdas.

Pobre Lori, pensó mientras reemprendía el registro con renovados bríos. En la cocina había unos cuantos utensilios de cocina, pero nada más. Ni un simple trozo de papel. Ni listas de la compra, ni recibos de ningún tipo, ni facturas sin pagar.

Al cabo de una hora, lo habían registrado absolutamente todo. Tate había aupado a Casey para que pudiera mirar en lo alto del armario del dormitorio. Incluso habían buscado un posible panel oculto que condujera a un desván, pero no encontraron nada.

Los dos se dejaron caer en el sofá, uno al lado del otro, y contemplaron el bonito lago por las ventanas. No habían encontrado nada que apuntara adónde había llevado Haines a la joven Lori.

—Si esto fuera una película —comentó Tate—, habría un librito de cerillas con el nombre de un hotel.

—O un bloc de notas junto al teléfono con la marca de una dirección. Siempre me he preguntado quién escribe con tanta fuerza como para dejar marca debajo.

—A mí no me mires. Solo me dan papeles de tío sin camisa que se echa a las mujeres al hombro.

—Pero lo haces tan bien. —Casey se rio de su expresión—. Vi el vídeo que hiciste con el pavo real. Eras muy gracioso.

—Ojalá los productores opinaran lo mismo.

—Mira el lado positivo. Si demostraras lo versátil que eres como actor, tu ex cuñado te odiaría aún más.

—Es una lástima que vaya a ir a la cárcel, porque no tendrá ocasión de demostrarle al mundo que es mejor actor que yo.

Sobre la mesita de centro había una pieza de metacrilato sobre un soporte negro. Casey la levantó. En la parte inferior vio grabadas las palabras DEVLIN HAINES. EL MEJOR.

—Un poco ambiguo. ¿Era algún tipo de premio?

—Sí, y es su posesión más preciada. El único premio que le han dado... por ser un buen DJ. Creo que le dejaron escoger la inscripción.

—¿Qué sabes de él a nivel personal?

—Durante el infierno del divorcio, descubrí que la historia

que le contó a Nina cuando quería salir con ella, que había disfrutado de una infancia de clubes de campo y lecciones de equitación, era falsa. —Tate hizo una pausa—. La verdad es que tuvo una infancia bastante dura. Sin padre y con una madre alcohólica. Prácticamente ha tenido que ganarse el sustento toda la vida. Metiendo los comestibles en bolsas en supermercados, cortando césped cuando era tan pequeño que casi no llegaba a las asas, esa clase de cosas. Pero en el último año de instituto, trabajó como DJ para una emisora de radio local y le gustó. Según él, era tan bueno que se sintió impulsado a trasladarse a Los Ángeles para probar suerte en la industria del entretenimiento.

—Y se obsesionó con la idea de conseguir que lo mantuviera otra persona.

—Supongo que sí. —Tate le quitó el premio de la mano y volvió a depositarlo sobre la mesita—. Lo irónico del caso es que yo habría estado más que dispuesto a pagarle las facturas, si hubiera hecho feliz a Nina y a Emmie.

—Pero él quería más. Y ahora te detesta porque no ha podido superarte por mucho que lo intentara. Es una pena que no podáis presentaros los dos a un concurso de DJ. Dejaría el paraíso incluso solo por demostrarte que es mejor que tú.

Tate se volvió hacia ella con los ojos muy abiertos.

—¿Qué es lo que más quiere en este mundo?

—Yo diría que derrotarte a ti. Seguramente es lo único que desea más que vivir sin trabajar. Es una pena que no pueda conseguirlo. —Casey ahogó una exclamación al comprender lo que estaba pensando Tate—. ¿Un desafío interpretativo entre los dos? ¿En la obra de Kit? ¿Wickham frente a Darcy?

—Eso es exactamente lo que estoy pensando.

—Pero ¿cómo nos aseguramos de que se entere él?

—Es un oyente compulsivo de la radio. Dice que todas las noticias importantes salen primero en la radio. El año pasado mismo intentó convencerme para que comprara una pequeña emisora de radio y se la regalara a él. Dijo que era para el futuro de Emmie. —Tate se levantó del sofá—. Siempre tiene la radio encendida. Le gusta quejarse del DJ y decir que él lo haría mejor, que él habría hecho carrera en ese campo de no haber renunciado por culpa de Nina y de Emmie.

Tate se acercó a las ventanas para contemplar el exterior unos instantes, luego se volvió hacia Casey.

—Tenemos que planearlo bien. Hay que pensar en todo antes de presentarles la idea a los demás.

—El FBI va a intervenir en el asunto. ¿Necesitaremos pedirles permiso?

—¿Para montar un concurso de interpretación? No creo. ¿Por qué no preparamos un plan lo más concienzudo posible tú y yo, y luego se lo explicamos al hijo de Kit?

—Creo que es una buena idea.

Se sonrieron el uno al otro.

Casey se dio cuenta de que, si bien era muy agradable que existiera una compatibilidad total en la cama, en cierta manera extraña, compartir ideas de aquella manera era aún más íntimo. Que tuvieran una mentalidad parecida y resolvieran un problema del mismo modo la hacía sentir más cercana a él que nunca.

—Deja de mirarme así o no conseguiremos estar juntos con la ropa puesta. —Tate le tendió la mano—. Vamos a casa a pensar en nuestro plan.

Casey se cogió de su mano. A casa. Qué idea tan maravillosa.

Lydia se entera de lo que no debería saber

Devlin estaba sentado en una silla de plástico en el sendero de cemento del sórdido motel, observando a Lori, que hacía largos en la piscina. Fugarse con ella le había parecido una gran idea. Se había imaginado tomando caviar y champán en un avión privado. No porque a él le gustaran aquellas huevas de pescado. ¡Qué sabor tan repugnante! Pero la idea de que pronto tendría todo lo que deseaba había sido fantástica.

Cuando el detective privado le comunicó que la chica era nieta ilegítima de Kit Montgomery, Devlin se había sentido indescriptiblemente feliz. ¡Todos sus sueños iban a hacerse realidad! No tendría que trabajar más en la vida, no tendría que aceptar papeles inferiores a su talento, ya no le ningunearía nadie más, ni lo despreciarían como hacía Tate Landers.

Lo único que debía hacer era conseguir que la chica se fuera con él, y eso había sido fácil. Era una chica increíblemente ingenua que se moría por tener algo de independencia. Sus padres estaban fuera del país, porque su padre era una especie de diplomático. Devlin hizo una mueca al pensarlo. ¡Siendo rico se conseguían trabajos estupendos! A Lori la habían dejado con su abuela rica para que pasara el verano sana y salva.

Devlin pensó en lo mimados que eran los críos de hoy en día. Cuando él tenía dieciocho años llevaba años manteniendo a la familia, que eran su madre y él. Pero aquella cría aún vivía con sus padres, aún la supervisaban adultos.

Se protegió los ojos del sol haciendo pantalla con una mano, y observó a la chica caminando hacia el largo trampolín. Tenía buen tipo en biquini, pero se comportaba como una niña. Antes de irse, le había preguntado tres veces si tenía realmente dieciocho años y ella le había asegurado que sí. No tenía carnet de conducir, pero decía que le enseñaría el pasaporte para demostrárselo. Cuando ella había olvidado incluirlo en su equipaje, Devlin se había cabreado en serio, pero lo había dejado correr al echarse ella a llorar. Hasta que no estuvieran casados, no quería desengañarla.

Devlin había imaginado que una limusina con chófer iría a recogerlos. Por supuesto se produciría una tremenda escena. Pero Devlin sabía cómo enfrentarse con ese tipo de dramas. Lori y él se darían la mano y jurarían que no podían vivir separados. Luego, Devlin sacaría el certificado de matrimonio para mostrarlo triunfalmente.

Sin embargo, por el momento nada había salido según sus planes. Sin un documento de identificación para Lori, no habían podido casarse, de modo que Devlin había decidido ganársela de otro modo. Hasta que fuera totalmente suya, no podía arriesgarse a volver en busca del pasaporte. ¡Esa abuela suya era demasiado posesiva!

La primera noche se había metido en la cama con ella, pero Lori se había hecho un ovillo a causa de los dolores menstruales y le había explicado con detalle que «perdía» mucha sangre. ¡Más que suficiente para quitarle las ganas a cualquier hombre!

De eso hacía tres noches, y Devlin se estaba quedando sin dinero. No se atrevía a usar las tarjetas de crédito, porque las facturas se las enviaban a Landers. Devlin estaba seguro de que Kit Montgomery utilizaría sus influencias en el gobierno para encontrarlos. ¿Dónde estaba entonces?

Se recostó en el asiento y dejó volar la imaginación. La prensa cubriría la noticia del enlace entre la heredera de los Montgomery y él, y ellos hablarían de su gran amor frente a una muchedumbre de *paparazzi* ansiosos. ¡Acabaría siendo un ídolo romántico mayor que Tate Landers!

Pero no ocurría nada. ¡Nada! Devlin tenía siempre la radio

encendida, pero no salía ninguna noticia sobre él. Ni siquiera lo mencionaban en televisiones locales. Habían hablado de la obra y de que Landers iba a participar en ella, pero nada sobre él. ¡Típico!

Y empezaba a tener problemas. Por la mañana, la chica le había dicho que quería volver a casa, que echaba de menos a su abuela.

La posibilidad de que fracasara su gran plan hizo que se apoderara de él una furia enorme. ¡Mocosa desagradecida! ¿Quién se creía que era para darle falsas esperanzas? Había tenido que pasarse horas oyéndola quejarse sobre la vida muelle que llevaba en la gran casa de su abuela, ¡y ahora estaba en deuda con él!

Lori debía de haber visto la expresión de su cara, porque inmediatamente había cambiado de tema. Había empezado a hablar muy deprisa de que se moría de ganas de hablar con todos sus amigos de Facebook sobre su gran aventura y lo maravilloso que era Devlin.

A Devlin no le gustó, pero tuvo que mostrarse muy firme y ordenarle que no se pusiera en contacto con nadie. Le había quitado ya el móvil y el portátil. Y después de encontrarla intentado usar el teléfono fijo en medio de la noche, le había cortado el cable. Incluso la había obligado a quedarse junto a la puerta del cuarto de baño mientras él se duchaba para poder oírla. ¡Ya no se podía confiar en ella!

Con el ceño fruncido, Devlin la vio zambulléndose en la piscina. Lo hacía muy bien, lo que seguramente significaba que había tenido entrenador personal desde niña.

Un chico alto adolescente se metió en la piscina y le dijo algo a Lori. Ella hizo ademán de dirigirse hacia él, pero miró a Devlin, preguntándole con los ojos si le daba permiso.

Él negó con la cabeza con brusquedad y Lori se alejó del chico. Devlin esbozó una sonrisa. ¡Al menos le había enseñado algo! Le había funcionado mejor que con Nina. Claro que su ex siempre se iba corriendo a quejarse a su hermano, y Landers iba en contra de lo que era moralmente correcto y se interponía entre un hombre y su esposa.

Devlin siguió contemplando a Lori, que reanudaba sus interminables largos por la piscina. Esta vez las cosas serían distintas. Nunca más permitiría que un abusón como Tate Landers lo intimidara. Esta vez se mantendría firme y reclamaría sus derechos. Esta vez...

El hilo de sus pensamientos se interrumpió cuando oyó la voz de su ex mujer en la radio. ¿Y ahora qué?, pensó. ¿Utilizaba Landers a la familia de Devlin para darse publicidad en aquella obra de teatro de mala muerte? ¿Es que no tenía orgullo? Si utilizaba a Emmie, ¿podría demandarlo?

Subió el volumen de la radio.

—¡Has perdido el juicio! —exclamaba Nina—. Es imposible que mi ex marido pueda vencer a Tate en nada. ¡Y menos aún actuando!

Devlin abrió los ojos con asombro. El chico de la piscina daba vueltas alrededor de Lori como un tiburón. Devlin hizo señas a Lori para que saliera del agua y lo siguiera a la habitación. No podía escuchar las mentiras de su ex mujer mientras tenía que impedir que la que era casi su segunda esposa fornicara con otro.

—¿Qué dice a eso, Jack? —preguntó el locutor.

—No quiero contradecirte, Nina, y tú sabes que Tate Landers es mi mejor amigo, pero... —Era la voz de Jack Worth.

Devlin abrió la puerta de la habitación e indicó a Lori que entrara con un gesto cortante de la mano. No tenía tiempo para andarse con chiquitas. Cerró la puerta con llave y luego se movió hacia las sombras de la habitación para seguir escuchando.

—Pero ¿qué? —preguntaba Nina.

—Quiero ser justo. Aunque lo tuyo con Devlin no funcionara, lo cierto es que es un excelente actor.

—¡Ja! —exclamó Nina—. Después de sus interpretaciones en *Death Point*, no merece tus falsos halagos.

—¿Falsos halagos? —dijo el locutor—. Jack, ¿está de acuerdo con...?

—¡Espera un momento! —la voz de Jack había adquirido ese tono grave y amenazador que usaba en sus películas antes de liarse a tiros con media docena de hombres—. No hay nada de falso en las interpretaciones de Devlin Haines. Había una escena en *Death Point* en la que el personaje de Rachael Wells moría, que casi me hizo llorar. No sé cómo no le dieron el Emmy por esa actuación. ¡Desde luego se lo merecía!

—En ese caso, a Tate deberían haberle dado un Oscar.

Jack soltó una risita burlona.

—Vamos, Nina, seamos sinceros. No se necesita mucho talento para lanzar miradas lascivas a chicas guapas. Con eso no se ganan los Oscar. Y cuando Tate salió en *Death Point* no logró eclipsar a Devlin. Dime, ¿no te preocupa un poco lo que dirán los críticos de Nueva York cuando se estrene la obra mañana por la noche? Puede que Devlin les guste más. ¿Qué dirás entonces?

—Amigos —les interrumpió el locutor—, están hablando sobre la obra *Orgullo y prejuicio*, que se estrenará en Summer Hill mañana a las ocho. Las entradas para el teatro se han agotado, pero nos comentan que se van a instalar tres grandes pantallas para seguir la obra desde el exterior, y que todo el mundo es bienvenido, sin tener que pagar entrada, aunque se aceptarán donaciones que irán destinadas a obras benéficas. Lleven sillas o mantas, cestas de picnic... ¡y la cartera!

—Si se estrena —dijo Nina con tono ominoso.

—¿Qué significa eso? —quiso saber el locutor.

—No vuelvas a empezar con eso. —La voz de Jack delataba su enfado—. No eres actriz y no sabes cómo funciona este mundillo.

—¿De qué están hablando? —preguntó el locutor.

—Devlin ha desaparecido —explicó Nina—. Seguro que ha huido. Siempre le ha tenido miedo a mi hermano mayor.

—¿Me tomas el pelo? —Jack parecía realmente furioso—. Durante los ensayos de la obra, Devlin Haines ha trabajado el doble que cualquier otro. Estuvo ahí desde el primer día. Tate ni siquiera llegó hasta que las audiciones prácticamente habían terminado. Pero Devlin estuvo allí y ayudó a los jóvenes aficionados, como a la chica que hace de Lydia. Prácticamente la llevó de la mano en cada frase. La chica se llevó el mérito, pero Devlin hizo todo el trabajo. Y todo eso mientras Tate se divertía con la cocinera del pueblo, ¡y no ayudaba a nadie!

—Bueno, ¿y dónde está Devlin ahora? —preguntó Nina.

—Recargando las pilas —le espetó Jack—. Preparándose para la obra. Haciendo lo que hizo para su serie de televisión, buceando en sus emociones más profundas.

—Y, amigos, esto es...

Nina no dejó hablar al locutor.

—Yo soy la que mejor lo conoce, y te digo que no se presentará para la función de mañana. Es demasiado cobarde para enfrentarse con mi hermano en una interpretación en directo.

—¡Diez mil dólares! —dijo Jack—. Donaré diez mil dólares a obras benéficas si mañana se presenta. ¿Hay alguien que nos escuche que quiera apostar conmigo?

—¡De acuerdo! —dijo el locutor—. Esto es todo por ahora, pero parece que el... ¿cómo llamar a esto? El gran reto interpretativo está en marcha. Si está escuchándonos, Devlin Haines, esperamos que aparezca mañana por la noche para que Jack Worth tenga que donar diez mil dólares a obras benéficas.

—Que sean cincuenta mil —dijo Jack.

—Vaya —exclamó el locutor—. Somos los primeros en enterarnos. El gran Jack Worth donará cincuenta mil dólares a obras benéficas si Devlin Haines, estrella del antiguo éxito televisivo *Death Point*, se presenta para actuar en el estreno de mañana por la noche. Y ahora vamos a escuchar un poco de música que a la propia Jane Austen le habría gustado.

El locutor apagó su micrófono y miró a Jack y a Nina.

—No irán a pelearse, ¿verdad? No creía que iba a provocar una riña. Yo solo...

—No pasa nada —dijo Nina, poniéndose en pie. Sonreía.

—Lo ha hecho muy bien. ¿Jack?

—Sí, genial. —Sonreía. Se levantó, se acercó a Nina y le echó un brazo por encima de los hombros—. Mereces un premio por esto.

—¿Lo he hecho bien?

—Haines no lo habría hecho mejor.

Nina se echó a reír. Se despidieron del locutor con la mano y abandonaron el edificio.

Una vez en el coche, Nina se tapó la cara con las manos.

—No me ha gustado decir todas esas cosas. Y me he enfadado de verdad cuando te has puesto en contra de Tate. Me temo que habremos herido sus sentimientos.

—Después de lo que dijeron los críticos sobre su última película, puede soportar cualquier cosa. Bueno, ¿y ahora adónde vamos?

—Tenemos que darle más publicidad a todo esto —explicó Nina—. He quedado con Gizzy en la imprenta para recoger los carteles, y tú tienes que reunirte con Josh para ir a un almacén de madera. Tiene que empezar a construir las gradas descubiertas. Tate ha hecho venir en avión a un equipo de trabajadores que montarán las pantallas.

Jack tomó la mano de Nina y le dio un apretón. Detestaba verla tan nerviosa, tan asustada.

—Lo has hecho muy bien en la radio, de verdad, y esto va a funcionar.

—Eso espero. Rezo para que así sea. Todo depende de si Devlin se entera o no. —Miró a Jack—. ¿Crees que esa pobre chica estará bien?

—Sí —contestó Jack—. Lo creo. Haines no es dado a la violencia física. Venga, vamos. —Puso el coche en marcha y abandonaron el aparcamiento. Ninguno de los dos mencionó lo que pasaba por su mente... el aspecto sexual de todo aquel asunto.

ACTO TERCERO, ESCENA SEXTA
Darcy al rescate

Tate entró en el diminuto camerino y cerró la puerta tras él. Casey estaba sentada ante el tocador y miraba fijamente el espejo iluminado. Levantó la cabeza para mirar a Tate.

—¿Se sabe algo?

—Por el momento nada —respondió él.

Al ver que Casey parecía a punto de llorar, Tate acercó una silla, se sentó y la obligó a darse la vuelta para encararse con él. Le quitó el cepillo que tenía en la mano y empezó a aplicarle colorete rosa en las mejillas.

—Se requiere práctica para maquillarse de modo que el público te vea, pero sin parecer un payaso. Ya está. Perfecta.

—¿Y si Devlin no aparece? ¿Y si le ha ocurrido algo a Lori? ¿Y si...?

Tate puso un dedo sobre sus labios para interrumpirla.

—Haines vendrá. Le encanta el drama. Pensará que si aparece en el último minuto para salvar la obra de mi ineptitud será el héroe.

Casey apoyó la frente en su hombro. Ambos llevaban ya el traje, listo para salir a escena en unos minutos. Aunque el camerino se encontraba debajo del escenario, se oía el murmullo de gente fuera. La directora de escena le había dicho a Casey que el teatro estaba lleno, con todos los asientos ocupados y gente en los pasillos.

—¡Y fuera también! —dijo—. No te puedes imaginar la cantidad de gente que está sentada en la hierba esperando a que se iluminen las pantallas. ¡Son centenares! Los jardines de todas las casas en ocho kilómetros a la redonda se han convertido en aparcamientos. Pero a nadie en Summer Hill le importa, porque todo el mundo está aquí.

En circunstancias normales, Casey estaría hecha un manojo de nervios pensando en que iba a actuar en una obra de teatro. En lo tocante a la comida, confiaba en sus habilidades, pero en sus dotes interpretativas no. Nina le había contado que habían llegado tres reputados críticos, uno desde Nueva York y dos desde Los Ángeles.

—Esos críticos nunca han sido amables con Tate —dijo Nina—, así que no creo que hoy vayan a cambiar de opinión.

En todo caso, la preocupación de Casey por su actuación en una obra había quedado eclipsada por la preocupación que sentía acerca de Devlin y la joven Lori. Se había pasado los dos días previos al estreno yendo de un lado a otro con Nina y Gizzy, haciendo todo lo posible por promocionar el gran duelo interpretativo. Tate había pedido a su publicista que fuera a ayudarlo, y ella había conseguido cierta atención de los medios nacionales. Casey había estado tan ocupada que a duras penas había logrado acudir al teatro a las seis y media para empezar a prepararse.

—¿Cómo están todos? —preguntó, volviendo a mirar a Tate.

—Tu padre le ha dado un sedante a Estelle y ahora ella está descansando. Kit y Olivia están concentrados en la obra. No creo que hayan hablado mucho del pasado.

—¿Y qué hay del hijo de Kit? —Casey había conocido a Rowan la víspera, e inmediatamente había comprendido por qué Stacy decía que era «demasiado serio». Eso era quedarse muy corto. El joven era como una máquina. Tranquilamente le decía a todo el mundo lo que debía hacer, y todos le obedecían.

—Detestaría jugar al póquer con él —dijo Tate—. No sé lo que está pensando y nunca explica qué está haciendo. Habla mucho por teléfono, pero... —Tate se interrumpió porque vio que estaba poniendo más nerviosa a Casey. Le cogió el mentón con la mano—. Haines vendrá. Es imposible que rechace una oportunidad para ponerme en evidencia.

356

—Y cuando llegue, le pondrán las esposas.

—No —dijo Tate—. Ese no es el trato.

—¡Pero ha raptado a una niña de quince años!

Tate tomó sus manos entre las suyas.

—Rowan y yo ya lo hemos hablado. Si Haines se presenta, se le permitirá actuar. Hay unos veinte agentes federales entre el público, algunos de ellos son del FBI y otros son amigos retirados de Kit. Es imposible que Haines pueda escapar. Y además, no creemos que sea consciente de la gravedad de lo que ha hecho.

—La función debe continuar, ¿es eso?

—Más bien debemos seguir por las obras benéficas. Ya has visto a Josh actuando. Se olvida de la mitad de sus frases. Si hace él de Wickham, mucho nos tememos que el público exija que le devuelvan el dinero. Eso no ayudaría a la clínica de tu madre.

Su broma no hizo sonreír a Casey, que lo miraba a los ojos directamente.

—Esto no es por el dinero, ¿verdad? Esto es obra tuya. ¿Le has pedido a Rowan que retrasara el arresto para que Devlin actuara una última vez antes de que su vida se haga añicos?

Tate se mostró sorprendido unos instantes, luego se echó a reír.

—Me has pillado. ¿Cómo lo has adivinado?

—Empiezo a conocerte. ¿Te ha costado mucho convencerlo?

—¡Ha sido demencial! —exclamó Tate, poniéndose en pie—. Rowan Montgomery está hecho de acero inflexible. Quería esposar a Haines en cuanto apareciera. Pero ¡maldita sea! No podía permitirlo. Es el padre de Emmie.

—Y un hombre que ha convertido tu vida en un infierno y que te culpa a ti de todas las desgracias que él mismo ha provocado.

—Si respondo de la misma manera para vengarme, no sería mejor que él.

—Y esa forma de pensar es una de las razones por las que te quiero —dijo Casey, antes de ahogar una exclamación—. Es decir... debería...

Tate la atrajo hacia sí y la estrechó con fuerza entre sus brazos.

—No pasa nada. Yo también estoy enamorado de ti. Creo que supe que te quería cuando confiaste en que te sujetaría mientras colgabas sobre el lateral de un tejado. Que te arriesgaras tanto para ayudar a un niño me lo dijo todo sobre ti.

Tate le dio un prolongado y apasionado beso.

La puerta del camerino se abrió de golpe y golpeó a Tate en la espalda.

—¡Diez minutos! —gritó la directora de escena. Se asomó por detrás de Tate para mirar a Casey—. Recuerda que se supone que lo detestas.

—Y lo detesto —replicó ella—. Solo me interesa su cuerpo.

—¡Te entiendo!

Tate soltó un gemido y cerró la puerta.

—Entre las dos me hacéis sentir como un pedazo de carne.

—Ahora intentas excitarme. ¡Vete! Tengo que arreglarme el pintalabios. Si aparece Devlin, dímelo.

Tate siguió besándola mientras reculaba, hablando entre beso y beso.

—¿Quiere eso decir que vendrás conmigo a Los Ángeles? ¿Vivirás conmigo? ¿Me acompañarás a esos eventos publicitarios a los que debo asistir? ¿Harás tartas para mí?

—Sí a todo. —Casey le empujaba hacia la puerta con una mano en su pecho. Se detuvo—. ¿Te gusto más yo o mi forma de cocinar?

Tate se detuvo cuando estaba a punto de volver a besarla.

—Eso me lo tengo que pensar. —Se inclinó para darle otro beso, pero ella se apartó.

—¡Fuera de aquí! Y no te quites la camisa para nadie más que para mí.

Tate reculaba por el pasillo.

—¿Qué crees que dirán en Hollywood cuando se sepa que mi novia es una simple cocinera? Los titulares dirán: PODRÍA HABER CONSEGUIDO ALGO MEJOR.

Casey lo miró consternada.

—A lo mejor podrías ir a clases nocturnas y sacarte el título de abogado. Clooney se consiguió una abogada. —Tate se giró en redondo y siguió por el pasillo en dirección a su camerino.

Indignada, Casey volvió a entrar en el camerino y cerró la puerta.

—¡De todos los hombres engreídos, egocéntricos...! —Cuando cayó en la cuenta de lo que pretendía Tate, meneó la cabeza. Quería que adoptara el estado de ánimo de Elizabeth Bennet al conocer a un hombre al que consideraría demasiado engreído.

Casey se acercó al tocador, agarró la gran borla para aplicarse los polvos, y se miró en el espejo. Iba muy maquillada, llevaba el pelo recogido en la coronilla y un vestido con un escote más bajo que el de su camisón.

—Soy Elizabeth Bennet —susurró—, y creo que Fitzwilliam Darcy es un esnob.

Se levantó, respiró hondo y abandonó el camerino.

Wickham no puede resistirse

Con el telón aún bajado, todos los actores ocuparon su lugar en el escenario. A pesar de su precioso vestido, Olivia tenía un aspecto demacrado; estaba destrozada por los acontecimientos de los últimos días. Sentado en una silla junto a la falsa chimenea estaba el doctor Kyle. Tenía unas ojeras que el maquillaje no conseguía disimular. Parecía no haber dormido en días.

Gizzy, en su papel de Jane, estaba tan guapa con su vestido rosa y blanco que deslumbraba, pero tenía una expresión atormentada. A un lado de Olivia estaba Nina. Haría de Lydia, pero era demasiado mayor para el papel. Por la sombría expresión de su rostro, no iba a ser capaz de interpretar a la frívola jovencita a la que solo le interesaban los hombres uniformados.

Las únicas personas que no parecían desdichadas eran las dos alumnas de instituto que interpretaban a Mary y a Kitty. Tecleaban en el móvil sin darse cuenta de nada más.

Eran las ocho de la tarde, sonaba la música de la pequeña orquesta que había contratado Kit, pero el telón no se levantó.

La directora de escena corrió hacia el doctor Kyle y le susurró al oído. Él se puso en pie.

—Lo siento —dijo—. Una urgencia médica. —Abandonó corriendo el escenario y todos los demás actores se vinieron abajo. ¿Y ahora qué?

Al momento oyeron a Josh dirigiéndose al público, desplegando oportunamente sus maneras campechanas. Hizo unas cuantas bromas sobre el doctor Kyle, que había tenido que irse corriendo a salvar vidas, así que la obra se retrasaría unos minutos.

Detrás del telón, Kit entró en el escenario vestido de señor Bennet, pero llevaba el chaleco mal abotonado y el corbatín torcido. Nina y Casey se acercaron rápidamente para arreglárselo, pero el traje era complicado y no lograron averiguar cómo.

—Dejadme —dijo Olivia, apartándolas. Diestramente lo arregló todo—. Siempre has sido un inútil —susurró.

Kit quiso decir algo, pero, en lugar de eso, la estrechó entre sus brazos y la besó. Fue un beso con tal pasión, tal deseo... y con una disculpa tan sincera implícita, que todo el mundo pudo sentirlo. Incluso las adolescentes dejaron de teclear. Todos miraron fijamente a la pareja.

Cuando Olivia reaccionó con entusiasmo ante la pasión de Kit, todos abrieron los ojos como platos.

—No sabía que la gente mayor aún hacía esas cosas —susurró una de las chicas.

—Nadie me ha besado nunca a mí así —replicó la otra.

Todos estaban paralizados observando a la pareja besándose, hasta el punto de no ver quién aparecía en el escenario.

La voz de la chica que hacía de Kitty rompió el trance.

—¡Lori! ¡Has vuelto!

Nina y Casey se volvieron y vieron a Lori, vestida de Lydia y ocupando su sitio en escena. Su primera reacción fue correr hacia ella para abrazarla con lágrimas de alegría, pero Jack y Tate estaban a un lado agitando los brazos para indicarles que no lo hicieran. Se habían esforzado mucho en mantener en secreto el verdadero motivo de la desaparición de Lori, y no podían desvelarlo ahora.

Casey tuvo que contenerse y volver a su sitio. Josh se encontraba esperando entre bambalinas, y cuando Nina corrió hacia él con lágrimas de alivio en los ojos, Josh se la llevó fuera.

Kit y Olivia se separaron, y por un momento permanecieron juntos, de la mano, mirando a Lori, que se alisaba el pelo y el vestido. Aquella joven alta y guapa era su nieta, y era la primera vez que la veían sabiéndolo.

Como director, Kit tenía la tarea de asegurarse de que todos ocuparan sus sitios respectivos antes de que se alzara el telón, pero no podía apartar los ojos de Lori, ni separarse del lado de Olivia.

—¡A sus posiciones! —dijo la directora de escena con voz sonora, y tuvo que repetirlo dos veces para que todos obedecieran.

Casey miró hacia un lado y vio a Tate, que levantó el pulgar. Haines se había presentado.

Cuando el telón se alzó, el público vio a una feliz familia en su casa. Olivia, como señora Bennet, se quejaba de que sus hijas no se casarían nunca porque su marido se negaba a visitar al señor Bingley.

Kit interpretó el papel de marido de Olivia con gran cariño. Pronunció su frase sobre los nervios de su esposa, que lo habían acompañado durante tantos años, con un tono tan afectuosamente burlón que Olivia se ruborizó.

Casey pronunció la famosa frase de que «un hombre soltero, poseedor de una gran fortuna, necesita una esposa». Cuando el público se rio, Casey se sobresaltó. Se había esforzado en olvidar que la observaban lo que podían ser centenares de personas. Pero las risas provocadas por una frase que había dicho ella la hicieron sentirse muy bien.

Mientras Olivia y Kit intercambiaban varias frases, Casey miró de soslayo entre bambalinas y vio a Tate. Por su sonrisa, seguro que sabía cómo se sentía. Las risas y los aplausos eran una experiencia embriagadora.

Tate le guiñó un ojo y Casey volvió a centrar su atención en la obra.

La siguiente escena se desarrollaba en el salón municipal, donde los Bennet iban a conocer a Darcy, a Bingley y a sus acompañantes.

Durante la breve pausa, mientras Josh y su equipo cambiaban el decorado, Tate pasó por el camerino de Casey. La ayudó cerrándole el velcro que había bajo la hilera de botones en la espalda del vestido de baile color celeste, que había hecho la madre de Stacy.

—Por cierto —dijo, besándola en el cuello—. He conocido a

una atractiva abogada y le he pedido una cita. Le ha impresionado que sea una estrella de cine.

Sus palabras eran ridículas, pero bastaron para que, al salir a escena, Casey estuviera lista para hacerle saber que lo consideraba un esnob engreído.

Todos tuvieron que hacer una pausa para el aplauso ensordecedor que saludó la entrada de Tate Landers y Jack Worth juntos. Kit los había preparado previamente y todos sabían cuánto tiempo debían esperar. Tate tenía la espalda tan recta y su actitud era tan arrogante que a Casey no le costó nada creer que era un hombre dominado por el orgullo.

A continuación había una escena en la salita de los Bennet, y luego otra en Netherfield, la casa de Bingley. Todo fue bien.

En la quinta escena, apareció el señor Collins. El preparador físico ofreció una increíble sobreactuación. Se mostró tan ruin, tan empalagoso, tan servil con lady Catherine de Bourgh, que al público le encantó.

Casey sintió auténtica repugnancia. Cuando él le tocó el brazo, dio un respingo. Las puertas del teatro estaban abiertas, y si bien el público del interior se comportaba, muchos de los que estaban fuera lanzaron sonoros silbidos. Parecían a punto de ponerse a lanzar tomates podridos en cualquier momento.

Al final de la escena tenía que llegar Wickham, y Casey hizo lo posible por dominar sus nervios. Cuando Devlin Haines salió a escena, la multitud prorrumpió en gritos y aplausos.

A Casey no le cabía la menor duda de que había sido Tate quien había dispuesto aquel clamoroso recibimiento. Cuando miró de reojo entre bastidores, vio a Rowan, flanqueado por tres hombres con traje. Estaban esperando. Pero, por la radiante sonrisa que lucía Devlin en su atractivo rostro, él no tenía la menor idea de lo que iba a ocurrirle.

Mientras Jane charlaba con Bingley, Casey observó a Devlin moviéndose por el escenario. Siguiendo las indicaciones de Kit, Wickham debía mostrar la atracción que sentía por la joven Lydia, y ella debía corresponderle de igual manera.

Casey sentía curiosidad por lo que había ocurrido entre ellos.

Habían estado juntos varios días, pero ¿qué había pasado? ¿Seguía Lori encandilada con él como al principio?

La joven interpretó su papel a la perfección. Lydia miró a Wickham de arriba abajo, demostrando su interés con aquel gesto inmemorial, y él hizo lo mismo. Fue perfecto... salvo que Lori apartó las faldas de su vestido cuando Devlin pasó por su lado, para que no lo tocaran.

Casey miró a Rowan. ¿Había visto él aquel sutil gesto? Cuando Rowan inclinó bruscamente la cabeza para indicar que lo había visto y lo había entendido, Casey se sintió aliviada. Sabía demasiado bien que las mentiras de Devlin podían ser muy hábiles y convincentes. No quería que lograra salir bien librado con su labia.

El señor Collins regresó junto a Lizzy. Luego, por fin, Casey se vio cara a cara con Devlin. Tuvo que hacer un enorme esfuerzo de voluntad para recibirlo con una sonrisa.

Su actitud provocó una fugaz expresión de sorpresa en Devlin, pero luego le devolvió la sonrisa con aire de complicidad. Era como si creyera que Casey se alegraba realmente de verlo.

La escena en la que Wickham le dice a Lizzy lo horrible que es Darcy pareció eternizarse. Casey tuvo que fingir una expresión escandalizada, tuvo que fingir que le creía. Peor aún, tuvo que disimular la ira que sentía contra su propio personaje por creer en las palabras de aquel hombre sin tener ninguna prueba.

Inevitablemente, recordó que eso era exactamente lo que ella misma le había hecho a Tate. En una ocasión, Tate le había dicho: «Algunas personas quieren creer que la única diferencia entre el éxito y el fracaso es la suerte. Prefieren sentarse en el sofá y decir que existe una especie de destino predeterminado por el que unos lo han conseguido y otros no. No quieren admitir que todo ha sido fruto de un duro trabajo.» Por desgracia, Casey lo había experimentado por sí misma.

Cuando Wickham lanzó una mirada a la guapa Lydia, que estaba de pie a poca distancia, a Casey se le hizo un nudo en la garganta. Quería abofetearlo. ¿Qué le habría hecho a la pobre niña?

Cuando la larga escena terminó por fin y se apagaron las luces en el escenario, Casey se sentía tan abrumada por la emoción que le fallaban las piernas. La sujetó el fuerte brazo de Tate.

—Lo has hecho bien. Perfectamente. Aguanta —le susurró, sacándola del escenario para conducirla hasta su camerino.

—¿Y Lori?

—Está con Kit y con Olivia. Unos amigos de Kit han sacado a Estelle de la cama y ahora está en primera fila bebiendo café negro a litros para contrarrestar lo que sea que le ha dado tu padre. Está muy feliz.

Mientras hablaban, Tate la había ayudado a quitarse el vestido de diario para ponerse el de baile.

—Gracias —dijo Casey—. Eres el mejor ayudante de camerino del mundo.

—Eso es lo que la abogada me ha dicho también.

—Ponle un dedo encima y te tiro un cazo de azúcar ardiente por encima.

Él se rio, la tomó de la mano, y volvieron los dos corriendo al escenario.

—¡Así me gusta! Cuando me hables a mí, imagina que soy Haines y descarga toda tu ira contra mí. Aunque ya sé yo cómo te las gastas, así que quizá deberías suavizar un poco tus palabras. Ten compasión de mí.

Así consiguió hacer que Casey sonriera.

—Va, vete —dijo—. Y gracias.

La siguiente escena era el baile en Netherfield, al que Wickham no asistía. Para Casey no fue fácil actuar con Tate y tratarlo con desdén, pero él no hacía más que mirarla con tal altivez y arrogancia que casi no lo reconocía. La escena terminaba con Mary cantando fatal, que era por lo que Kit le había dicho que el papel estaba hecho a su medida.

Hubo un nuevo y rápido cambio de vestuario, luego Lizzy tuvo que rechazar la propuesta de matrimonio del señor Collins. La repugnancia de Casey era tan real que el público la sintió con ella.

La histeria de Olivia al enterarse de la negativa de Elizabeth a casarse con el señor Collins fue ruidosa y desesperada. Kit interpretó la escena con un tono de remordimiento. Parecía dolerle tener que ponerse en contra de su amada esposa.

Después había otra escena entre Lizzy y Wickham. Al final, Lydia hablaba con él y, atendiendo a las instrucciones de Kit, su voz dejaba traslucir un claro tono de coqueteo. Abandonaron juntos el escenario.

Cuando la señora Bennet se enteró de que la hija de los vecinos, Charlotte, iba a casarse con el señor Collins, Olivia lanzó a Lizzy tan duras palabras que Casey estuvo a punto de echarse a llorar.

Para reducir la cantidad de decorados y hacer la obra más corta, Kit había combinado algunas escenas. Charlotte, interpretada por una mujer a la que Casey no conocía demasiado, charló con Lizzy en un escenario a oscuras con un único foco sobre ellas. Detrás, Josh y sus trabajadores, calzados con zapatillas, cambiaban el decorado en silencio para que se convirtiera en un salón de Rosings.

Cuando volvieron a encenderse las luces, Hildy resultó fabulosa como lady Catherine de Bourgh. Se mostró altiva, desdeñosa y absolutamente perfecta. Lo hizo tan bien que a Casey le costó decir sus frases como si no se sintiera intimidada por aquella mujer.

Cuando Hildy dijo que si hubiera aprendido a tocar el piano habría sido una intérprete excepcional, Casey la creyó.

En la escena, Lizzy tenía que tocar el piano. Como Casey no sabía distinguir una tecla de otra, Kit había preparado una cinta grabada y Casey debía fingir que tocaba. Pero no funcionó. Casey apretó las teclas del falso piano que Josh había construido, pero no sonó música.

El público se agitó con impaciencia. Desde fuera llegaron los abucheos de unos cuantos espectadores molestos.

Con el pánico pintado en la cara, Casey miró a Tate. ¿Qué debía hacer?

—«¿Me permite ayudarla?» —dijo él con calma, acercándose. Luego empezó a cantar con una voz realmente hermosa. No era una canción de la época de Jane Austen, pero daba el pego. Trataba sobre un amor encontrado y luego perdido. Un joven veía cómo la muerte le arrebataba a la mujer a la que amaba.

La melodía, las palabras y la voz de tenor de Tate eran tan hermosas que el público, tanto de dentro como de fuera, se sumió en un completo silencio. Incluso los niños que habían estado correteando como vándalos se detuvieron a escuchar.

Cuando terminó, los demás intérpretes no sabían qué decir. La canción no estaba en el guion, así que sus frases ya no tenían sentido.

Fue el público el que reaccionó. Se pusieron en pie espontáneamente y aplaudieron a Tate. Fuera prorrumpieron en vítores.

Casey era quien debía hablar primero. Debía burlarse de Darcy por el modo en que él la había desairado durante el baile. Aprovechó el momento en que los aplausos remitieron.

—«Quizá, señor Darcy, si nos hubiera honrado de este modo en Netherfield, podría haber salvado a mi hermana Mary de cualquier falta de decoro.»

Con un frufrú de faldas de seda, Casey le dio la espalda para acercarse al coronel Fitzwilliam. Pero antes de alejarse, tuvo la gran satisfacción de ver la sorpresa en el rostro de Tate. Él no era el único que sabía improvisar.

La escena terminó con el coronel Fitzwilliam diciéndole a Lizzy que Darcy había separado a Jane y a Bingley.

Durante la breve pausa, Tate no fue al camerino de Casey. A continuación iba la escena en la que ella le decía lo que podía hacer con su propuesta de matrimonio. Antes, Tate le había dicho que besarse antes de la escena no inspiraría ira en el escenario. «¿Y eso cómo lo sabes?», le había preguntado ella, pero él se había limitado a reír.

Olivia ayudó a Casey con el cambio de vestido.

—¿Cómo está Lori? —preguntó Casey.

—Nadie le va a preguntar nada hasta que termine la obra. —A Olivia le temblaban las manos cuando desabrochó el vestido de Casey.

—¿Sabe que su madre fue adoptada?

—Sí. Portia lo descubrió cuando tenía diecisiete años. Estelle me ha dicho que se enfadó mucho al enterarse. No sé cómo van a reaccionar Portia y Lori cuando sepan lo... lo nuestro.

Casey se dio la vuelta y abrazó a Olivia.

—¿Cómo no va a alegrarse Portia de conoceros a Kit y a ti? Y Lori... —Casey no supo qué decir sobre ella.

—Vamos —dijo Olivia—. Dale caña a Darcy.

Casey la besó en la mejilla y luego subió corriendo por las escaleras.

En el escenario, estaba sola en la salita de la casa de Charlotte y del señor Collins y entraba Darcy. Tate tenía tan buen aspecto y sus ojos estaban tan llenos de amor que Casey sintió deseos de arrojarle los brazos al cuello.

Pero luego Tate agarró una copa de vino de atrezo. Era la copa que había robado Devlin. Se trataba de una antigüedad, una copa de un juego de cuatro que su madre le había regalado para celebrar el final de sus estudios en la academia de cocina. Casey solo las usaba para ocasiones especiales, como creía que iba a ser la cena con Devlin. En aquel momento se sentía tan atraída por él y él se había mostrado tan encantador, que Casey había llegado a imaginarse un futuro con él. En cambio, Devlin la había dejado dormida sobre la mesa y se había llevado el vino y su bonita copa. Y, al preguntarle luego por ella, había mentido descaradamente.

Casey desvió la mirada de la copa de vino a los ojos de Tate, y, cuando rechazó su propuesta de matrimonio, soltó todo el veneno que tenía acumulado. Prácticamente le escupió las palabras.

Cuando Darcy abandonó la habitación, parecía un hombre que acababa de perder lo que más valor tenía para él en el mundo.

En la última escena del acto, Lizzy estaba sentada junto a un escritorio y leía la carta del señor Darcy. Una cinta grabada con la voz de Tate daba cuenta de las mentiras de Wickham. Casey recordó el vídeo que le había preparado Nina y lo mal que se había sentido ella al comprobar lo idiota que había sido, y ese recuerdo se reflejó en su cara.

Cuando la voz de Tate calló, Casey apoyó la cabeza en el escritorio y le brotaron lágrimas auténticas. El telón cayó. Fin del primer acto.

Lydia confiesa

—¿Estás seguro? —preguntó Casey a Tate. Se encontraban en el pequeño camerino de ella, que se estaba cambiando otra vez de vestido—. ¿Lo he hecho bien?

—Has estado magnífica. Excepcional. Me has impresionado. Cuando has rechazado mi propuesta de matrimonio me ha dolido de verdad.

—¡Como si no lo hubieras planeado tú! ¿Cómo has sacado la copa de mi casa sin que me diera cuenta?

—De ninguna manera. Te la dejaste en el coche.

Casey se estaba poniendo horquillas para sujetar algunos mechones caídos.

—Es verdad, pero es que tenía mucha prisa por empezar con lo del duelo interpretativo. —Se puso seria—. ¿Has hablado con Rowan?

—No. No habla con nadie más que con Kit. La última vez que los he visto estaban discutiendo. Creo que Rowan quiere esposar a Haines ahora mismo y que la obra se vaya al traste.

Casey lo miró por el espejo.

—Casi siento pena por Devlin. Lori nos mintió a todos sobre su edad, así que seguramente también le mintió a él. Supongo que podría decirse que ella le engañó.

—No creo que eso suponga ninguna diferencia. Legalmente, la edad es lo que cuenta, y si además la retuvo contra su voluntad... Me gustaría oír la versión de Lori. —Hizo una pausa—. Lo que más me molestó durante el divorcio de mi hermana

370

es que Haines nunca tenía que pagar las consecuencias de sus mentiras. Siempre acababa ganando. A Nina le hizo cosas terribles, pero no eran ilegales y no se le podía acusar de nada.

—Y tú acabaste pagando sus facturas —dijo Casey.

—¡Oye! ¿Por qué estamos hablando de él? Tenemos tiempo antes de que tengas que volver a escena. Hagamos otra cosa. —Tate la abrazó y empezaron a besarse. Tate la guiaba hacia la pared, deslizando una mano por su pierna desnuda, cuando la puerta se abrió de golpe.

Lori, vestida para actuar, irrumpió en el camerino, cerró de un portazo y se apoyó en la puerta.

—¡No le importa a nadie! —dijo—. Nadie se ha dado cuenta siquiera de que me había ido.

Tate soltó a Casey, que se acercó a la chica y la condujo hasta la silla del tocador, donde la sentó y le tendió unos pañuelos de papel.

—¡Nadie me ha dicho nada desde que he vuelto! La abuela está en primera fila, pero parece borracha. —Miró a Tate con ojos suplicantes—. Sé que es familia de Devlin, y sé que son grandes amigos, pero no sé con quién más puedo hablar. Dice que la abuela no es pariente mía porque adoptó a mi madre, y que eso lo convierte a él en mi tutor legal. A través de usted. Y del señor Kit, que creo que es mi abuelo. Quizá. No sé, porque no entiendo nada, pero... —Se interrumpió y se tapó la cara con las manos—. Devlin dice que tengo que irme con él después de la obra.

Tate tuvo que tragar saliva un par de veces para poder hablar.

—No soy pariente suyo ni amigo, y no vas a volver a ir a ninguna parte con él. Quiero saberlo todo, incluyendo lo que significaba la nota que dejaste.

—¿Qué nota? —Lori se sonó la nariz.

Casey se sentó y tomó la mano de la chica entre las suyas.

—Tu abuela no está borracha. La han atiborrado de calmantes porque estaba histérica de preocupación por ti.

—¿Ah, sí?

—Dime por qué te fuiste con él —pidió Tate, de pie junto a ella.

—Devlin me invitó a una fiesta en Richmond que dijo que estaría llena de estrellas de cine. Dijo que estaría incluso Taylor Swift y que era amiga suya. Yo le creí, porque forma parte de ese mundo y las estrellas se conocen entre sí. —Lori miró a Casey—. Fue por culpa de las chicas. Solo he ido al instituto de Summer Hill seis semanas, pero tenía muchas amigas. Nos divertíamos juntas. Luego anunciaron la obra y todas dijimos que haríamos la prueba. Pero sabíamos que le darían el papel de Lydia a Ashley.

—Déjame adivinar —pidió Casey—. Era la primera chica que hizo la prueba para Lydia. La animadora.

—Sí, es ella. Ha sido la protagonista de todas las obras escolares desde pequeña. Su padre es el dueño del Banco de Summer Hill. Es muy popular.

—Pero te dieron el papel a ti —dijo Tate.

Lori se sorbió los mocos.

—Yo no quería quitarle el papel a Ashley, pero no sé qué me pasó. Simplemente pensé en cómo era Lydia y fue como convertirme en ella.

—Se llama talento —dijo Tate—. Un gran talento natural.

—¿Eso cree? —preguntó Lori.

—Sí, lo creo —le aseguró Casey—. Imagino que después tus supuestas amigas se volvieron desagradables.

—Dijeron que había traicionado a Ashley y dejaron de hablarme, luego dijeron unas mentiras horribles sobre mí en internet. No podía contarle nada a la abuela porque se preocupa demasiado, así que, así que... —Miró a Casey.

—Devlin estaba allí y escuchaba todo lo que le contabas —dijo Casey.

—Al principio no, pero de repente se convirtió en mi mejor amigo. Al menos eso pensé yo. Cuando me invitó a ir con él a una fiesta que estaría llena de estrellas de cine, pensé que sería la solución para todos mis problemas. Si conseguía unos CD autografiados para las chicas, a lo mejor me perdonarían y podríamos volver a ser amigas. No quería ir con Devlin porque en realidad no lo conocía, pero él me dijo que éramos familia, así que no pasaba nada. Luego la abuela empezó a decir que pasaba demasiado tiempo con la gente del teatro y nos peleamos y... —Lori tenía una expresión desvalida—. Estaba tan enfadada que dejé de pensar con claridad. Metí unas cuantas cosas en una bolsa y me fui. Fui una estúpida. Muy, muy estúpida.

Tate se arrodilló junto a ella, le tomó la otra mano y la miró a los ojos.

—Todos hacemos cosas que no son muy inteligentes. Forma parte del proceso de madurar. Ahora lo que debes hacer es contarnos todo lo que pasó después de que te fueras con él.

—Devlin dijo que necesitaría el pasaporte para demostrar que era mayor de edad y poder entrar en la fiesta para adultos, pero no podía dejar que se diera cuenta de que había mentido. ¿Sabían que Taylor Swift y yo tenemos exactamente la misma estatura? Mis amigas dicen que a los chicos no les gustan las chicas altas y que por eso no saldré nunca con ningún chico.

—Lori —dijo Tate, poniéndose en pie—, a los chicos heterosexuales les gustan todas las chicas. Y yo te conseguiré una cita con una estrella del pop de uno noventa si nos dices qué pasó.

—Oh —dijo Lori, y parpadeó un par de veces—. Devlin me llevó a un motel. Dijo que teníamos que esperar a que llegaran los demás, pero no vino nadie. Le dije que quería volver a casa, pero él me dijo que no podía irme. ¡No dejaba que me fuese! Me vigilaba constantemente. Me...

—¿Te tocó de algún modo? —le preguntó Casey, volviendo a tomar su mano.

—No —respondió Lori—. Creo que quería hacerlo. La primera noche se tumbó a mi lado en la cama, pero yo empecé a quejarme. Le dije que estaba en esos días del mes. Yo nunca he hecho... ya saben, con un chico, y él es muy mayor. Demasiado mayor para hacer eso. Lo siento, señor Landers, ya sé que son de la misma edad.

—No pasa nada —dijo Tate, sonriendo—. ¿Qué hay de la nota que le dejaste a tu abuela?

—No escribí ninguna nota. Quería hacerlo, pero Devlin dijo

que no debía. Dijo que si me iba, le demostraría a mi abuela que soy una persona independiente y que estoy harta de que me trate como a una niña pequeña. —Se miró las manos—. Las chicas decían en internet que soy una niña mimada, así que Devlin me decía exactamente lo que yo quería oír. Me dijo que me fuera con un vestido de fiesta y un biquini, que no necesitaba nada más. Yo metí muchas más cosas en la maleta, pero cuando llegamos al motel me quitó el móvil y el portátil. No me dejaba hablar con nadie. Intenté usar el teléfono de la habitación, pero él cortó el cable. El segundo día yo ya le tenía mucho miedo. —Se echó de nuevo a llorar.

Casey la abrazó y miró a Tate.

—Lori —dijo él—, escúchame. ¿Has visto a esos hombres con traje que hay entre bastidores? Son agentes del FBI, y están ahí porque Haines te raptó. No es pariente tuyo, no es tutor tuyo en absoluto. —Miró a Casey—. Creo que has tenido suficiente. Ahora iremos a hablar con el FBI.

—¿Pero qué hay de la obra? —preguntó Lori.

—Olvídala —dijo Tate—. No puedes seguir aguantando esto.

—¡No! —exclamó Lori, poniéndose en pie—. No puedo hacerle eso a la gente. Todo el pueblo estaba esperando ver esta obra. Y están las obras benéficas y...

—Y si tú eres la causa de que la obra se interrumpa, las chicas te matan —dijo Casey, y Lori asintió con la cabeza.

—Además —dijo Tate, esbozando una media sonrisa—, te encantan los focos, ¿verdad? Te gusta oír los aplausos.

—Sí —dijo ella, mirándolo como si lo retara a recriminárselo.

—Si alguien lo entiende soy yo —dijo Tate—. Bueno, esto es lo que vamos a hacer. Durante la próxima hora y media vas a ser una actriz profesional. Vas a ser Lydia. No serás Lori con sus problemas, sino Lydia. ¿Lo entiendes?

Ella asintió.

—Cuando termine la obra —prosiguió Tate—, van a hacerte un montón de preguntas. Cientos. Y tú vas a ser fuerte y a responder a todo con sinceridad. —Puso las manos sobre los hombros de la chica—. Puede que te ayude a imaginar que estás interpretando un papel. Es una serie de policías y tú eres una chica de quince años que se ha escapado del hombre mayor que la había secuestrado. ¿Crees que podrás hacerlo?

—Creo que sí.

—¡Cinco minutos para subir el telón! —gritó la directora de escena fuera del camerino—. ¡Todo el mundo a escena ahora mismo!

Tate no soltó los hombros de Lori.

—Quiero que recuerdes que eres una actriz nata. Lo llevas en la sangre por tu abuela Olivia, y tienes que estar a la altura de tu talento. No más mentiras, nada de seguir sintiéndote culpable. No has hecho nada malo ni eres una estúpida. ¿Lo entiendes?

Lori volvió a asentir y Tate se apartó.

—Ahora salid las dos. Os veré en escena.

Casey secó la cara de Lori para eliminar los últimos vestigios de lágrimas y luego abrió la puerta para que pasara delante.

—¿El señor Landers es realmente mi primo? —preguntó Lori mientras caminaban por el pasillo—. ¿Cree que podría presentarme a Taylor Swift?

Desde el umbral de la puerta, Tate puso los ojos en blanco, pero se alegraba de que no hubieran abusado sexualmente de ella. Fue en busca de Rowan.

Wickham recibe su merecido

La primera escena del tercer acto mostraba a Lydia al enterarse de que se iba a Brighton con los Forster. Casey observó a Lori riendo y hablando sobre la ropa que iba a llevarse, y se maravilló viendo que la joven realmente parecía ser Lydia.

Casey tenía pocas frases en aquella escena, de modo que permaneció a un lado y observó a Olivia al lado de Lori. ¿Cómo no se había dado cuenta del parecido? Lori era más alta y tenía la maravillosa agilidad de la juventud, pero las dos se parecían mucho. Tenían el mismo pelo rubio muy claro y los ojos azules que podían pasar al instante de la risa a fulminar a alguien con la mirada. Cuando Lori agitó la mano en un gesto de desaire hacia su hermana Kitty, Casey recordó haber visto a Olivia haciendo el mismo movimiento.

Kit estaba sentado en un lado del escenario con el rostro oculto al público tras un periódico, pero Casey podía ver que también él observaba a Olivia y a Lori. Había una expresión tal de arrepentimiento en su cara que Casey casi podía leerle el pensamiento. Se había perdido la vida que había dado como resultado a aquella hermosa joven. Olivia, su hija Portia, Lori, todas se le habían escapado.

Rowan apareció entre bambalinas. Parecía una versión más furiosa de su padre. También él observó la bulliciosa interpretación de Lori. Eran familia directa, pero no se habían conocido hasta entonces.

Kit mantuvo el periódico en alto hasta que Casey y él se quedaron solos en escena. Lizzy debía decir al señor Bennet que no debía permitir a Lydia ir a Brighton. Para meterse en el papel, Casey pensó en lo que les había contado Lori en el camerino. ¡Devlin tumbándose en la cama a su lado! ¡Qué espabilada había sido diciéndole que tenía la regla! ¡Y qué bien había calado su personalidad para saber que le repugnaría su afirmación!

Cuando Lizzy pidió al señor Bennet que no dejara a Lydia marcharse, su tono era suplicante, desesperado, como si Casey intentara impedir lo que ya había ocurrido. En cuanto a Kit, pronunció las palabras del señor Bennet dando su permiso, pero sus ojos expresaban una tremenda angustia.

Se hizo una pausa para que Josh y sus hombres obraran su magia y convirtieran el escenario en un hermoso salón de Pemberley. Cuando Tate salió a escena, Casey se alegró de no tener que fingir más que lo detestaba. Claro que él se mostró absolutamente encantador. Cuando él sonrió al señor y la señora Gardiner de un modo que levantó un coro de suspiros entre el público femenino del exterior, a los actores les costó no echarse a reír.

En la siguiente escena se produjo un cambio. La chica de instituto que hacía de Georgiana, la hermana de Darcy, había sido sustituida por Nina. Una rápida ojeada a Rowan, que permanecía con el ceño fruncido entre bambalinas, respondió a la pregunta de Casey sobre el motivo del cambio. Al parecer Tate había hablado sobre las chicas que acosaban a Lori. Tal vez después de ser interrogadas por el FBI se lo pensarían dos veces antes de acosar a otra persona por un ataque de celos.

Teniendo al lado a Nina, una persona que a Casey le gustaba de verdad, le resultó más fácil interpretar el papel de Lizzy. Abandonaron el escenario del brazo.

Casey no se fue corriendo a su camerino, se quedó para ver a Tate con la mujer que interpretaba a su rival, la señorita Bingley. Cuando la mujer hizo comentarios despectivos sobre Lizzy Bennet en son de burla, Darcy la puso en su sitio con tal desprecio en la voz que la pobre chica casi se echa a llorar. Trabajaba en una tienda del pueblo, y estuvo a punto de desmoronarse ante la estatura y la ira de Tate, dentro de su papel, dirigida contra ella. Cuando bajó el telón, se fue corriendo.

Casey sonrió, se sujetó las largas faldas y bajó corriendo las escaleras. Tenía que cambiarse mientras Josh convertía el escenario en una posada.

De vuelta en el escenario, cuando Lizzy pronunció sus frases sobre la fuga de Lydia y Wickham, en su voz se detectaba un auténtico temor y tenía lágrimas en los ojos. Sabía que debía decirle a Darcy que no era problema suyo, y así lo hizo, pero sus ojos tenían una expresión suplicante.

Tate comprendió lo que significaba. Se trataba de todo lo que había tenido que vivir Lori y lo que le aguardaba en los meses siguientes. El ex cuñado de Tate sería arrestado, y más tarde habría un juicio. Iba a ser duro para ella.

Tate interpretó su papel a la perfección, pero en un momento dado, alargó la mano para tocar a Casey y tranquilizarla. No era un gesto apropiado para aquel momento de la obra y Tate dejó caer la mano antes de que adquiriera un mayor significado.

La escena pasó a la salita de los Bennet, donde la señora Bennet tenía un ataque de histeria. En los ensayos, el frenético revuelo de Olivia, sus «nervios», resultaban casi risibles. Pero esa noche, no. En aquella versión, no. Eran y parecían reales.

Olivia decía que su marido se había ido en busca de su hija, pero Kit los pilló a todos por sorpresa cuando salió a escena con paso firme y un porte que delataba su pasado militar. Era Christopher Montgomery, no el tímido señor Bennet, cuando puso las manos sobre los hombros de Olivia.

—La encontraré. La traeré de vuelta y la protegeremos para siempre —dijo, mirándola a los ojos.

Olivia asintió, incapaz de hablar por las lágrimas.

—Todo esto ha sido culpa mía —prosiguió él—. Yo he provocado esta situación. Yo permití que sucediera, y me esforzaré hasta el último aliento para compensarte.

Sus cabezas casi se tocaban, y de nuevo Olivia no pudo hacer nada más que asentir.

Kit la soltó, se separó de ella, luego dio media vuelta.

Todos en el escenario estaban confusos por la interrupción. Olivia permaneció en silencio con la vista clavada en Kit, mientras él se alejaba.

Kit llegó al final del escenario, se detuvo y se dio la vuelta para mirar a Olivia. Con unas cuantas zancadas volvió hasta ella, la atrajo hacia sí y la besó.

No fue un beso fingido con la boca cerrada con el que se pretendía implicar más de lo que realmente mostraba. Fue un beso profundo, de película porno, de los que se ven cuando los niños ya se han ido a la cama.

El público, tanto del interior como del exterior del teatro, contuvo el aliento. En el escenario, todos miraban boquiabiertos «El beso».

Olivia estuvo a punto de desmayarse, pero Kit la sujetó entre sus brazos, impidiendo que cayera... y siguió besándola.

Al cabo de unos minutos, Kit se separó de ella y la enderezó. Siguió sujetándola por los hombros hasta que ella se mantuvo en pie por sí sola. Luego la saludó con una breve inclinación de cabeza, como diciendo: «¡Ahí tienes! Piensa en ello mientras esté ausente», y abandonó el escenario a grandes zancadas, dejando tras de sí a público, actores y equipo técnico, mudos de asombro.

Olivia fue la primera en recobrarse. Dijo su frase en la que se quejaba de que sin duda el señor Bennet lucharía con Wickham y acabaría muerto y entonces las echarían a todas de su casa. En el libro, la mujer se mostraba egoísta y fría, pero Olivia lo dijo como una mujer que acabara de ver partir a su amado a la guerra. La ira y el miedo que teñían su voz, después de un beso que solo podían darse dos personas que se habían amado durante mucho tiempo, hizo brotar las lágrimas de los espectadores.

Cuando terminó, Olivia miró al señor Gardiner, el hermano de la señora Bennet. Él debía decirle que se calmara, pero el actor, un habitante del pueblo, seguía mirándola en silencio.

Espontáneamente el público se puso en pie para aplaudir y lanzar vítores y silbidos.

Olivia se quedó quieta donde estaba, como si quisiera esperar a que cesaran los aplausos. Pero Casey no iba a permitirlo. Agarró a Olivia de la mano e hizo que se diera la vuelta para encararse con el público.

Durante unos instantes, Olivia permaneció inmóvil, luego hizo una reverencia al público para agradecer los merecidos aplausos. Tuvo que hacer varias reverencias antes de volver a su sitio. Todo el mundo guardó silencio y la obra se reanudó.

Continuaba con una corta escena que no estaba en el libro, en la que aparecían Wickham y Lydia juntos. Casey tenía que cambiarse para la escena siguiente, pero se quedó entre bambalinas para mirar. No se sorprendió cuando Tate apareció a su espalda.

Durante los ensayos, Lydia soltaba risitas, coqueteaba y provocaba a Wickham, mostrándose feliz por haberse fugado con él. Pero no fue así como Lori lo interpretó. Más bien pareció reflejar cómo se había sentido cuando Devlin la mantenía encerrada en la habitación de un motel. Exteriormente era amable con él, pero dejaba traslucir al público el miedo que sentía en su interior. La realidad de una chica de quince años seducida por un hombre de treinta y tantos resultó más que inquietante.

Aquel vuelco en la escena cautivó al público... y encolerizó a Devlin.

Cuando terminó la escena, Devlin abandonó el escenario hecho una furia.

—¿Habéis visto eso? —dijo a Casey y a Tate—. ¡Después de todo lo que he hecho por esa pequeña zorra! ¿Ha estado contando mentiras sobre mí? Me he pasado horas escuchando sus quejas sobre su abuela y cómo la maltrataba. Siendo pariente de la chica, consideré que era mi deber como adulto responsable alejarla de esa vieja bruja. Habría llamado a las autoridades, pero pensé que sería mejor descubrir primero la verdad, así que me la llevé. ¿Qué hay de malo en eso? —Devlin lanzó una mirada furiosa al escenario, donde estaban cambiando el decorado—. ¡Se ha comportado como si yo la hubiera seducido! Mira, Landers, si pierdo este duelo, no será culpa mía. ¿Entendido?

Se alejó todavía enojado, haciendo que vibrara todo el escenario con sus furiosas pisadas.

Tate y Casey miraron hacia el otro lado, donde estaba Rowan, que lo había oído todo. No dijo nada, simplemente bajó por la escalera en dirección a los camerinos.

En las siguientes escenas se trataban las consecuencias del matrimonio de Lydia con Wickham. Al regresar el señor Bennet a casa, la señora Bennet lo recibía con silencioso alivio. Luego Kit y Olivia se alejaban cogidos del brazo.

Cuando Lydia y Wickham llegaban a la casa de los Bennet, Lori no reía triunfalmente como Lydia en la novela. Parecía una joven que había aprendido la lección... pero era demasiado tarde. Lori pronunció las frases del guion, pero sin la felicidad que destilaba en la novela. Ella les dio un tinte moderno, un sesgo políticamente correcto. Era una chica de quince años y ahora estaba casada.

Al hablar con sus hermanas, no alardeaba, sino que daba a entender que sabía lo que iba a perderse. Ya no volvería a reír con ellas. Ni a coquetear en las fiestas. Ya no tenía esperanzas de futuro.

Cuando Lydia le dijo a Lizzy que el señor Darcy los había encontrado, lo dijo como si la hubiera rescatado, intentando arreglar una mala situación de la mejor manera posible.

Desde el otro extremo del escenario, Devlin se había salido de su papel de Wickham y lanzaba miradas amenazadoras a Lori. Ella sabía que el público las veía, así que se colocó casi detrás de Casey, que le rodeó los hombros con el brazo y le devolvió las miradas amenazantes a Devlin.

Al final Elizabeth y Wickham tenían un pequeño diálogo, en el que Casey dejó entrever a Devlin, y al público, lo que pensaba de él.

La siguiente escena mostraba una felicidad que todos necesitaban, cuando Jack, haciendo de señor Bingley, pedía a la hermosa Gizzy, haciendo de Jane, que se casara con él. Después de la triste realidad entre Lydia y Wickham, el público prorrumpió en aplausos de felicidad.

En la penúltima escena, Hildy, como lady Catherine de Bourgh, salió a escena y realizó una actuación magnífica y desmesurada. Se mostró tan descaradamente esnob que el público se echó a reír. Espoleada por las risas y las alteraciones de las escenas previas, Hildy exageró su interpretación al decirle a Elizabeth lo absolutamente indigna que era de un hombre rico y aristocrático como el señor Darcy. Parecía hablar de la cocinera y la estrella de cine.

Casey replicó que estaba de acuerdo, pero que él la quería a ella, así que, ¿qué podía hacer? ¿Decirle que no? ¡Imposible!

Hildy pronunció su largo y escandalizado discurso con tal convicción que Casey estuvo a punto de asegurarle que se mantendría alejada de Tate. Pero sacó pecho y dijo que si la volvía a pedir en matrimonio no le rechazaría.

Por fin llegó la escena final. Empezó con Lizzy y Darcy a solas. Hablaban un poco, culpándose a sí mismos hasta que Tate decía que la amaba.

—«Desde el primer momento me has visto como un hombre —dijo, mientras le sostenía las manos, con el rostro cerca del suyo—. No como me ve el mundo, con las riquezas que he adquirido, sino como soy yo realmente. Te amo con todo mi corazón.»

No eran las frases del guion, pero para entonces Casey estaba acostumbrada a las improvisaciones. Abrió la boca para responder, pero Tate dio un paso atrás y levantó una mano para que el público pudiera verla. En el dedo meñique de la mano izquierda llevaba un anillo increíblemente hermoso con un gran diamante en el centro.

Se lo sacó del dedo, hincó una rodilla en el suelo y le pidió a Casey que se casara con él.

El aspecto del anillo y la expresión de Tate la sobresaltaron hasta el punto de olvidar sus frases. Solo pudo asentir con la cabeza.

Él sonrió, le puso el anillo en el dedo y luego se levantó y la atrajo hacia sí para besarla. Bajó el telón. El fin.

El público se levantó y, cuando el telón volvió a levantarse, Casey y Tate seguían abrazados. Los demás actores siguieron con su papel y salieron apresuradamente a escena para felicitarlos. Pero Tate y Casey no interrumpieron el beso.

Uno a uno, los actores se acercaron al proscenio para saludar. Cuando Olivia y Kit dieron un paso adelante cogidos de la mano, el público enloqueció. En el exterior sonaban bocinas de coches y un par de coches patrulla de la policía hicieron sonar las sirenas para mostrar su reconocimiento.

Kit reculó para permitir al público ver claramente a Tate y a Casey abrazados. Pero luego meneó la cabeza y apuntó con el pulgar hacia abajo. Estaba claro lo que quería decir. ¡Un hombre más joven como Landers no sabía cómo besar!

Siguiendo la broma de Kit, Olivia lo miró, agitó las pestañas, agitó las caderas, y abandonó el escenario contoneándose, seguida por un Kit jadeante. Todos prorrumpieron en sonoras carcajadas.

Lydia y Wickham saludaron a continuación. Cuando Lori no permitió siquiera que Devlin le tocara la mano, se enfureció momentáneamente, pero luego se atusó un imaginario mostacho y le lanzó una mirada lasciva.

Este final supuso un alivio con respecto a lo que habían hecho en la obra, y que tan real había parecido.

Finalmente, todos se hicieron a un lado para mostrar a Casey y a Tate, que seguían con el beso. Acabaron separándose para saludar. Casey levantó la mano con el anillo de diamantes, sopló sobre él y lo frotó contra su hombro. Levantó el brazo con aire triunfal, como indicando que le había tocado el primer premio de la lotería.

Tate la agarró de la mano y se la llevó fuera del escenario, actuando como si estuviera impaciente por quedarse con ella a solas. Se detuvieron entre bastidores para observar al público y a los demás intérpretes, que saludaban por segunda vez.

Casey miraba el anillo, que lanzaba destellos incluso bajo aquella tenue luz.

—Esto parece de verdad. Creo que la escena de la petición de mano ha sido una gran contribución a la obra. ¿Por qué no me has avisado?

—Es real, y ningún hombre avisa antes de pedir la mano a una chica. ¿Oyes eso?

El público coreaba algo, pero Casey seguía con la vista clavada en el anillo.

—¿Cómo que real? ¿Diamantes?

—Están diciendo: «¡Lizzy! ¡Lizzy!» Te quieren a ti.

Casey no entendió qué quería decir.

—¡Ve! Sal a saludar. Te lo has ganado. —Tate la empujó hacia el escenario.

Casey se dirigió al proscenio sola. Era difícil de creer, pero el público realmente gritaba el nombre de Lizzy. La querían a ella. Emmie corrió por el escenario, oculta casi bajo el peso de un enorme ramo de rosas, que entregó a Casey. Sonriendo de oreja a oreja, la niña hizo ademán de marcharse, pero Casey la tomó de la mano y ambas hicieron una reverencia ante el público, que no dejaba de aplaudir.

Emmie, que era muy joven, pero ya veterana, dio un paso atrás con los brazos extendidos y miró hacia donde estaba su tío. Enseguida echó a correr hacia él. Tate la aupó y salió al escenario con ella en brazos para colocarse junto a Casey. Los aplausos, silbidos, gritos y bocinas eran ensordecedores. Pasó un buen rato hasta que pudieron abandonar el escenario.

Entre bambalinas les aguardaba un perplejo Devlin al que habían esposado.

—No sabía que era tan joven, y ella quería estar conmigo. ¿Y ahora dice que la retenía contra su voluntad? —balbuceaba—. No pueden hacerme responsable de sus mentiras. Si me hubiera dicho la verdad, la habría ayudado, que es lo que quería hacer desde el principio. ¿Cómo iba yo a saber que es una mentirosa patológica? ¡Las esposas deberían ponérselas a ella, no a mí! Yo intentaba...

Se interrumpió porque la multitud pedía que salieran Lydia y Wickham.

—¡Tienen que quitarme esto! Me quieren a mí.

Rowan soltó un bufido despectivo y agarró con fuerza el brazo de Devlin.

Pero Kit dio un paso hacia ellos. No dijo nada, pero lanzó a su hijo una mirada que lo decía todo. Rowan soltó a Devlin, pero no le quitó las esposas.

Cuando Devlin salió a saludar con las esposas puestas y Lori a su lado, el público estalló en risas y vítores. El villano era castigado. Todos creyeron que formaba parte de la obra y apreciaban el enfoque propio del siglo XXI que le habían dado a la historia.

El rostro de Devlin perdió su expresión malhumorada e interpretó su papel para el público, llegando incluso a perseguir a Lori por el escenario antes de desaparecer finalmente entre bastidores. Rowan no perdió el tiempo y volvió a sujetarlo, pero se detuvo cuando Devlin se plantó delante de Tate.

—Bueno, ¿quién ha ganado? —preguntó con voz desdeñosa. Su tono dejaba bien claro que sin duda había vencido en el gran duelo interpretativo que todos los demás habían olvidado.

—Tú —respondió Tate—. Lo admito. —Y, tras estas palabras, se inclinó formalmente ante su ex cuñado.

Devlin levantó la barbilla y finalmente se lo llevaron esposado.

Darcy y Lizzy reflexionan sobre la vida

Tate y Casey estaban en la cama de ella y él la besuqueaba en el cuello. Casey notaba el anillo en el dedo y, en cuanto volviera a ser dueña de sí misma, pensaba preguntar a Tate qué significaba. Pero en ese momento solo podía pensar en los labios de Tate recorriendo su cuerpo, en la piel contra la piel.

La noche de la víspera habían regresado del teatro llenos de energía y con hambre, de comida y del uno del otro. Habían hecho el amor y habían charlado, y entre medio se habían comido todo lo que habían encontrado. Estaban tan enfrascados hablando de la obra, el destino de Devlin, lo que aguardaba a Lori, y lo que iba a ocurrir con Kit y Olivia, que Casey no preguntó por el anillo. ¡Pero desde luego no se lo había quitado!

No se acostaron hasta las tres de la madrugada y cayeron en un profundo sueño, con los cuerpos entrelazados.

El reloj de la mesita de noche decía que ahora eran las diez de la mañana y Casey tenía que levantarse y ponerse a cocinar, Todo el mundo querría desayunar.

Cuando en el móvil de Tate empezó a sonar *Roar* de Kate Perry, inmediatamente él se dio la vuelta para contestar.

—¿Emmie?

—No, soy yo —respondió Nina, y Casey la oía perfectamente—. Tengo su móvil. Me ha dicho que iba a veros. Solo quería confirmarlo. Mi típico papel de madre protectora.

Tate se sentó en la cama. Las sábanas cayeron, dejando a la vista su pecho desnudo.

—¿Cuándo ha salido?

—Hará un minuto. —Nina tomó aire—. Emmie está preocupada porque cree que te vas a enfadar con ella.

—¿Qué ha hecho ahora? —Tate miraba a Casey, que salía de la cama y volvía a ponerse la ropa tirada en el suelo por la noche.

—Esa no es la cuestión —dijo Nina.

—Déjame hablar con Nina. —Casey agarró el móvil mientras Tate se ponía los bóxers bajo las sábanas—. Cuéntame qué ha ocurrido —pidió a Nina.

—Josh ha traído a Emmie a casa justo después de la obra, pero, cuando he llegado yo, aún estaba despierta. Decía que el tío Tate iba a enfadarse muchísimo con ella.

—¿Crees que es por su padre? —preguntó Casey—. Emmie ha debido de verlo con las esposas puestas.

—No lo creo. Nunca ha esperado gran cosa de él. Tate lo es todo para ella.

—Saldré a su encuentro —dijo Casey, pero justo entonces entró en la habitación Emmie, vestida de rosa de los pies a la cabeza—. Está aquí.

Nina exhaló un suspiro.

—Dile a Tate que lo arregle. Iré a buscarla dentro de una hora —dijo, y cortó la comunicación.

Tate miraba ceñudo a su sobrina, que mantenía la cabeza gacha como disculpándose.

—Para que lo sepas —dijo él—, cuando por fin descubra lo que has hecho, voy a ponerme furioso.

—¡Tate! —exclamó Casey, horrorizada—. Es...

Pero Emmie conocía bien a su tío, distinguía su voz cuando actuaba de la voz real. Tate no estaba enfadado ni lo iba a estar. De un salto, Emmie se lanzó sobre su tío, que la agarró, la abrazó contra su pecho y le apartó el pelo de los ojos.

—¿Qué es lo que te pasa?

—Lo colgué en internet. En la nube.

—¿El qué? ¿La obra de teatro?

Casey fue hasta la puerta con intención de bajar y empezar a preparar el desayuno, pero encontró el iPad de Emmie apoyado en la pared y lo recogió.

—¿Tiene esto algo que ver con el asunto? —Se sentó en la cama y se lo tendió a Emmie.

—Enséñame lo que has hecho —pidió Tate.

Ella apretó el botón, deslizó el dedo por la pantalla, y apareció el vídeo de Tate en la habitación de Casey, persiguiendo al pavo real.

—¿Has colgado esa tontería?

Emmie asintió con solemnidad, con cara de haber hecho algo horrible.

—Y el del señor Collins.

—¿De qué estás hablando? —preguntó Tate.

—Vi a Gizzy con el móvil —respondió Casey, mirando a Emmie—. Te refieres a cuando estábamos en el picnic, ¿verdad? Cuando el tío Tate interpretó al señor Collins.

Emmie asintió, todavía preocupada. Tate empezaba a comprender.

—Creo que sabes demasiado sobre tecnología —dijo. Arrojó el iPad a un lado y empezó a hacer cosquillas a su sobrina. Casey recogió la tableta.

—Esos dos vídeos tienen casi un millón de reproducciones. Mira los comentarios. La gente dice que no tenían la menor idea de que fueras tan gracioso. Me pregunto si este «Ron Howard» será el director.

Tate dejó de hacer cosquillas a Emmie, se apoderó de la tableta y rápidamente revisó los comentarios. Había varios nombres que reconoció.

—Esto no puede ser verdad. —Tate agarró su móvil y comprobó su correo electrónico. Tenía noventa y un mensajes. Con expresión de asombro, le tendió el móvil a Casey.

—Joel Coen me suena.

Tate se recostó en el cabecero de la cama.

—Los hermanos Coen —susurró con voz reverente.

—¿Esto es bueno entonces? —preguntó Casey mirando a Emmie.

—Oh, sí —dijo la niña—. Al tío Tate le encantan.

Oyeron abajo un portazo y luego la voz de Jack.

—¡Landers! —gritó mientras subía corriendo por las escaleras—. Me ha llamado tu agente. Quería saber dónde dem... —Se detuvo al ver a Emmie—. Quiere saber por qué no contestas al móvil. —Gizzy le seguía.

Tate parecía incapaz de hablar.

—Lo tiene puesto para que solo suenen las llamadas de Emmie y de Nina —explicó Casey—. ¿Qué quiere su agente?

—Ese vídeo con el estúpido pavo real y el que le envié a Emmie se han hecho virales. Unos peces gordos quieren que hagas algo en una película aparte de lanzar miradas ardientes. Le ha llamado Harvey.

Tate se quedó boquiabierto.

—¿Harvey qué? —preguntó Casey.

—Weinstein.*

Incluso Casey había oído ese nombre. Se inclinó sobre Tate, le besó en la mejilla, y de nuevo se dirigió a las escaleras, pero esta vez fue Nina la que llegó y le cerró el paso. Llevaba un trozo de papel en la mano, que lanzó a su hermano, demasiado atónita para pronunciar una sola palabra.

Tate empezó a leer en silencio, pero no lo conseguía. Le tendió el papel a Casey.

Era una crítica de la obra, publicada en el *New York Times*. Casey la leyó en voz alta:

Mi editora me envió a un pueblo del que nadie ha oído hablar jamás, porque su actor favorito, el rompecorazones Tate Landers, actuaba en una obra de teatro que se representaba allí. *Orgullo y prejuicio*, nada menos. Mi primer pensamiento fue si no le bastaba con ser Darcy en el cine. ¿Tenía que repetir en una función teatral? Me pasé dos días quejándome sin parar, que se lo pregunten a mi esposa. Su respues-

---

* Productor de cine, cofundador con su hermano de Miramax y de The Weinstein Company. *(N. de la T.)*

ta fue: «Si yo he podido llevar a tu hijo en mi...» Etcétera. Así que fui.

Pero ahora me alegro de haberlo hecho. Lo que vi fue una versión hasta cierto punto políticamente correcta de *Orgullo y prejuicio*.

Sé que pertenezco a una pequeñísima minoría, pero a mí las novelas de Jane Austen siempre me han molestado. Un hombre se fuga con una adolescente, él acaba teniendo más dinero que antes y ella es feliz. Hoy él acabaría esposado. Y así es como se representó. Devlin Haines, de la finiquitada y olvidada *Death Point*, salió incluso a hacer el saludo final llevando unas esposas. Perfecto.

Pero lo mejor de toda la producción fue que los actores, casi todos ellos habitantes del pueblo, hicieron casi creíble la archisabida historia. Las interpretaciones que por lo general pretenden arrancar risas, anoche estaban tan cargadas de auténtica emoción y tristeza, que todos los espectadores nos llevábamos la mano a la boca, ahogando una exclamación, y a veces incluso se nos llenaban los ojos de lágrimas.

Christopher Montgomery y Olivia Paget como el señor y la señora Bennet no se lanzaban comentarios sarcásticos el uno al otro, sino que interpretaron a una pareja que aún se amaba profundamente tras largos años de convivencia. Fue un cambio agradable de un viejo recurso.

Lori Young, interpretando a Lydia, lo hizo tan bien que era como contemplar puro talento surgiendo del cascarón. Hizo que su personaje pasara de ser una adolescente coqueta a una adulta que se enfrentaba con una vida entera de arrepentimiento por lo que había hecho. Su actuación, llena de matices, resultó desgarradora y, ay, de lo más creíble.

La joven Young casi logró eclipsar a Devlin Haines, pero su interpretación del falso y mentiroso Wickham fue excelente. Es una lástima que la industria televisiva solo le ofrezca papeles de bueno.

Jack Worth, al que raras veces vemos en las películas fuera de un vehículo que circula a toda velocidad, parecía tan enamorado de la hermosa Gisele Nolan, quien interpretó el papel de Jane con tanta delicada sutileza, que lo sentí. ¿Podría convertirse en el próximo Tate Landers?

Algo que siempre me ha molestado de todas las versiones de *Orgullo y prejuicio* es que nunca entendía por qué Darcy se enamoraba de la enérgica Lizzy Bennet. Pero Landers nos permitió verlo. Sus miradas cortantes a los aduladores que lo rodeaban, el modo en que disimulaba su sonrisa cuando la guapa Lizzy le daba la espalda, me hizo comprenderlo todo.

En cuanto a Acacia Reddick como Elizabeth Bennet, ¡fue un torbellino! Descargó su indignación contra el pobre Darcy de forma tan convincente que sentí lástima por él. Sea cual sea su profesión, quizá debería considerar la posibilidad de un cambio.

Se representarán doce funciones de *Orgullo y prejuicio* en el pueblo de Summer Hill, Virginia, que está a mitad de camino entre Richmond y Charlottesville. Si se encuentran por la zona, les sugiero que vayan a verla. En caso contrario, alquilen un avión.

BILL SIMMONS,
su crítico, feliz por una vez

—Vaya —dijo Casey, apartando el papel, pero no se le ocurrió nada más.

Gizzy ofreció la mano a Emmie.

—Vamos abajo —dijo—, y haremos una docena de huevos revueltos.

—¿Huevos de pavo real? —preguntó Emmie, aceptando la mano de Gizzy.

—No comeríamos otra cosa.

Jack y Nina se fueron con ellas. Cerraron la puerta y dejaron solos a Casey y a Tate.

—¿Estás bien? —preguntó ella.

Él seguía recostado en el cabecero de la cama. Alargó un brazo hacia Casey, que se acurrucó a su lado.

Tate entrelazó sus dedos con los de ella.

—Todo esto te lo debo a ti.

—¿El qué?

—Esto —repitió él—. Todo. Jack y Gizzy. Nina y Josh. Kit y Olivia.

—¿Harvey Weinstein y tú?

—Un auténtico matrimonio por amor —comentó Tate entre risas.

—¿Crees que te pedirán que hagas otro tipo de papeles?

Tate se apartó un poco para mirarla.

—Creo que podría ocurrir, sí. Y ha sido gracias a ti.

—¿Seguro que no fue el coronel Pavo Real de la caseta del pozo?

Tate comprendió lo que pretendía Casey, que no quería atribuirse el mérito de todas las cosas buenas que había hecho. Alzó su mano para mirar el anillo.

—¿Te gusta?

—Mucho. —A Casey se le aceleró el corazón—. ¿De dónde lo has sacado?

—Mi agente me envió unas cuantas fotos y yo elegí uno. Podemos cambiarlo por otro, si no te gusta.

—No entiendo bien qué significa este anillo. Ya sé que me pediste matrimonio, pero era en la obra y no en la realidad.

Tate se deslizó hacia abajo en la cama, atrayéndola a ella también.

—Mucha gente te vio decir que sí inclinando la cabeza. Detestaría de veras tener que demandarte por incumplimiento de promesa. Con tantos testigos a mi favor, perderías seguro.

—Entonces supongo que será mejor que no lo intente. —Tate la besaba en el cuello—. Así es como hemos empezado esta mañana.

—¡Tío Tate! —gritó Emmie a través de la puerta.

—Y así es cómo ha terminado —se quejó Tate—. ¿Qué necesitas, Emmie.

—Mamá dice que va a hacer tortitas.

Casey y Tate se miraron el uno al otro.

—Lo siento —dijo Casey—, pero esto es una emergencia. ¡Tu hermana está en mi cocina! —Quiso levantarse, pero Tate tiró de ella.

—Soy el hombre más feliz del mundo —dijo—. En mi vida había cosas que me faltaban, pero tú has llenado todos los huecos. Te quiero.

—Te quiero —susurró ella.

—¡Tío Tate! —volvió a gritar Emmie, esta vez con desesperación—. Mamá quiere saber cuánta sal hay que poner en las tortitas.

Casey miró a Tate con los ojos desorbitados.

—¡Ve! —la apremió él—. De todas formas tengo que hacer unas llamadas.

Tras media docena de rápidos besos, Casey salió y bajó corriendo a la cocina.

Tate se puso los tejanos y se acercó a la ventana. Despuntaba un nuevo día, el principio de una nueva vida. Oyó un fuerte estrépito abajo, de un cuenco al romperse, y sonrió. Por el sendero se paseaba tranquilamente el viejo pavo real, arrastrando tras de sí su magnífica cola.

—Gracias, viejo amigo —dijo Tate.

El ave, desdeñosa, ni siquiera alzó la vista.

AGRADECIMIENTOS

Este libro ha sido difícil de escribir, un auténtico martirio. Muy a menudo me he encontrado en el suelo agitando pies y puños y profiriendo insultos sacrílegos contra Jane Austen.

He leído *Orgullo y prejuicio* varias veces y he visto todas las versiones televisivas y cinematográficas, así que estaba convencida de que sería pan comido escribir otra versión.

¡Ja! El punto de vista de un escritor con respecto a un libro es muy distinto del punto de vista de un lector o espectador.

¿Cómo podía hacer que mi heroína se creyera las mentiras de un hombre, cuando era tan fácil verificar sus palabras en internet? ¿Cómo podía fugarse un hombre con una quinceañera y que no se presentaran cargos contra él? ¿Y por qué, oh, por qué Wickham hacía tantas maldades y nunca era castigado?

Tuve que reflexionar mucho, y reescribir mucho más aún, para trasladar la historia al mundo moderno y acercarla al temido terreno de lo «políticamente correcto». ¡Tener que pedir permiso constantemente es extenuante para cualquier autora de novelas románticas!

Estaba tan agotada que decidí no abordar la obra de teatro. Si Jane terminaba su novela con «Te quiero», también podía hacerlo yo. Pero al final me sentí obligada a hacerlo y escribí la obra con tres versiones de *Orgullo y prejuicio* simultáneas: la de Jane Austen, la del guion de la obra, y la que ocurría fuera del escenario.

Cuando terminé el libro, se lo envié a mi querida editora, Linda Marrow, sin haberlo repasado una última vez. Estaba convencida de que me soltaría la típica frase de «Quedemos para comer», luego llegaría el veredicto mientras comíamos chocolate y me diría que el libro era horrible.

Cuando me dijo que le había encantado, discutí con ella. Sigo pensando que la señorita Austen debería haber optado por un pasatiempo distinto al de «inventar personajes».

Quisiera dar las gracias a Linda por sus elogios y por escuchar mis repetidas quejas. Mis amigos de Facebook son siempre estupendos con sus numerosos comentarios.

Gracias a Mary Bralove por decirme, horrorizada: «¡Pero ha de tener quince años!»

Y gracias a todas las personas de Random House que leyeron el libro y dijeron: «Me ha encantado la primera escena.» No estoy segura, pero creo que no fue realmente una elección muy académica.

ÍNDICE